Konsalik

Vor dieser Hochzeit wird gewarnt

BASTEI LÜBBE

BASTEI-LÜBBE-TASCHENBUCH
Band 12 134

1. Auflage Febr. 1982
2. Auflage April 1982

Herausgeber: Gustav Lübbe Verlag GmbH,
Bergisch Gladbach
Printed in Western Germany 1982
Einbandgestaltung: Manfred Peters
Titelfoto: J. Holz + G. Wunsch
Gesamtherstellung: Ebner Ulm
ISBN 3-404-12134-1

Der Preis dieses Bandes versteht sich einschließlich
der gesetzlichen Mehrwertsteuer

I

Es war wie immer um die Mittagszeit, seit Jahr und Tag: Wenn er zurückritt zur Gutsverwaltung III, meist in leichtem Trab, oft aber auch im Galopp, daß unter den Hufen seines hohen braunen Pferdes die Erdklumpen in die Luft wirbelten, blickten die polnischen Landarbeiter kurz auf, umklammerten fester ihre Geräte, duckten sich dann tiefer in die Furchen und arbeiteten schneller, ohne den Kopf zu heben.

Und wie jeden Tag ritt er dann quer über die Felder, entlang an den Reihen der Arbeiter, hielt ab und zu an, schnauzte herum, blickte mit seinen harten Augen, über denen sich buschig die dicken Brauen wölbten, auf die gesenkten Köpfe und gebeugten Nacken und ließ die dünne lederne Reitpeitsche gegen seine hohen, weichen Juchtenstiefel klatschen.

Die Landarbeiter, bis auf ein paar Vorarbeiter alles Polen, in Dörfern wohnend, die dem Fürsten Pleß gehörten, auf Gütern arbeitend, die dem Fürsten Pleß gehörten, seit Jahrhunderten daran gewöhnt, daß alles, was man sah und anfaßte, das Land, die Häuser, die Fabriken, die Molkereien, die Mühlen, die Wasserwerke, die Spiritusbrennereien, die Ställe und Mastanstalten, die Kühe, Pferde, Schweine, Schafe, Ziegen, Hühner, Enten, überhaupt alles dem Fürsten Pleß gehörte, vielleicht sogar auch der Himmel über dem Fürstentum Pleß – diese Menschen, die sich eigentlich auch als Besitz des Fürsten Pleß fühlten, hoben erst dann wieder den Kopf, wenn der Reiter im schwarzen Reitrock und den hellbraunen Reithosen weitergaloppierte, schielten ihm aus den Augenwinkeln nach und atmeten auf.

Er hat nur gebrüllt, dachten sie zufrieden. Er hat nur

seine üblichen Kraftausdrücke gebraucht. Und Wacek, der betrunken unter einem Busch schlief, hat er nicht gesehen. Glücklicher Wacek! Vier Mann hatten ihn mit ihren Körpern vor dem strengen Blick gedeckt, und zwei Mädchen hatten beim Rübenausrupfen gesungen, so laut, daß man Waceks Schnarchen nicht hören konnte. Nicht auszudenken, was ihm passiert wäre, wenn der »Feldherr« ihn entdeckt hätte!

Sie nannten ihn alle »Feldherr«, obgleich er nie Offizier gewesen war. Der Titel hatte auch nichts mit dem Krieg zu tun. Er war nur ein Markenzeichen, gemischt aus Ehrfurcht und Angst, Respekt und ohnmächtiger Duldung: Dieser da, der Leo Kochlowsky, das strenge Herrchen mit der Reitpeitsche und den Augen, die alles sahen, war einer der Hauptverwalter der Fürstlich Pleßschen Güter hier unten in der äußersten Ecke von Schlesien, auf der rechten Oderseite, nördlich und westlich der Weichsel und westlich der Przemsa. 800 Quadratkilometer groß war das Gebiet, fast ein kleiner Staat für sich mit 93 Landgemeinden, 91 Gutsbezirken und 75 000 meist polnischen Einwohnern. Und dieser Leo Kochlowsky war der Herr der Felder, die an das Residenzschloß des Fürsten grenzten. Was er sagte, galt, was er anordnete, duldete weder Kritik noch Widerspruch, wen er strafte, der war wie vom Himmel gestraft, und wen er lobte, der hatte das Empfinden, eine Kerze in der nächsten Kirche anzünden zu müssen aus Dank für ein paar Augenblicke schönes Leben.

So war es nun einmal: Den Fürsten sah man selten, nur ab und zu zur Jagd oder wenn er mit Gästen in der Staatskarosse über Land fuhr oder bei der Parade der in der Kreisstadt Pleß in Garnison liegenden 2. Eskadron des Schlesischen Ulanenregiments von Katzler Nr. 2, was jedesmal zu Kaisers Geburtstag und am Gedenktag des

Friedens von 1871 in Versailles der Fall war. Sonst sah man nur die Gutsinspektoren, die Beamten, die Vorarbeiter, die Handwerker und Fuhrleute, alle in Lohn und Brot des Fürsten stehend – und ja, eben Leo Kochlowsky, der Mächtigste, der Alleinherrscher im Gutsbezirk III, der »Feldherr«.

Was er auch tat, es war, als täte es der Fürst selbst. Undenkbar schien es den Leuten, daß auch er Vorgesetzte haben konnte, daß zwischen dem Fürsten und ihm noch eine Menge hoher Hofbeamten stand, der Oberrentmeister zum Beispiel oder der Generalverwalter, der Haushofmeister oder der Chef der fürstlichen Verwaltungsbehörden, der selbst ein Graf war.

Sie alle sah man nicht; man sah nur Leo Kochlowsky auf seinem starken braunen Gaul und duckte sich, wenn man ihm gegenüberstand.

Nicht, daß Kochlowsky eine Hünengestalt gewesen wäre, ein breitschultriger Riese mit muskelbepackten Armen. Er war eher mittelgroß, besaß stämmige Beine, aber feingliedrige Hände, hatte dichtes schwarzes Haar und einen bis zur halben Brust reichenden gestutzten, gepflegten und bewunderswert schwarzen Bart. Auf den war er ebenso stolz wie auf das Vertrauen des Fürsten, das ihm eine solche Stellung verschaffte.

Wenn Kochlowsky sprach, strich er ab und zu wohlgefällig über seine Bartzierde, und selbst wenn er von seinem Sattel aus auf die polnischen Landarbeiter hinunterbrüllte, versprühten zwar seine Augen ein erschreckendes, ungehemmtes Feuer der Wut, zitterten die buschigen Augenbrauen und vibrierten die Hände, der Bart aber blieb makellos.

Ohne Zweifel: Leo Kochlowsky war eine ehrfurchtgebietende Person.

An diesem Mittag des Jahres 1887 ritt er nun zurück zur Gutsverwaltung, trabte kreuz und quer über die Felder und musterte mit ernsten Augen die Arbeiterkolonnen.

Diese Kontrollritte waren zwar nicht seine Aufgabe, dafür hatte er seine Inspektoren. Er hätte es sich als Verwalter von Gut III hinter dem Schreibtisch behaglicher machen können, bei einem Schnäpschen und einer guten Zigarre. Er hätte die neue Zeitung lesen oder eine Partie Schach mit dem Ersten Buchhalter Skrowronnek spielen könne, der so klug war, nur jede dritte Partie zu gewinnen.

Aber Leo Kochlowsky war da anders. Er ritt herum, um zu zeigen: Ich bin immer und überall da! In meinem Gutsbezirk gibt es keine Faulenzer! Ich sehe sie! Plötzlich bin ich da, damit müßt ihr rechnen! Ich weiß, wie ihr alle über mich denkt, ich weiß, daß ihr mir den Hals umdrehen könntet, ich sehe eure scheelen Blicke, ich lese in euren Augen den Widerstand ... Aber ich weiß auch, daß der Gutsbezirk III der zweitbeste des Fürsten ist, was den Ertrag angeht, und der beste, was Zucht und Ordnung betrifft.

Als sich Leo Kochlowsky an diesem Mittag einer Buchengruppe näherte, die zwei Felder voneinander trennte, ließ er sein Pferd in Schritt fallen und ritt langsam dem Wäldchen zu. Seine Augen suchten den Waldrand ab.

Als er zwischen den Stämmen einen hellen Fleck aufleuchten sah, lächelte er zufrieden, strich seinen schwarzen Bart und schwang sich nach einigen Metern aus dem Sattel. Er zupfte seinen Reitrock zurecht, klemmte die Lederpeitsche unter die linke Achsel und ließ das Pferd stehen. Es schien das gewöhnt zu sein, denn es senkte den Kopf und begann das Gras auszurupfen.

Das Mädchen, das am Waldrand saß, lächelte Kochlowsky an und warf mit einem Ruck die langen schwarzen Haare auf den Rücken. Es war ärmlich gekleidet in einem ausgeblichenen, ehemals roten, weiten Rock aus billigem Leinen, trug dazu eine graue Bluse mit weiten Ärmeln und einem runden Ausschnitt, der mit einem durchgezogenen Band geschlossen werden konnte. Jetzt war der Ausschnitt ganz offen und die Bluse heruntergezogen. Sie ließ den Ansatz von zwei festen, starken Brüsten und eine von der Sonne gebräunte, glatte, schimmernde Haut sehen. Die Beine waren nackt und im Sitzen angezogen. So gab der hochgeschobene Rock auch noch die Schenkel frei, schöne, kräftige, gesunde Schenkel. Das Mädchen saß da, wie ein Mädchen mit Anstand und guter Erziehung nie hätte dasitzen dürfen. Es war ein überaus erregender Anblick, der Begehren weckte.

Leo Kochlowsky blieb vor dem Mädchen stehen, musterte seine Schenkel und Brüste und zog die Augenbrauen zusammen. Das Mädchen lachte girrend, ließ sich nach hinten ins Gras fallen, kreuzte die Arme hinter dem Nacken und schämte sich offenbar nicht, daß es die nackten Beine gespreizt hatte und die Bluse halb offen war.

»Hat dich jemand gesehen?« fragte Kochlowsky halblaut. Er hatte eine tiefe, angenehme, aber doch harte Stimme, die fast zu einer Waffe werden konnte, wenn er losbrüllte.

»Nein!« sagte das Mädchen. Es sprach das harte, holprige Deutsch der Polen. »Nichts hat mich gesehen. Bin auf Befehl von Herrchen zum Hühnerhof. Dann bin ich geschlichen in Wald. Keine Sorge, Herrchen.«

»Du sollst mich nicht immer Herrchen nennen!« Kochlowsky warf seine Peitsche unter einen Baum, knöpfte seinen Reitrock auf und setzte sich neben das Mädchen. Seine linke Hand klatschte auf ihren Oberschenkel, die rechte legte sich auf ihre Brust. Das Mädchen stieß einen gurrenden Laut aus und dehnte sich unter Kochlowskys Händen. »Wie heißt du eigentlich?«

»Katja Simansky.«

»Hier geboren?«

»Vater, Großvater, Urgroßvater ... alle arbeiten auf Land von Fürst Pleß. Wohne drüben in Dorf.«

»Wie kommt es, daß ich dich erst jetzt entdecke? Ein so schönes Mädchen wie dich hätte ich nie übersehen.«

»Ich weiß, Herrchen.«

»Was weißt du?«

»Herrchen kennt alle Mädchen ...«

»Spricht man darüber?«

»Mit Freude. Mit Glück. Wenn Herrchen ein Mädchen ansieht, ganze Familie ist voll Stolz.«

»Du hast noch Vater und Mutter?«

»Nur noch Mutter. Vater tot bei Holzfällen in Wald. Von Baum erschlagen, vor drei Jahren. Herrchen war bei Begräbnis dabei. Ich dann später arbeiten in Futtermühle.«

»Und da habe ich dich gestern endlich gesehen.« Kochlowsky streichelte ihre Brust und lächelte. Daß er lächeln konnte, daß seine Hände weich sein konnten, daß der gefürchtete »Feldherr« sogar Zärtlichkeit ausströmte, war ein Erlebnis, das Katja Simansky sprachlos machte.

Bei aller Lockung hatte sie tiefe Furcht empfunden bis zu dem Augenblick, wo Leo sie zu streicheln begann. Katja schloß die Augen, weil Kochlowsky sich über sie beugte und sein Gesicht, so nahe über ihr, ihr doch wieder Angst einflößte. Dieses gefürchtete Gesicht, das jetzt über ihr war.

»Du bist schön, wunderschön, Katja ... «

»Ich weiß nicht, Herrchen«, flüsterte sie und schloß die

Augen. »Du weißt das besser.«

»Und ob ich das weiß! Du bist das Schönste zwischen Pleß und Nikolai. Ich werde dich in den Hühnerhof hinübernehmen und dir drei Groschen mehr pro Tag geben ...«

»Du bist so gütig, Herrchen ...« Katja seufzte und schlang die Arme um seinen Nacken. Aber die Augen öffnete sie nicht. Sie hatte noch immer Angst. »So sehr gütig.«

Eine halbe Stunde später ritt Leo Kochlowsky weiter. Er machte noch einen Umweg zur Kolonne der Waldarbeiter, aber er war milde gestimmt diesmal und brüllte nicht herum, sondern kehrte in einem flotten Trab zur Gutsverwaltung III zurück.

Kurz vor der Einfahrt begegnete er der Kutsche der Fürstin, die zum Schloß hinauffuhr. Der Leibkutscher Jakob Reichert winkte Leo zu und ließ die lange Peitsche schnalzen. Der Page neben ihm legte die Hand an die Federkappe.

Kochlowsky blieb am Straßenrand stehen, und als die Fürstin von Pleß an ihm vorbeifuhr, senkte er den Kopf und verneigte sich tief im Sattel. Die Fürstin nickte ihm zu und lächelte.

Wer kannte Leo Kochlowsky nicht auf Pleß!

na Baronin Suttkamm war im fürstlichen Haushalt eine der Hausdamen, die eine bestimmte Personalgruppe leiteten. Bei Elena von Suttkamm handelte es sich um das umfangreiche Küchenpersonal einschließlich der Kammerzofen der Fürstin und der Putzfrauen, die in den persönlichen Räumen der Fürstin saubermachen durften. Das war eine Auszeichnung, denn es ist etwas anderes, ob man ein Treppenhaus schrubbt oder im Boudoir der

Fürstin den Holzmosaikboden poliert und den Spiegel Ihrer Duchlaucht blankreibt.

Elena von Suttkamm hatte dadurch auch eine engere Beziehung zur Fürstin von Pleß als andere Hausdamen, wobei sie aber nie die Vertrautheit der Hofdamen erreichte, die ständig um die Fürstin waren. Dennoch hatte Elena öfter als jede andere Dame Gelegenheit, mit der Fürstin ein Gespräch zu führen.

Das lag an einer Eigenheit der Fürstin: Im Gegensatz zu den meisten Mitgliedern des Hochadels kümmerte sich die Fürstin von Pleß um die Sorgen und Nöte, Freuden und Glücksfälle ihres Personals, soweit es in ihrer Nähe und überschaubar war. Bevorzugt wurde vor allem die Küche, und das lag wiederum an der Ersten Köchin, der hervorragenden Wanda Lubkenski aus Orzesche. Ihr Name war fast schon Legende. Selbst der kaiserliche Chefkoch in Berlin kannte ihn, denn Kaiser Wilhelm I. hatte nach einem Besuch in Schlesien zu ihm gesagt:

»Ich habe bei dem Fürsten Pleß einen Rehpfeffer gegessen, der der beste meines Lebens war. Sie sollten sich das Rezept geben lassen.«

Aber trotz einer beinahe offiziellen Intervention des kaiserlichen Hofmarschallamtes in Berlin gab Wanda Lubkenski das Rezept nicht heraus, und der Fürst von Pleß lachte schallend, als Wanda sagte:

»Das bleibt bei uns, Durchlaucht! Die in Berlin haben gar keine Zunge dafür.«

Elena Baronin Suttkamm war Witwe.

Ihr Mann, der Rittmeister Enno von Suttkamm, war 1870 bei einer Attacke seiner Husarenschwadron in Frankreich gefallen, heldenhaft mit hocherhobenem Säbel, wie seine Kameraden stolz den Angehörigen berichteten.

Elena hatte davon wenig. Die Suttkamms waren niedriger Adel, der Besitz Suttkamm im Pommerschen war von sieben Geschwistern bevölkert, und für die junge Witwe blieb nur die Ehre, ihren Mann dem neugegründeten Kaiserreich geopfert zu haben.

So zog sie aus Suttkamm aus, nahm eine Stelle als Hausdame bei den Grafen von Prittwitz an, stieß dort allzusehr auf das erotische Interesse des lebenslustigen Hausherrn und wurde als »beste Hausdame, die man sich denken kann« von der Gräfin an die befreundete Fürstin von Pleß weiterempfohlen.

Hier ging es friedlicher zu. Hans Heinrich XI., Fürst von Pleß, Graf von Hochberg, Freiherr zu Fürstenstein, war 54 Jahre alt, Königlich Preußischer Oberstjägermeister, Chef des Hofjagdamtes und von 1871 bis 1878 Mitglied des Deutschen Reichstages als Vertreter der Deutschen Reichspartei. Er kümmerte sich mehr um die Jagd, die kaiserliche Politik und seinen Freund, den Reichskanzler Fürst von Bismarck, als um hübsche Witwen. Er trank gern einen guten Wein, erzählte Witze und residierte in seinem Fürstentum wie ein selbständiger Herrscher. Hier unten, im äußersten Zipfel Schlesiens, sprach man noch nicht von Liberalisierung, von Sozialismus oder Demokratie; der Fürst von Pleß war Herr und Vater in einer Person, Mittelpunkt einer eigenen kleinen Welt, mit der man zufrieden war. Man hörte ja auch nichts anderes.

Man weiß es schon: Den Fürsten bekam man selten zu sehen, aber allgegenwärtig in seinem großen Bezirk Gut III war Leo Kochlowsky. So blieb es auch nicht aus, daß die schöne Witwe Elena von Suttkamm, der man das fürstliche Leibpersonal unterstellt hatte, mit Leo zusammentraf.

Elena war damals 37 Jahre alt, eine reife, erblühte Schönheit mit vollem Busen und schlanker Taille, strahlenden braunen Augen und einem Mund, der zum Küssen reizte. Seit ihrem vor 17 Jahren begonnenen Witwendasein hatte sie es verstanden, männliche Attacken auf ihre Tugend abzuwehren. Bei Bällen tanzte sie gern, aber wenn ihr jemand ins Ohr flüsterte, man könne sich ja zurückziehen, erstarrte sie zu Eis und ließ den Partner stehen.

Das änderte sich, als sie Leo Kochlowsky begegnete.

Es war an einem Vormittag, und schon von weitem hörte Elena, als sie sich der großen Küche näherte, wie jemand mit dröhnender Stimme herumbrüllte. Das schrille Organ von Wanda Lubkenski antwortete.

Als Elena sich zu der großen Tür begab, sprang diese auf, und vier Küchenmädchen flüchteten weinend über den Gang in den Vorratsraum.

Mit einem Stoß öffnete Elena die Pendeltür und betrat die riesige Küche.

In der Mitte stand ein Mann im schwarzen Reitrock, hatte die Hände in die Hüften gestemmt und schimpfte aus voller Kehle. Die gewölbeartige Decke warf seine Stimme verstärkt zurück. Es dröhnte von allen Seiten. Wanda Lubkenski stand hinter einem dicken Holzblock und hielt ein blinkendes Fleischerbeil in den Händen.

»Du dämliche Dienstspritze!« schrie der Mann. »Du ausgekotztes Luder! Du willst mir widersprechen!«

Und Wanda keifte mit greller Stimme zurück: »Du hochnäsiger Affe! Du Lederhintern! Wenn ich recht habe, dann habe ich recht, auch wenn's dir nicht paßt!«

»Was ist hier los?« warf Elena laut dazwischen. »Wer sind Sie überhaupt?«

Der Mann drehte sich ruckartig um – und damit war es

passiert. Schwarze, blitzende Augen musterten Elena von Suttkamm, die dichten Brauen zuckten, der seidige, schwarze Bart bauschte sich etwas, als der Mann das Kinn gegen die Brust preßte. Elena wußte später keine Erklärung dafür, sie konnte es auch nicht beschreiben, sie sagte immer nur: »Als ich ihn so sah, traf es mich wie ein Blitz. Er blickte mich an, und ich war nicht mehr ich selbst.«

»O Gott!« sagte Wanda Lubkenski und machte einen tiefen Knicks. Aus den Augenwinkeln sah Leo Kochlowsky diese Geste und verzichtete darauf, auch diese Frau anzuschreien. Mit der rechten Hand streichelte er seinen Bart.

»Was ist hier los?« fragte Elena noch einmal.

»Nichts, Frau Baronin . . .«, stotterte Wanda. »Wirklich nichts.«

»Wegen eines Nichts wird so gebrüllt?«

»Er kann nicht anders, Frau Baronin . . .«

Leo Kochlowsky kniff die Augen zusammen. Es kostete ihn eine ungeheure Überwindung, Wanda nicht wieder mit unflätigen Titeln zu belegen. Er machte eine kleine Verbeugung und sagte mit mühsam unterdrückter Stimme:

»Leo Kochlowsky. Verwalter von Gut III.«

»Sie haben hier keinen Ochsen vor sich, den Sie anschreien müssen«, sagte Elena hochmütig.

»Aber eine damliche Kuh«, platzte Kochlowsky nun doch heraus und deutete auf Wanda.

»Frau Baronin«, stotterte die Köchin und stützte sich auf ihr Fleischerbeil.

Elena schnitt ihr mit einer Handbewegung das Wort ab. »Sie sind ein Flegel, Kochlowsky!«

Es war bestimmt das erste Mal, daß jemand so etwas

zu Leo sagte, und dann noch vor einigen Angehörigen des Küchenpersonals, denn außer Wanda befanden sich noch ein paar Mägde im Hintergrund und grinsten verhalten vor sich hin.

Die Suttkamm wird's ihm schon zeigen, dachten sie. Er ist zwar der »Feldherr«, aber hier in der Küche, hier im Schloß, ist er nur einer von vielen! Gut, daß man ihm das einmal sagt.

Kochlowsky hob die buschigen Augenbrauen, musterte Elena von Suttkamm stumm und genoß mit ohnmächtiger Wut den Anblick ihrer reifen Schönheit. Dann drehte er sich brüsk um, hieb mit der Reitpeitsche über den zunächst stehenden Herd und verließ mit knallendem Schritt die Küche. Dabei mußte er an der Baronin vorbei, und im Vorbeigehen zischte er ihr zu:

»Ich treffe Sie in einer Stunde im Pavillon am See ...«

Sprachlos über so viel Frechheit blieb Elena stehen, als sei sie versteinert. Erst als die Pendeltür quietschend hin und her schwang und anzeigte, daß Kochlowsky gegangen war, atmete sie tief auf. Wanda Lubkenski begann zu weinen und stotterte:

»So ein Kerl! So ein Kerl! Will von mir eine Aufstellung, wieviel Koteletts ich aus einem Schweinenacken schneide. Der kriegt es fertig und zählt die Bohnen in der Bohnensuppe nach ...«

Alles wehrte sich in Elena von Suttkam gegen diesen Leo Kochlowsky – aber eine Stunde später war sie doch am See im fürstlichen Park und sah Kochlowsky vor dem weißen klassizistischen Pavillon stehen.

Langsam kam Elena näher, versteifte den Nacken in würdevoller Abwehr und zog den Schal über ihrer vollen Brust straffer. Ihr Herz hämmerte plötzlich, und es half auch nichts, daß sie sich vorsagte: Du bist die Baronin von Suttkamm, geborene Freiin von Loebkausen, und er ist nur ein Kochlowsky, ein Bürgerlicher, ein Viehtreiber.

Ja, das hatte sie ihm an den Kopf werfen wollen: Sie Viehtreiber! Das mußte ein Schlag sein, der ihn fällte. Er platzte ja fast vor Stolz und Eigenliebe.

Leo Kochlowsky kam Elena nicht entgegen, wie es jeder Kavalier getan hätte. Er wartete stur am Pavillon, bis sie ihn erreicht hatte. Seine Augen strahlten, und zum zweiten Mal erschauerte sie unter diesem Blick, denn es schien ihr, daß dieser Mann fast magische Augen hatte. Sein Blick verbrannte alles, riß alle Schutzwälle ein, durchdrang alle Abwehr, machte sie willenlos.

Elena riß sich von diesen Augen los, blickte über den See mit den Fontänen und den steinernen Statuen, den Laubengängen und Blumenbeeten am Ufer. Es war ein warmer Frühsommertag, die Blüten dufteten, und im Gefieder der Schwäne blitzte die Sonne.

»Was haben Sie mir zu melden?« fragte Elena hochmütig und gab ihrer Stimme einen befehlenden Klang. »Sie wollen sich entschuldigen?«

»Nein! Wofür?« Kochlowsky fegte mit der Reitpeitsche ein Blatt von seinen blanken Stiefeln, Maßarbeit eines polnischen Schusters, die als die besten der Welt galten. »Wanda ist ein Trampel!«

»Und Sie sind ein Viehtreiber ... «

Jetzt platzt er, dachte Elena und wartete, aber Leo Kochlowsky nahm den Schlag ungerührt hin.

»Ich habe mich über Sie erkundigt«, sagte er statt dessen. »Auch wenn Sie eine Baronin sind – Sie sind genauso ein armes Schwein wie ich! Die Geschwister Ihres gefallenen Mannes werfen Sie einfach vom Gut. Ihre Angehörigen, die Loebkausens, sind froh, daß sie vom Ertrag ihrer paar Äcker leben können. Sie müssen arbeiten wie ich, katzbuckeln, sich anschnauzen lassen, immer ja und amen sagen. Sie sind angewiesen auf das Wohlwollen der hohen Herrschaften und glücklich, wenn man Ihnen ein Lächeln und ein paar gute Worte schenkt. Sie sind von Adel und doch nur ein Putzlappen. Ich bin der Sohn eines Buchhalters von der Ziegelei in Nikolai und wahrhaftig nur – wie Sie sagen – ein Viehtreiber. Aber wir sind mächtig in unserem Bereich. Die noch tiefer stehen, schauen zu uns auf und achten uns. Die ganz Mächtigen sind wie unerreichbare Berggipfel, aber mit uns kann man reden, über uns wird ihrer aller Leben abgewickelt, wir regulieren ihr Schicksal. Die adelige Obermamsell und der Viehtreiber – wir müßten eigentlich sehr gut zusammenpassen.

»Sie sind der abscheulichste Kerl, der mir je begegnet ist!« sagte Elena von Suttkamm mit zusammengebissenen Zähnen. »Der ungehobeltste Klotz! Ein Widerling sind Sie! Man sollte Sie schlagen! Sie haben mich beleidigt ... Ich werde es der Fürstin melden!«

Vier Tage später wurde Elena von Suttkamm Leos Geliebte. Sie kam von selbst, getrieben von einer Leidenschaft, der sie keine Gegenwehr entgegensetzen konnte. Nach der ersten Nacht mit Leo Kochlowsky dachte sie sogar an Selbstmord durch Arsen oder das Aufschneiden der Pulsadern, sie schämte sich, spuckte ihr Spiegelbild an, schrie: »Du Hure!« und wollte der Fürstin alles beichten.

Aber dann kam die zweite Nacht, und Elena schlich, in ein großes schwarzes Spitzentuch gehüllt, wieder zum Verwalterhaus.

Das war vor einem Jahr geschehen. Jetzt, im Sommer darauf, lebten Elena und Leo in einem ständigen Krieg miteinander.

Während Elena von Suttkamm mit allen Fasern ihres Herzens an Kochlowsky hing und bereit war, auf Adel und Ansehen zu verzichten, wenn er sie nur heiraten würde, war der gestrenge und doch so vielgeliebte Herr Verwalter zu allem anderen eher bereit, als sich den Ehering überstreifen zu lassen. Jede Woche mindestens einmal gab es Szenen und Tränen, Ausbrüche und Vorwürfe, die dann schließlich endeten, indem Elena an Leos Brust sank, und da sie immer noch eine sehr schöne Frau war, trug Kochlowsky sie ins Bett und gewährte ihr ein paar Stunden die Illusion der Liebe.

Auch an diesem Tage war die Atmosphäre mit Unheil geladen, als Leo das Verwalterhaus betrat und Elena in einem Sessel neben dem Kamin hocken sah. Sie starrte ihn mit schmalen Augen an, und diesen Blick kannte er zur Genüge.

Kochlowsky zog seinen Reitrock aus, knöpfte das Hemd über der behaarten Brust auf, streifte die hohen Stiefel ab und ging auf Socken zu dem geschnitzten hohen Schrank, in dem einige Flaschen Portwein standen. Er holte zwei Gläser, goß eines voll und sah sich dann zu Elena um.

»Willst du auch eins?« fragte er.

»Schämst du dich nicht?« sagte sie dumpf.

»Nein! Wofür?«

»Das fragst du noch?«

»Weil ich in Socken herumlaufe?«

»Spiel nicht den Zyniker! Du weißt es genau!«

»Ich weiß gar nichts.«

»Seit drei Wochen bist du heimlich mit dieser polnischen Furchenhure zusammen ...«

»Mit wem?«

»Mit dieser Katja Simansky! Leugne es nicht, ich weiß

es! Ich habe euch im Birkenwäldchen beobachtet. Mir ist übel geworden bei diesem Anblick.« Sie verkrampfte die Finger ineinander und begann zu zittern. »Mit einer polnischen Magd!«

»Schönheit ist kein Privileg des Adels!« Leo trank sein Glas aus, schenkte das andere voll und kam zum Kamin. »Du hast sie ja gesehen ... Ist sie nicht wunderschön? Verzichte jetzt auf deine übliche Ohnmacht, sie bringt nichts mehr ein.«

»Du gibst mir einen Tritt? Nach einem Jahr schiebst du mich ab wegen einer polnischen Hure? Ich warne dich ... «

»Was heißt das?« Er stand vor ihr, blickte sie aus seinen schwarzen Augen lauernd an und sah mit dem offenen Hemd, der haarigen Brust und den Reithosen mit den Socken selbst aus wie ein Knecht, der gerade aus dem Stall gekommen war. »Ich lasse mir doch nicht drohen ... «

»Deine Katja ist verlobt, weißt du das? Verlobt mit Jan Pittorski ... «

Das war neu. Kochlowsky kannte Jan Pittorski selbstverständlich. Er war der Erste Bereiter des Fürsten und verantwortlich für dessen Lieblingspferde. Wenn Fürst Pleß mit jemandem länger sprach als normal, dann mit Pittorski. Das Gestüt Luisenhof war einer der Lieblingsplätze des Fürsten, dort suchte er die Einjährigen aus, die dann von Pittorski zugeritten und dem Fürsten vollendet vorgeführt wurden.

Leo Kochlowsky blickte Elena nachdenklich an. »Wen interessiert das?« fragte er gedehnt.

»Es wird Pittorski sehr interessieren, wer mit seiner Braut in die Wälder schleicht und sich dort wie ein liebestoller Hengst aufführt.«

»Du wirst es ihm sagen?«

»Und ich werde lachen und mein schönstes Festkleid anziehen, wenn er dir den Schädel einschlägt! Denn genau das wird er tun! Du kennst Jan.«

»Dann geh hin!« sagte Kochlowsky ruhig. Er schüttete Elena ein Glas Portwein ins Gesicht, und sie saß wie versteinert, ließ den Wein über ihr Haar und ihre Wangen laufen, er tropfte auf das Kinn und das Kleid, und sie dachte dabei: Wer wagt es einmal, diesen Mann zu besiegen, ihn winseln und sich wie einen Wurm krümmen zu lassen ... Wer kriegt diesen Kerl klein? Pittorski? Er würde ihn wirklich erschlagen – aber das geht zu schnell! Er müßte langsam zerfressen werden wie von einer unbekannten Krankheit.

Voller Haß starrte sie Leo an, das Gesicht von dem süßlichen Portwein naß und verklebt.

»Das ist das neunte Weibsbild, mit dem du mich betrügst«, sagte sie mit brüchiger Stimme.

»Ich kann mich nicht erinnern, dir ewige Treue geschworen zu haben. Vor keinem Standesbeamten, vor keinem Pfarrer ...«

»Du bist ein Scheusal ohne Skrupel! Was ist eine Frau eigentlich für dich?«

»Ein schöner Körper, den die Natur gerade zu dem Zweck so schön gemacht hat, daß man ihn nimmt! Welch einen anderen Sinn hätte er sonst? Was wäre er sonst wert?«

»Du Teufel, du!«

»Baronin, ich bin nur ein Viehtreiber – nach Ihrer eigenen Erkenntnis. Verlangen Sie von einem solchen Plebejer keine humanistischen Duseleien.« Leo warf das leere Glas gegen den Kamin, wo es zerschellte. »Und nun raus mit dir. Ich habe noch einen langen Abend vor mir!«

»Mit der polnischen Hure?«

»Nein! Mit einer kleinen Schneiderin aus Pleß.« Kochlowsky grinste breit. »Siehst du, die kennst du noch nicht. Magda heißt sie. Sie ist zierlich und fröhlich und fast halb so alt wie du ...«

Das war der Augenblick, wo Elena nach dem Holzscheit im Kamin griff und es Leo an den Kopf schleuderte. Er wich dem Wurf aus, lachte dröhnend, strich sich mit beiden Händen über den Bart und verstummte erst, als er vom Fenster aus Elena über den Weg zum Schloß rennen sah.

Sieh an, dachte er, Jan Pittorski ist mit Katja verlobt. Das ist eine echte Gefahr. Pittorski ist ein starker Mann mit harten Muskeln. So heiß das polnische Flämmchen auch brennt, es lohnt sich nicht, sich deswegen die Knochen brechen zu lassen.

Kochlowsky badete sich, zog einen dunkelgrauen Anzug mit schwarzen Streifen an, setzte einen dunkelgrauen Zylinder auf und fuhr in einem offenen Dogcart, bespannt mit einem kaukasischen Schimmel aus dem fürstlichen Stall, in das Städtchen Pleß.

Wo man ihn sah, grüßte man ihn ehrfürchtig. Der strenge Herr Leo – er war eine Persönlichkeit, der Verwalter von Gut III, und für die Arbeiter viel wichtiger als der Fürst.

Was wußte der Fürst schon vom Volk? Für das Volk aber war der strenge Herr Leo von lebenswichtiger Bedeutung ...

In diesen Sommertagen – es war genau an einem Freitag um 17 Uhr 23 – holte der Leibkutscher des Fürsten Pleß, der väterlich-freundliche Jakob Reichert, vom Bahnhof Pleß einen Gast der Fürstin ab.

Genaugenommen war es kein Gast, sondern eine neue Angestellte, und noch nicht einmal das ... Es war ein Mamsellchen auf Probe, wie es Wanda Lubkenski nannte, eine neue Küchenmamsell, die von weit her kam, aus dem Bückeburgischen.

Gott weiß, warum man so junge Mädchen so weit herumschickt, nur um kochen zu lernen!

Wanda Lubkenski, der das Mamsellchen unterstellt werden sollte, war schon sehr gespannt, was da aus der Ferne kam, zumal der Neuen eine hohe Empfehlung vorausging: Die Fürstin selbst hatte Wanda und Elena von Suttkamm zu sich kommen lassen und gesagt:

»Wir werden eine neue Mitarbeiterin bekommen. Eine junge Mamsell für die Küche. Die Fürstin zu Schaumburg-Lippe hat sie mir empfohlen. Sie ist ihr ans Herz gewachsen wie ein Kind. Wir sollten genauso denken.«

Das war nun wirklich eine ungeheure Empfehlung. Wanda Lubkenski versicherte, das neue Mamsellchen würde sich bei ihr wie daheim in Bückeburg fühlen, die Baronin von Suttkamm versprach, sich mütterlich um die Kleine zu kümmern, und sinnierte darüber nach, wer dieses Mädchen wohl sein könne. Denn daß eine einfache Küchenmamsell derart angekündigt wurde, war völlig ungewöhnlich, ja geradezu unglaublich, und am Ankunftstag spannte Leibkutscher Reichert zwar nicht die Hofkutsche an, holte den Gast aber doch immerhin mit einer der fürstlichen Kutschen ab. Das Wappen derer von Pleß leuchtete golden an den Türen.

Und da stand sie nun auf dem Bahnsteig, als der Zug weiterdampfte nach Kattowitz, blutjung, blondgelockt, mit einem süßen Kindergesicht, schlank und schmal, in einem Schutenhut und einem geblümten Kleid, das züchtig hochgeschlossen war, neben sich eine große, mit Blumen bestickte Reisetasche aus Leinen und einen Koffer aus dicker Pappe. Auf dem Koffer stand ein kleiner hölzerner Vogelbauer mit einem giftgrünen Zeisig darin, der aufgeregt und schrill zirpte.

Jakob Reichert ging auf das Mädchen zu. Ohne Zweifel, das mußte sie sein. Nur so konnte ein Mamsellchen aus Bückeburg aussehen, das die Fürstin Schaumburg »mein Kindchen« nannte!

»Willkommen in Pleß!« sagte Reichert dröhnend und grüßte militärisch. »Mamsell Sophie Rinne?«

»Ja.« Große blaue Augen starrten zu ihm auf. Die kleine Nase vibrierte, die Mundwinkel zuckten. Sie war dem Weinen nahe – so allein in einem fremden Land, von dem man ihr erzählt hatte, hier gäbe es Bären und Wölfe, und im Winter, wenn sie Hunger hätten, kämen die Wölfe sogar bis vor die Wohnungen und heulten die ganze Nacht.

Nun stand sie hier auf dem Bahnsteig, ein großer, schwerer Mann sprach sie an, der Zug war weg, und es gab kein Zurück mehr. Sie mußte in diesem wilden Land bleiben und hatte nur noch Hänschen bei sich, ihren Zeisig, den die Fürstin Schaumburg ihr zu Weihnachten geschenkt hatte.

»Ich bin Jakob«, sagte Reichert, »der Leibkutscher des Fürsten. Bin geschickt, um Mamsellchen abzuholen. Sie werden sich wohl bei uns fühlen. Haben ja beste Empfehlungen aus Bückeburg.« Reichert blinzelte ihr zu. »Wie ist das da oben eigentlich bei euch in Bückeburg? Stimmt das – da kommt das Salzwasser aus der Erde, und das trinkt man auch noch?«

»Und eure Wölfe kommen bis in die Ställe ...«

»Es wird viel dummes Zeug geredet, Mamsell Sophie.« Reichert lachte, nahm Reisetasche und Pappkoffer und wartete, bis Sophie Rinne ihren Vogelbauer unter den Arm geklemmt hatte. »Wir haben alle viel zu erzählen, was? Sie von Bückeburg, wir von Schlesien – und wieviel Land liegt da noch alles dazwischen! Und trotzdem sind wir alles Deutsche, ein Kaiserreich seit 1871! Das ist schon ein schönes Gefühl, was, Mamsellchen?«

Das Mädchen nickte, stieg in die rot gepolsterte Kutsche und zog die Tür zu. Man sah, daß es sich wie verloren, wie ausgesetzt vorkam. Jakob Reichert beugte sich in die Kutsche.

»Auf diesem Polster hat schon Bismarck gesessen«, sagte er stolz. »Habe extra für Sie die Kutsche anspannen lassen. So ist noch keine Mamsell zu uns gekommen.«

»Wie ... wie ist die Erste Köchin?« fragte Sophie zaghaft. Die Kutsche war ihr nicht so wichtig wie die Leiterin der Küche, mit der sie nun arbeiten mußte.

»Wanda Lubkenski heißt sie. Eine Meisterin in ihrem Fach! Streng, aber gerecht. Man kann viel von ihr lernen. Sie ist seit über zwanzig Jahren beim Fürsten. Länger, als Sie auf der Welt sind, nicht wahr, Mamsell?«

»Ja, ich bin sechzehn ... «

»Mein Gott – und so ein Küken schickt man in die Welt! Haben Sie keine Eltern?«

»Wir sind zehn Kinder daheim. Mein Vater war Gepäckträger im Bahnhof Bückeburg ... «

»Das Leben ist krumm für viele!« sagte Reichert philosophisch. »Aber hier biegen wir es bei Ihnen gerade, Mamsellchen. Nur Mut! Auf Schloß Pleß werden Sie nur Freunde haben.«

Es ergab sich, daß ausgerechnet an diesem Abend, als Leibkutscher Reichert die kleine Mamsell Rinne bei Wanda Lubkenski ablieferte, Leo Kochlowsky aus dem Magazin kam und mit offenem Mund dem zierlichen Mädchen nachstarrte. Er sah, wie es von Wanda und Elena von Suttkamm in Empfang genommen und sofort in den Privattrakt der Fürstin geführt wurde.

Als Reichert zurückkam, stand Kochlowsky noch immer am gleichen Fleck.

»Wer war denn das?« fragte er.

»Das geht dich nichts an!« erwiderte Reichert grob.

»Bist du mein Freund?«

»Von dem Augenblick an nicht mehr, wo du ein Auge auf das Mädchen wirfst.«

»Etwas Höhergestelltes?«

»Eine Mamsell . . . «

»Oha!« Leo Kochlowsky strich seinen Bart. Seine schwarzen Augen blitzten. »Das ist das Süßeste, was die Natur geschaffen hat . . . «

»Und es ist dein Untergang, wenn du sie anfaßt, Leo!« sagte Jakob Reichert fast feierlich. »Ich schwöre es dir: Ich bringe dich um, wenn du diesem Mädchen zu nahe kommst.«

II

Die Fürstin Pleß war sehr freundlich.

Nachdem Sophie Rinne ihren tiefen Knicks gemacht hatte, zog die Fürstin sie eigenhändig hoch und gab ihr einen Kuß auf die Stirn. Weder Wanda Lubkenski noch Elena von Suttkamm konnten sich erinnern, daß jemals eine einfache Mamsell so von ihrer Herrin begrüßt worden wäre.

Es mußte also stimmen, was schon Leibkutscher Reichert gemunkelt hatte, als er den Befehl erhielt, Sophie von der Bahn abzuholen – etwas, das allein schon außergewöhnlich war, denn welche Angestellte fährt in der fürstlichen Kutsche vor dem Schloß vor? Hinter dem zarten Persönchen Sophie Rinne verbarg sich ein Geheimnis! Ein Geheimnis, dessen Ursprung zwar weit weg im Bückeburgischen zu finden war, das sich aber jetzt bis Pleß auswirkte. Irgend etwas stimmte da nicht. Der Vater sollte Gepäckträger sein? Also bitte, wieso begrüßt dann die Fürstin seine Tochter mit einem Kuß? Das war so ungeheuerlich, daß die Phantasie alle Spekulationen erlaubte.

»Meine liebe Freundin Schaumburg hat dich ›Kindchen‹ oder ›Nichtchen‹ genannt«, sagte die Fürstin Pleß und sah Sophie Rinne mit einem milden Lächeln an. Ein Kind ist sie auch noch, dachte sie. Ein zartes Wesen wie aus Porzellan. Sie wird in der Küche schwer arbeiten müssen, man sollte ihr eigentlich eine andere Stelle zuweisen, aber sie soll gerade im Kochen eine große Begabung sein. So jung sie ist – sie hat in Bückeburg schon zwei eigene Wildsoßen komponiert, und ihre Kuchen hat die Schaumburg besonders gelobt.

Auf Pleß sollte Sophie nun zu einer wirklich großen Köchin werden, denn die Tafelgenüsse des Fürsten waren berühmt. Wo bekam man einen Fasan besser zubereitet als hier? Wo gab es delikatere Hirschkalblenden? Das war die Kunst von Wanda Lubkenski, und ihr Erbe sollte Sophie Rinne einmal antreten.

»Ich werde dich auch ›Kindchen‹ nennen«, sagte die Fürstin Pleß. »Du wirst dich bei uns wohl fühlen. Wir sind alle fröhliche Menschen ... «

Auch das war ungewöhnlich, und Wanda Lubkenski begann schon darüber nachzudenken, womit sie Sophie in der Küche beschäftigen könnte, um sie nur ja nicht zu überanstrengen. Am besten ließ man sie zusehen, da bekam sie alles mit, lernte viel und wurde nicht durch Arbeit strapaziert. Auch bei der Aufstellung der Speisepläne und der Bestellisten für die Güter konnte sie helfen. Auf keinen Fall kam sie in die große Personalküche, wo für den umfangreichen Hofstaat gekocht wurde. Dort herrschte ein ausgesprochen frivoler Ton, schon durch die Dienerschaft, für die eine Mamsell dazu da war, daß man sie in den Hintern oder in die Brust kniff. Von den Liebesdramen, die sich im Personaltrakt abspielten, erfuhr der Haushofmeister nie etwas. Man machte das unter sich aus, in den Gasthöfen, auf den Feldern, im Garten. Da schlug man sich um die Mädchen, so, wie die Hirsche in der Brunft miteinander forkeln.

Sophie Rinne bekam ein schönes, kleines Zimmer mit Blick auf den Park. Ein Bett mit geblümter Wäsche befand sich darin, ein Schrank, eine Kommode, ein Waschtisch mit Spiegel, außerdem eine schmale Bank, ein Tisch und zwei Stühle mit geflochtenen Sitzen. Die Dielen waren dunkelbraun gestrichen, am Fenster hingen Gardinen mit bunten Tupfen, und ein Bild hing an der getünchten Wand, ein Buntdruck unter Glas. Es zeigte einen großen Engel mit riesigen weißen Flügeln, der sich über ein blondgelocktes Kind beugte und es vor einem Felsenabgrund festhielt. »Der Schutzengel« hieß dieses berühmte Gemälde, das man in vielen Häusern finden konnte und das schon Tausende Betrachter gerührt hatte.

»Ruh dich aus!« sagte Wanda zu Sophie, als sie ihr das Zimmer zeigte. »Du bist ja todmüde. Wie lange biste denn unterwegs?«

»Fast 22 Stunden, immer im Zug. Fünfmal bin ich umgestiegen.«

»Dann leg dich hin und schlaf.« Wanda blickte an ihr vorbei zur Wand. Der Dienst in der Küche begann für die erste Abteilung schon um fünf Uhr früh, um sechs war die volle Mannschaft da. Jeden Morgen wurde frisch gebacken für den fürstlichen Haushalt. Der gesamte Hofstaat bekam Brot, Brötchen, Hörnchen und Zuckergebäck von der Gutsbäckerei. Dort wurde schon ab zwei Uhr nachts gearbeitet. Aber konnte man verlangen, daß das »Kindchen« auch schon um sechs Uhr in der Küche stand?

»Morgen bekommst du deine Kleider«, sagte Wanda. »Nach dem Frühstück gehe ich mit dir zur Kleiderkammer.«

»Und vorher?«

»Ruh dich aus . . .«

»In Bückeburg war ich um sechs Uhr in der Küche.«

»Wirklich?«

»Den Kakao für die jungen Prinzen und Prinzessinnen habe immer ich zubereitet.«

»Dann komm um sechs«, sagte Wanda. »Wenn du nachher noch was zu essen oder zu trinken willst, mußt du wieder runter zum Gesinderaum. Die meisten aber haben auf ihrem Zimmer einen Spirituskocher. Den solltest du dir auch kaufen. Ich helfe dir dabei. Und jetzt leg dich hin und schlaf, Sophie.«

»Danke.« Sophie wartete, bis Wanda Lubkenski das Zimmer verlassen hatte, ging dann zur Tür und schob den dicken Riegel vor – das Wichtigste im ganzen Raum, wie ihr Wanda vorher erklärt hatte. Danach kehrte Sophie zum Fenster zurück, schob einen Stuhl heran, setzte sich, zog die getupfte Gardine zur Seite und blickte hinunter in den Park und über die Bäume hinweg in den Abendhimmel. Die Sonne ging blutrot unter, wie riesige brennende Schiffe zogen die dicken Sommerwolken vorbei.

Zunächst weinte Sophie Rinne ein wenig; es war alles

so fremd, so riesengroß im Vergleich zu Schloß Bückeburg, und sie war so allein in dieser unbekannten Welt. Das Zimmer, so schön es war, kam ihr leer und kalt vor, und mit Angst dachte sie an den nächsten Morgen, an all die vielen unbekannten Gesichter, an die sie sich gewöhnen mußte, an die neugierigen Fragen, die Gespräche der anderen Mädchen, die sich meist nur um ihre Erlebnisse mit Männern drehten, und an die schwere Zeit des Einlebens in diesen fremden Kreis des Personals.

Die Hände im Schoß gefaltet, den Blick auf den Park gerichtet, weinte Sophie still vor sich hin. Das hatte sie von ihrer Mutter gelernt, die groß im Ertragen von Leid war. »Du mußt weinen«, hatte sie gesagt. »Setz dich irgendwohin in eine Ecke, wo dich niemand sieht, und dann weine. Das hilft. Das erlöst. Du wirst freier. Mit den Tränen fließt alles aus dir weg, aller Kummer, alle Sorgen, alle Angst. Weinen ist keine Schande. Man kann kräftiger werden durch Weinen. Wie könnte ich sonst dieses Leben ertragen ...«

Als es dunkler wurde, nachdem das schwindende Sonnenlicht nur noch ein roter Streifen am Himmel war, zündete Sophie eine Petroleumlampe an, schraubte den qualmenden Docht niedrig und begann, ihre Leinentasche und den Pappkoffer auszupacken.

Hänschen, der Zeisig, der mit seinem Bauer auf dem Tisch stand, hatte bisher noch keinen Piepser von sich gegeben. Auch er hatte Heimweh. Er hockte auf dem Boden in dem hellen Sand, hatte sich aufgeplustert und den Kopf eingezogen.

Da klopfte es plötzlich an die Tür. Sophie, die gerade einen zerknautschten Rock ausschüttelte, setzte sich erschrocken auf das Bett.

»Wer ist da?« fragte sie zaghaft. »Wanda?«

»Hier ist nicht Wanda«, antwortete eine tiefe, volle Stimme. Sie klang warm und vertrauenerweckend. »Hier ist Leo . . .«

»Wer sind Sie?«

»Ich bin der Verwalter des fürstlichen Gutes III.«

»Und was wollen Sie?«

»Ich möchte Sie auf Pleß willkommen heißen.«

»Jetzt?«

»Ich habe gesehen, wie Jakob Sie von der Bahn abholte. Sie wirkten nicht sehr glücklich . . . «

»Ich bin aber glücklich.«

»Sollen wir uns durch die dicke Holztür unterhalten?«

»Ja. Wenn es Ihnen nicht paßt, können Sie ja gehen . . . «

Leo Kochlowsky überlegte, ob er die Unterhaltung fortsetzen sollte. Er war sicher, daß die kleine Mamsell das Zimmer nicht aufriegelte. Andererseits verbot es ihm sein Stolz, noch länger hier draußen zu stehen und gegen lackiertes Holz zu sprechen.

Er räusperte sich, strich sich über die Stirn und versuchte es noch einmal: »Ich könnte Ihnen helfen, ganz gleich, was Sie wünschen. Sagen Sie mir, was Sie brauchen . . . Schneller, als Sie denken, wird Ihr Wunsch erfüllt sein!«

»Ich habe einen großen Wunsch . . . «, sagte Sophie Rinne langsam, und Leo Kochlowsky atmete auf.

Also doch, dachte er. Im Grunde genommen sind alle Frauen gleich. Sie unterscheiden sich nur im Aussehen. Winkt man mit einer Gefälligkeit, läuft keine von ihnen davon!

»Schon erfüllt, Mamsell!« rief Leo fröhlich und siegessicher.

»Lassen Sie mich in Ruhe, und gehen Sie weg!«

»Sie sind nicht sehr höflich . . . «

»Ich will auch nicht höflich sein.«

Leo Kochlowsky warf einen bösen Blick auf die Tür, drehte sich um und ging mit stampfenden Schritten die Treppe hinunter. Aufatmend hörte Sophie, wie er sich entfernte.

In der Eingangshalle des Personalgebäudes traf Kochlowsky auf Wanda Lubkenski, die gerade von einem abendlichen Schwätzchen bei der Kammerzofe der Fürstin zurückkehrte. Verwundert und sofort voller Argwohn blieb sie stehen, stemmte die Hände in die Hüften und sah Leo kampflustig an. Was hat der Herr Verwalter hier zu suchen? dachte sie. Kommt da die Gesindetreppe herunter? Da stimmt doch etwas nicht! Ein Kochlowsky geht nie zu Untergebenen – er bestellt sie zu sich.

»Wo kommst du denn her?« fragte Wanda mißtrauisch.

»Das geht dich einen Scheißdreck an!« Kochlowsky ging weiter, aber Wanda verstellte ihm den Weg zur Ausgangstür. Er hätte die Köchin umrennen müssen, um hinauszukommen, und genau das hatte Leo vor, als er unbeirrt weiterging. Auch Wanda stellte sich auf einen Zusammenprall ein, postierte sich fest, mit gespreizten Beinen und eingezogenem Kopf, und wartete.

Ein paar Zentimeter vor ihr aber blieb Kochlowsky doch stehen. Wandas Busen drückte bereits gegen seinen Bart. Ihre erregten Gesichter waren so nahe voreinander, daß es für einen Uneingeweihten aussah, als wollten sie sich im nächsten Moment küssen. Dabei lag ihnen nichts ferner als das.

»Geh aus dem Weg, du Zicke!« knurrte Leo dunkel.

»Ich denke nicht daran!« zischte ihn Wanda Lubkenski an. »Stoß mich doch weg!«

»Und dann wirst du schreien . . . «

»Und wie! Häuserweit! Das ganze Schloß wird zusammenlaufen! Der Herr Verwalter vergreift sich an der Ersten Köchin! Gibt das einen Auflauf!«

»Du verfluchtes Aas!«

»Deine Ausdrücke wiederholen sich. Man gewöhnt sich daran.«

»Ich könnte dir eine runterhauen, aber ich habe in meinem ganzen Leben noch nie eine Frau geschlagen.«

»Von wem kommst du jetzt angeschlichen?«

»Bist du die Amme des Personals?«

»Also doch . . .«

»Was heißt das?«

»Du kommst von einem Weibsstück! Der gestrenge Herr Leo ist eben doch nur ein liebestoller Kater!«

»Geh aus dem Weg!« Kochlowsky schob seine Hand zwischen seinen Bart und Wandas Brust. »Du beleidigst meinen Bart mit deinem Gemelk!«

»Wo ist hier jemand auf Pleß, der den Mut hat, dich einmal so durchzuwalken, daß du zwei Wochen weder stehen, liegen noch sitzen kannst?« sagte Wanda giftig. »Meine ganzen Ersparnisse gäbe ich dafür hin! Bei der Madonna, ich schwöre es! Ich werde es überall verkünden: Wer Leo Kochlowsky verprügelt, erhält mehr als einen Jahreslohn dafür!«

»Es wird sich trotzdem keiner finden!« sagte Leo stolz. »Gib den Weg frei, du ausgefranster Topfkratzer . . . Oder soll ich überall erzählen, daß der Josef Januski bei seiner Abreise fünf Pfund Salzfleisch im Urlaubsgepäck hatte – für deine Schwester in Radomsko? Verdreh nicht die Augen, du Zippe, und leugne nicht! Ein Leo Kochlowsky weiß alles, was hier geschieht!«

Wanda Lubkenski war so erschüttert, daß sie tatsächlich einen Schritt zur Seite trat und den Weg freigab. Es war nicht abzustreiten: Josef hatte das Fleisch für ihre Schwester Krystina mitgenommen. Aber Wanda hatte es bezahlt und alles ordentlich im Wirtschaftsbuch vermerkt. Eine Wanda Lubkenski klaute nicht, auch wenn sie täglich hundertmal Gelegenheit dazu hatte. Aber allein die Tatsache, daß Leo von den fünf Pfund Salzfleisch wußte, verwirrte sie maßlos, zeigte es doch, daß er wahrhaftig über alles im Bilde war.

Sie starrte ihm nach, wie er hocherhobenen Hauptes das Gesindehaus verließ, wie immer ein Sieger und unangreifbar, der schöne, strenge Herr Leo, der mit Frauenherzen einen ganzen Weg hätte pflastern können.

Im Verwalterhaus erwartete ihn neuer Verdruß. Leibkutscher Jakob Reichert saß auf dem mit flaschengrünem Plüsch bezogenen hochlehnigen Sofa, hatte sich aus dem Schrank eine Flasche Doppelweizen geholt und schien schon eine ganze Weile auf Kochlowsky gelauert zu haben.

»Prost!« sagte Leo mißgelaunt. »Wie ich sehe, ist die Pulle leer. Daß ihr Kutscher alle so saufen müßt . . .«

»Die frische Luft . . .« Reichert sah Kochlowsky forschend an. »Kommst du von Katja Simansky?«

»Das geht auch dich einen Dreck an!«

»Stimmt. Aber nicht Jan Pittorski. Man hat es ihm hintenherum zugesteckt. Ganz raffiniert . . . Nicht etwa so: ›Der Herr Verwalter liegt mit deiner Katja im Stroh.‹ Nein, sondern: ›Paß mal besser auf deine Katja auf. Seit sie auf dem Hühnerhof arbeitet, interessiert sich der Herr Verwalter sehr fürs Eierlegen . . .‹ Das wirkt!«

»Ich weiß, woher das kommt«, sagte Kochlowsky dunkel und dachte dabei: Dieses Luder Elena! Diese abgetakelte Fregatte! Nun heißt es, zurückhaltend zu sein.

Aber das war nicht schwer. Der Reiz des Neuen, Unerforschten war bei Katja längst vorbei. Wenn man sich jetzt traf, dann nur, weil sie wirklich einen der wunderbarsten Körper besaß, den er je unter den Händen gehabt hatte. Aber bei Gefahr konnte man darauf verzichten.

»Pittorski hat in der ersten Wut ein Loch in die Wand einer Pferdebox getreten«, sagte Reichert leichthin. Er kippte noch ein Gläschen Doppelweizen und sah Leo zu, wie dieser zu seinem russischen Samowar ging, aus dem kleinen Kännchen etwas Teesud in eine große Tasse laufen ließ und dann mit kochendem Wasser auffüllte. Dazu nahm er drei Löffel braunen Zucker und rührte laut und klappernd um.

»Morgen wird Pittorski seine Katja so lange durchprügeln, bis sie alles zugibt«, fuhr der Leibkutscher fort. »Leo, ich sehe große Komplikationen auf dich zukommen. Das war heute dein letztes Rendezvous mit Katja.«

»Ich war nicht bei Katja!« Kochlowsky schlürfte den heißen, süßen Tee.

»Wieder was Neues?« fragte Reichert neugierig.

»Nein!«

»Niemand wird glauben, daß Leo Kochlowsky allein in der Nacht spazierengeht, um sich den Großen Bären am Himmel anzusehen.«

»Ich verlange von keinem zu glauben, was ich tue!« sagte Leo grob. »Ihr könnt mich nur alle kreuzweise ...«

»Für diese Geschmacksrichtung wird niemand zu haben sein!« Reichert lachte glucksend. »Wie machst du das eigentlich, Leo? Verrat mir mal dein Geheimnis. Du bist das größte Ekel, das auf Pleß herumstampft, und trotzdem laufen dir die Weiber scharenweise nach. Du bist kein Hüne von Gestalt, man hört dich nie sprechen, sondern immer nur brüllen, du bist herrischer als der Fürst, in Gelddingen ein Kleinkrämer – aber die Mädchen himmeln dich an! Wer kann das verstehen?«

»Du nicht! Es genügt, wenn ich es verstehe ...«

»Du kannst das wirklich erklären?«

»Ja. Es ist furchtbar einfach. Man muß eine Frau als das betrachten, als was sie geschaffen wurde: als Dienende.«

»O Himmel! Sag das nicht laut!«

»Wenn ihr armseligen Kerle einer Frau nachlauft, verdreht ihr die Augen und benehmt euch wie ein Pfau. Da wissen sie genau: Den wickeln wir um den kleinen Finger und stecken ihn dahin, wo wir wollen!« Kochlowsky schlürfte wieder an seinem dampfenden Tee und strich einige Tröpfchen aus seinem Bart. »Wie dämlich ist das! Einer Frau muß man zeigen, wer der Herr ist! Erst kommt der Respekt, dann die Liebe. Umgekehrt klappt das nie! Eine Frau will wissen: Hier ist Stärke! Hier ist eine sichere Burg!«

»Bei dir von Sicherheit zu reden ist geradezu pervers.«

»Wir theoretisieren jetzt«, sagte Leo mit erhobener Stimme. »Verdammt, werd doch nicht immer persönlich! Ich bin nie einer Frau nachgelaufen! Ich habe nur aus dem Angebot ausgesucht.«

»Das ist das Rätsel.«

»Es ist ein Unterschied, ob man einen Herrn liebt oder einen Knecht.«

»Bei deinen polnischen Mädchen, ja! Aber die adeligen Damen ...«

»Jakob, das Thema ist beendet, oder ich setze dich vor die Tür. Bin ich ein Lump, der über solche Dinge spricht?«

»Ich suche Rat bei dir, Leo.«

»Rat?« Kochlowsky stellte die Teetasse weg. Jakob Reichert nickte, griff zur Flasche und goß noch einmal das Glas voll.

»Bin ich mit 55 Jahren schon ein alter Mann?« fragte er.

»Auf keinen Fall bist du mehr taufrisch.«

»Ich habe eine gute Stellung, verdiene gut, habe einiges zur Seite gelegt, bin seit fünf Jahren Witwer ... Das weißt du ja alles.«

»Ja. Die Bernhardine war eine gute Frau. Sie hätte mit ihren Darmgeschwüren noch zwanzig Jahre warten können.«

»Das Alleinsein ist nichts, Leo. Am Tage, da hat man seine Arbeit, da geht es ja noch. Aber wenn es dann dunkel wird – und vor allem im Winter – da sitzt du allein herum oder flüchtest dich ins Wirtshaus. Ist das ein Leben?«

»Du willst wieder heiraten, Jakob?«

»Ja.«

»Um nicht allein sein Bier trinken oder im kalten Bett liegen zu müssen, braucht man sich doch nicht gleich in Fesseln legen zu lassen.«

»Die Frau, an die ich denke, eignet sich nicht für die Kochlowsky-Philosophie.«

»Heraus mit der Wahrheit.« Leo wedelte mit der rechten Hand. »Wer ist es?«

»Wanda.«

»O Gott! Nein!«

»Ich weiß, ihr seid wie Hund und Katze. Aber ich mag sie. Ich bin 55, sie ist 46 ... Das paßt gut zusammen. Ich könnte mir vorstellen, daß ich mit ihr noch einmal glücklich werde.«

»Dann geh hin und sag es ihr. Entweder läßt sie den Kochlöffel vor Freude fallen, oder sie haut ihn dir über den Kopf. Wie's auch kommt, damit mußt du leben! Der

Kochlöffel wird übrigens auch bei euch im Bett liegen. So eine Köchin wie Wanda müßte später mal ein Denkmal bekommen. Aber bitte – versuch's!«

»Darum bin ich hier und frage dich.«

»Um wessen Hand willst du eigentlich anhalten? Um meine – oder um Wandas?«

Jakob Reichert sah Leo Kochlowsky fast flehend an. Er trank noch einen Doppelweizen, und es war abzusehen, wann er der Unterhaltung nicht mehr völlig würde folgen können.

»Ich kann doch nicht einfach zu ihr hingehen und sagen ...«

»Warum nicht? Du nimmst sie in der Küche bei der Hand, schiebst sie in einen Nebenraum, vielleicht ins Magazin, und wenn ihr dort allein seid, legst du die Hände auf ihre Brust und sagst: ›Von jetzt ab gehört das mir allein, Frau Wanda Reichert!‹ – Du sollst sehen, wie sie dir in die Arme sinkt ...«

»Oder sie haut mir eine runter.«

»Dann war's ein Irrtum, und du weißt danach genau Bescheid.«

»So kann man das nicht machen.« Reichert schüttelte den Kopf. »Das ist Kochlowsky-Art. Ich werde ihr zunächst Blumen schenken ...«

»Blumen!« Leo winkte ab, ging zur Tür und stieß sie auf.

»Was willst du eigentlich hier? Einen Rat? Nein, dumm quatschen. Aber dazu habe ich keine Zeit. Geh in dein einsames Bett, du Idiot! Liebt die Wanda Lubkenski und will ihr Blumen schenken! Damit bist du schon im voraus verloren. Der Wurm unter ihrem Pantoffel! Gott im Himmel, so löst sich langsam jede Ordnung auf!«

Reichert erhob sich, ging schwankend hinaus und

lehnte sich draußen an die Hauswand. Es war eine laue, helle Sommernacht, wie geschaffen für Wünsche und Sehnsüchte. Reichert atmete tief und seufzend auf, dachte intensiv an Wanda und torkelte dann über die breite Allee zum Schloß zurück. Er sah nicht, daß sich eine Gestalt in den Schatten der Remise drückte, wo Kochlowskys Dogcart und der Zweispänner standen.

Der Schatten wartete, bis Reichert weit genug weg war, schlich dann weiter, huschte zum Verwalterhaus, warf einen Kapuzenmantel über und band sich eine schwarze Maske vor das Gesicht. Darauf betätigte er die Drehklingel und wartete.

Leo Kochlowsky hatte gerade seine Jacke ausgezogen, als es schellte.

»Nein!« brüllte er schon in der Diele. »Du kriegst keinen Schnaps mehr! Ein Jammerlappen bist du!«

Er riß die Tür auf, um Jakob Reichert noch mehr Grobheiten an den Kopf zu werfen, aber kaum war die Tür aufgeschwungen, schoß eine Faust aus dem Dunkel auf Leo zu und traf ihn mitten aufs Kinn. Es war ein wahrer Glückstreffer, der selbst den unbekannten Angreifer verblüffte.

Leo Kochlowsky spürte noch den explosiven Schlag, seine Augen verglasten, starrten in die Finsternis, aber sie sahen nichts mehr, weil sein Gehirn bereits ausgeschaltet war. Ein hohles Rauschen war um ihn, die Knie knickten ein, er fiel auf die Dielen und lag regungslos, mit offenem Mund da.

Die schattenhafte Gestalt zögerte, beugte sich dann über den Ohnmächtigen und spuckte ihm mit aller Verachtung ins Gesicht. Danach zog der Unbekannte die Tür wieder zu und hetzte im Schatten der Hauswand zurück in die Dunkelheit der Nacht.

Die Betäubung hielt ungefähr zehn Minuten an, ehe Leo Kochlowsky langsam wieder das Bewußtsein zurückerlangte.

Er setzte sich auf, rieb sich das Kinn und fand es sehr schmerzempfindlich. Dann lief ein Zittern über ihn hin, und es war ein Zittern voll ohnmächtiger Wut.

Reichert war das nicht gewesen, das war ihm klar. Pittorski konnte es auch nicht sein, denn wenn der einen Verdacht wegen Katja hegte, würde er das zunächst in einer offenen Aussprache klären.

Blieb also nur die Tatsache, daß jemand es gewagt hatte, den Herrn Verwalter anzugreifen. In der Nacht, vermummt, ein gemeiner Überfall, der eigentlich der Polizei gemeldet werden sollte.

Ächzend erhob sich Leo, ging mit schweren Schritten ins Wohnzimmer und goß sich ein Glas Doppelweizen ein, obwohl er sonst eine Abneigung gegen harte Getränke hatte. Er kippte den Schnaps hinunter, ließ sich schwer auf einen Stuhl fallen und tastete noch einmal vorsichtig sein Kinn ab.

So weit war man also schon auf Pleß – man griff den Verwalter an. Die Ordnung löste sich wahrhaftig auf. Die Welt geriet aus den Fugen.

Es gab nur eine Deutung des Überfalls: Die Agitatoren, die seit einiger Zeit durch die Lande zogen und den Polen ein neues Selbstbewußtsein predigten, die von Ausbeutung sprachen, von Sozialismus, von völkischer Freiheit, vom Sprengen der Fesseln, die hatten allem Anschein nach auch polnische Gesinnungsgenossen auf Pleß gewonnen. Was lag näher, als daß man den strengen Herrn Verwalter gewissermaßen zum Auftakt verprügelte? Die nächsten Aktionen würden vermutlich zeigen, wo die Rebellen saßen.

Leo Kochlowsky kühlte sich in der Nacht Kinn und Bart mit nassen Lappen, schwang sich dann schon früh auf seinen starken Gaul und ritt hinaus auf die Felder. Die Kolonnen der polnischen Landarbeiter rückten gerade aus, zu Fuß, auf Leiterwagen und in großen, hölzernen, extra für den Arbeitertransport konstruierten Kutschen, an denen ringsherum auch die Arbeitsgeräte hingen.

Leo Kochlowsky zeigte sich in bester Form. Er brüllte, daß es in den Ohren dröhnte, beleidigte reihum jeden, wobei »stinkfaules Pack« noch der mildeste Ausdruck war, und ritt im Galopp zurück in die Kreisstadt Pleß, wo er bei einem Fleischer vom Pferd stieg.

Nach einer halben Stunde kehrte er zum Gut zurück. Neben ihm, an einer langen ledernen Leine, lief ein großer, böser Dobermann mit schwarzem Fell.

»Nur rohes Fleisch hat er bekommen!« hatte der Fleischer gesagt. »Wenn der Blut riecht, zerreißt er sogar den Teufel! Der richtige Hund für Sie, Herr Verwalter. Da brauchen Sie nichts mehr zu sagen bei den Polen . . . nur Caesar loslassen, das reicht!«

»Er ist nicht für die Arbeit bestimmt!« hatte Leo gesagt. »Er ist für meinen persönlichen Schutz.«

»Neben Caesar können Sie einen Goldschatz hinlegen, da kommt keiner dran.«

Kochlowsky hatte sich davon überzeugt. Dobermann Caesar ließ sich durch Knüppelschläge nicht abhalten, eine Schürze des Fleischers zu bewachen, die man ihm hinlegte, er nahm kein Fleisch an, wenn es einen Zusatz hatte, sondern schnupperte nur daran, knurrte tief und ließ es liegen.

»Also kann man ihn nicht vergiften!« sagte der Fleischer stolz. »Der ist intelligenter als mancher Mensch!

Und Schießen stört ihn auch nicht.«

Das probierte man ebenfalls aus. Der Fleischer schoß dreimal mit einer Reiterpistole, die Leo in der Satteltasche hatte, in die Luft. Caesar glotzte nur böse und rührte sich nicht.

Kochlowsky war zufrieden. Er zahlte für Caesar den Wahnsinnspreis von hundert Goldmark, bekam die Lederleine umsonst dazu und stand dann vor dem Problem, dem Dobermann zu erklären, daß nun er, Leo, der neue Herr sei und Caesar mitkommen müsse.

Erstaunlicherweise gab es keine Schwierigkeiten. Herr und Hund schienen sich auf Anhieb zu verstehen. Kochlowsky befahl mit blitzendem Blick: »Caesar, hierher!« und deutete mit dem Daumen nach unten an seine rechte Seite. Der Dobermann zögerte keinen Moment, sondern kam zu ihm und setzte sich neben ihn.

»Das versteh' ich nicht!« sagte der Fleischer verwirrt. »Das ist unnatürlich. Der kennt Sie ja gerade eine halbe Stunde ... «

»Es gibt Schwingungen ... « Kochlowsky winkte ab. »Was versteht ein Fleischer davon! Aber das ist gut so, Meister. Sonst könnten Sie kein Kalb schlachten oder eine Sau, von der Sie spüren, daß sie zu Ihnen sagen möchte: ›Was willste denn von mir, Emil!‹« Er legte Caesar das Halsband um, ohne daß der Dobermann sofort zuschnappte, befestigte die Leine daran und wickelte das andere Leinenende um seine Hand. »Wissen Sie, was ein Leittier ist?«

»Ja.« Der Fleischer starrte Kochlowsky an. Der ist besoffen, dachte er im stillen. Du meine Güte, ist das eine Seltenheit: Der Herr Verwalter hat einen sitzen! Nur nichts anmerken lassen, um Himmels willen nicht. »Ein Leittier geht der Herde immer voraus, und alle anderen latschen ihm nach . . . «, setzte er laut hinzu.

»So ist es! Und Caesar weiß, daß ich sein Leittier bin! So muß es sein! Auch bei den Menschen, Meister, sonst klappt nichts! Caesar, komm . . . «

Leo ging zu seinem Pferd, stieg auf, der Dobermann schaute zu ihm hoch, blinzelte mit den Augen und trabte dann brav an seiner Seite davon. Fassungslos sah ihnen der Fleischer nach.

»Da haben sich zwei Verrückte gefunden . . . «, murmelte er und strich sich über die Augen. »Hoffentlich geht das gut, um Mariä willen . . . «

Kochlowskys Neuerwerbung sprach sich schnell herum. Von weitem betrachtete man den riesigen schwarzen Dobermann, der mit bernsteinfarbenen Augen, in denen nur Kälte und Kraft lagen, seine Umgebung musterte.

»Leo hat keinen Stil mehr«, spöttelte Ewald Wuttke, der Leibjäger des Fürsten, als er Caesar gesehen hatte. »Wenn er schon einen Hausgenossen nimmt, hätte es wenigstens ein Weibchen sein müssen! Was will er mit einem Rüden . . . «

Man lachte sehr darüber, nur Kochlowsky, dem man das natürlich sofort erzählte, knirschte mit den Zähnen.

Überhaupt Leibjäger Ewald Wuttke! Er stammte aus Brandenburg, war ein Förterssohn und sah trotz seiner mittlerweile vierzig Jahre wie ein flotter Jüngling aus. Das machte zum Teil die schmucke Uniform; vor allem aber war Ewald ein fröhlicher Mensch. Er lachte immer und war damit genau das Gegenteil von Leo Kochlowsky. Von Leo existierte ein berühmter Satz, den er einmal zum II. Hofmeister gesagt hatte: »Wenn sie mich zu einem Lächeln bringen, dürfen Sie mich in den Arsch treten!«

Bei Wanda Lubkenski genoß Ewald Wuttke eine besondere Bevorzugung: Wenn an der fürstlichen Tafel exklusiv gespeist wurde, fiel von jedem Gang immer ein Teller für Wuttke ab. Er bedankte sich dann bei Wanda mit einem galanten Handkuß, wie ihn der Fürst Eulenburg, ein bekannter Gast auf Pleß, nicht besser zustande gebracht hätte.

Das war es, was Wuttke bei Kochlowsky in die Schußlinie brachte: Leibkutscher Reichert, der unglücklich Verliebte, hatte geäußert, gegen Wuttke wäre bei Wanda nicht anzukommen. Was nütze biedere Ehrlichkeit, wenn süßer Charme das Hirn einer Frau verwirrt?

Kochlowsky ging das Problem auf seine Weise an.

Bald nach Wuttkes Äußerungen über Caesar ergab es sich, daß Leo und Wuttke sich auf der Allee zum Schloß trafen. Der Dobermann schritt an Kochlowskys Seite, stierte Wuttke kalt an und setzte sich, als Leo stehenblieb.

»Was höre ich, Wuttke?« sagte der Verwalter laut. »Sie geben Ihre Stellung als Leibjäger auf?«

»Wer sagt denn das?« Wuttke war ehrlich verblüfft. »Keine Rede davon.«

»Alle sprechen darüber. Ihre neue Aufgabe soll delikat sein ...«

»Delikat? Wieso?«

»Sie sollen der neue Topfauslecker bei Wanda werden ...«

Ewald Wuttke blickte auf Caesar. Es hat keinen Sinn, irgend etwas zu tun, sagte er sich. Der Hund ist immer schneller. Er wartet ja förmlich darauf, mich anzugreifen. Es ist, als ob er jedes Wort dieses Saukerls von Kochlowsky versteht.

Wortlos drehte er sich um und ging weg. Aber damit war die Sache noch nicht erledigt. Am Abend klopfte jemand an Wuttkes Haustür. Einer der polnischen Arbeiter von Kochlowsky stand auf der Straße, hinter sich einen Handwagen, voll beladen mit gebrauchten Kochtöpfen und Essensresten.

»Der Herr befohlen, ich soll das hier abgeben«, sagte der Pole unterwürfig. »Haben gesammelt im ganzen Dorf.«

»Es ist gut.« Wuttke verlor nicht die Ruhe. Er gab dem Polen zwei Mark und schickte ihn mit den Töpfen wieder ins Dorf zurück. Dann zog er seine Uniform an, hängte das Gewehr über seine Schulter und ging hinüber zum Schloß.

In der Küche, die längst geputzt und aufgeräumt war, fand er Wanda und Jakob Reichert vor. Sie saßen nebeneinander, hielten sich an den Händen und lächelten glücklich in die Gegend. Es sah gleichzeitig reichlich dumm und herzergreifend aus.

»Was ist denn das?« fragte Wuttke lachend. »Ist Wanda ein Kuchen verunglückt, und Jakob muß trösten?«

»Wir haben uns verlobt ...«, erklärte Wanda und seufzte tief. »Was sagste nun?«

»Gratuliere! Ihr paßt fabelhaft zusammen!«

»Das sagst *du*?« Reichert schüttelte den Kopf. »Ich habe immer gedacht, du und Wanda ... von wegen der Sonderportionen, den Handküssen und was da so alles gelaufen ist ...«

»Aber Jakob!« Wanda gab Reichert einen Klaps. »Der Ewald ist doch viel zu jung für mich ...«

»Du hast gedacht, ich und Wanda ...« Wuttke lachte laut, wurde dann aber sofort ernst und nachdenklich. »Jetzt ist mir alles klar. Ich bin mit Leo nämlich auf Kriegskurs ...«

»Das gibt 'ne Menge Ärger, Ewald ...«

»Wegen euch!« Wuttke zog einen Hocker heran und setzte sich Wanda und Reichert gegenüber. »Wir sollten da gemeinsam an einem Strick ziehen. Ich will euch die Sache mal erzählen.« Er berichtete von Kochlowskys Aktivitäten und endete mit einem Vorschlag, bei dem Reichert den Kopf schüttelte.

»Leo ist mein Freund. Er hat das ja nur meinetwegen getan. Ihr kennt ihn alle nicht. Ihr seht nur den herrschsüchtigen Verwalter, den Schürzenjäger und ekelhaften Kerl ...«

»Das zu sein gibt er sich ja auch alle Mühe!« rief Wuttke. »Du lieber Himmel, ist er noch mehr?«

»Er hat in Wirklichkeit ein sehr weiches Herz«, behauptete der Kutscher.

»Unmöglich! Wenn man Wasser über einen Stein gießt, wird er auch nicht weich.«

»Vielleicht hat Leo Angst, man könnte seine Weichheit entdecken.«

»Eher entdeckt man das Geheimnis des Perpetuum mobile. Kochlowsky mit Herz – das ist wie ein Wolf, der die Gänse bewacht ...« Wuttke lachte rauh. »Das wird keiner glauben. Ich bin dafür, daß wir Leo einen gehörigen Denkzettel verpassen. Überlegt euch meinen Vorschlag.« Er erhob sich und sah sich um. »Da verloben sich zwei so liebe Menschen, und nichts gibt's zu saufen! Mamsell Wanda ...«

»Traut ihr mir das zu?« Wanda Lubkenski rieb sich die Hände. »Im Kühlgewölbe stehen noch vier Liter von der letzten Bowle – Erdbeeren! Ich hole sie sofort herauf.«

Nur durch Zufall hörte noch jemand mit, der eigentlich längst im Bett liegen sollte.

Mamsell Sophie Rinne war noch einmal in die Küche gekommen, um sich eine Kanne Milch aufs Zimmer zu holen. Ein arbeitsreicher Tag lag hinter ihr, der erste auf Pleß. Wanda hatte ihr alles gezeigt, was in Zukunft auch ihr, Sophies, Arbeitsbereich sein würde. Alles war größer als in Bückeburg, perfekter, manchmal erdrückend. Allein in der Vorbereitungsküche saßen vierzehn Mädchen und schälten Kartoffeln, putzten Gemüse, verlasen den Salat und die frischen Kräuter. Zwei fürstliche Metzger zerteilten das Fleisch in die von Wanda angegebenen Portionen.

Am Abend durfte Sophie eine Bratensoße abschmekken. Gespannt beobachtete Wanda sie dabei. »Es fehlt noch ein wenig Piment«, sagte Sophie schüchtern, mit einer Stimme, als bäte sie um Verzeihung. »Bei einem Schmorbraten rühre ich auch etwas Senf in die Soße.«

»Senf?« Wanda blickte sie kritisch an. »In die Soße? Beim Braten?«

»Ich bekam immer ein Lob dafür.«

Zum erstenmal rührte Wanda Senf an die Bratensoße. Eine halbe Stunde später kam der Leiblakai in die Küche und sagte:

»Ihre Durchlaucht hat geäußert: ›Die Bratensoße ist exzellent. Irgendwie schmeckt sie heute anders, würziger.‹ Stimmt das?«

»Ja«. Wanda Lubkenski ging hinüber zu Sophie, die verschämt an einem Herd stand und rot wurde, zog sie an sich, küßte sie auf die Stirn und erklärte laut: »Kindchen, wir wollen das nicht verschweigen. Du warst es, die die Soße verfeinert hat.«

Nun stand Sophie Rinne an der nur einen Spaltbreit geöffneten Tür zur Küche und hatte alles mit angehört. Man sprach über diesen Leo Kochlowsky, von dem sie nur seine Stimme kannte, jenseits der Zimmertür, und den sie weggeschickt hatte. Leo, von dem sie schon an diesem ersten Tag auf dem Gut Unerhörtes erfahren hatte, entsetzliche Dinge. Er mußte der größte Grobian von Oberschlesien sein. Und nun sagte der Leibkutscher Jakob: »Er hat in Wirklichkeit ein ganz weiches Herz ...«

Leise schloß Sophie die Tür und huschte die Treppe wieder hinauf. In ihrem Zimmer riegelte sie sich ein und setzte sich an ihren Lieblingsplatz ans Fenster.

Leo Kochlowsky, dachte sie. Welch ein merkwürdiger Mann! Alle fürchten ihn, aber keiner scheint ihn wirklich zu kennen. Hat jemals schon einer vernünftig mit ihm gesprochen?

Sie legte das Kinn auf die aufgestützten Arme, blickte hinauf in die Sterne und dachte an Leos Stimme, die gesagt hatte: »Wenn Sie einen Wunsch haben, Mamsell — er ist sofort erfüllt ...«

III

Es kam höchst selten vor, daß Leo Kochlowsky neben Ehrfurcht, Scheu oder Angst auch echte Sympathie entgegengebracht wurde. Selbst die Frauen, die ihm zu Füßen sanken, waren unsichtbar eingehüllt in Ehrerbietung. Ihre Liebe war immer so, als opferten sie sich auf einem Altar, als gäben sie sich einer Art Gottheit hin, und man müsse vor Glück hinschmelzen, daß man überhaupt beachtet wurde.

So gab es auch nie große Szenen, wenn Leo eine Verbindung abrupt abbrach, weil jede Frau ihm auf die Dauer langweilig wurde. Wenn das Entkleiden einer Frau keinen Reiz mehr auslöste, sondern zur Gewohnheit wurde, war Kochlowsky so ehrlich zu sagen: »Wir fangen an, uns aneinander zu gewöhnen. Das ist unerträglich.«

Da keine damit gerechnet hatte, daß Kochlowsky sie jemals heiratete, gab es bei diesen Gelegenheiten zwar Tränen, aber doch eine friedliche Trennung. Nur Elena von Suttkamm hatte versucht, Leo in die Knie zu zwingen; sie hatte es später immer bereut.

Leo Kochlowsky als Ehemann, das war undenkbar, geradezu eine Utopie. Und ebenso unglaublich schien es, daß jemand ihm aus reiner Freundschaft einen Dienst erwies.

Um so mehr erstaunte ihn, daß er bei seiner mittäglichen Rückkehr vom Gut in sein Verwalterhaus einen Zettel vorfand, der unter der Tür durchgeschoben war.

In kleiner, zierlicher Schrift stand da:

»Passen Sie auf. Man will Ihnen vorspielen, daß Wuttke und Wanda ein Liebespaar sind. Das stimmt nicht. Jakob und Wanda haben sich heimlich verlobt. Vernichten Sie den Zettel. Ich verlasse mich darauf, daß Sie ein Ehrenmann sind.«

Keine Unterschrift.

Leo Kochlowsky drehte den Schrieb zwischen den Fingern, roch sogar daran, hielt ihn gegen das Licht, aber das Papier hatte kein Wasserzeichen. Es war ganz billiges Papier, und die Sätze waren mit einer spitzen Feder und einer blassen Tinte geschrieben worden, so, als wäre sie schon eingedickt gewesen und der Schreiber hätte sie mit Wasser wieder verdünnt.

Kommt also vom Gesinde, dachte Kochlowsky und las die Zeilen noch einmal. Als ein von Natur zorniger Mensch fluchte er zunächst greulich über Reichert und Wuttke, belegte sie mit unerhörten Namen und nannte Wanda Lubkenski eine verlauste Küchenschlampe. Aber dann beschäftigte er sich näher mit der Botschaft und grübelte darüber nach, wer wohl einen Grund haben könnte, sich ihm hilfreich zu erweisen.

Weit und breit fand er niemanden, auch bei intensivstem Nachdenken nicht, unter dem Gesinde schon gar nicht. Einem Kochlowsky ging man aus dem Weg, wenn man nicht unbedingt mit ihm sprechen mußte. Und trotzdem war da plötzlich jemand, der ihm eine gutgemeinte Warnung zuschickte, anonym zwar, aber im Bestreben, ihm zu helfen. Das war erstaunlich!

Die Schrift ist weiblich, sinnierte Leo, und betrachtete die kleinen, zierlichen Buchstaben. So schreibt kein Mann, auch nicht, wenn er seine Schrift verstellt. Wo aber gibt es ein Mädchen, das Einblick in Wandas Privatleben hat?

Nur in der Küche. Doch da wußte er niemanden, der ihm auch nur einen Funken Sympathie entgegengebracht hätte.

»Caesar, komm mal her!« sagte Leo. Er hielt dem Dobermann den Zettel vor die Nase, ließ ihn schnüffeln und wartete, bis Caesar den Zettel ablecken wollte. »Kannst du den Geruch wiedererkennen? Später? Merk ihn dir gut.« Leo wedelte noch einmal mit dem Zettel vor Caesars Kopf hin und her, legte ihn dann auf den Tisch zurück und war irgendwie betroffen, daß da plötzlich ein unbekannter Mensch aufgetaucht war, der ihm nicht auswich, sondern ihm helfen wollte.

Das war ein neues, ganz merkwürdiges Gefühl, und es beunruhigte Kochlowsky. Gegen Widerstand war er gewappnet, das war sein Leben — aber entgegenkommende Hilfsbereitschaft machte ihn wehrlos.

Nach dem Mittagessen, das ihm eine polnische Magd servierte, ein ältliches, unterwürfiges Mädchen, ritt Leo hinüber zum Hühnerhof. Hier traf er in der Futterkammer Katja Simansky. Sie hockte in der Ecke, zuckte zusammen, als sie Kochlowsky eintreten sah und benahm sich wie ein gefangenes Tier, das Fluchtgedanken hegt und nach einem Ausschlupf sucht. Nicht wie sonst lief sie Leo mit ausgebreiteten Armen entgegen und warf sich an seine Brust, wobei meist ihre Bluse dort aufsprang, wo ihr Inhalt am schönsten war.

Katja blieb sitzen, begann heftig zu zittern und stellte eine große blecherne Futterschüssel auf die Knie, wie einen Schutzschild zwischen sich und Kochlowsky. Die großen schwarzen Augen der Polin waren noch größer als sonst und voller Angst.

»Was ist denn los?« fragte Kochlowsky und tippte mit seiner Reitpeitsche gegen die Schüssel. Katja drückte sie noch mehr gegen ihre Brust und starrte über den Rand hinweg Leo schreckensbleich an.

»Du mußt gehen«, stammelte sie. »Bitte, bitte ... du mußt gehen ...«

»Ich muß?« Kochlowskys Stimme hob sich. Das kannte auf Pleß jeder: Noch zwei Atemzüge, und der Herr Verwalter donnerte los. »Ich muß gar nichts! Was ich muß, das bestimme ich! Selbst, wenn ich scheißen muß ... «

»Wir uns nicht mehr treffen dürfen, Leoschka ... «

»Auch das bestimme ich!«

Er wollte die Schüssel wegreißen, aber Katja umklammerte sie mit beiden Händen und preßte sie an sich. Ihr schönes Gesicht zuckte.

»Er ist zu allem fähig, zu allem, Leoschka!« rief sie verzweifelt. »Er es hat gesagt ... «

Kochlowsky ließ die Blechschüssel los und blickte Katja genauer an. Ihr Gesicht schien verschwollen, an der Stirn, unter den langen schwarzen Haaren, waren blaurote Flecken.

»Was ist passiert?« fragte er tonlos. »Katjenka, du sprichst von Jan Pittorski?«

»Ja«.

»Was hat er gesagt? Nun gib schon Antwort! Hat er dir was getan?«

Katja nickte. Sie ließ die Schüssel fallen, streifte mit beiden Händen die Bluse hinunter und drehte sich hin und her. Schultern, Rücken und Brüste waren mit blauen und gelblichen Flecken übersät. Dazwischen zogen sich deutlich lange, dünne blutige Striemen über die Haut.

»Dieser Saukerl!« sagte Leo leise. »Dieses Rotzschwein!«

»Er so lange hat geschlagen, bis ich nicht mehr konnte. Mit einem Knüppel und der Dressierpeitsche er hat geschlagen. Ich ihm alles gesagt, alles . . . Erst dann er hörte auf. Leoschka, ich konnte es nicht mehr aushalten.«

Sie fiel auf die Knie, kroch zu ihm hin, drückte den Kopf gegen seine Beine und weinte laut.

Erstarrt, mit verkniffenem Mund, die Augen halb geschlossen, streichelte Kochlowsky Katjas Haar und blickte auf die Striemen und Wundmale auf ihrem Rücken. Dann bückte er sich, nahm die heruntergerissene Bluse vom Boden und deckte sie über ihren zitternden Körper.

»Ich . . . ich mußte es sagen!« schluchzte sie und rieb die Stirn gegen seine Reitstiefel. »Er mich sonst totschlagen . . .«

»Es ist schon gut«, erwiderte Kochlowsky heiser. »Es ist ja alles gut, Katja. Ich werfe dir ja nichts vor. Du warst sehr tapfer . . . «

»Ich liebe dich, Leoschka . . . «

»Ich weiß.« Hier wurde Kochlowsky einsilbiger. Katjas Liebe begann Entscheidungen von ihm zu fordern. Und jedesmal, wenn sich ein Verhältnis diesem Ufer näherte, war Leo aus dem Boot gesprungen. Wenn Katja jetzt trotz der grausamen Schläge sagte: »Ich liebe dich«, dann bedeutete das nichts anderes als: Ich werde trotzdem bei dir bleiben.

Die Sache begann nach Brand zu riechen.

Leo umfaßte Katjas Kopf, zog sie zu sich hoch, küßte ihre tränennassen Augen und trat dann zwei Schritte zurück, weg aus dem Bereich ihrer Hände. Sie sank wieder auf die Knie zurück und starrte ihn an wie ein getretener Hund.

»Das werde ich Pittorski heimzahlen!« murmelte Kochlowsky gepreßt.

»Du ihn wirst töten, nicht wahr? Erschießen wirst du ihn . . . «

»Das nicht gerade. Das bedeutet lebenslang Zuchthaus.«

»Wer kann wissen, daß du es warst?«

Kochlowsky sah Katja stumm an, warf noch einen Blick auf ihre zerschundenen Brüste und tat dann das, was er schon so oft getan hatte: Er schob Katja Simansky ab in seine Erinnerung.

»Irgend etwas wird geschehen«, sagte er geheimnisvoll. »Du mußt nur den Mund halten. Und natürlich werden wir uns in den nächsten Tagen nicht sehen . . .«

Sie nickte ergeben, zog die Bluse wieder über ihren zerschlagenen Oberkörper und richtete sich auf. »Ich dich werde von weitem sehen, Leoschka«, sagte sie demütig. »Das genügt mir . . . bis du Pittorski hast bestraft . . . «

Kochlowsky hatte es danach eilig, vom Hühnerhof fortzukommen. Er schwang sich auf sein Pferd, strich über seinen langen Bart und ritt sehr nachdenklich zum fürstlichen Gestüt Luisenhof.

Der Oberstallmeister, ein Baron von Sencken, stand an der weißgestrichenen Barriere des Zureiteplatzes und beobachtete Jan Pittorski, der einen herrlichen rotbraunen Wallach Hohe Schule gehen ließ.

Kochlowsky stieg ab, band sein Pferd fest und ging hinüber zu von Sencken. Er grüßte höflich, denn schließlich war Sencken ein Baron und als Oberstallmeister und Chef des berühmten Gestüts rangmäßig höhergestellt als der Verwalter von Gut III. Wenn der Fürst ein Gala-Essen gab, wenn andere hohe Herren zu Besuch kamen, etwa der König von Sachsen oder der Großherzog von Württemberg oder sogar der Kaiser selbst, dann saß auch Baron von Sencken an der Festtafel. In diesen Kreisen war ein Leo Kochlowsky nur ein Dienstnehmer unter vielen, ein Rädchen in der großen alltäglichen Maschinerie.

So nahm er es auch hin, daß von Sencken herablassend-spöttisch sagte: »Na, Kochlowsky, wollen Sie sich mal ansehen, wie man vorzüglich reitet?«

Einen Lümmel redet man so an, dachte Leo. Hochnäsig, daß der Regen in die Rotzlöcher läuft, aber zu dumm, um zu furzen! Der adlige Name ist das einzige, was sie tragen können ... Schon unter einer Schaufel brechen sie zusammen.

Er sah hinüber zu Pittorski, der gerade eine vorzügliche Traversale ritt und dabei mit vorgeschobenem Kinn Leos Blick erwiderte. »Ein guter Mann, der Pittorski«, sagte der Verwalter gedehnt.

»Der beste Bereiter, den ich kenne.« Baron von Sencken musterte Kochlowsky von der Seite. Was wollte er auf Luisenhof? Wo Leo auftauchte, gab es Krach. Es war nahezu unbegreiflich, warum der Fürst, ein friedliebender Mensch, ihn nicht längst an die äußerste Grenze von Pleß versetzt hatte, auf eines der Kartoffelgüter an der Przemsa, wo er gegen den Wind brüllen konnte und anständige Menschen in Ruhe lassen würde.

Aber Fürst Hans Heinrich XI. behielt ihn auf Pleß und hatte ihn sogar dem Grafen von Douglas vorgestellt, als der auf seinem sächsischen Gut Sorge mit einem Kornkäfer hatte. Leo Kochlowsky konnte für diesen Fall gute Ratschläge geben, und Graf Douglas schickte ihm als Dank sogar ein persönliches Handschreiben.

Darin stand der Satz, der einmal große Bedeutung in Leos Leben haben sollte:

»*Wenn Sie einmal die Stelle wechseln möchten und einen neuen guten Platz für Ihr weiteres Leben suchen, werde ich mich gern Ihrer Ratschläge erinnern und Sie willkommen heißen auf Gut Amalienburg.*«

So etwas sprach sich natürlich herum bis hinauf zum Fürsten. »Sieh an«, soll Pleß damals gesagt haben. »Der Douglas! Will mir meinen Kochlowsky abwerben! Denkste! Bin froh, einen solchen Mann zu haben. Grob ist er ja, aber das knorrige Wurzelholz ist bekanntlich das härteste und beste ...«

Darüber konnte man zwar anderer Meinung sein, aber einem Fürsten widerspricht man nicht.

»Was wollen Sie hier, Kochlowsky?« fragte Baron von Sencken grob.

»Ich ritt zufällig vorbei und war einfach neugierig. Ist das strafbar?«

»Ich habe wenig Zeit, mich mit Ihnen zu befassen.«

»Wer konnte damit rechnen, daß Sie sich einmal um das Gestüt kümmern? Mit Ihnen wollte ich gar nicht sprechen, Herr Baron.«

Von Sencken zog die Schultern hoch. Das war eine eklatante Frechheit! »Dann reiten Sie weiter.« Seine Stimme zitterte verdächtig. »Haben Sie nichts zu tun, Kochlowsky?«

»Mehr als Sie ...«

»Heben Sie sich Ihr flegelhaftes Benehmen gefälligst für Ihre polnischen Arbeiter auf!« brüllte von Sencken plötzlich. Der angestaute Zorn explodierte in ihm. »Scheren Sie sich weg zu Ihren Rüben, wo Sie hingehören!«

Leo Kochlowsky unterdrückte mühsam den Wunsch zurückzubrüllen, obgleich es ihn im Hals juckte. Er sah Baron von Sencken nur aus seinen stechenden Augen an, machte eine leichte Verbeugung, die nach dieser Auseinandersetzung geradezu lächerlich wirkte, erfüllt von stummem Spott, und ging zurück zu seinem hohen, kräftigen Pferd. Mit einem Sprung saß er im Sattel. Und dann geschah etwas, was Baron von Sencken fassungslos werden ließ – auch später, wenn er es immer wieder erzählte:

Leo Kochlowsky ritt einen Bogen, kam zurück, fiel in einen gestreckten Galopp und setzte über die weiße Umzäunung des Dressurplatzes. Die Sprungkraft seines Pferdes war gewaltig, Leo hatte sie oft erprobt, wenn er es über Bäche, Wassergräben oder gefällte Baumstämme springen ließ.

Noch aus dem Sprung heraus galoppierte er weiter, erreichte Jan Pittorski, der gerade elegant in eine Piaffe stieg und so konzentriert war, daß er gar nicht bemerkte, was da geschah. Erst als Leo neben ihm war und Jans Pferd scheute, weil der andere Gaul mit dem Kopf gegen seinen Hals stieß, erkannte Pittorski die Gefahr. Aber auszuweichen war ihr nicht mehr.

»Du Rotzkerl!« brüllte Kochlowsky. Seine Peitsche zischte durch die Luft und traf Pittorski in den Nacken, weil dieser sich im selben Augenblick über den Hals seines Pferdes duckte. Dann galoppierte Leo weiter. Das Ganze war wie ein Spuk gewesen. Sein großer Gaul setzte auf der gegenüberliegenden Seite wieder über das Gatter und raste mit seinem Reiter davon.

Mit offenem Mund hatte Baron von Sencken diesem unfaßbaren Schauspiel zugesehen.

Pittorski heulte auf wie ein Wolf. Kochlowsky zu verfolgen war unmöglich. Pittorsky saß auf einem Dressurpferd, aber nicht auf einem Renner. Er griff sich in den Nacken, wo der Peitschenhieb brannte, und sein Herz glühte vor Mordlust. Mit gesenktem Kopf ließ er sich von seinem Pferd zum Eingang des Dressurplatzes tragen, wo von Sencken ihn in Empfang nahm.

»Das kostet ihn die Stellung!« sagte der Baron mit mühsam beherrschter Stimme. »Pittorski, ich werde heute noch mit Seiner Durchlaucht reden. Haben Sie eine Erklärung dafür? Springt der Kerl Sie an und peitscht Sie! Ist der Mann denn völlig irre geworden? Der ist ja gemeingefährlich!«

»Ich regle das schon, Herr Baron«, sagte Pittorski leise. Die Wut erwürgte ihn fast, als er aus dem Sattel stieg.

»In eine Anstalt gehört der, in eine geschlossene! Das bricht ihm endlich den Hals, Pittorski!«

»Es ist eine Privatangelegenheit, Herr Baron.« Pittorski deckte wieder die Hand über seinen Nacken. Es war, als wüte dort ein Feuer. »Bitte, machen Sie es nicht offiziell ...«

»In meiner Gegenwart!« Von Sencken schnappte nach Luft. »So eine unerhörte Frechheit!«

»Wenn ... wenn das unter uns bleiben könnte, Herr Baron. Es wissen ja nur wir zwei. Und wenn ich Sie darum bitte, Herr Baron ...«

»Eine Weibergeschichte?«

»Ja.«

»Aha! Immer dasselbe! Ist ein Rock so ein Drama wert?«

»Kochlowsky hat sich an meiner Verlobten vergriffen.«

»Und kommt dann auch noch her und haut Ihnen die Peitsche über den Schädel! Man soll es nicht für möglich halten! Der Kerl ist ein Wahnsinniger!«

»Man kann das nicht alles erklären, Herr Baron«, sagte Pittorski vorsichtig. Was da gestern in der Nacht mit Katja passiert war, durfte er auf keinen Fall erzählen. »Kann man den Vorfall nicht vergessen?«

»Vergessen?« Baron von Sencken starrte Pittorski entgeistert an. »Mann, was verlangen Sie da? In meiner Gegenwart wird der Erste Bereiter des Fürsten angegriffen, und ich soll blind sein? Dieser Kochlowsky muß bestraft werden! Exemplarisch! Hier ist Preußen, aber kein Indianerland!«

»Ich bitte nochmals darum, das mir zu überlassen, Herr Baron«, beharrte Pittorski und schluckte mehrmals, als habe der Peitschenhieb nicht seinen Nacken, sondern den Kehlkopf getroffen. »Das geht die Öffentlichkeit nichts an.«

»Man sollte euch alle zu Eunuchen machen!« knirschte Baron von Sencken. »Immer nur Weiber im Kopf. Fressen, saufen, huren – dafür lebt ihr, was? Begreife einer den Pöbel! Dabei vermehrt ihr euch wie die Karnickel! Nicht auszudenken, wie die Welt in hundert Jahren aussehen wird! Eine Apokalypse!«

Er ließ Pittorski stehen und ging schnell zum Verwaltungsgebäude des Gestüts zurück. Pittorski zog den Kopf seines Pferdes zu sich herunter und streichelte es zwischen den Augen.

In hundert Jahren werdet auch ihr endlich arbeiten müssen, dachte er. Ihr hochnäsiges Herrenpack! Dann werden ein Baron oder Graf und Reichsherr genausoviel sein wie Schmied, Schneider oder Bäcker ... Die Revolution wird kommen – mit euren Monokeln haltet ihr sie nicht auf! Was wißt ihr denn davon, wie die Bergarbeiter in Kattowitz leben? Die Fabrikarbeiter in Beuthen? Und – vor eurer Haustür – die Landarbeiter von Pleß? Ihr werdet euch wundern, und das dauert nicht einmal mehr hundert Jahre! Die Fäuste sind in der Tasche geballt, einmal kommen sie heraus! Wir sind Menschen wie ihr, das werdet ihr noch lernen!

Pittorski küßte dem Pferd die weichen Nüstern, tätschelte es und führte es in den Stall zurück.

Und nun zu dir, Leo Kochlowsky, dachte er voller Wut. Verkriech dich wie eine gejagte Maus ...

Das Theater, vor dem der unbekannte Schreiber Leo gewarnt hatte, begann am nächsten Morgen.

Den Abend und die Nacht davor war Kochlowsky nicht zu erreichen gewesen. Er hatte sich in seinem Verwalterhaus verbarrikadiert, verzichtete auf den abendlichen Spaziergang, der meistens beim Lindenwirt endete, im Sommer bei einem Glas Pilsener Bier, im Winter bei einem großen Glühwein. Statt dessen hatte Leo alle Fensterläden verriegelt, einen dicken Knüppel neben die Haustür an die Wand gelehnt und im Zimmer eine lange Reiterpistole auf den Tisch gelegt.

Caesar hatte zum Abendessen zwei Pfund rohes blutiges Fleisch bekommen, roch nun aus dem Rachen wie ein Raubtier und lag, den Blick seiner bernsteinfarbenen Augen auf seinen Herrn gerichtet, neben der dunkel gebeizten Eckbank. Seine Klugheit und sein Instinkt sagten ihm, daß dies kein Abend wie sonst war.

Gegen zehn Uhr klopfte es draußen. Caesar erhob sich, knurrte dunkel und lief in die Diele. Kochlowsky folgte ihm langsam.

»Geh weiter«, schnauzte er durch die Tür. »Oder ich lasse den Hund los!«

»Ich bin es, Jakob . . . «, rief Reichert von draußen.

»Scher dich weg!«

»Was ist denn los, Leo? Du wolltest doch heute abend zum Skat kommen.«

»Ihr werdet ja bemerkt haben, daß ich nicht gekommen bin.«

»Das hat uns Sorgen gemacht. Was ist los, Leo?«

»Laß mich in Ruhe!«

»Bist du krank? Ist sonst irgend etwas? Kann ich nicht hereinkommen?«

»Nein!« brüllte Kochlowsky. »Leg deinen Arsch ins Bett!«

Draußen vor der Tür atmete Jakob Reichert auf. Das war echter Kochlowsky-Ton. Drinnen knurrte Caesar, langgezogen und röhrend. Da haben sich zwei gefunden, dachte Reichert. Mit diesem Hund ist Leo nun völlig von seiner Umgebung abgekapselt. Niemand wird mehr wagen, in seine Nähe zu kommen, alle werden ihm aus dem Weg gehen.

»Ich wollte mit dir über Wanda sprechen . . . «

»Darüber unterhalte ich mich mit einem Dussel wie dir nicht mehr!«

»Leo . . . «

»Scher dich weg!«

Reichert schüttelte den Kopf, wußte keine Erklärung für Kochlowskys Verhalten und ging zurück zum Schloß. Vielleicht hat er ein Mädchen im Haus, dachte er. Aber das war noch nie ein Grund gewesen, ihn, den vielleicht einzigen Freund, nicht hineinzulassen. Wenn's aber nun ein ganz besonderes Mädchen war?

Eiskalte Angst überfiel Reichert. Er rannte zum Gesindehaus und traf in ihrer kleinen Wohnung Wanda Lubkenski an, wie sie sich gerade die aufgelösten Haare kämmte und in einem mit Baumwollspitzen besetzten Unterrock vor dem Spiegel saß. Ein Schnürleibchen preßte ihre vollen Brüste zusammen und schob sie hoch.

Wanda stieß einen gezierten, gar nicht ehrlich gemeinten Schrei aus, hielt beide Hände vor ihre Brüste und sah Reichert mit leuchtenden Augen an.

»Mein Gott!« sagte sie glucksend. »Hast du es eilig! Du reißt ja die Tür aus den Angeln! Wenn du immer so zupackst . . . «

»Wo ist Sophie?« fragte Reichert atemlos.

Wanda blickte etwas dümmlich drein. »Oben auf ihrem Zimmer.«

»Bist du sicher?«

»Sie hat angefangen, sich einen Schal für den Winter zu stricken. Wo soll sie sonst sein?«

»Ich habe vorhin einen Schrecken bekommen. Leo läßt mich nicht ins Haus.« Reichert strich sich die grauen Haare aus der Stirn und holte pfeifend Atem. »Jetzt brauche ich einen Schnaps. Am besten einen Kümmel . . . «

»Bist du nur wegen Sophie zu mir gekommen?« fragte Wanda steif.

»Ja!«

»Gut! Du bekommst deinen verdammten Fuhrmannskümmel, und dann raus mit dir! Ich bin eine anständige Person, die um diese Zeit keine Männer empfängt, und schon gar nicht im Unterrock! Merk dir das!«

»Die Tür stand offen . . . « Reichert wartete, bis Wanda ihm den Schnaps brachte, sah, als sie sich zu ihm niederbeugte, in ihr zum Platzen gefülltes Mieder und schnalzte mit der Zunge. »Wir . . . könnten uns noch ein bißchen unterhalten . . . «

»Nein!« Wanda Lubkenski stemmte die Hände in die Hüften. Sie bot einen Anblick, der zu den bleibenden Eindrücken im Leben eines Mannes gehört. »Was ist mit Sophie? Hast du auch nur eine Sekunde angenommen, Kochlowsky könnte sie bei sich im Haus haben? Welch ein Gedanke! Dazwischen stehe ich! Da müßte er schon mich ermorden! Außerdem hat er sie noch gar nicht zu Gesicht bekommen.«

»Doch. Als ich sie in Pleß von der Bahn abholte.«

»Das war nur ein Augenblick. Nein, keine Sorge! Auf Sophie passe ich auf.« Sie drückte die Kümmelflasche gegen ihren zusammengeschnürten Busen, blickte Reichert herausfordernd an und fragte: »Noch einen Schnaps?«

»Aus der Lage, wo er jetzt ist, trinke ich die ganze Flasche!« sagte Jakob fröhlich. »Komm her, Wanda . . . «

»Erst die Tür abschließen!« Sie lachte etwas zu laut, warf Reichert die Flasche zu und rannte – jawohl, sie rannte! – zur Tür, um den dicken Riegel vorzuschieben.

Während Sophie Rinne an ihrem Winterschal strickte und Leibkutscher Reichert ergriffen feststellte, daß man zwei oder gar vier Gäule an Deichsel und Zügel besser bändigen konnte als Wanda Lubkenski, hockte Leo Kochlowsky bei heruntergedrehter Lampe am Tisch im Wohnzimmer und wartete. Caesar lag zu seinen Füßen mit dem Blick zur Tür.

Sich schlafen zu legen wagte Leo nicht. Er wollte sich nicht überraschen lassen. Wie er Jan Pittorski einschätzte, würde dieser nicht lange warten, um zum Gegenschlag auszuholen. Er war ein stolzer Pole. Ihn mit der Peitsche zu schlagen war eine Schmach, die ein Leben lang an ihm kleben würde.

Stundenlang grübelte Kochlowsky darüber nach, wie sich Pittorski rächen könnte. Solange er, Leo, sein Haus nicht verließ, war dies fast unmöglich. Das Verwaltergebäude in Brand zu stecken wäre zu aufwendig gewesen. Außerdem war das Risiko zu groß, als Brandstifter entlarvt zu werden. Wie also kam man an Leo Kochlowsky heran, wenn er im Haus blieb?

Bis zur Morgendämmerung saß Leo am Tisch, ärgerte sich, daß Caesar nicht mehr mitwachte, sondern laut zu schnarchen begann, gab ihm viermal einen Tritt gegen die Hinterbacken, wenn er allzu laut röchelte, und nannte ihn ein »treuloses Vieh«. Dann schlief er selbst im Sitzen ein, den Kopf auf die Tischplatte gelegt, neben dem rechten Ohr die lange Reiterpistole.

Leo Kochlowsky blieb drei Tage in seinem Haus, behauptete, er habe Fieber, und erledigte die notwendigsten Gutsangelegenheiten durch herumflitzende Boten. Dafür stellte er vier polnische Landarbeiter ab, gab ihnen Handzettel mit, empfing ebenso schriftliche Meldungen aus den verschiedenen Gemarkungen, sah die Zahlenkolonnen der einzelnen Rechnungsführer durch und zeichnete dringend notwendige Bestellungen ab.

Baron von Sencken hatte unterdessen einen schriftlichen Bericht bei Fürst Pleß abgegeben. Die Aufforderung des Fürsten, zu einer Stellungnahme zu erscheinen, beantwortete Kochlowsky mit der durch einen Boten überbrachten Mitteilung: »Melde Euer Durchlaucht untertänigst, daß ich an einer fieberhaften Sommerangina erkrankt bin und das Bett hüten muß!«

Übergeben wurde dem Fürsten diese Meldung von einem der polnischen Arbeiter. Er mußte dazu seinen Feiertagsanzug anziehen, wie er ihn in der Kirche trug.

Kochlowsky rechnete richtig: Nach einigen Tagen hatte Seine Durchlaucht diesen Vorfall längst vergessen. Der Besuch des Königs von Bayern stand ins Haus. Da hatte der fürstliche Haushalt andere Sorgen als Kochlowskys Attacke auf den Ersten Bereiter. Baron von Sencken aber, diese Oberlakaienseele, meinte Leo, würde es nicht wagen, den Fürsten an seinen Rapport zu erinnern.

Der einzige, der zu Kochlowsky vordrang, war Jakob Reichert, aber auch erst am dritten Tag der »Krankheit«. Er fand Leo ziemlich munter für eine fiebrige Angina.

»Was macht Wanda?« fragte Kochlowsky. »Hast du immer noch nicht unter ihren Rock geguckt?«

Reichert erinnerte sich der zurückliegenden Nächte und seufzte scheinheilig. »Was kann ich gegen Wuttke ins Feld führen? Er ist 15 Jahre jünger, sieht 25 Jahre jünger aus und versteht sich auf Frauen. Ich war nie ein Draufgänger ...«

»Es genügt, wenn du ein Draufflieger bist«, verbesserte ihn Kochlowsky und lachte laut. »Aber selbst dazu bist du zu dämlich! Hast du wenigstens mit Wanda gesprochen?«

»Ja.«

»Und was hat sie geantwortet?«

»Ferdinand hat wirklich einen schönen Schweif.«

»Wie bitte?«

»Wir haben uns über Pferde unterhalten. Über Ferdinand und Max von der fürstlichen Kutsche ...«

»So viel Dummheit stinkt fast!« Kochlowsky erinnerte sich an den anonymen Zettel, betrachtete seinen Freund Jakob mit schräggeneigtem Kopf und war versucht, ihn gegen das Schienbein zu treten, wie er ihn so fett lächelnd vor sich sitzen sah. Nur kamen Leo plötzlich Zweifel. Enthielt der Zettel wirklich die Wahrheit? Oder war das wiederum nur eine Falle, die man ihm, Leo, gestellt hatte? Oder war doch gelogen, was Jakob redete, und gehörte schon zu dem abgekarteten Spiel?

»Und Wuttke?« fragte Kochlowsky.

»Ist gestern mit Wanda zum Tanz gefahren.«

»Dann ist dir nicht zu helfen!« Kochlowsky stand auf, packte Reichert an der Schulter und schob ihn aus der Tür ins Freie. »Kümmere dich weiter um den Schweif von Ferdinand!«

Am Abend brachte der polnische Bote dann eine alarmierende Nachricht. Der Aufseher vom Hühnerhof ließ melden:

»Seit zwei Tagen fehlt die Arbeiterin Katja Simansky im Dienst. Keine Krankmeldung. Janek, der nach ihr sehen sollte, kommt zurück und sagt, Katja sei verschwunden. Zimmer leer, alle Kleider weg. Hausbewohner sagen: Muß nachts weg sein, haben nichts gehört. Können keine Erklärung geben. – Was soll ich tun?«

Leo Kochlowsky betrachtete die Meldung lange, ehe er darunterschrieb:

»Nichts weiter unternehmen. Namen aus Gesindeliste streichen. Wahrscheinlich taucht Katja Simansky nicht wieder auf Pleß auf. Wird ins Hinterland sein. Wäre ja nicht die einzige.«

Damit war amtlich der Fall erledigt. Privat allerdings nicht. In Kochlowsky stieg echte Angst hoch.

War Pittorski fähig, Katja zu töten und ihre Leiche verschwinden zu lassen? War er zum Mörder geworden?

Wenn er es getan hatte, dann war er auch bereit, Leo Kochlowsky auf irgendeine Weise umzubringen. Auf einen Mord mehr kam es ihm dann nicht mehr an.

Kochlowsky starrte bleich auf den Zettel des Aufsehers vom Hühnerhof. Pittorski hat Katja ermordet, dachte er immer wieder. Er hat sie umgebracht . . . mit einem Messer. Erstochen hat er sie.

Er beschloß, seine »fiebrige Sommerangina« noch um mindestens eine Woche zu verlängern.

Unterdessen wurde die kleine Mamsell Sophie Rinne zum zweitenmal von der Fürstin empfangen, sehr zur Freude von Wanda Lubkenski und sehr zum Erstaunen der Hausdame Elena von Suttkamm. Ein Mamsellchen im Privatgespräch mit Ihrer Durchlaucht, das stellte fast alle Ordnung auf den Kopf.

»Nun, Kindchen, erzähle mal«, hatte die Fürstin sie aufgefordert, als Sophie scheu, schmal und kindlich auf der vorderen Kante eines der Brokatsesselchen Platz genommen hatte. Sie sah in ihrem hellblauen Kleid mit dem Spitzenschürzchen und dem Spitzenhäubchen im blonden Haar entzückend aus. »Süß!« sagte die Fürstin. »Nein, wie süß! Kindchen, du bist ja wie eine Puppe!«

»Mir gefällt es gut auf Pleß!« erklärte Sophie schlicht auf die Frage der Fürstin. »Danke, Durchlaucht, ich habe mich schon etwas eingelebt. Die Erste Köchin ist sehr nett zu mir. Ich habe schon viel von ihr gelernt. Überhaupt alle sind sehr nett zu mir . . . «

»Erzähle mir von deinem Zuhause.«

»Von Bückeburg?«

»Ja, wenn du magst . . . «

»Wir haben da ein kleines Häuschen, und Papa hat zwei Pferde und einen Wagen und holt Kisten, Kartons und Säcke vom Güterbahnhof . . . «

»Dann habt ihr ein Fuhrunternehmen?«

»Ja.«

»Aber es hieß doch, dein Vater sei Gepäckträger im Bahnhof.«

»Das war er auch. Ein paar Jahre lang, bis er sich das erste Pferd kaufen konnte und den ersten kleinen Karren. Danach das zweite Pferd, und dann kam noch ein Arbeiter dazu. Papa sagt aber immer: ›Ich bin Gepäckträger. Ich habe so angefangen, es ist ein schwerer Beruf und ein ehrlicher dazu. Warum soll ich mich dessen schämen? Ich bleibe Gepäckträger, und wenn ich zehn Pferde laufen habe!‹ So ist Papa eben.«

»Deine Mama ist eine sehr schöne Frau, nicht wahr?«

»Ich glaube, ja.« Sophie hatte verlegen zu Boden geblickt, die Fürstin hatte ihr über das blonde Haar gestreichelt, ihr einen Kuß auf die Stirn gegeben und sie mit einer großen Bonbonniere beschenkt. Pralinen aus Frankreich waren es. Sophie hatte so etwas noch nie gesehen. Es waren sogar welche mit Alkohol gefüllt darunter, und Sophie mußte husten, als sie die erste davon zerbiß.

Elena von Suttkamm war konsterniert. Sie hatte von Ihrer Durchlaucht noch nie Pralinen bekommen, nicht einmal eine einzige hatte man ihr angeboten, und die kleine Mamsell erhielt einen ganzen Kasten. Was hatte das zu bedeuten?

Entrüstet lehnte die Baronin von Suttkamm ab, als Sophie ihr ahnungslos eine Praline aus der Bonbonniere offerierte. »Merken Sie sich eins, Mamsell«, sagte sie würdevoll, »eine bedienstete Person – das sagt schon das Wort – ist zum Dienen da. Zu nichts sonst! Sie bietet auch nichts an, sie empfängt! Gesten wie die Ihre mögen vielleicht in Bückeburg geduldet sein, auf Pleß können sie zur Beleidigung werden.«

Verwirrt, betroffen, die Bonbonniere unter den Arm geklemmt, erschien Sophie in der Küche, setzte sich in eine Ecke und befolgte den Rat ihrer Mutter: Wenn du Kummer hast, weine. Nichts ist besser als weinen.

»Diese Suttkamm!« sagte Wanda verächtlich, als Sophie ihr alles erzählt hatte. »Ein in die Ecke gestelltes, unbefriedigtes Frauenzimmer ist sie! Und du bist jung und hübsch – das kann sie nicht vertragen. Wir haben es ihr alle gegönnt, daß Leo Kochlowsky sie sitzenließ.«

Da war er wieder, der geheimnisvolle Leo Kochlowsky! Von dem alle sprachen, den die einen haßten, andere heimlich bewunderten, der ein Monstrum sein mußte oder ein mißverstandener Mensch, wie Reichert behauptete.

Ob er meinen Zettel bekommen hat? dachte Sophie und blickte in die Bonbonniere. Jetzt soll er krank sein. Kümmert sich jemand um ihn?

»Die Baronin war seine Freundin?« fragte sie, während Wanda unter den Pralinen nach einer mit Kirschwasserfüllung suchte.

»Ein Jahr lang lief sie herum wie auf flammenden Sohlen. Und dann kam der Tritt . . . Das war übrigens das erste Mal, daß wir mit Kochlowsky einer Meinung waren.«

»Ist er so schrecklich?«

»Ein Teufel!« sagte Wanda Lubkenski und hatte ihre Kirschwasserpraline gefunden. »Wenn du ihm jemals begegnest, was ich verhindern werde, solange ich kann, schlage ein Kreuz und lauf schnell weg!«

Sophie nickte gehorsam – aber die Neugier in ihr wuchs unaufhaltsam.

IV

Es traf ein, was Leo Kochlowsky geahnt hatte: Katja blieb verschwunden, spurlos. Aber Jan Pittorski lief herum, als sei nichts geschehen, ritt weiterhin die Pferde zu, saß im Wirtshaus, spielte Karten oder Billard, strotzte vor Lebensfreude und war jedermann sympathisch.

Das alles hinterbrachte man Leo ins Verwalterhaus, schriftlich oder mündlich, denn noch immer plagte den »Feldherrn« die böse Angina. Erst nach zehn Tagen und nachdem er Caesar mit blutigem Fleisch so toll gemacht hatte, daß er ihn an einer Kette führen mußte, weil ein Lederstrick zu leicht reißen konnte, wagte sich Kochlowsky wieder unter die Menschheit.

Er ritt über die Felder, den knurrenden Hund mit der Kette am Sattelgurt festgebunden, und fand alles verwahrlost in diesen zehn Tagen. Die Landarbeiter bezeichnete er als arbeitsscheues Pack.

Geduckt nahmen die Polen seine Beschimpfungen hin. Ihr Gebet war nicht erhört worden, die Madonna taub geblieben: Kochlowsky lebte noch. Das Fieber hatte ihn nicht gefressen. Denn daß er krank gewesen war, glaubte jeder. Nichts anderes gab es, einen Kochlowsky davon abzuhalten, den satten, duftenden Sommerfrieden durch sein Gebrüll zu stören.

Bei der Kälbermästerei traf Leo – sein Herz tat ein paar rasche, harte Schläge – auf Jan Pittorski. Es war ein Ort, wo er den Polen am allerwenigsten erwartet hätte. Was hat ein Bereiter bei den Kälbern zu suchen?

Leo stieg vom Pferd, nahm Caesar an die lange Kette und ging auf Pittorski zu. Mit dem Hund an der Seite fühlte er sich sicher. Wenn Caesar »Faß!« hörte, wurde er zum Tiger. Kochlowsky hatte in den zehn Tagen seiner »Krankheit« mit ihm gearbeitet. Immer wieder hatte er einen Holzknüppel durchs Zimmer geworfen und gerufen: »Faß!«

Es war sehenswert, was von dem Knüppel übriggeblieben war – und es mußte entsetzlich sein, wie ein Mensch aussah, wenn Caesar ihn zu packen bekam. Da würde der beste Chirurg nicht mehr helfen können.

»Will Durchlaucht Seiner Majestät, dem König von Bayern, ein zugerittenes Kalb vorführen?« fragte Leo krampfhaft spöttisch.

So sieht also ein Mörder aus, dachte er und spürte, wie sich seine Kehle zusammenschnürte. Groß, gesund, mit einem offenen Gesicht und blauen Augen. Man sollte es nicht glauben! Leo blieb stehen, Caesar an der Kette vor sich. Der Dobermann fletschte Pittorski an und zog an der stählernen Fessel.

»Ich habe Sie hier erwartet!« sagte Pittorski höflich. »Ich wußte, daß Sie heute die Mästerei besuchen. – Ziehen Sie Ihren Hund zurück.«

»Angst? Na so was!« Kochlowsky kniff die Augen zusammen. »Hilflose schwache Mädchen kann er blau schlagen, aber vor einem Hund hat er Angst!«

»Ich habe um Ihren Hund Angst«, erwiderte Pittorski ruhig. »Er könnte für sein ganzes Leben versaut sein, wenn ich ihn anfasse.«

»*Den* anfassen?« Kochlowsky lachte rauh. »Du Maulheld! Wo ist Katja?«

»Das geht Sie nichts an!«

»Vielleicht aber die Polizei . . . «

»Das wäre zu überlegen.« Pittorski grinste voller Hohn. »Es gibt Zeugen, die aussagen, daß der Herr Verwalter der letzte war, der mit ihr gesehen wurde. Er kam aus der Futterkammer, und kurz darauf rannte Katja, als jagten ihr Furien nach, aus dem Hühnerhof. Seitdem wurde sie nicht mehr gesehen. Sie müßten eine Erklärung abgeben, Herr Verwalter . . . «

»Du Dreckgeburt!« sagte Kochlowsky dumpf.

»Mich können Sie nicht beleidigen. Und man kann mir auch nichts nachweisen.«

»Du hast sie also umgebracht!« keuchte Kochlowsky atemlos. »Du hast sie wirklich . . . «

»Sie werden keine Gelegenheit mehr haben, sie anzufassen!«

»Und warum lauerst du mir hier auf?« Kochlowsky trat einen Schritt vor. Caesar zerrte zähnefletschend an seiner Kette – er war nur noch einen Meter von Pittorski entfernt.

»Machen Sie Ihren Hund nicht unglücklich.« Pittorski blickte ohne Angst auf die hochgezogenen Lefzen des Dobermanns. Die langen, spitzen Fangzähne lagen gefährlich bloß. »Ich wollte nur mit Ihnen sprechen, Herr Verwalter.«

»Aber ich nicht mit dir!«

»Sie werden mich anhören müssen.«

»*Müssen?*« brüllte Leo los. »Ich muß? Ein Stiefelknecht will einem Stiefel befehlen?«

»Sie können sich nicht ewig verkriechen, Herr Verwalter! Ihre Krankheit – alle mögen daran glauben, ich nicht. Sie sind ein Feigling, ein elender Feigling mit einem großen Maul, solange man Ihnen nicht draufschlägt! Sie können nicht ewig krank sein, und ich habe Zeit, Herr Verwalter. Viel Zeit! Einmal bekomme ich Sie, dann, wenn Sie gar nicht mehr daran denken. Wenn Sie glauben, alles sei längst vergessen! Irrtum! Ein Jan Pittorski vergißt nichts. Nie! Ich bin Pole, ich habe meinen Stolz, und den haben Sie in den Dreck getreten. Kann man das vergessen? Sie werden mit der Angst leben müssen: Jede Stunde kann Jan Pittorski kommen! – Und ich werde kommen, ohne Anmeldung ...« Pittorski lächelte breit. »Das wollte ich Ihnen heute nur sagen, Herr Verwalter. Krankspielen hilft Ihnen gar nichts ...«

Kochlowsky hörte sich die Drohung mit starrem Gesicht an. Laß den Hund los, dachte er einen Augenblick lang. Dann ist alles erledigt. Ich werde sagen: Caesar hat sich losgerissen, mit einem unvorhergesehenen Ruck. Sehen Sie sich das Tier an. Wer will das festhalten, wenn es wütend ist? Und Pittorski hat den Hund gereizt!

Einen Zeugen dafür gibt es nicht. Wir sind allein. Nur ein Biß genügt, ein wenig Blut ... Dann wird Caesar zur Bestie und zerreißt diesen Pittorski. Er wird ihm sofort die Kehle durchbeißen.

»Nur zu!« sagte Leo heiser. »Auf einen Mord mehr oder weniger kommt es dir ja nicht an!«

»Sie töten? O nein, Herr Verwalter.« Pittorskis Augen leuchteten in einem seltsamen Glanz. »Dazu sind Sie mir zu wertvoll! Was hätte ich von einem Toten? Sie müssen leben, damit ich immer meine Freude an Ihnen habe ... «

Leo Kochlowsky war wie gelähmt. Die Ungeheuerlichkeit dieser Drohung nahm ihm den Atem. Er wußte, daß Pittorski so etwas nicht einfach dahinsprach, sondern daß hinter seinen Worten ein tödlicher, zu allem entschlossener Haß stand.

»Du wirst dir die Finger verbrennen!« sagte Leo tonlos. »Das scheinst du vergessen zu haben: Einen Kochlowsky faßt man nicht an ... «

Kaum hatte er das ausgesprochen, stürzte er zu Boden. Die Beine wurden ihm weggerissen, krachend fiel er auf das Gesicht, der rechte Arm wurde ihm fast aus dem Schultergelenk gezerrt, mit solch einem mächtigen Satz schoß Caesar nach vorn. Leos Finger krampften sich in die Hundekette, aber der Ruck war zu stark, er konnte sie nicht mehr halten. Sie schrammte seine Haut blutig, als sie durch seine Finger rutschte.

Caesar hatte »Faß!« verstanden. Man kann es einem Hund nicht übelnehmen, wenn er den feinen Unterschied zwischen »Faß« und »faßt« nicht versteht. Der Klang allein war es, der Tonfall, der für ihn der Befehl zum Angriff war.

Mit weit aufgerissenem Fang stürzte er sich auf Pittorski. Es war nur ein Meter, und der Angriff kam plötzlich, aber der Pole reagierte instinktiv und treffsicher. Er warf sich zur Seite, riß den Fuß hoch und traf Caesar voll in den weichen Bauch. Der Dobermann heulte auf, schnellte herum und griff wieder an.

Aber auch Pittorski stand wieder. Zu fallen und blitzschnell aufzuspringen hatte er als Reiter gelernt, das gehörte zu den historischen Kampfspielen, die einmal im Jahr in originalgetreuen Kostümen veranstaltet wurden, und Pittorski war fast immer unter den Siegern.

Caesars zweiter Angriff war flacher. Er sprang fast waagerecht auf Jan zu, um sich in dessen Hüfte zu verbeißen. Lag der Gegner erst, ging der zweite, tödliche Biß zur Kehle.

Wieder hob Pittorski das Bein und trat den Hund voll auf die aufgerissene Schnauze. Der Zusammenprall war so stark, daß Caesar sich überkugelte, aber auch Pittorski fiel zurück. Diesmal war der Hund schneller und bereits über ihm, ehe sich Jan wieder aufrichten konnte. Ein heißer Atem wehte über sein Gesicht, er sah die Blutgier in den gelben Tieraugen, aber er hörte auch, wie Leo Kochlowsky »Zurück! Zurück! Caesar, bei Fuß!« brüllte. Aber das nützte nichts mehr. Der Hund, zweimal schmerzhaft getroffen, wollte den Menschen töten.

Kochlowsky hatte sich inzwischen aufgerappelt, kniete im Staub, streckte die blutende, von der Kette aufgerissene Hand von sich und starrte entsetzt auf Pittorski, der auf dem Rücken lag, die Beine in den Reitstiefeln an den Leib gezogen, und auf den jetzt Caesar mit einem wahren Panthersatz zusprang.

Pittorski stieß seinen rechten Unterarm mit aller Gewalt in den aufgerissenen Fang. Gleichzeitig griff er mit der linken Hand zu, packte den Unterkiefer des Hundes und renkte ihn mit einem scharfen Ruck aus.

Caesar heulte wie ein angeschossener Wolf auf, ließ sich zurückfallen, duckte sich, kroch mit gebuckeltem Rücken weg und blieb so stehen, mit bebenden Flanken, hängendem Kopf, winselnd und jaulend, ein Bild des Jammers.

Kochlowsky stemmte sich von der Erde hoch, warf nur einen Blick auf seinen zerstörten Hund und klopfte den Staub von seinen Hosen. Dann strich er seinen Bart glatt und wartete, bis auch Pittorski stand. Der rechte Ärmel seines Reitrockes war zerfetzt. Blut lief ihm über die Hand und tropfte zu Boden.

»Das habe ich nicht gewollt!« sagte Leo heiser. »Ich habe den Hund nicht auf dich gehetzt ...«

»Das weiß ich. Ein Unglücksfall.«

»Kauf dir einen neuen Rock. Ich bezahle ihn.«

»Ich nehme von Ihnen nichts geschenkt, Herr Verwalter.«

»Du bist verletzt ...«

»Es ist mein Arm! Er geht Sie nichts an!«

»Dann verrecke an Blutvergiftung!« Kochlowsky blickte wieder auf seinen Hund. Caesar stand noch immer verkrümmt und wimmernd abseits. Sein großer, schwerer Körper wurde von Zitterwellen durchrüttelt. »Was hast du mit ihm gemacht?«

»Jetzt ist er versaut, Herr Verwalter. Er wird mich nie wieder angreifen. Er wird mir immer aus dem Weg gehen, sich verkriechen, wenn er mich sieht, ja, nur riecht. Er kann Sie nicht mehr vor mir schützen! Ich habe es Ihnen gesagt.«

»Was hast du gemacht, du Polak?« schrie Kochlowsky.

»Ihm den Kiefer ausgerenkt. Nichts Besonderes. Kann man schnell wieder einrichten. Aber der Hund wird es sich ewig merken. Nach mir schnappt er nie mehr.«

Pittorski schlenkerte das Blut von seiner Hand, putzte sie an seiner Hose ab, ging zu Caesar und hockte sich vor ihn hin. Der Hund rührte sich nicht. Mit krummem Rükken und leise winselnd drückte er seinen ganzen Jammer aus.

Pittorski griff zu, packte blitzschnell den Unterkiefer, riß ihn herum. Caesar stieß einen hellen Schrei aus, wie man ihn noch nie von ihm gehört hatte, dann hob er den Kopf. Sein Maul bewegte sich wieder. Aus seinen bernsteinfarbenen Augen sah er Pittorski traurig an, torkelte dann zu Leo Kochlowsky und setzte sich mit gesenktem Kopf hinter ihn.

»Der Kiefer ist wieder drin!« sagte Pittorski. »Geben Sie Caesar vorsichtshalber heute abend kein Fleisch, er könnte Schmerzen beim Kauen haben. Kochen Sie ihm ein Süppchen.«

Kochlowsky antwortete nicht. Er wandte sich ab, gab Caesar einen Tritt, sagte dumpf: »Komm, du dämliches Aas!« und stampfte zu seinem Pferd zurück. Auch Pittorski stieg auf und ritt davon.

Aber er schlug nicht die Richtung zum Gestüt ein, sondern ritt eine halbe Stunde nach Osten, bis er zu einem Wald kam, in dem vier Köhlerfamilien hausten und ihre Kohlenmeiler betrieben. Es war ein aussterbender Hungerberuf, gerade hier in Oberschlesien, wo man die Steinkohle aus der Erde holte und überall um Kattowitz herum die Schlote rauchten und die Fördertürme kreischten. Aber es gab noch einige Schlösser von Adeligen und Landjunkern, wo man die gute Holzkohle verbrauchte. Auch Fürst Pleß ließ bei hohem Besuch seine Kamine damit heizen. »Die andere Kohle stinkt!« behauptete er immer.

Bei den Meilern sprang Pittorski vom Pferd, steckte zwei Finger in den Mund und stieß einen hellen Pfiff aus. Im gleichen Augenblick rannte von einer der Hütten her Katja über den Platz auf ihn zu.

»Madonna! Du blutest ja! Dein Arm! Janek, dein Arm! Hilfe! Hilfe! Er verblutet!«

Schreiend lief sie zu den Hütten zurück. Den Arm mit der anderen unverletzten Hand an sich gepreßt haltend, folgte ihr Pittorski.

Später, als man ihn verbunden hatte, saß er am offenen, gemauerten Herd, aß eine dicke Grützsuppe und trank ein bitteres Bier, das der Köhler Liblinski selbst in einem Kupferkessel braute. Katja hockte zu Jans Füßen und hatte den Kopf auf seine Knie gelegt.

»Was nun?« fragte Liblinski. »Der ›Feldherr‹ wird dich nicht in Ruhe lassen. Seinen Hund hast du verdorben, hast ihn bedroht, Katja ist verschwunden ... Das geht nicht gut, Jan! Kochlowsky ist mächtiger als du!«

»Warten wir die Nachricht aus Malachowo ab. Wenn mich Graf Podnansky auf sein Gestüt holt, bin ich ebenso plötzlich verschwunden wie Katjenka. Ich brauche kein Zeugnis vom Fürsten ... Podnansky weiß, was ich kann. Und in Malachowo heiraten wir dann, nicht wahr, Katja?«

»Ja«, sagte sie. Seit Jan ihr so handgreiflich gezeigt hatte, wer ihr Herr war, und sie aus Leos Bannkreis gebracht hatte, schien sie wie verwandelt, fügsam und vernünftig geworden.

Jan lehnte sich zurück. »Weit weg von Pleß. Wir wollen Pleß vergessen. Vielleicht sehen wir es wieder, wenn Polen endlich wieder ein eigener Staat ist.«

»Das wird nie sein.« Liblinski schwenkte das Bier in seinem irdenen Becher. »Wunschträume sind das, Jan! Auf der einen Seite sind Deutschland und Österreich zu stark, auf der anderen Seite wird es der Zar nie zulassen, daß es ein freies Polen gibt. Wir werden immer ein getretenes Volk bleiben! Immer! Ob von Osten oder Westen, von Süden oder Norden – immer wird jemand da sein, der über uns Polen herrschen will.«

»Das wird ein Ende haben!« sagte Pittorski laut. »Dafür kämpfen wir im Untergrund. Dafür errichten wir überall revolutionäre Zellen! Das junge Polen sieht nicht mehr lange zu! Langsam beginnt man zu begreifen, was Sozialismus heißt. Wir müssen lernen, ein Volk zu sein, keine billigen Arbeitssklaven! So, wie wir heute ausgebeutet werden ...«

»Wie willst du's ändern?« Liblinski schüttelte den Kopf. »Nie war die Zeit schlechter für Revolutionen als jetzt. Da ist Deutschland – seit 1871 ein glanzvolles Kaiserreich, reich und mächtig, an der Spitze der eiserne Bismarck – und auf der anderen Seite das große Österreich mit Kaiser Franz-Josef! Wer wollte ihn stürzen? Der Thronfolger? Bringt man seinen Vater um?«

»Ausbeuter sie alle, alle!«

»Ruf es in den Wald! Wer antwortet dir? Vielleicht das Echo. Deine eigene Stimme ist's! Willst du damit eine neue Zeit heraufbeschwören?«

»Tausende, sogar Hunderttausende werden antworten, Liblinski!«

»Sie werden flüstern, aber damit stürzt man keine Kaiserthrone. Jan, geh zu Podnansky, reite weiter Pferde zu, dressiere sie und mach deiner Katja eine Stube voller Kinder. Das kann ein schönes Leben werden. – Ein eigenes, großes Polen ... o Madonna, das bleibt ein schöner Traum! Da müßte sich schon die ganze Welt verändern, wenn er wahr werden sollte.«

Auch Leo Kochlowsky war an diesem Abend nicht

allein. Sein Freund Jakob Reichert saß ihm am Tisch gegenüber, trank wieder seinen Schnaps, den er »Lebenselixier« nannte, weil er Speiseröhre, Magen, Nieren, Leber und Darm reinfegte, und versuchte vergeblich, Leo zu trösten.

Es ging um Caesar. Er lag zusammengerollt in einer Ecke und rührte sich nicht. Sein Abendessen, eine kernige Gemüsesuppe aus der Gutsküche, hatte er nicht angerührt. Auch rohes Fleisch, das ihm Kochlowsky dann vor die Nase hielt, mißachtete er.

»Er hat einen Schock!« meinte Reichert weise. »Stell dir vor, man renkt dir den Unterkiefer aus!«

»Das ist es ja!« sagte Leo bitter. »Das dämliche Vieh läßt sich so was gefallen! Ein Hund wie er – und wird übertölpelt!« Er blickte hinüber zu Caesar, der den Kopf hob und ihn traurig anschaute.

»Glotz nicht wie ein Kalb, du Schlappschwanz!« brüllte Kochlowsky. »Man sollte dich zum Metzger bringen und dir eins über den Schädel hauen! Bist du überhaupt noch ein Hund? Oder bist du nur noch ein fressender Sack?«

»Beschimpf ihn nicht auch noch!« Reichert kippte seinen fünften Schnaps. »Auch ein Hund hat eine Seele. Ich kannte einen Mops, von der Hofdame Gräfin von Waldenburg, der fiel sofort um, wenn seine Herrin Migräne bekam. So eng war er mit ihr verbunden. Ich weiß, auch Caesar fühlt mit dir!«

»Umgerissen hat er mich. In den Dreck gezogen! Die Hand ist total aufgeschrammt! Weil das Luder zu dusselig ist, richtig zu hören!«

»Zu feinhörig, Leo! Da war im Wort der Klang, der für Caesar zum Angriff blies!« Reichert beugte sich über den Tisch. »Wie soll das nun alles weitergehen? Du mußt Pitorski unschädlich machen. Er ist eine ständige Bedrohung und unberechenbar.«

»Ich habe keine Beweise. Wir waren allein!«

»Dir glaubt man mehr als ihm.«

»Er hat den Baron von Sencken auf seiner Seite. Gegen den Oberstallmeister kann ich nicht anstinken.« Kochlowsky betrachtete mißmutig seinen geschändeten Hund. »Mit dem Baron hat Pittorski sogar einen Zeugen, daß ich ihm mit der Peitsche eins übergezogen habe. Ich kann gar nichts aufweisen – nur einen versauten Hund! Ha, wenn ich das Vieh da liegen sehe! Lächerlich hat es mich gemacht! – Jakob, ist das wahr, Caesar wird Pittorski nie wieder angreifen?«

»Das könnte möglich sein –«, antwortete Reichert ausweichend. »Frag mal einen deiner Veterinäre ...«

»Die haben nur Ahnung von Trichinen und eingeklemmten Kälberembryos!« Kochlowsky drehte unruhig sein Glas in den Fingern. Da er keine scharfen Schnäpse mochte, hatte er einen Mokkalikör getrunken. »Ich habe auch in Brehms Tierleben nachgelesen ...«

»Und?«

»Der Kerl hat keine Ahnung! Nichts von Hundepsychologie! Was interessiert mich der Knochenbau und daß ein Hund keine Eier legt! Sieh dir Caesar an: Was soll man mit ihm tun? Über so etwas hätte Brehm schreiben sollen!«

»Ein viel größeres Problem bist du, Leo!« sagte Reichert mutig. »Weißt du übrigens, daß ich noch dein einziger Freund bin?«

»Das ist einer zuviel!« antwortete Leo grob.

Reichert nahm es hin; er kannte Kochlowsky zu gut, um das ernster zu bewerten, als es in Wahrheit gemeint war. Leo war eben so: Ein Mensch, der jeden umrannte, ohne sich zu entschuldigen. Ein Kochlowsky hat nie schuld! Ein Kochlowsky hat immer recht. Die Niederlagen, die er selbst dabei erlitt, fraß er in sich hinein, und sie verbitterten ihn noch mehr. Das war seine Tragik: Er war nicht in der Lage, sich selbst kritisch zu betrachten.

»In vier Tagen ist der König von Bayern auf Pleß«, sagte Reichert vorsichtig.

»Er kann kommen. Mein Gut ist in Ordnung. Ich habe alles vorbereitet.«

»Wie soll ich dir das nur beibringen, Leo.« Reichert wischte sich über die Augen und goß sich noch einen Schnaps ein. »Verdammt schwer, dir das zu stecken ... «

»Was?« fragte Leo dunkel und starrte Reichert wie ein Hypnotiseur an.

»Es sind bei Seiner Durchlaucht Bestrebungen im Gange, daß Seine Majestät nicht Gut III, sondern Gut VI besichtigen soll.«

»Wer ... wer sagt das?« Kochlowskys Stimme klang auf einmal heiser und rostig.

Das geradezu Unglaubliche schien einzutreten: Zum ersten Mal auf Pleß wurde bei einem hohen Besuch nicht das Mustergut III vorgeführt, sondern Leos größter Konkurrent, Gut VI. Das war mehr als alle Schläge, die Pittorski loslassen konnte, das traf mehr als alle Feindschaft, das traf Leos einzigen Nerv. Das traf mitten in sein Leben.

»Unmöglich!« sagte er dumpf. »Das ist völlig unmöglich. Das kann man mir nicht antun!«

»Genau das will man, Leo. Das soll dich in die Knie zwingen.«

»Wer? Wer versucht, den Fürsten gegen mich zu beeinflussen?«

»Baron von Sencken ... Elena ... «

»Diese hysterische Zippe ... «

»Aber sie hat Einfluß auf die Fürstin! Und da sind noch ein paar andere am Hofe, die dich zum Teufel wünschen. Die Verwalter der anderen Güter, der Leiblakai – mit dessen Frau hast du ja auch was gehabt! Dann der Oberrentmeister – dem hast du mal ein Aktenstück an den Kopf geworfen, und ein Haufen Beamte der fürstlichen Verwaltung, die du allesamt Arschlöcher genannt hast ...«

»Keiner kann mehr die Wahrheit vertragen«, stellte Kochlowsky bitter fest.

»Auf jeden Fall: Es scheint so, als setze sich die Hauptverwaltung durch, und man brächte den König von Bayern auf Gut VI zur Besichtigung und dann in das Waldgebiet. Der Fürst hat einen Bären zum Abschuß freigegeben ...«

»Sie wollen mich vernichten!« sagte Kochlowsky schwer. »Diese ganze höfische Brut. Diese arbeitsscheuen Schleimscheißer! Aber sie kennen Kochlowsky noch nicht richtig! Keiner kennt mich richtig! Gegen mich intrigieren wollen sie? Gegen mich?« Er sah Reichert scharf an. »Woher weißt du denn das alles, he?«

»Von Wanda.«

»Die hört die Flöhe husten, was?«

»Genau das! Wanda erfährt in der Küche alles. Wandas Informationen stimmen immer. Was am Hofe passiert, dringt zu ihr. Was man ihr nicht sagt, das holt sie sich selbst irgendwie zusammen.«

»Und erzählt es dir – und nicht Wuttke!«

»Ja.« Reichert schaute verlegen auf den erschütterten Caesar. »Wanda und ich ... Na ja, du solltest es nicht wissen, aber als mein Freund ...«

»Kochlowsky weiß alles!« sagte Leo laut. »Seit zehn Tagen ist Wandas Bett zu schmal, weil du mit drinliegst!«

»Dem Himmel sei Dank, jetzt ist es heraus!« sagte Reichert befreit. »Aber du siehst nun auch, wie ernst die Sache für dich ist . . . Die nehmen dir den König vonBayern weg!«

»Noch ist er nicht auf Pleß, und noch habe ich den Kopf oben! Und da bleibt er auch. Von diesen Bogenpissern sieht keiner meinen Nacken!« Leo Kochlowsky schlug mit der Faust auf den Tisch. Es dröhnte laut, aber Caesar sprang nicht wie sonst auf und bellte, sondern hob nur den Kopf und blinzelte träge. Erschüttert sah Kochlowsky diesen Verfall.

»Morgen beginnt die Schlacht!« sagte er laut. »Jakob, du bist ein wahrer Freund. Ohne dich hätten sie mich überrannt.«

»Und ohne Wanda! ›Lauf sofort zu ihm und sag es dem Ekel‹, hat sie gedrängt.«

»Hat sie Ekel gesagt?«

»Aus voller Brust.«

»Die hat sie!« Kochlowsky nahm die Flasche, und zu Reicherts großem Erstaunen goß er sich einen »Harten« ein. Er kippte ihn auch gekonnt hinunter, als tränke er nichts anderes. Aber dann hustete er, rang nach Luft und keuchte: »Ekel! Sie wird fast sympathisch, diese Küchenspritze . . . «

Am nächsten Morgen zog Leo Kochlowsky seinen schwarzen Gehrock an, ließ von seinem polnischen Knecht die Schuhe so blank putzen, daß er sein Gesicht im Leder sehen konnte, band eine silbergraue Krawatte um und bürstete Haar und Bart so lange, bis sie wie Seide glänzten. Dann spannte er seinen Dogcart an und fuhr zum Schloß.

Leibkutscher Reichert hatte es vermittelt und sofort Nachricht gegeben, als alles klar war: Leo wurde zu einem Privatgespräch bei Seiner Durchlaucht zugelassen.

»Zehn Minuten!« hatte Reichert ausgerichtet.

»Ich brauche neunzehn Sekunden, um ihm zu sagen: ›Um Sie herum sind alles Arschlöcher, Durchlaucht‹«, knurrte Kochlowsky. Natürlich würde er so etwas nie sagen, aber die bloße Vorstellung munterte ihn auf.

Es sind oftmals die Zufälle, die im Leben Schicksal spielen. Man kann ihnen nicht ausweichen, ist ihnen ausgeliefert und kann sie nicht rückgängig machen.

An diesem Morgen, an dem Leo Kochlowsky in feierlichem Schwarz die große Freitreppe in der Halle von Schloß Pleß hinaufstieg, von einigen Dienern mißmutig und mit stummem Protest beobachtet, kam Sophie Rinne aus den Privatgemächern der Fürstin und schritt die Treppe hinab.

Auf dem mittleren Podest trafen sie aufeinander. Es gab kein Ausweichen.

Leo Kochlowsky atmete tief auf. Sophies Anblick war von einer solch engelhaften Schönheit, daß er völlig vergaß, warum er im Treppenhaus des Schlosses stand. Geradezu betroffen von diesem Bild, blieb er stehen, zog seinen Zylinder und verneigte sich.

Auch Sophie Rinne wußte sofort, wen sie vor sich hatte. Sie hatte Leo nur ein paar Augenblicke tobend in der Küche erlebt, dann draußen vor ihrer verriegelten Tür, aber bis zu diesem Tag hatte sie ihn nicht mehr gesehen. Doch um so mehr von ihm gehört, täglich, überall ... von Wanda, von Reichert, von Wuttke, von den Lakaien und Zofen.

Nun also stand er vor ihr, mit gescheiteltem, eng anliegendem, schwarzem Haar, einem imponierenden schwarzen, glatten Bart, stechenden, glänzenden Augen, schlank in einem elegant geschnittenen Gehrock – von einem polnischen Schneider natürlich. Er war kein Hüne, sondern nur etwas größer als sie, aber mit breiten Schultern und breiter Brust.

Das muß ja so sein, dachte sie sofort. Irgendwoher muß ja diese Stimme kommen, das Brüllen, das die Wände dröhnen läßt.

Auch Sophie blieb unwillkürlich stehen. Sie kam gar nicht auf den Gedanken, auf der breiten Treppe zwei Schritte zur Seite zu treten und an Leo vorbeizulaufen. Sie standen sich gegenüber, als versperre jeder dem anderen den Weg und es gäbe nun kein Entrinnen mehr.

»Mamsell Sophie . . . «, sagte Leo Kochlowsky und drückte seinen Zylinder an die Brust. Etwas Hilfloses lag in dieser Geste, wie ein Schüler wirkte er, der unverhofft auf seine von fern angebetete Lyzeumsliebe trifft. »Nun kann mir nichts mehr passieren . . . «

»Was . . . was soll Ihnen denn passieren?« fragte sie leise. Ihre Stimme war hell und rein. Wie kann es anders sein, dachte Kochlowsky.

»Da will man in die Hölle gehen, und plötzlich steht am Weg ein Engel . . . Jetzt habe ich keine Angst mehr.«

»Sie haben Angst?« Ihre Stimme war ganz klein geworden. Der Satz mit dem Engel versetzte sie in einen Taumel, den sie sich nicht erklären konnte. Etwas Derartiges hatte sie noch nie gefühlt. Es war wie ein Schwindel, dem man nicht entrinnen will.

»Jeder Mensch hat Angst.« Das Leuchten seiner Augen schien ihr so stark, daß sie den Kopf senkte. »Mamsell Sophie, ich möchte jetzt ausrufen: Das ist ein herrlicher Tag! Ein Moment des Glücks!«

»Ich . . . ich weiß nicht, warum«, flüsterte sie fast unhörbar. »Ich muß hinunter in die Küche . . . «

»Nur noch ein paar Sekunden, bitte!« Kochlowsky hielt

den Atem an. Sein Herz hämmerte so, daß er glaubte, man müsse es wie Trommelschläge hören. »Gleich werde ich in einen einsamen Kampf ziehen ... «

»So? Mit Gehrock und Zylinder?«

»Ich muß zum Fürsten ... « Kochlowsky schluckte. »Man will mich vernichten.«

»Vernichten?« Ihr Köpfchen schnellte hoch. Blankes Entsetzen lag in den großen, kindlich blauen Augen.

»Ich habe viele Feinde hier«, erklärte er. »Ich bin zu korrekt, zu streng, zu unbestechlich, zu ehrlich – das schafft Widersacher. Der König von Bayern kommt. Und bisher war es immer so, daß jeder Besucher mein Gut besichtigte. Das beste Gut von Pleß! Das will man jetzt ändern – man will ein anderes Gut vorzeigen. Verstehen Sie, Mamsell, wie es in mir aussieht, wie verzweifelt ich bin? Man gibt mir einen Tritt!«

»Und was wollen Sie dann hier mit Gehrock und Zylinder?«

»Ich habe den Fürsten um ein paar Minuten Gehör gebeten. Ich will von ihm selbst hören, daß ich einen königlichen Besuch nicht mehr wert bin.«

»Und dann?«

»Das weiß ich noch nicht.« Kochlowsky zuckte mit den Schultern. »Ich weiß noch nicht, wie sich ein vernichteter Mann benimmt. In wenigen Minuten werde ich es wissen.«

»Sie kennen Ihre Feinde?«

»Aber ja! Baron von Sencken, die Baronin von Suttkamm – und noch mehr solches Geschmeiß. Pardon.« Kochlowsky machte wieder eine Verbeugung. »Ich bin zu erregt ... «

»Und Sie haben niemanden, der Ihnen hilft?«

»Keinen!« Kochlowsky zog aus dem Rock seine Uhr,

die an einer goldenen Kette hing, und warf einen Blick darauf. »Es wird Zeit. Man schiebt Hinrichtungen ungern auf. Mamsell Sophie, ich danke dem Schicksal, daß ich gerade jetzt Ihnen begegnet bin. Ich wage zu denken, daß es ein gutes Zeichen ist ... « Er behielt den Zylinder vor der Brust, trat einen Schritt zur Seite und lächelte sie an. Es war ein Lächeln, das sie bis in die Zehenspitzen spürte. »Ich möchte Sie wiedersehen. Ich möchte Ihnen aus meinem Leben erzählen. Ich glaube, Sie sind ein Mensch, dem man alles sagen kann.«

»Ich weiß nicht.« Sie meinte, kaum noch sprechen zu können. Ihre Kehle war trocken und heiß. »Überlassen wir es wieder dem Zufall, ja? Ich ... ich muß in die Küche. Wanda wartet.«

Kochlowsky unterdrückte die Bemerkung, Wanda könne von ihm aus warten, bis sie schwarz würde. Er verbeugte sich wortlos, warf noch einen glühenden Blick auf Sophie und stieg dann weiter die riesige Treppe hinauf zu den Gemächern des Fürsten.

Sophie blickte ihm nach, die Hände gegen die Seiten gedrückt, als stünde sie stramm. Wie gelähmt war sie, aber es war eine unbeschreiblich süße Lähmung, eine unbekannte, schwebende Schwäche, die erst nachließ, als Leo Kochlowsky in einem Seitengang verschwand.

Da kam wieder Leben in ihren zierlichen Körper, sie raffte den langen blauen Rock und rannte die Treppe hinauf zum Boudoir der Fürstin.

Niemand hilft ihm, dachte sie. Niemand. Nur Feinde hat er.

Ob es ihm nützt, wenn ich mich der Fürstin zu Füßen werfe?

V

Fürst Pleß ließ Leo Kochlowsky über eine halbe Stunde warten.

Unruhig ging Leo in dem großen, prunkvollen Vorzimmer auf und ab, gepeinigt von unangenehmen Vorahnungen. Er war allein; kein Lakai war da, an dem er sich hätte reiben können, kein anderer Dienstbote, bei dem er seinen inneren Druck loswerden konnte. Nur der Erste Privatsekretär des Fürsten hatte ihn empfangen, war in das Arbeitszimmer Seiner Durchlaucht gegangen und dann wieder herausgekommen.

»Sie sollen warten!« hatte er herablassend gesagt. »Man wird Sie rufen ...«

Kochlowsky hatte genickt und gedacht: Auch du machst beim Kacken die Knie krumm! Du blasierter Affe! Die Behandlung durch den Privatsekretär verhieß nichts Gutes. Früher, wenn Leo zum Fürsten gerufen wurde, hatte er mit diesem immer ein paar Worte gewechselt. Jetzt tat der Bursche so, als stünde ein nach Kuhmist stinkender Knecht im Vorzimmer.

Was sage ich dem Fürsten eigentlich, dachte Kochlowsky zum wiederholten Male. ›Durchlaucht, ich habe durch Zufall erfahren ...‹ Da wird der Fürst sofort fragen: ›Was heißt Zufall? Wer hat Ihnen das zugetragen?‹ – Kann ich Reichert in die Pfanne hauen? Nie! Oder Wanda? Das wäre zwar einerseits eine Freude, aber andererseits hat sie sich in diesem Fall mir gegenüber anständig benommen. Man kann mir alles nachsagen, nur keine Undankbarkeit. Wie soll ich die Sache also anfangen?

Man könnte so beginnen: ›Seit sieben Jahren bin ich in Ihren Diensten, Durchlaucht, und war immer ein ehrliches und fleißiges Mitglied Ihrer Verwaltung ...‹ Das müßte Wirkung zeigen, denn wer unter den Hunderten fürstlichen Beamten ist schon fleißig und ehrlich! Man könnte da Dinge anführen, die der Fürst nicht glauben würde. Er weiß gar nicht, wie er tagtäglich gewaltig beschissen wird ...

Die Tür ging auf, der Sekretär winkte stumm.

Leo Kochlowsky klemmte seinen Zylinder unter die linke Achsel, machte den Nacken steif und marschierte in das Arbeitszimmer des Fürsten Pleß. Einen Meter hinter der Tür blieb er stramm stehen, mit durchgedrücktem Kreuz, obwohl er nie Soldat gewesen war. Auch das war ein Makel an seiner Person, unter dem er sehr litt. Bei der jubelnd nationalen und militärisch-forschen Geisteshaltung seiner Zeit war einer, der nicht gedient hatte, nur ein halber Mensch. Wer keine Uniform getragen hatte, war irgendwie verdächtig, auf jeden Fall war er kein vollwertiger Mann!

Kochlowsky wartete. Neben dem Fürsten stand die Fürstin, musterte ihn mit forschendem Blick, winkte dann ihrem Mann abschiednehmend zu und verließ das Zimmer durch eine Tapetentür hinter dem Schreibtisch. Fürst Hans Heinrich XI. räusperte sich, blätterte in Papieren, tat sehr beschäftigt und hob dann ruckartig den Kopf.

»Kommen Sie näher, Kochlowsky!«

»Zu Befehl, Durchlaucht.«

»Ich befehle jetzt nicht, ich will mich mit Ihnen unterhalten.« Fürst Pleß trug einen leichten Sommerjagdanzug mit weißem Hemd und offenem Kragen, sehr lässig, wenn man bedenkt, daß gerade die hohen Herrschaften immer überkorrekt gekleidet gingen, meist in Uniform. »Ihr Name hat einen besonderen Klang ...«

Kochlowsky atmete tief ein. Das war es! Nun kommt es! Er brauchte gar nicht anzufangen – der Fürst nahm ihm die Qual der ersten Worte ab. Nur: Was sollte man darauf antworten? Ein besonderer Klang ...

»Der Name stammt aus Nikolai«, sagte Leo und wußte, wie dämlich das war. »Geboren bin ich in Kochlowitz ...«

»Sie sollen der größte Grobian in Preußen sein.« Der Fürst sah Leo scharf an. »Was haben Sie mit meinem Ersten Bereiter gemacht? Baron von Sencken hat mir einen Bericht schicken lassen ... also, ich bitte Sie, Kochlowsky! Sind wir hier in einem Kosakendorf?«

»Ich möchte gestehen, Durchlaucht, daß es sich hier um eine Weibergeschichte handelte ...« Leo schluckte mehrmals.

Der Fürst runzelte die Stirn. »Um was?«

»Um eine Frauen ... um eine Privatsache, die mit einem Mädchen zusammenhängt ...« Leo preßte den Zylinder an sich, daß er knirschte. Wie erklärt man einem Fürsten eine Liebschaft?

»Wie alt sind Sie, Kochlowsky?«

»Vierunddreißig, Durchlaucht.«

»Zum Teufel, warum heiraten Sie nicht?«

»Es hat sich noch niemand gefunden, der dazu bereit wäre ...«

»Weil Sie so ein ungehobelter Kerl sind!« Der Fürst blickte in ein Aktenstück. »Ich lese nur einen Satz vor, der in einem Bericht über Sie steht: Um Kochlowsky genau zu charakterisieren: Er besitzt keinen Mund, sondern eine Dreckschleuder! So etwas trägt nicht zur Beliebtheit bei.«

»Durchlaucht!« Nur Ruhe, sagte sich Leo. Nur Ruhe! Er spürte, wie es in seinen Schläfenadern zu pochen begann. Er kannte dieses Tuckern; gegen diesen inneren Druck half nur Brüllen. Aber kann man einen Fürsten anschreien?

Leo, sei ruhig, ganz ruhig, dachte er wieder. Und laut fragte er: »Wer hat das geschrieben?«

»Erwarten Sie, daß ich Ihnen das sage?«

»Ich bin von Neidern umgeben.«

»Das glauben Sie! Sie sehen alle Menschen in Ihrer Umgebung mit mißtrauischen Augen an. Dabei will Ihnen niemand etwas Böses! Ihre Einstellung grenzt fast an Verfolgungswahn, Kochlowsky.«

»Gut III ist das beste Gut, Euer Durchlaucht.«

»Das weiß ich. Ihr Verdienst, Kochlowsky.«

»Verdienste bringen Feinde.« Kochlowsky holte tief Atem. »In Ihrer und meiner Umgebung gibt es eine solche Menge von faulem Pack, eine Ansammlung von hirnlosen Hosenwetzern ...« Er schwieg abrupt, umklammerte seinen Zylinder und machte eine stumme Verbeugung. Das war zuviel, Leo, dachte er. Jetzt bist du doch explodiert. Jetzt kannst du gehen.

»Die Dreckschleuder!« sagte der Fürst beinahe gemütlich. »Aber wenigstens eine ehrliche! So ist es, Kochlowsky: Ich weiß, daß man mir mein Geld stiehlt, aber was kann ich dagegen tun? Ich kann nicht jede Amtsstube in Pleß kontrollieren. Ich muß meinen Leuten vertrauen. Nur – wem kann man schon blindlings vertrauen?«

»Ich möchte ganz unbescheiden auf mich hinweisen, Durchlaucht ... Wenn man die Bücher von Gut III überprüfen würde ...«

»Ich weiß auch das.« Der Fürst beugte sich über den Schreibtisch. »Kochlowsky, warum müssen Sie bloß so ein ekelhafter Kerl sein? Sie sind ein kluger Mensch, können etwas, sind eine stattliche Erscheinung, Ihr Leben ist gesichert ... Warum stoßen Sie alle vor den Kopf?«

»Es ist vielleicht ein Fehler, daß ich sage, was ich denke.«

»Ein ganz grober Fehler!«

»Ich kann nicht anders. Wenn jemand ein Rindvieh ist, sage ich ihm, daß er ein Rindvieh ist! – Verzeihung, Durchlaucht ... «

»Aber Sie glauben, daß Sie selbst unfehlbar sind, was?«

»Durchaus nicht. Nur – wo ich recht habe, da habe ich recht!«

»Und wer beurteilt das? Doch nur Sie allein, nicht wahr? Kochlowsky, mit dieser Einstellung werden Sie immer einsam sein, immer außerhalb der Welt der anderen, immer – wie Sie sagen – von Feinden umgeben!« Der Fürst klopfte mit den Fingerknöcheln auf das Aktenstück vor sich. »Ich lese es hier ja immer wieder. Es gibt sogar Leute, die zweifeln an Ihrem Verstand ... «

»Das ist hundsgemein, Durchlaucht ... «

»Schon wieder so ein Ausdruck!«

Leo Kochlowsky nickte schwer. Er hatte verloren. Aber er war trotzdem erleichtert: Er hatte nicht nachgegeben. Er hatte nicht gekuscht, sondern seine Selbstachtung behalten. Er war kein Stiefellecker wie andere geworden. Auch ein Fürst konnte ihn nicht ändern. Dort war Pleß, hier war Kochlowsky – jeder mußte und konnte leben nach seiner Fasson!

»Durchlaucht, verfügen Sie über mich«, sagte Leo gepreßt. »Ich räume das Haus morgen, wenn es nötig ist.«

»Was wollen Sie?« Pleß sah Kochlowsky betroffen an. »Was reden Sie für einen Blödsinn, wo Seine Majestät, der König von Bayern, zu Besuch kommt! Soll *ich* ihm etwa das Gut zeigen?«

»Gut III?« fragte Kochlowsky mit plötzlich unsicherer Stimme.

»Welches denn sonst?«

»Ich habe gedacht ... «

»Auch ein Kochlowsky denkt manchmal etwas Falsches! Sehen Sie mal an! Er hat nicht immer recht, wenn er sich einbildet, recht zu haben! Da haben wir also ein Beispiel, daß ein Kochlowsky nicht unfehlbar ist!«

»Aber es war doch geplant, Durchlaucht ... «

»Ein Plan bedeutet noch nicht, daß man ihn auch ausführt!« Fürst Pleß sah Kochlowsky lange an. Es war eine unangenehme, stumme Musterung, von der Leo nicht wußte, was sie ergab. Er stand wie festgewurzelt vor dem Schreibtisch und hielt dem Blick des Fürsten stand. Er sah keinen Grund, den Kopf zu senken und demütig zu erscheinen.

»Sie haben gute Fürsprecher, Kochlowsky. Trotz allem, was man über Sie erzählt und weiß ... Auch das sollte Ihnen ins Gewissen dringen: Es gibt Menschen, die mögen Sie! Die setzen sich für Sie ein. Die bitten für Sie ... «

»Ich ... ich bin betroffen, Durchlaucht.« Kochlowsky schluckte krampfhaft.

»Das können Sie auch sein.« Fürst Pleß schlug das Aktenstück zu. »Noch Fragen, Kochlowsky?«

»Nein, Durchlaucht ... «

»Dann gehen Sie zum Gut zurück, und bereiten Sie alles für den Besuch des Königs von Bayern vor. Ich will überall die bayerische Flagge sehen! Die ganze Allee zum Gut hinunter!«

»Die Fahnenstangen werden bereits eingerammt, Durchlaucht«, sagte Leo trocken.

»Sie sind doch ein Satansbraten, Kochlowsky!« Der Fürst lächelte breit und lehnte sich zurück. »Wie schön wäre es, wenn Sie die Weiber in Ruhe ließen!«

Mit etwas unsicheren Schritten verließ Kochlowsky das Arbeitszimmer des Fürsten. Im Vorraum stand an einem Schreibpult der Erste Privatsekretär und blinzelte ihm zu.

»Na, Herr Verwalter?« fragte er hämisch. »Wo werden Sie Ihre nächste Arbeit haben?«

»Bei Ihnen!« antwortete Kochlowsky milde. »Ich werde Ihnen Pfeffer in den Hintern blasen!«

Sprachlos, mit offenem Mund blieb der Sekretär zurück.

Langsam stieg Kochlowsky die breite Treppe wieder hinunter zum Ausgang. Die letzten Worte des Fürsten beschäftigten seine Gedanken. Wen gab es da im Hintergrund, der für ihn sprach? Wem lieh der Fürst für solche Dinge sein Ohr? Vor allem aber: Wie kam jener Unbekannte dazu, für einen Leo Kochlowsky zu bitten?

Kann ich nicht selbst für mich sorgen, fragte er sich ingrimmig, und es war typisch für ihn, daß er so dachte. Brauche ich einen Anwalt? Bin ich nicht Manns genug, mein Leben selbst in die Hand zu nehmen! Ein Fürsprecher ... als wenn man entmündigt wäre!

Er marschierte geradewegs in den Wirtschaftstrakt des Schlosses und dort in die Küche. Wanda Lubkenski stürzte sofort auf Leo zu. Natürlich wußte sie längst, daß er beim Fürsten gewesen war.

»Wie war es?« fragte sie atemlos. »Ist alles in Ordnung?«

»Es war immer alles in Ordnung!« bellte Kochlowsky böse. »Nur ihr Dienstspritzen hört immer die falschen Flöhe husten! Wenn man schon etwas auf euer Geseibere gibt! Blamiert hätte ich mich fast! Nichts ist gewesen, du Klatschmaul, du dämliches!«

Er drehte sich um, stampfte aus der Küche und ließ eine völlig entgeisterte Wanda zurück. Erst als er weg war, griff sie zum nächstbesten Gegenstand – es war eine kupferne Pfanne – und schleuderte sie gegen die Wand.

»Das nächstemal laß ich mich eher verbrennen, als dir noch mal zu helfen!« schrie sie. »Und wenn du verreckst, du gemeines Aas!«

Nach dem Mittagessen und nachdem die Küche geputzt war, hatte Sophie Rinne zwei Stunden frei, bis die Vorbereitungen für das Abendessen begannen. Sie stieg hinauf auf ihr Zimmer und blieb betroffen stehen. Vor ihrer Tür lag ein großer Strauß frischer Feldblumen.

Sophie hob ihn auf, drückte ihn an die Brust, schloß ihr Zimmer auf und verriegelte sofort hinter sich die Tür. Dann legte sie die Blumen auf die Fensterbank, setzte sich auf den Stuhl davor, legte die Hände in den Schoß und blickte verträumt auf die Blüten.

Ein Leo Kochlowsky schenkt Blumen ... Wie ist so etwas möglich?

Was ist das bloß für ein Mann?

Diese Frage hätte Jakob Reichert beantworten können.

Er erschien am Abend bei Kochlowsky, gab ihm schon an der Haustür einen Faustsstoß vor die Brust, drängte den Sprachlosen ins Wohnzimmer und trat mit dem Fuß die Tür zu. So hatte Leo seinen Freund noch nie gesehen.

»Du meine Güte! Hat Wanda dir die Hose wieder hochgezogen? Du benimmst dich ja wie ein Irrer, Jakob.«

»Es ist Schluß!« schrie Reichert. »Ein für allemal Schluß! Was habe ich dir gesagt, Leo?«

»Du hast immer viel gesagt und meistens Quatsch.«

Reichert schnaufte, rang nach Luft, so erregt war er, und stützte sich mit beiden Fäusten auf den Tisch. Kochlowsky ging zum Schrank, holte Reicherts Lieblingsflasche Kümmelschnaps und ein großes Glas heraus.

»Stell die Flasche weg!« brüllte Reichert. »Von dir nehme ich nichts mehr an! Ich schlage sie dir höchstens über den Kopf.«

»Bist du verrückt geworden?« Kochlowsky war jetzt ehrlich besorgt. Er kannte Jakob seit sieben Jahren, noch nie hatte er ihn so außer sich gesehen. »Hol mal tief Atem, und halt ihn dann an!«

»Du Saukerl hast Sophie Rinne aufgelauert!« brüllte Reichert.

»Nein!«

»Lüg nicht, du Feigling! Es gibt genug Zeugen. Allein vier Lakaien – und zwei Zofen, und Elena hat es auch sofort erfahren. Du hast Sophie auf der Schloßtreppe abgepaßt!«

»Ich wiederhole: Nein! Ich war auf dem Weg zum Fürsten, da kam sie mir die Treppe herunter entgegen ... «

»Aha! Welch ein Zufall!« höhnte Reichert.

»Es war ein Zufall. Ein himmlischer Zufall! Ich werde morgen zu Pastor Wildeck gehen und ihn fragen, ob ich Gott danken darf, auch wenn ich seine Kirche und seine Predigten für verlogen halte ... «

»Du hast Sophie angesprochen!«

»Mir blieb nichts anderes übrig. Wir standen plötzlich voreinander.«

»Die Treppe ist breit genug, um aneinander vorbeizugehen!« schrie Reichert.

»Hättest du das getan, du elender Heuchler?«

»Ja! Vor allem, wenn ich weiß, daß man mir den Schädel einschlägt, wenn ich Sophie Rinne zu nahe trete ... « Reichert keuchte. »Das habe ich dir angedroht!«

»Und das willst du jetzt ausführen? Bitte!« Kochlowsky hielt seinen Kopf mit dem gescheitelten Haar hin. »Schlag zu!«

»Was hast du zu Sophie gesagt?«

»Die Wahrheit. Leider sage ich immer die Wahrheit. Wahr ist jetzt, daß du aussiehst wie ein geplatzter Zwerg!«

»Du hast Sophie etwas vorgesäuselt, nicht wahr? Mit sonorer Stimme den Biedermann gespielt! Ich kenne das ja, darauf fallen sie alle rein! Leo, Sophie ist für mich und Wanda wie eine Tochter. Begreifst du das?«

»Habt ihr gefragt, ob sie das auch haben will?«

»Hast du sie gefragt?«

»Ich habe ihr gesagt, wie schön sie ist ... daß sie plötzlich vor mir stand wie ein Engel, der mir verkündet: Fürchte dich nicht, ich bringe dir Glück und Ruhe ...«

»Schämst du dich nicht, Leo?« sagte Reichert dumpf. »Ein unschuldiges, sechzehnjähriges Mädchen mit etwas so Abgeschmacktem zu ködern? Du, ein vierunddreißigjähriger berüchtigter Schürzenjäger!«

»Sie ist das Schönste und Reinste, was ich je gesehen habe.«

»Das ist sie! Und deshalb ist jedes Wort von dir zu ihr wie ein Bespucken.«

»Du kriegst gleich einen Tritt in deinen krummen Arsch!« sagte Kochlowsky ruhig. »Auch Freundschaft hat Grenzen.«

»Ich bin nicht mehr dein Freund!«

»Um so besser. Dann kann ich dir endlich sagen, was für eine Null du bist! Eine schöne runde Null ... ein Loch in der Landschaft!«

Reichert nahm das hin. Leo konnte ihn nicht mehr beleidigen, nach sieben Jahren kennt man diese Töne und steckt sie weg. »Was war weiter mit Sophie?«

»Ich habe mich bedankt.«

»Wofür?«

»Daß es sie gibt. Daß so ein Engel lebt! Daß sie auf Pleß ist ...«

»Du hast dem kleinen Mädchen also völlig Herz und Verstand vernebelt! Was für ein Satan bist du doch! – Und nun sag weiter die Wahrheit! Mal sehen, ob du das kannst! Wann triffst du Sophie wieder?«

»Ich weiß es nicht.«

»Gelogen!«

»Wir haben uns nicht verabredet.«

»Zweifach gelogen!«

»Es bleibt dem Zufall überlassen.«

»Welch ein Lügenbold!« Reichert hieb mit den Fäusten auf den Tisch. »Aber erhoffe dir nichts! Wanda und ich werden immer um Sophie sein . . . «

»Das werden fröhliche Ausflüge zu viert. Mal mit deiner Kutsche, mal mit meiner Kutsche – eine richtige Familienidylle!«

Reichert seufzte laut, ließ sich auf einen Stuhl fallen und winkte mit beiden Händen.

»Den Kümmel her!«

»Anders wäre es auch ein Wunder gewesen.« Kochlowsky goß das Glas voll und schob es Reichert hin. Der stürzte den Schnaps in einem Zug hinunter.

»Auf Pleß geschieht der erste Mord, wenn du Sophie anfaßt«, sagte er danach langsam. »Leo, nimm das ernst. Sehr ernst! Das ist kein Geschwätz . . . Wenn ich dich nicht umbringe, tut es Wanda! Und wenn sie dir ein Fleischermesser in den Bauch jagt . . . «

»Es könnte sein, daß ich Sophie liebe . . . «

»Du bist zu keiner wirklichen Liebe fähig! Zur Liebe gehört eine Seele . . . Wo hast du die?«

»Ich weiß, daß heute morgen etwas in mir aufgebrochen ist.« Kochlowsky lehnte sich gegen die Wand. Während er weitersprach, schloß er die Augen. Betroffen, ja geradezu entgeistert starrte Reichert ihn an. »Sie kommt diese große, herrliche Treppe herunter – und aller Glanz und Prunk verblassen plötzlich. Ihr hellblaues Kleid schimmert in der Sonne, die durch die großen Fenster fällt, die weiße Spitzenschürze leuchtet, und das Häubchen auf ihren goldblonden Haaren ist wie eine Krone. Ja, es ist eine Krone, die Krone einer unbegreiflichen Schönheit. Dann sehe ich ihre Augen ... blaue Sterne, und ihr Glanz dringt in mich ein und bringt Licht in jeden Winkel meines Innern ...«

»Jetzt wirst du völlig verrückt«, sagte Reichert atemlos. »Jetzt willst du auch noch dichten.«

»Das liegt in der Familie. Mein Bruder Eugen ist doch ein Dichter, du Rindvieh!« Kochlowsky kehrte in die Wirklichkeit zurück. »Noch einen Kümmel, Jakob?«

»Nein! Versprich mir, daß du Sophie nicht wiedertriffst.«

»Das kann ich nicht. Für Zufälle bin ich nicht verantwortlich.«

»Wenn du sie siehst, geh ihr aus dem Weg.«

»Hältst du mich für einen so blöden Pinkel?«

»Du wirst Sophie also ansprechen?«

»Jederzeit.«

»Gut!« Reichert erhob sich. »Wanda, ich, Elena, die ganze Dienerschaft, Pittorski, alle, die ich zusammentrommeln kann, werden beim Fürsten den Antrag stellen, dich zu entlassen – oder wir gehen! Mal sehen, was mehr zieht: dreißig oder vierzig Leute aus dem Personal – oder Leo Kochlowsky!«

»Und wenn du jetzt nicht sofort verschwindest, fliegst du mit dem Stuhl durchs Fenster!«

»Ich kenne dich nicht mehr!« schrie Reichert mit geballten Fäusten.

»Ich nehme es zur Kenntnis.« Leo Kochlowsky nickte.

»Meinem Kümmel wird das guttun.«

Er wartete, bis Reichert die Haustür zuschlug, zog sich dann um, ging in den Stall, schirrte ein Pferd vor den Dogcart und fuhr in die Kreisstadt Pleß.

In einer Weißnäherei ließ er sich sechs neue Hemden anpassen, von modernstem Schnitt, mit hohen, weißen gestärkten Kragen, und dazu seidene Plastrons, dunkelgrau mit kleinen blauen Punkten, wie sie auch der Prinz von Wales trug. Dann fuhr er weiter zum Juwelier und kaufte für die Plastrons zwei Nadeln, eine mit einer Perle, eine mit einer rundgeschliffenen blutroten Koralle.

»Das ist das Neueste, Herr Verwalter«, sagte der Juwelier, der den Kauf noch gar nicht fassen konnte. Leo Kochlowsky legte sich Plastronnadeln zu! »Es wird eine Sensation sein, wenn Sie die Koralle tragen. Auf einem grauen Plastron. Phänomenal, sage ich!«

Kochlowsky bezahlte für diese Einmaligkeit einen sündhaften Preis und verabschiedete sich von dem Juwelier so, wie man es von ihm gewöhnt war: »Sie sind ein Halsabschneider! Ersticken Sie an diesem Geld!«

Der Juwelier machte eine tiefe Verbeugung. Das Erlebnis, Kochlowsky etwas verkaufen zu können, wog solche Bemerkungen auf.

Danach erstand Leo bei einem Süßwarenhändler einen Karton Pralinen – von der allerfeinsten Sorte.

Der nächste Weg führte ihn dann zu seinem polnischen Schneider. Das war ein wieselflinker, dürrer, unendlich langer Mensch, ein Jude aus Radom, der sich manchmal heute noch wunderte, daß Vater seliger ausgerechnet nach Pleß gewandert war und dort eine Werkstatt gegründet hatte.

»Mamaleben könnt' ich fragen, warum«, sagte er immer. »Aber Mamaleben, is se nu neunzig und bleed . . . «

»Was trägt man jetzt in der Großstadt?« fragte Kochlowsky. »Du hast doch immer die neuen Journale, du Halunke! Was trägt man in Berlin? In München? In Hamburg? In Hannover? Ich brauche vier neue Anzüge nach der neuesten Mode.«

»Eiwei, vier neue? Kostet Anzug . . . «

»Ich will nicht wissen, was sie kosten, ich will Anzüge haben, wie sie hier noch keiner gesehen hat!« brüllte Kochlowsky. »Sie müssen sitzen wie angegossen!«

»Hat man jätzt auch weite, bequäme Mode . . . «

»Zeig Bilder her!« Kochlowsky setzte sich und ließ seinen Blick über die gestapelten Stoffballen schweifen. Englisches Kammgarn, Aachener Tuche, aus Frankreich herrliche Seidenstoffe für die Westen und das Futter. Moshe Abramski war wirklich der beste Schneider weit und breit.

Es dauerte zwei Stunden, bis Kochlowsky und Moshe sich über die vier neuen Anzüge einig waren. Abramski verlor dabei ein Pfund an Angstschweiß.

»Der Herr Verwalter werden ausschauen wie a Baron. Was sag i . . . wie a Graf!« rief er, nachdem alles geklärt war. »So elegant . . . werden verdrehen die Weiberchen die Augen.«

Zuletzt – es war fast schon zehn Uhr abends – holte Kochlowsky den Friseur von seinem abendlichen Bier und der Zeitung weg. Friseur Marek Popolinski rannte sofort in den kleinen Laden, als seine Frau ihm schrekkensbleich meldete: »Der Herr Verwalter ist da!«

»Wer?« schrak Marek hoch.

»Der ›Feldherr‹!«

Mit fliegenden Rockschößen erschien Popolinski im Laden. Leo Kochlowsky saß bereits auf dem Frisierstuhl und sah durch den großen runden Spiegel den Meister an. Popolinski, der sehr unter seinem Namen litt und den Leo auch schon in einem seiner unberechenbaren Ausfälle »Arschwinzling« genannt hatte, warf einen Blick auf das dichte schwarze Haar und fand es gepflegt und durchaus noch nicht schnittreif.

»Sehen Sie nach, Popo«, sagte Kochlowsky ernst, »ob ich irgendwo ein graues Haar habe. Auf dem Kopf und im Bart . . . «

»Sie haben nicht eines, Herr Verwalter«, stotterte Popolinski verwirrt.

»Wann haben Sie das gesehen?«

»Vor vierzehn Tagen war der Herr Verwalter zum Schneiden und Bartstutzen hier.«

»Können sich innerhalb von vierzehn Tagen graue Haare bilden?«

»Möglich ist alles bei Haaren, Herr Verwalter. Vor allem, wenn man sich ärgert . . . «

»Ich ärgere mich immer!« Das stimmt nun genau, dachte Popolinski und schwieg, während Leo befahl: »Sehen Sie nach, Popo!«

»Und wenn ich eines finde?«

»Sofort ausrupfen!«

»Mit Wurzel?«

»Soll ich graue Haare züchten? Natürlich mit Wurzel, Sie Lockenakrobat!«

Popolinski gab sich alle Mühe. Er suchte Haar um Haar ab, auf dem Kopf, im Bart, im Schnurrbart. Er fand genau vier Stück, die etwas heller schimmerten. Kochlowsky saß wie erstarrt.

»Vier graue Haare! So fängt es an, Popo!« Er betrachtete die vier dünnen Fäden, die Popolinski auf einem Stück Seidenpapier vor ihn hingelegt hatte. »Das Alter! Es ist deprimierend. Ich bin doch nicht alt! Ich fühle mich wie ein Jüngling! Ich reiße Bäume aus und Ihnen den Hintern auf ... Und dann graue Haare! Popo, kommen da noch mehr?«

»Das kann man nicht sagen.« Den Teufel werde ich tun, dachte Popolinski. Er brüllt mir das ganze Haus zusammen, wenn ich meine, jetzt wüchsen immer mehr. »Die ausgerupften kommen nicht wieder.«

»Sie weiser Hintern!« sagte Kochlowsky und betrachtete mit zusammengekniffenen Augen seinen ganzen Stolz – die schwarze, seidig glänzende Haarpracht. »Kann man das nicht aufhalten, das Ergrauen?«

»Es gibt Haarwässer, die die Wurzeln ernähren.«

»Her damit! Die größte Flasche!«

»Aber es gibt keine Garantie.«

»Wenn ich eine Kartoffel in die Erde stecke, habe ich auch keine Garantie, wieviel ich später ernte! Man muß abwarten.«

»Das ist es, Herr Verwalter. Abwarten – und keinen Ärger.« Popolinski bürstete noch einmal über das glänzende Haar. »Ärger läßt altern.«

»Sie sind ein fleißiger, aber blödsinniger Mensch, Popo!« Kochlowsky erhob sich von dem Frisierstuhl. »Mein Beruf besteht nur aus Ärger! Was machen wir, wenn wieder graue Haare kommen?«

»Ausrupfen, Herr Verwalter«, schlug Popolinski schüchtern vor.

»Bis ich eine Glatze habe ... «

»Wenn es zu viele werden, kann man färben.«

»Was kann man?« Kochlowsky sah Popolinski ungläubig an. Jetzt brüllt er gleich los, dachte der Friseur erschrocken. In seinen Augen flimmert es schon.

»Man kann Kleider färben, Stoffe, Teppiche. Warum soll man keine Haare färben können?« stotterte er.

»Also anmalen?«

»Nein. Einfärben. Bei einem Trauerfall macht man aus einem weißen Kleid ein schwarzes Kleid, nicht wahr! Also: aus weißen Haaren schwarze Haare ...«

»Und das ist ungefährlich?«

»Völlig.«

Kochlowsky schien über diese Möglichkeit ehrlich verblüfft zu sein. Popolinski atmete auf. »So weit ist es ja noch nicht«, sagte Leo schließlich und setzte seinen Hut auf. »Und Sie halten den Mund über unser Gespräch und die vier grauen Haare, Popo!«

»Ich bin wie ein Beichtvater, Herr Verwalter.«

Zufrieden mit dem, was er erledigt hatte, und gleichzeitig sehr nachdenklich, fuhr Kochlowsky in seinem Dogcart zur Gutsverwaltung zurück. Die vier grauen Haare lagen ihm schwer auf der Seele.

Sophie ist sechzehn, dachte er. Ich bin vierunddreißig. Das ist ein Unterschied von achtzehn Jahren. Jetzt kann sich das sehr bemerkbar machen. Aber wenn ich einmal achtundsechzig bin, wird sie fünfzig sein und Großmutter – da gleicht sich alles aus! Man muß die Dinge aus weiter Sicht sehen ...

Im Stall schirrte er das Pferd aus, klemmte das Paket, das er beim Süßwarenhändler gekauft hatte, unter den Arm und ging zum Haus. Von weitem hörte er Caesar anschlagen.

»Ruhe, du Memme!« schrie Leo Kochlowsky. Er schloß die Tür auf, zündete die Dielenlampe an und sah auf dem Boden einen Zettel liegen, den jemand unter der Tür durchgeschoben hatte.

Kochlowsky zögerte. War der Zettel von Reichert oder Wanda Lubkenski? Ich will mich heute nicht ärgern, dachte Leo und blickte auf das Papier zu seinen Füßen.

Ich will versuchen, mich immer weniger zu ärgern. Wenigstens versuchen will ich es. Mit vier grauen Haaren fängt es an, das Elend, alt zu werden.

Dann bückte er sich, hob das Papier auf und sah nur ein Wort:

»Danke.«

Ein Wort in zierlichen kleinen Buchstaben – die gleiche Schrift wie neulich die Warnung vor Wuttkes Komplott. Kochlowsky durchrann es heiß.

Danke . . .

Das war für die Feldblumen.

Er setzte seinen Hut wieder auf, brüllte Caesar an, der schweifwedelnd zu ihm kam: »In die Ecke, du Lammschwanz!« und warf die Tür hinter sich zu.

Wieder schirrte er das Pferd vor den Dogcart und fuhr wie ein Irrer zur Kreisstadt zurück. Vor dem Postamt hielt er an und hieb so lange mit den Fäusten gegen die Tür des Vorstehers, bis dieser mit einer Pistole erschien, mit wutfunkelnden Augen und zitterndem Schnurrbart.

»Die Polizei kommt gleich!« schrie er.

»Das ist mir Wurst!« brüllte Leo zurück. »Ich muß ein Telegramm aufgeben.«

»Es ist gleich Mitternacht!« Erst jetzt erkannte der Vorsteher Kochlowsky, trat zurück und ließ Leo in den Raum stürmen. »Herr Verwalter, ich muß doch sehr bitten! Um diese Zeit können nur dringende Regierungstelegramme . . . «

»Wenn ich telegrafiere, ist es dringend!« schrie Kochlowsky. »Zweifeln Sie etwa daran? Wovon leben Sie denn? Von unseren Steuern! Meine Hände halten Ihren dicken Arsch fest! Ein Telegramm nach Nikolai . . . «

Der Vorsteher schnappte nach Luft. »Ich bin Beamter! Kaiserlicher Beamter! Nehmen Sie sofort zurück . . . «

»Ein Telegramm nach Nikolai!« wiederholte Kochlowsky unbeirrt. Er riß ein Stück Papier und einen Bleistift vom Schreibpult, warf ein paar Zeilen hin und hielt sie dem Vorsteher unter die Nase. »Das morsen Sie jetzt sofort durch ...«

Der Vorsteher nahm den Zettel, führte ihn näher an seine Augen und las mit zornbebender Stimme vor:

»An Eugen Kochlowsky, Nikolai, Färbergasse 9.

Benötige dringend telegrafisch ein Liebesgedicht an ein engelzartes blondes Mädchen. Umarme dich. Dein Bruder Leo.«

Der Vorsteher der Post starrte Kochlowsky entgeistert an, wischte sich mit dem Zettel den Schweiß aus dem Gesicht und sagte mit erstarrter Miene:

»Das kann man keinem begreiflich machen. Auch der Polizei nicht.«

VI

Man muß wissen, daß der kleine Ort Nikolai zwar ein Postamt, aber natürlich keinen nachts besetzten Telegrafen hatte. Außerdem gingen solche Telegramme sowieso nicht direkt nach Nikolai, dazu war der Ort zu unbedeutend, sondern machten erst einen Umweg über Kattowitz, wo eine Depesche erst einmal über Nacht liegenblieb, bis sie am Morgen weitergegeben wurde. Eine Antwort konnte also frühestens gegen elf Uhr vormittags in Pleß ankommen.

»Da bin ich ja fast zu Fuß in Nikolai!« schnauzte Kochlowsky, als der Vorsteher ihm das zähneknirschend klarmachte. »Und ein Meldereiter ist schon wieder zurück! Je moderner die Post wird, um so schwerfälliger!«

Aber das war nicht alles, was Leo an diesem späten Abend an Unbill widerfuhr.

Schon als er bei seiner Rückkehr zum Gut und beim Ausschirren des Pferdes keinen Laut von Caesar hörte, kein Bellen, kein Knurren, kein freudiges Winseln, ahnte er Böses. Das bewahrheitete sich, als er das Haus betrat und Caesar still in der Ecke lag, die bernsteinfarbenen Augen seelenvoll auf ihn gerichtet, aber sonst unbeweglich. Kein Aufspringen, kein Schwänzeln, keine Begrüßung wie sonst.

Kochlowsky blickte Caesar betroffen an, bezwang die freundliche Regung, sich zu ihm niederzubeugen und ihn zu fragen: »Was hast du denn, du Mistvieh?«, sondern ging ins Wohnzimmer.

Hier allerdings wurde nun alles klar. Die große, Sophie Rinne zugedachte Pralinenschachtel war vom Tisch gezerrt, zerfetzt und ihr Inhalt aufgefressen worden. Geradezu wandalisch hatte Caesar gewütet und die Papier- und Kartonfetzen durch das ganze Zimmer verteilt.

Kochlowsky faßte entsetzt an seinen Bart, schnaufte tief auf, griff nach dem immer für einen eventuellen Besuch von Pittorski bereitstehenden Knüppel und rannte zurück in die Diele.

Caesar hatte das erwartet – er war ja ein selten kluger Hund. Hochaufgerichtet stand er in seiner Ecke, die Lefzen gehoben, die spitzen Zähne bleckend wie in alten Zeiten – ein gefährlicher Feind. Seine Rückenhaare standen bürstenartig aufrecht.

»Du elendes Aas!« sagte Leo und blieb in der Tür stehen. Der Knüppel wippte in seiner Hand, was Caesar mit einem tiefen Knurren zur Kenntnis nahm. »Pralinen fressen! Bist du nun total verweichlicht? Mir das anzutun! Ein Zuckerhund! Halt das Maul! Spiel nicht den Wilden!

Das waren die Pralinen von Frauchen, verstehst du? Von unserem zukünftigen Frauchen! Daran mußt du dich jetzt gewöhnen, früher oder später kommt hier eine Frau ins Haus ... Oder sagen wir vorsichtig: Später! Es wird ein langer Kampf werden! Und was machst du, du Rabenaas? Du frißt ihre Pralinen auf!«

Er verzichtete darauf, Caesar zu schlagen, stellte den Knüppel wieder in die Ecke und sammelte dann die Überreste der großen Pralinenschachtel ein. Genau sechs Pralinen waren übriggeblieben, alle mit Marzipanfüllung. Es war damit klar, daß Caesar kein Marzipan mochte. Vielleicht stieß ihn der Bittermandelgeruch ab.

Kochlowsky kehrte noch einmal in die Diele zurück. »Ein Feinschmecker bist du auch noch!« schrie er. »Was darf's denn sein? Nougat, Trüffeln, Rumcreme?!«

Caesar sah ihn stumm an, legte die Schnauze zwischen die Vorderpfoten und schloß angewidert die Augen.

Morgens um acht war Leo Kochlowsky wieder auf der Post.

Diesmal saß der Postsekretär Emanuel Block hinter dem Schalter. Der Vorsteher ließ sich nicht sprechen. »Machen Sie das, Block!« hatte er zu dem Sekretär gesagt. »Sie haben ein dickeres Fell. Mich trifft der Schlag, wenn ich diesen Kochlowsky noch einmal sehe! Mein hoher Blutdruck – es könnte mein Tod sein. Sie haben die nötige Ruhe, Block, bitte!«

Auch Emanuel Block kannte Leo natürlich gut. Wer kannte ihn in Pleß nicht? Zu Block sagte Leo ab und zu Klotz, mit der Begründung, seine Beamtensturheit wäre mit der Bezeichnung Block viel zu milde beurteilt, sie wäre schon klotzig.

Das waren so Wortspiele, die man mit dumpfem Ärger schlucken mußte, wenn man auf Leo Kochlowsky traf.

Denn sich auf einen Streit mit ihm einzulassen war aussichtslos, man kämpfte von vornherein auf verlorenem Posten.

Postsekretär Emanuel Block sah deshalb mit umwölkter Stirn, wie Kochlowsky das Postamt betrat. Um diese frühe Stunde war noch kein Publikumsverkehr. Das war schlecht, denn falls Leo ausfallend wurde, hatte Block keine Zeugen.

»Ein Telegramm für mich da?« fragte Kochlowsky noch erstaunlich höflich.

»Nein ... « Block tat, als ob er Zahlen zusammenaddiere, und blickte nicht auf.

»Sie Nulpe! Wie können Sie das wissen, ohne nachzusehen?« knurrte Leo.

Es geht los, dachte Block und atmete tief durch die Nase. Nulpe, das ist schon eine Beamtenbeleidigung! Bei Kochlowsky jedoch eine milde.

»Telegramme kommen so selten, daß ich sie im Kopf habe ... «, sagte Block mit amtlichem Ernst.

»Das ist unmöglich.«

»Was ist unmöglich?«

»Daß mein Bruder nicht antwortet.«

»Ich kenne die Gepflogenheiten Ihrer Familie nicht ... «

»Werden Sie nicht frech!« Kochlowsky duckte sich, um durch die Fensterklappe des Schalters sehen zu können. Sekretär Block vermied es, Leo ins Auge zu blicken, er addierte weiterhin Zahlen.

»Meine Familie geht Sie einen Dreck an! Aber ich ahne, daß Ihre Mistpost das Telegramm noch gar nicht ausgeliefert hat.«

»Nehmen Sie sofort den Mist zurück!« sagte Block ruhig, aber scharf. Er hatte wirklich die besseren Nerven.

»Im Gegenteil! Scheißpost!« brüllte Kochlowsky.

»Der Schalter ist geschlossen!« sagte Block amtlich, griff an das Schiebefenster und ließ es herunterfallen. An der Scheibe klebte ein weißes Schild:

»Vorübergehend geschlossen. Preußische Postverwaltung.«

Kochlowsky starrte den gesperrten Schalter an, sah hinter der Scheibe das grinsende Gesicht von Sekretär Emanuel Block und wunderte sich, daß er nicht platzte. Die Situation war nicht mehr zu retten: Kochlowsky war ausgesperrt und konnte sich davonschleichen wie ein Hosenscheißer.

Er wartete noch eine Minute am Schalter, aber Block dachte nicht daran, das Fensterchen wieder hochzuschieben. Provozierend packte er ein Butterbrot mit Blutwurst aus und biß genußvoll hinein.

»Das wird ein Nachspiel haben!« knurrte Kochlowsky. »Du armseliger Beamtenfurz! Ersticke an deiner Blutwurst!«

Mit hochrotem Gesicht stampfte er aus dem Postamt. Block öffnete sofort wieder seinen Schalter, aß aber das Brot zu Ende und war mit sich zufrieden. So muß man ihn behandeln, diesen Grobian, dachte er. Fenster runter und das Herrchen einfach stehenlassen . . . Allerdings muß man dazu hinter einem Schalter sitzen und Beamter sein.

Viermal schickte an diesem Tag Leo Kochlowsky einen polnischen Knecht zum Postamt nach Pleß. Und jedesmal kam er mit der Meldung wieder: »Nichts. Kein Telegramm aus Nikolai.«

Aber am Abend hielt eine Mietkutsche vor dem Verwalterhaus, ein Mann in einem langen Reisemantel stieg mühsam aus und näherte sich leicht hinkend der Tür.

Caesar knurrte, Kochlowsky griff zu seinem Knüppel und öffnete.

»Da bin ich!« sagte der Mann.

»Eugen!« Kochlowsky sah seinen Bruder ungläubig an. »Ein Telegramm solltest du schicken, weiter nichts!«

»Bezahle erst den Kutscher!« sagte Eugen Kochlowsky müde. »Ich habe noch ganze zwei Mark und neunzehn Pfennige! Er will aber einen Taler und zehn Pfennige. Halsabschneider sind das! Vom Bahnhof Pleß bis hierher einen Taler! Wo steuern wir denn hin? Das ist ja eine Inflation!«

»Wieso hast du kein Geld?« Kochlowsky spähte über seinen Bruder hinweg auf den Kutscher. Der stand neben einem kleinen Pappkoffer und schien diesen nicht eher herausgeben zu wollen, bis er seinen Fuhrlohn hatte.

»Ich bin ein Dichter!« sagte Eugen stolz. »Auch Schiller hungerte, bis man sein Genie erkannte.«

»In deinem Alter war Schiller schon tot!«

»Um so strahlender wird meine Entdeckung sein! Kleiner Bruder, gib dem guten Fuhrmann seinen Taler.«

Kochlowsky knurrte wie Caesar, ging zu der Kutsche und erkannte nun den Fahrer, der ihm bis dahin den Rükken zugedreht hatte. Es war Philipp Bladke. Es gab ja niemanden in Pleß, der Leo unbekannt war. Verlegen kratzte sich Bladke die Nase.

»Was bekommst du für die Fahrt vom Bahnhof hierher?« fragte Kochlowsky gefährlich milde.

»Eine Mark und fünfzig . . . «, sagte Bladke schnell.

»Einen Taler und zehn Pfennig . . . «

»Ich wußte nicht, daß der Herr mit Ihnen verwandt ist, Herr Verwalter. Natürlich hat Ihre Verwandtschaft Rabatt. Da fahre ich zum Selbstkostenpreis.«

Kochlowsky griff in die Tasche, holte zwei Markstücke heraus und warf sie Bladke vor die Füße. »Stimmt so, Philipp! Dafür darfst du dich bücken und das Geld aus dem

Dreck aufklauben.«

Bladke zögerte nicht. Bei Geld hört der Stolz auf, dachte er. Und wenn der »Feldherr« mir einen Tritt gibt – ich habe meine zwei Mark. Er bückte sich, grapschte die Markstücke aus dem Staub und grinste breit. Dann stieg er schnell auf den Kutschbock und fuhr ab.

Kochlowsky kam mit dem kleinen Pappkoffer seines Bruders zum Haus zurück. Eugen stand in der Diele, aufgehalten von Caesar, der zähnefletschend den Weg ins Wohnzimmer versperrte.

»Ein ungebildeter Hund!« sagte Eugen. »Ich habe ihm eine kurze Ode vorgetragen – er reagierte gar nicht!«

»Was willst du hier?« Kochlowsky schleuderte den Koffer ins Zimmer. Eugen zuckte zusammen, streifte seinen Mantel ab und warf ihn hinterher.

»Nun sind sie hin«, sagte er traurig.

»Wer ist hin?«

»Vier Eier.«

»Du schleppst vier Eier mit? Zu mir?!«

»Ich habe meiner Hauswirtin gesagt: ›Ich fahre zu meinem kleinen Bruder Leo. Er muß sehr krank sein!‹ Da hat sie mir die Eier mitgegeben. Eine gute Seele ...«

»Du solltest mir ein Liebesgedicht telegrafisch zuschikken!« brüllte Kochlowsky.

»Darf ich mich setzen?« Eugen zeigte auf einen Stuhl.

»Ja.«

»Ohne daß der Hund mich beißt?«

»Nachdem er deine Ode gehört hat, ekelt er sich sowieso vor dir ...«

»Ich habe die ganze Fahrt im Zug gestanden.«

»Von Kattowitz bis Pleß? War der Zug so voll?«

»Nein. Ich habe nichts bezahlt. Ich bin im Gang hin und her gegangen und habe den Schaffner jedesmal hoheitsvoll gegrüßt. Das macht Eindruck, Leo.«

Kochlowsky wischte sich verzweifelt über die Stirn. Eugen war acht Jahre älter als er, überhaupt der älteste Kochlowsky. Die drei Kinder, die nach ihm kamen, zwei Mädchen und ein Junge, starben bei der Geburt oder ein paar Tage später. Erst Leo war wieder lebenskräftig. Um ihn hatte sich Eugen, der große Bruder, rührend gekümmert, und eigentlich war es ihm zu verdanken, daß Leo so prächtig gediehen war.

Die Mutter starb an Schwindsucht, als er siebzehn Jahre alt war, und seine eigene schwache Lunge verhinderte vor Jahren auch, daß Leo zum Militär einberufen wurde. Später hatte sich das gegeben, Leos Lungen wurden gesund wie die eines Rennpferdes, aber dafür wurde er so amusisch, daß er die poetischen Ergüsse seines Bruders aufgeblasene Stinkereien nannte.

In Nikolai war man froh, als Leo sich nach seiner Genesung für die Landwirtschaft entschied und als Volontär auf die Güter des Grafen Wilczek im Hultschiner Ländchen ging. Dort lernte er von der Pike auf die Gutsverwaltung und berechtigte zu großen Hoffnungen, denn er galt als gebildeter Mann, hatte er doch das ›Einjährige‹, wie man damals die mittlere Reife nannte, weil man mit diesem Abschlußzeugnis in der Tasche nur ein Jahr beim Militär dienen mußte.

Aber dann mußte Leo eines Tages nach Pleß weiterziehen.

Graf Wilczek konnte ihn nicht mehr halten, der Skandal war zu groß: Man hatte Leo Kochlowsky mit der Freifrau von Niemgardt im Stroh überrascht. Nur eine sofortige Abreise nach Pleß rettete Leo vor einem Duell mit dem Freiherrn.

Das war die Wahrheit, wie Bruder Eugen sie am besten

kannte. Alle anderen Versionen über Leos Werdegang waren dichterische Freiheiten oder schlicht Lügen.

»Was ist nun mit dem Liebesgedicht?« fragte Leo mühsam beherrscht.

»So etwas Heiliges telegrafiert man nicht!« antwortete Eugen stolz. »Ich habe im Nikolaier Landboten vor drei Wochen einen Artikel veröffentlicht. Einen großen Artikel! Zwei volle Spalten! ›Stadtluft und Landluft‹ hieß er. Ein riesiger Erfolg. Neun mir unbekannte Leute haben mir auf offener Straße die Hand gedrückt! Das Volk spürt eben, wo ein großer Geist heranwächst! Ich habe zwanzig Mark Honorar bekommen! Zwanzig Mark, Leo! Einen Augenblick durchrann mich das Gefühl eines Millionärs.«

»Und wo ist das Geld?«

»Ich habe endlich meine Miete bezahlt. Leo, als ich das Geld auf den Tisch legte ... die Hauswirtin hat geschluchzt!«

»Wo ist das Gedicht?« sagte Kochlowsky scharf.

»Am nächsten Tag traf ich den Verleger. Stell dir das vor, Leo!« fuhr Eugen mit glänzenden Augen fort. »Kommt mir der Verleger auf der Straße entgegen und erkennt mich! Der große Bärwald erkennt den kleinen Kochlowsky! Ist das kein Beweis für Popularität? Und was sagt der große Verleger Bärwald zu mir: ›Mein lieber Kochlowsky, Sie haben eine flotte Feder. Versuchen Sie doch mal eine politische Kolumne! Stramm deutschnational, versteht sich. So immer feste drauf auf die Sozis – wie unser Bismarck!‹ Und ich sage zu ihm: ›Ich werde Ihnen einen großen Roman schicken!‹ – ›Können Sie‹, antwortet der Verleger. ›Nur, für einen Roman kann ich nicht viel zahlen. Das Volk soll nicht unterhalten, sondern aufgeklärt werden!‹ – Und nun sitze ich dran.«

»Woran?«

»Ich schreibe einen Aufklärungsroman.«

Leo Kochlowsky gab dem Pappkoffer seines Bruders einen gewaltigen Tritt, der ihn quer durch das Zimmer beförderte. »Brudermord gehört zur klassischen Tragödie!« sagte er dumpf. »Eugen, wie lange willst du bleiben?«

»Bis du mich rausschmeißt.«

»Du hast also kein Liebesgedicht mitgebracht?«

»Wie stellst du dir das vor? Ein Befehl per Telegramm, und schon purzeln die Verse aus dem Kopf?« Eugen schüttelte sich, als habe er Essig getrunken. »Leo, kann man irgendwo eine Pfanne Bratkartoffeln bekommen?«

»Ich mach' dir eine.«

»Und dazu ein Zipfelchen Wurst?«

»Du hast noch nichts gegessen?«

»Ich bin sofort deinem Notruf gefolgt, ohne an mich und meine Bedürfnisse zu denken. Mein kleiner Bruder braucht mich – da kenne ich keine Hindernisse.«

»Das hast du bewiesen.«

»Vielleicht kann man die vier Eier noch in die Pfanne hauen. Man könnte sie von meiner Unterhose und den beiden Hemden, die im Koffer sind, abkratzen ...«

»Ich habe zweihundert Meter weiter Tausende von Eiern zur Verfügung!« brüllte Leo.

»Zweihundert Meter weiter? Gehst du da jetzt hin? Nein. Na also! Aber Eier beflügeln die dichterische Phantasie. Eiweiß ist Hirnnahrung, das Eigelb dringt in die Körpersäfte, und das ist wichtig für Liebeslyrik ...«

Wortlos setzte Leo Kochlowsky in der kleinen Küche eine Bratpfanne auf, briet Speck und Griebenschmalz aus, schnitt gekochte Kartoffeln vom Mittag hinein und holte aus einer Schüssel drei Eier. »Ich habe im Augenblick sonst nur Sülze hier«, knurrte er.

»Auch gut.« Eugen nickte zufrieden. »Mit Senf ...«

»Quatsch mit Soße sollte man dir geben.«

»Du bist ungerecht gegen die Kunst, Leo.« Eugen hob schnuppernd die Nase. Der Speck bruzzelte in der Pfanne. »Im Verzeichnis der Einwohner von Nikolai stehe ich folgendermaßen drin: Kochlowsky, Eugen, Heimatdichter. Hast du gehört? Heimatdichter! Wer noch einen Funken Gefühl hat, dem müssen jetzt die Tränen kommen. Heimat! Dichter! Welche Kombination! Der Menschheit höchste Werte, vereint in einem Wort! Das ist dein Bruder! – Oh, wie duftet der Speck!«

Mit verhangenen Augen sah Leo zu, wie sein Bruder die ganze Pfanne leer aß, sich aber dabei so zügelte, daß er Messer und Gabel so gesittet handhabte, als säße er an einer großen Tafel. Dazu trank er den einfachen Wein, den Leo ihm vorsetzte, als sei er das beste Hochgewächs aus Burgund.

»Essen, trinken und die Poesie – so muß Gott das Paradies geplant haben«, sagte Eugen, als er fertig war und sich den Mund mit einem Taschentuch abputzte. »Welche Farbe?«

»Das Paradies muß grün gewesen sein ...«, stotterte Leo verwirrt.

»Quatsch! Ihre Haarfarbe. Die von der Frau!«

»Blond. Helles Blond! Wenn es in der Sonne leuchtet, dann ...«

»Überlaß Vergleiche einem Dichter!« Eugen lehnte sich weit zurück und schloß die Augen. »Figur?«

»Zart. Zerbrechlich. Wie Porzellan ...«

»Das sollst du doch dem Dichter überlassen! Gesicht?«

»Denk an einen Engel.«

»Alter?«

»Sechzehn . . . «

»Vorbei!« Eugen kippte den Stuhl wieder nach vorn und öffnete die Augen. Leo starrte ihn entgeistert an.

»Was heißt vorbei?!«

»Ich schreibe kein Gedicht, mit dem ich einen Kinderschänder unterstütze!«

»Sie ist voll erwachsen!« schrie Kochlowsky und wurde krebsrot im Gesicht.

»Hast du das nachgeprüft?«

»Man sieht es!«

»Ein solches Wesen ist viel zu schade für dich! Ich werde ein Gedicht schreiben, ja . . . ein Schmähgedicht auf Leo! Seht, da kommt der Grobian – blanke Stiefel hat er an . . . Und so weiter.«

»Dieses Mädchen ist mein Schicksal, Eugen.« Kochlowsky wischte sich über die Augen. »Ich lasse dich nach Nikolai zurückfahren mit einem Wagen voll Eingemachtem, Kartoffeln, Sauerkraut, Salzfleisch, Mehl, Speck, Gries, Zucker – was du willst . . . «

»Ich habe lange keinen Schweinebraten mehr gegessen . . . «

»Bekommst du, Eugen!«

»Einen Rollbraten.«

»Dick gerollt.«

»Mit Nierchen drin?«

»Ich verspreche es dir! Eugen, es muß ein Gedicht sein, wie man es noch nicht gelesen hat!«

»Ich schreibe nur Dinge, die noch keiner gelesen hat!« sagte Eugen stolz. Er erhob sich und ging leicht hinkend im Zimmer auf und ab.

Er hinkte von Geburt an, ein Hüftleiden, das ihn aber nicht störte. »Zu hohe Steißlage«, hatte ihm das einmal ein Arzt erklärt. »Sie waren als Embryo eine zu hohe

Steißlage. Da kann man nichts machen.«

»Talleyrand-Périgord, Fürst von Benevent, hinkte auch!« sagte Eugen Kochlowsky immer, wenn man ihn wegen seines Gebrechens bedauerte. »Und er war der politische Geist Napoleons I.!«

Jetzt resümierte er: »Jung, blond, engelgleich ... Mir wird schon etwas einfallen.« Er blieb vor Leo stehen. »Wann brauchst du das Gedicht?«

»Sofort!«

»Das ist barbarisch! Ich muß in Stimmung kommen.«

»Du hast drei Eier und Speck gehabt! Deine Säfte müßten fließen!« brüllte Kochlowsky. »Morgen früh soll sie das Gedicht mit einem Blumenstrauß bekommen. Und übermorgen auch. Jeden Tag ... «

»Immer dasselbe Gedicht?«

»Jedesmal ein anderes, du Affe!«

»Ich soll mehrere Gedichte ... «

»Mindestens zehn brauche ich!«

»Ein Dichter ist kein Huhn, das Verse legt!«

»Du bleibst so lange hier, bis ich zehn Gedichte habe.«

»Das ist ein Wort! Ich werde auf Pleß in Pension gehen.« Eugen warf seinem Bruder Leo einen vernichtenden Blick zu und hinkte weiter durchs Zimmer. Plötzlich blieb er ruckartig stehen. Leo hob gespannt den Kopf.

»Ha!« sagte Eugen laut.

»Du hast es?« Kochlowsky sprang von dem Stuhl hoch, auf dem er sich gerade niedergelassen hatte.

»Ja!« Eugen wölbte die Brust nach vorn und gab seiner Stimme einen vollen Klang. »Ich merke, es geht nicht. So nicht! Vielleicht am Morgen, wenn ich über Land wandere ... «

»Was willst du?!«

»Mich in Gedanken ergehen. Durch die Wälder, durch

die Auen ... Unter dem blauen Himmelsdom kommen mir die besten Gedanken. Das ist Zwiesprache mit dem Schöpfer aller Dinge. Das inspiriert mich ungemein, Leo.«

Es war unmöglich, Eugen Kochlowsky noch an diesem Abend zum Dichten zu bringen. Leo sah das ein, kapitulierte zähneknirschend vor dem brüderlichen Genie und befahl, ins Bett zu gehen. Gehorsam folgte ihm Eugen und nahm die halb ausgetrunkene Flasche Wein mit in sein Gastzimmer.

In der Nacht schrak Leo hoch. An seiner Schlafzimmertür klopfte es. Caesar rührte sich nicht, er schlief weiter. Sein Familiensinn war grandios.

»Leo!« meldete sich Eugen vor der Tür.

»Was ist los?« fauchte Kochlowsky. »Leg dich mit'n Arsch ins Bett!«

»Ihre Augenfarbe habe ich vergessen ...«

»Blau!« schrie Kochlowsky. »Mitten in der Nacht ...«

»Das unterscheidet uns Brüder!« sagte Eugen betont. »Mein Geist lebt zu jeder Stunde.«

Leo Kochlowsky knirschte mit den Zähnen, zog die Bettdecke über seinen Kopf und blieb dann wach bis zum Morgen. Er dachte an Sophie Rinne und träumte mit offenen Augen von der Wonne, sie in den Arm nehmen und küssen zu dürfen.

Und keinen Ärger mehr. Bloß keinen Ärger. Immer ruhig bleiben!

Am nächsten Morgen nach dem Frühstück, das der polnische Knecht servierte, den Eugen sehr zum Mißfallen von Leo »mein lieber Bursche« nannte, schlug Eugen vor, mit dem Wandern durch Gottes Schöpfung zu beginnen.

»Natur, du göttlicher Quell!« rief er und breitete die

Arme aus. »Labe auch meinen steinherzigen Bruder Leo! Wo ist sie?«

»Wer?« fragte Kochlowsky und warf sich seinen Mantel über.

Es war ein trüber Sommertag. Es nieselte. Trotzdem bestand Eugen auf einem Spaziergang und lehnte eine Kutschfahrt ab.

»Wie kann man die Luft genießen mit einem stinkenden Pferdehintern vor sich?« sagte er tadelnd. »Leo, du bist völlig verroht! Das Spiel der eigenen Muskeln beflügelt ...«

«Wer ist wo?« wiederholte Leo Kochlowsky seine vorherige Frage.

«Die holde Maid. Wer sonst? Ich muß sie sehen.«

»Im Gegenteil! Sie darf nicht wissen, daß du hier bist!«

»Wie soll ich sie andichten, ohne ihre Strömungen aufzunehmen? Ihr Anblick setzt die Poesie frei. Denk an Faust – wie er Gretchen zum erstenmal sieht ... Dafür verpfändet er sogar seine Seele dem Teufel.«

»Wärst du bloß beim Teufel!« sagte Kochlowsky grob. »Wie soll ich dir Sophie vorführen, wo ich selbst nicht weiß, wie ich sie sehen kann.«

»Ah! So ist das!«

»Darum die Gedichte, du Pinsel!«

»Wo arbeitet sie?«

»In der fürstlichen Küche. Sie ist Kochmamsell.«

»Ha! Das ist vorzüglich!« Eugen strahlte seinen Bruder Leo an. »Ich werde in die Lyrik Kulinarisches einfließen lassen. Das imponiert immer.« Und er fing an zu rezitieren:

„Milder Duft durchzieht die Küche,
Lockenköpfchen blickt verträumt
in den Kochtopf mit der Soße,
wo die gold'ne Butter schäumt ...«

Eugens Brust schwoll wieder, bis die Weste in den Nähten krachte. »Ich fühle es, Leo, die Pleßsche Luft ist voller Poesie.«

Kochlowsky hatte keine Lust, den »Verrückten«, wie er seinen Bruder bei sich nannte, im Regen zu begleiten. Während Eugen unter einem schwarzen Regenschirm davonschritt, ging Leo in den Stall und später in die Buchhalterei, wo er die Rechnungen prüfte und abzeichnete, damit sie dem Rentamt zur Bezahlung vorgelegt werden konnten.

Das war ein grober Fehler.

Eugen Kochlowsky spazierte nämlich indessen zum Schloß, fragte dort einen Lakai, wo es zur Küche ginge und wie die Köchin heiße. Er erfuhr, daß ihr Name Mamsell Lubkenski war, und stieg hinunter in Wandas Reich.

Unangefochten von Hemmungen, betrat er die Küche, blieb an der Tür stehen und ließ seinen Blick über die vielen Küchenmädchen schweifen. Sophie Rinne war nicht da. Die Fürstin hatte sie wieder einmal zu sich gerufen, um ihr mitzuteilen, daß sie für den König von Bayern den Pudding kochen solle. Einen Pudding nach ihrer, Sophies, Wahl. Eine Ehre war das, die niemand unter dem Personal begreifen konnte.

Eugen Kochlowsky, der äußerlich wenig Ähnlichkeit mit Leo hatte, vor allem durch sein glatt rasiertes Kinn und sein rundes Gesicht, das mehr zu einem Genießer als zu einem Hungerleider paßte, blinzelte betroffen, als Wanda aus dem Hintergrund auf ihn zuschoß.

»Was wollen Sie hier?« rief sie energisch. »Wer sind Sie? Haben Sie die Kohlrabi geliefert? Ich sage Ihnen: Wenn wieder die Hälfte holzig ist, forme ich Kugeln daraus und schieße sie Ihnen in den Hintern!«

»Mamsell Lubkenski?« fragte Eugen fassungslos.

»Wer denn sonst?«

Eugen betrachtete ihren mächtigen Busen, die runden Hüften, den Ansatz zum Doppelkinn und das von den Kochdünsten feuchte, an den Kopf geklebte Haar.

Mein kleiner Bruder Leo ist wirklich krank, dachte er voller Sorge. Das sind die Nerven. Das war schon als Kind so: Er tat Dinge, auf die andere nie gekommen wären. Sehe sich einer dieses Schätzen hier an. Blond, zierlich, engelhaft? Die Krankheit muß Leos Sehnerv getroffen haben! Es ist erschütternd.

»Na, was ist?« fragte Wanda grob.

»Gute Mamsell, ich glaube, ich habe mich verlaufen.« Eugen Kochlowsky verbeugte sich höflich. »Ich suche den Verwalter Leo . . .«

»Suchen Sie den in der Hölle!« schrie Wanda sofort. »Aber lassen Sie ihn bloß dort!«

Eugen starrte sie noch einmal entgeistert an, empfand großes Mitleid mit seinem kleinen Bruder und verließ schnell die Küchenräume. Auf diesen Schreck hin brauchte er viel frische Luft. Darum spannte er den Schirm auf und ging im Regen zwei Stunden lang spazieren. Mit nassen Hosen und durchweichten Schuhen klaubte Leo ihn endlich auf, als er mit einer Kutsche herumfuhr und voller Unruhe seinen Bruder suchte.

»Du hast wohl eine Schraube locker!« rief Leo, als Eugen ächzend in die Kutsche stieg. »Im strömenden Regen latschst du herum! Total aufgeweicht bist du! Jetzt kannst du nur noch Wassergedichte schreiben, was?!«

Eugen schwieg und sah seinen Bruder voller Mitgefühl an.

»Die Mamsell ist zierlich?« fragte er.

»Eine Elfe ist ein Baumstamm dagegen . . . Warum?«

»Bist du sicher, daß sie deine Gefühle erwidert?«

»Ich weiß es nicht. Sie ist so schüchtern.«

»Was ist sie?« Eugen dachte an Wandas Stimme und ihren beim Sprechen bebenden Busen. »Schüchtern?«

»Scheu wie ein Rehkitz . . . «

»O mein Gott!« Eugen legte den Arm um Leos Schulter. »Wenn ich dir helfen kann . . .«

»Ich brauche zehn Gedichte, mindestens . . . « Kochlowsky blickte Eugen hoffnungsvoll an. »Ist dir schon etwas eingefallen?«

»Ein Dom ist für mich eingefallen!« sagte Eugen erschüttert. Wie krank er ist, dachte er. Man könnte weinen um ihn. Ein Mordsweib ist in seinen Augen eine Elfe! So weit ist es mit ihm gekommen. Oh, mein kleiner Leo . . .

»Fahr uns nach Hause«, bat er mit erstickter Stimme.

»Wohin sonst?« knurrte Leo. »Ich muß dich ja auswringen!«

Der poetische Spaziergang hatte Folgen, Leo hatte es schon befürchtet: Eugen bekam einen gewaltigen Schnupfen, geschwollene Mandeln und schwitzte im Bett. Er verlangte heißen Rum mit viel Rohrzucker, denn nur der allein helfe, er verstehe etwas davon. Zweimal im Jahr habe er Influenza, aber das habe auch etwas Gutes, denn das Schwitzen reinige den Körper von allen Verschlackungen. Nur genügend Rum müsse da sein, um das innere Feuer zu entfachen.

Und so lag Eugen Kochlowsky fünf Tage lang stramm im Bett, meistens betrunken von seiner ›Medizin‹, und bedauerte seinen geisteskranken Bruder Leo.

Das ärgste aber war, daß Leo Kochlowsky seinen Bluthund Caesar nicht mehr begriff. Der schwere Dobermann lag bei Eugen im Bett, unten zu dessen Füßen, und regte und rührte sich nicht. Nur zu den Mahlzeiten stieg er aus den Federn, gähnte laut und wurde munter wie Eugen, wenn er etwas Eßbares roch.

»Verräter!« sagte Leo einmal zu Caesar. »Elender Bastard! Und du solltest mich beschützen!«

Caesar reagierte nicht darauf. Er hatte die schöne Aufgabe übernommen, Eugen die Füße zu wärmen, wenn diesen der Schüttelfrost überkam.

Am fünften Tag klopfte es an die Tür des Verwalterhauses. Es war Abend, Eugen hatte gerade gegessen und schlürfte seine Medizin, ein großes Glas Rum mit Rohrzucker. Leo öffnete und entdeckte zunächst wieder den Fuhrmann Philipp Bladke samt Kutsche, Pferd und einem Pappkoffer. Nur war das Gepäck jetzt etwas umfangreicher. Eine zusammenklappbare Staffelei lehnte daneben.

An der Haustür stand ein junger Mann, zog seinen großen schwarzen Schlapphut und verbeugte sich.

»Herr Verwalter!« rief Kutscher Bladke sofort. »Ich habe nur einen Auftrag ausgeführt. Ich kann nicht einen Fahrgast fragen, ob er das auch darf – einfach zu Ihnen kommen!«

»Der Fahrer bekommt . . . «, sagte der unbekannte Gast.

»Einsfuffzich!« brüllte Bladke.

»Wer sind denn Sie?« fragte Kochlowsky abwehrend.

»Ich habe so lange nichts von ihm gehört. Wir hatten ausgemacht, daß er sofort Laut gibt. Ich bin sehr in Sorge. Mein Freund ist doch bei Ihnen?«

»Wer soll hier sein?«

»Eugen Kochlowsky. Wir wohnen zusammen und teilen uns die Miete. Mein Name ist Louis Landauer. Eugen sagte: ›Komm am sechsten Tag nach, wenn ich mich nicht melde.‹ Und hier bin ich.«

»Und was wollen Sie hier?« Leo Kochlowskys Stimme klang rostig. »Noch ein Dichter, der Eier zum Denken braucht?«

»Nein.« Louis Landauer sah Kochlowsky strahlend an. »Ich soll hier das schönste Mädchen der Welt malen, sagte Eugen. Ich bin akademischer Kunstmaler, Herr Verwalter.«

VII

Es gab tatsächlich Augenblicke, in denen auch ein Leo Kochlowsky ratlos, sprachlos und damit erstaunlich friedlich war. Das geschah zwar selten und ging auch sehr schnell wieder vorüber, aber die augenblickliche Situation war so verwirrend, daß Kochlowsky stumm zusah, wie Kutscher Bladke den Koffer und die zusammengeklappte Staffelei zur Tür brachte, die Mütze zog, als er seine eine Mark und fünfzig Pfennige bekam, mit krummen Beinen zur Kutsche zurücklief und sich beeilte, aus dem Blickfeld des Herrn Verwalters zu kommen.

Louis Landauer trug Koffer und Staffelei in die Diele und sah Leo jungenhaft freundlich an, als der die Haustür mit einem Fußtritt schloß. Louis war von Eugen vorgewarnt worden: »Mein Bruder Leo ist eine Art Gottesstrafe! Überhöre das meiste von dem, was er sagt, und filtere dir nur das heraus, was dir angenehm ist.«

»Was nun?» fragte Landauer, als Kochlowsky keine Anstalten machte, ihn weiter ins Haus zu bitten.

»Das werden Sie noch sehen!« knurrte Leo böse.

»Wo ist Eugen?«

»Im Bett.«

»Schon?«

»Noch! Er ist krank! Läuft er in Nikolai auch bei Regen durch das Land?«

»Nie! Da kommt er kaum aus der Wohnung heraus.«

»Hier muß er wandern, um zu dichten.«

»Das ist völlig neu. In Nikolai braucht er dazu völlige Ruhe und Einsamkeit, sein kleines Stübchen und ein Lämpchen. Und dann sitzt er vor der Wand und starrt sie an. Draußen hat er noch nie eine Zeile geschrieben.« Landauer strich sich über das hellbraune gelockte Haar. »Das muß ein ganz schweres Gedicht sein, Herr Verwalter.«

»Warten Sie hier!« sagte Kochlowsky im Befehlston. »Und rechnen Sie damit, daß Sie hinausfliegen!«

»Gewiß.« Landauer nickte ergeben. »Ich weiß dann nur nicht, wohin . . .«

»Es ist Sommer, es gibt Scheunen genug!«

»Ein hervorragender Rat, Herr Verwalter.«

Kochlowsky blickte den Kunstmaler durchdringend an und stieg dann die Treppe hinauf zu den Schlafzimmern. Caesar lag wie immer natürlich auf dem Bett, zu Füßen des Kranken, wedelte mit dem Schwanz und gähnte. Er erhob sich nicht einmal.

»Erbärmliche Kreatur!« sagte Leo laut zu ihm.

»Das habe ich von meinem Bruder nicht verdient!« erwiderte Eugen. Er schwitzte von dem Rum mit Rohrzukker, der wirklich ein mörderisches Gesöff war, seine Augen waren glasig, die Sprache war gehemmt, aber nicht die Krankheit hatte ihn fest im Griff, sondern der Alkohol. »Wie habe ich mich um dich gesorgt, als du klein warst. In einem Karren habe ich dich herumgefahren, Märchen habe ich dir erzählt, mindestens vierzehn Mädchen habe ich später erklären müssen, daß du ihrer überdrüssig geworden bist, immer war ich für dich da . . . Und nun bin ich eine Kreatur? Leo, mein Brüderchen . . . «

Kochlowsky verzichtete darauf, den Irrtum aufzuklären. Er hieb mit der Faust auf den gedrechselten Holzknopf des hohen Fußteils am Bett. Eugen zuckte zusammen, rutschte tiefer in die Kissen und starrte seinen Bruder wehleidig an.

»Was soll dieser Landauer hier?« brüllte Kochlowsky.

»Das fragt du mich? Für Pferdefahrzeuge bist du verantwortlich.«

»Ich meine Louis Landauer!«

»Der ist hier?«

»Mit Pappkoffer und Staffelei ...«

»O Gott!« Eugen verdrehte die Augen und begann zu zittern. »Mein Schüttelfrost überkommt mich wieder!« stöhnte er. »Solch eine Influenza habe ich noch nie gehabt! Diesmal sterbe ich daran ...«

»Daran nicht!« Leo beugte sich vor. »Es wird ein Brudermord sein!«

»Dann beeile dich, ehe mich das Fieber vorher hinwegrafft ...«

»Wieso wohnt Louis Landauer bei dir?«

»Ich kann die Miete nicht voll bezahlen.« Eugen Kochlowsky schloß die Augen und schnaufte dramatisch. »Da kam Louis auf die Idee einer gemeinsamen Wohnung. Wir teilen uns die Miete. Louis verkauft mehr Bilder als ich Artikel oder Gedichte. Ein Bild kann man sich an die Wand hängen und immer betrachten, ein Gedicht nicht.«

»Ein Buch kann man auch immer wieder lesen.«

»Ein Buch! Leo, berühre nicht meinen zartesten Traum: ein Buch von Eugen Kochlowsky! Wenn das jemals Wirklichkeit würde ...«

»Man muß eben etwas leisten!«

»Nein! Genialität wird immer zu spät erkannt! Oder soll ich ein Buch schreiben über den Hinterhof unter meinem Fenster?«

»Das wäre ein Thema!«

»Es schüttelt mich! Ein Buch, das Tausende lesen werden ... Dann bist du kein genialer Schriftsteller mehr! In meine Bücher muß der Intellekt des Lesers sich erst hineinbohren – das ist Kunst!«

»Warum hast du mir nie gesagt, wie dreckig es dir geht, Eugen?«

»Hättest du mir geholfen? Ja, vielleicht. Mit typischen Kochlowsky-Reden: ›Wenn du nichts zu fressen hast, arbeite was anderes! Künstler! Was ist ein Künstler? Ein am wirklichen Leben vorbeischleichender Spinner!‹ – Hätte ich das kauen und schlucken können? Kann man davon satt werden, von deinen billigen Weisheiten? Dann schon lieber die Zähne zusammenbeißen und zu stolz sein, um seinem kleinen Bruder etwas von seiner Not vorzuklagen. Dann lieber zu zweit in einer winzigen Wohnung hausen und dennoch glücklich sein, wenn man abends ein Brot und etwas Mettwurst hat ...« Eugen seufzte, legte beide Hände über das schweißnasse, gerötete Gesicht. »Louis ist also hier?« Er hörte, wie sich Leo neben ihn auf die Bettkante setzte.

»Eben eingetroffen. Mit Staffelei.«

»Das Schicksal ist hart, Leo ...«

»Es war eine bodenlose Frechheit, ihn kommen zu lassen.«

»Keine Frechheit, ein Irrtum«, sagte Eugen schwach und dachte an Wanda Lubkenski, die für ihn Sophie Rinne war.

»Auf jeden Fall habe ich daraus ersehen, daß du von vornherein nach Pleß gekommen bist, um länger als sechs Tage zu bleiben.«

»Es ging um glühende Liebesgedichte an das schönste Mädchen auf dieser Erde ... O Gott!«

»Und wo sind sie, die Gedichte?» schrie Leo.

»Wo ist das schönste Mädchen?«

»Ich zeige es dir noch!«

Eugen seufzte wieder. Mein armer Kleiner, dachte er, wo ist dein von vielen beneideter Geschmack in punkto Frauen geblieben? Wie nervenkrank mußt du sein! Was mir da in der fürstlichen Küche entgegenrauschte . . . Wie kann eine empfindsame Dichterseele darauf ein Gedicht machen?«

»Ich bin todkrank!« sagte Eugen müde. «Ich ziehe ein in den Parnaß . . .«

»Was soll Landauer hier?« bohrte Leo unbeeindruckt.

»Er sollte das schönste Mädchen dieser Erde malen!« Eugen Kochlowsky fror plötzlich bei dem Gedanken. »Ich dachte, die Idee würde auch dich begeistern – ein Bild von ihr. O Himmel, wo ist ein Ausweg?«

Leo Kochlowsky sah seinen Bruder nachdenklich an. Eigentlich war der Gedanke hervorragend, was man widerwillig zugeben muß. Ein Gemälde von Sophie Rinne, der Kopf lebensgroß in Öl auf Leinwand . . . Ein Engelskopf mußte das sein, schöner als von Botticelli oder Leonardo, vorausgesetzt, Louis Landauer war ein Maler, der so etwas konnte.

Es gab ja auch Maler, bei denen wirkte ein Porträt, als sei der Abgemalte gerade aus einer Irrenanstalt entwichen. Im Schloß von Pleß hingen ein paar solche Riesengemälde mit irgendwelchen Ahnen oder befreundeten Persönlichkeiten darauf, und jedesmal, wenn Leo daran vorbeiging, dachte er: Wenn die so ausgesehen haben, ist es unbegreiflich, was sie alles geleistet haben!

Da Leo nicht sprach, öffnete Eugen die Augen. »Was ist?« fragte er.

»Landauer kann bleiben!« sagte Leo so zahm, daß Eugen tief Luft holen mußte. »Das war seit Jahren vielleicht der einzige vernünftige Gedanke von dir.«

»Was?«

»Landauer wird Sophie malen!«

»Nein!«

»Ja, bist du denn völlig verrückt? Warum nicht?«

»Das schönste Mädchen der Erde!«

»Ein Engel!«

»Ich sterbe!« Eugen drehte sich zur Wand. Caesar hob den Kopf und blinzelte Leo an. Was ist los? schien er zu fragen. Er knurrte leise.

Kochlowsky erhob sich von der Bettkante und warf seinem Bluthund einen giftigen Blick zu. »Miststück!«

»Beleidige mich ruhig«, sagte Eugen schwach. »Ich vergehe ... «

»Ich meine den Hund!« schrie Kochlowsky. »In zwei Tagen bist du aus dem Bett, Eugen, und dichtest. Und Landauer malt! Diese doppelte Verehrung wird auch bei Sophie einen tiefen Eindruck machen.«

»Eher sterbe ich. Ich prostituiere mich nicht als Dichter!«

»Ich werde Landauer für ein Ölporträt hundert Goldmark geben.«

»Wieviel?« Eugen fuhr in seinem Bett hoch und saß plötzlich gesund, gar nicht mehr betrunken, sondern hellwach in seinem Bett. »So viel gibst du dafür aus?«

»Noch mehr, wenn ich Sophie überzeugen kann, daß ich der Mann für ihr Leben bin.«

»Dieses Weib?«

Leo Kochlowsky überhörte den Unterton; er war viel zu sehr mit der Vorstellung beschäftigt, Sophie als Gemälde in diesem Haus hängen zu sehen. »Ja, dieses Weib!« wiederholte er sogar, und Eugen faltete ergeben die Hände. »Ein Götterweib!« fuhr er fort. »Ein zum Menschen gewordener Sonnenstrahl ... Ach, warum bin ich bloß kein Dichter geworden!«

»Ja, warum!« Eugen Kochlowsky ließ sich wieder in die Kissen zurücksinken. »Wehe, wenn dein Geschmack jemals in die Literatur Eingang fände ...«

Unten hatte sich Louis Landauer indessen in der Diele auf seinen Koffer gesetzt und wartete geduldig, bis Leo die Treppe wieder herunterkam. Gedämpft durch die Türen, hatte er Kochlowskys Brüllen gehört, und Louis' tiefes Mitleid galt seinem Freund Eugen. Nur wenn man bedachte, daß Eugen sechs Tage lang hier gut gelebt hatte, konnte man das Ertragen von Leo Kochlowsky als notwendige Gegenleistung betrachten. Grobheit gegen Schinkenbrot – das war ein gutes Geschäft für einen Künstler.

»Sie bleiben, Landauer!« sagte Leo schon auf der Treppe. »Vorausgesetzt, daß Sie anders malen als mein Bruder dichtet! Haben Sie Bilder bei sich?«

»Skizzen. In einer Mappe. Ich kann sie Ihnen nachher zeigen.« Landauer erhob sich von seinem Pappkoffer.

»Wo haben Sie Eugen eigentlich kennengelernt?«

»Auf dem Rindermarkt in Kochlowitz.«

»Wieso denn das?«

»Eugen sollte einen Artikel über den preisgekrönten Bullen schreiben. Ich hatte den Auftrag, die beste Milchkuh zu porträtieren. Größten Wert legte der Besitzer auf die naturgetreue Wiedergabe des prämiierten Euters ... «

»Und Sie wollen meine Sophie malen ... «, sagte Leo dumpf.

»Ich habe auch ein Porträt von Bismarck bei mir, gemalt nach einer Fotografie, aufgenommen auf einer Bromsilbergelatinetrockenplatte, wie Maddox sie erfunden hat ... «

Leo betrachtete Landauer mit einer Spur Wohlwollen. »Sie sind gar nicht so dämlich, wie Sie aussehen!« Das war eine echte Kochlowsky-Feststellung. Landauer nahm sie denn auch gelassen hin und sah sie als das an, was sie im Grunde auch war: ein Lob. »Was verlangen Sie für ein Ölbild?«

»In diesem speziellen Fall . . . « Landauer zögerte. Welche Zahl soll man nennen? Was ist angemessen, wo fängt die Unverschämtheit an? Ab wann wirft Kochlowsky einen hinaus? »Ich werde mein ganzes Können in das Bild legen, meine ganze Seele . . . Darf ich sagen: fünfundvierzig Mark?«

Leo fuhr sich durch seinen gepflegten Bart und schüttelte den Kopf. Zuviel, dachte Landauer erschrocken. Habe ich mir gleich gedacht. War ja auch eine gewagte Zahl. Für die Kuh habe ich fünfundzwanzig Mark und zwei Blutwürste bekommen. Und Verleger Bärwald zahlt Eugen für einen einspaltigen Artikel ganze fünf Mark!

»Es ist erschütternd, mitzuerleben«, sagte Leo Kochlowsky, »wie sich zwei Rindviecher zu einer Wohngemeinschaft zusammengeschlossen haben. Fünfundvierzig Mark? Landauer, wenn Sie ein so großer Maler sind, würde ich für dieses lumpige Geld nicht mal einen Kälberschwanz malen! Ich würde dem, der mir so etwas anbietet, die Leinwand um die Ohren schlagen!«

»Ja, Sie, Herr Verwalter!« Landauer hob die Schultern. »Unsereiner hört auf die Knurrtöne des Magens und das Gejammer der Zimmervermieterin. Vergessen wir löchrige Schuhsohlen und aufgeschlissene Kleidung . . . Wissen Sie, was man mit fünf Mark alles anfangen kann? Zehn Zentimeter einfache Leberwurst kosten fünfzehn Pfennig – das ist Aufstrich für drei Abende! Wenn wir eine Woche Leben gerettet haben, fassen wir uns an den

Händen und tanzen Ringelreihen in der Wohnung. Was wissen Sie davon, Herr Verwalter!«

»Nichts. Aber ich weiß, daß ihr zwei die größten Hohlköpfe seid! Wer nichts kostet, wer nichts fordert, ist nichts, kann nichts, traut sich selbst nichts zu. Wissen Sie, Landauer, was ich Ihnen für das Porträt biete?«

»Schon angenommen«, sagte Landauer schnell.

»Hundert Goldmark.«

»Wieviel?« Landauer lehnte sich an die Dielenwand, als wolle er gleich umfallen. »Mein Ohr zuckt völlig idiotisch.«

»Es hört richtig: hundert Goldmark.«

»Ich bin kein Tizian oder Tintoretto ... «

»Wer weiß? Sie malen Sophie so schön, wie sie ist. Erkenne ich sie nicht wieder, bekommen Sie keine einzige Mark, sondern werden vor meinen Augen die Farben von der Leinwand ablecken!«

»Ich fresse die Leinwand dazu, Herr Verwalter«, stotterte Louis Landauer. »Hundert Goldmark, das wagt man ja kaum auszusprechen! Wann, wann fangen wir an?«

»Sobald ich weiß, wie man Mamsell Sophie vor die Leinwand bringt. Das ist gar nicht so einfach. Das ist sogar ein Problem. Sie soll davon nichts wissen, ja, nicht einmal merken.«

»Aber ohne Modell kann ich nicht ... « Landauer sah Kochlowsky hilflos an. »Wenn ein Foto existierte ... «

»Kaum. Und wenn – wie kommt man da heran?«

»Wenn Sie Mamsell Sophie darum bitten ... «

»Unmöglich!« Leo stieß die Tür zum Wohnzimmer auf; Louis Landauer war im Haus aufgenommen. »Ich muß Ihnen da einiges erklären. Es ist alles ein wenig verworren. Wäre es normal, brauchte ich Eugen nicht – und Sie auch nicht.«

»Dank sei der Kompliziertheit!« rief Landauer. »Sie macht mich zum satten Mann!«

»Falls Sie etwas können!« Leo Kochlowsky schloß die Zimmertür hinter Louis, sehr zum Leidwesen von Eugen, der oben in der Tür des Schlafzimmers lehnte und große Bruchstücke des Gespräches mitgehört hatte. Das hallende Treppenhaus wirkte wie ein Schalltrichter. »Jetzt haben Sie Hunger?«

»Und wie! Ich habe seit ...«

»Kenne ich von Eugen.« Kochlowsky winkte ab. »Eugen braucht Eier zum Dichten, was brauchen Sie zum Malen?«

»Ein Brot mit Griebenschmalz. Oder Pellkartoffeln mit Quark.« Landauer setzte sich an den Tisch. »Darf ich ehrlich etwas sagen, Herr Verwalter?«

»Ja. Bei mir immer.«

»Sie werden von allen verkannt. Sie sind ein guter Mensch.«

»Halten Sie den Mund, Sie Hohlkopf!« antwortete Leo Kochlowsky grob. »Meine Blähungen klingen mir besser in den Ohren als Ihre Worte ...«

Landauer schwieg und lächelte in sich hinein. Bei Kochlowsky war das innere Gleichgewicht wieder intakt.

Natürlich sprach es sich in Schloß Pleß herum, daß der Herr Verwalter Besuch hatte. Zuerst kam Leibkutscher Jakob Reichert damit zu Wanda Lubkenski und fragte:

»Leo hat Besuch. Weißt du da was von?«

»Woher? Wenn du es noch nicht mal weißt ...«

»Ich gehe Leo aus dem Weg!«

»Meinst du, daß er zu mir in die Küche kommt und sagt: ›Ich habe jemanden im Haus.‹ – Ist es wieder ein Weib?«

»Nein, ein Mann. Aber der ist seit vier Tagen nicht vor die Tür gekommen. Ist krank, sagt der polnische Knecht von Leo. Soll im Bett liegen und heißen Rum saufen, bis er Verse deklamiert. Total besoffen! Ein Vers soll lauten: ›Aus des Himmels lichtem Blau – perlenschimmernd, Morgentau – mit der Lerchen Jubellieder – kamst du Göttliche hernieder ... ‹ – Was soll man dazu sagen?«

»Zwei Idioten haben sich gefunden!« erklärte Wanda grob. »Woher kommt der Besuch?«

»Keine Ahnung. Eugen soll der Mann heißen.«

»Was kümmert's mich?« Wanda Lubkenski winkte ab. »Weiß ich, welch dunkle Geschäfte der Herr Verwalter im verborgenen macht? Ich möchte nur mal eines davon entdecken ... Dann wär' er wie ein Vögelchen in meiner Hand!«

Auch Leibjäger Wuttke hatte den Fremden gesehen, als er im Regen herumlief wie eine lebendig gewordene Vogelscheuche. Jan Pittorski dagegen wußte, daß seit einem Tag sogar zwei Männer im Verwalterhaus wohnten. Beide hatte der Kutscher Bladke aus Pleß hergefahren.

Das war ein wichtiger Hinweis, fand Reichert, als er davon erfuhr. Als er in Pleß etwas besorgen mußte, nahm er die Gelegenheit wahr, den Kollegen Bladke darüber zu verhören.

»Das ist alles sehr merkwürdig«, berichtete Philipp Bladke geheimnisvoll. »Der erste Fahrgast kam aus Kattowitz und schien dem Herrn Verwalter gut bekannt zu sein. Der zweite Fahrgast kam auch aus Kattowitz, aber ihn kannte der Herr Verwalter nicht. Dafür war er der Freund des ersten Herrn, der Eugen heißt.«

»Hatten sie Geld?« fragte Reichert.

»Ich weiß nicht. Beide Male hat der Herr Verwalter bezahlt.«

»Aha! Wie sprachen die beiden Männer?«

»Sehr gebildet. Der zweite Herr hatte eine Staffelei bei sich.«

»Was? Eine Staffelei? Ein Maler?«

»Man kann auch aus Vergnügen malen.«

»Auf jeden Fall: Die beiden werden länger bleiben?«

»Es sieht so aus. Sie hatten jeder einen Koffer bei sich!«

Reicherts neue Informationen waren wertvoll, vor allem für Pittorski, der den Fall Katja Simansky noch nicht als beendet betrachtete. Zwar lebte Katja jetzt weit weg von Pleß in der Gegend von Krakau, dort war sie sicher vor Kochlowsky, aber für ein Brautpaar ist es kein idealer Zustand, getrennt zu sein.

Da die Schuld daran bei Kochlowsky lag, war Pittorski nach wie vor gewillt, ihn dafür zu bestrafen, und zwar so, daß es ihm für immer in Erinnerung blieb.

Nun lebten also noch zwei Männer im Hause des Verwalters – für Pittorski war die Lage klar.

»Er hat sich eine Leibwache zugelegt«, sagte er bitter. »Zwei Männer, die ihn beschützen sollen! Aber das nützt ihm nichts. Irgendwann und irgendwo bekomme ich ihn doch! Mitten aus einer Armee hole ich ihn heraus, das schwöre ich! Solange er auf Pleß ist, hat er mich im Nakken!«

Ein paarmal ritt Pittorski danach um Kochlowskys Haus, aber er sah niemanden und konnte sich kein Bild von seinen neuen Gegnern machen. Der eine sollte malen, behauptete Reichert, der andere ginge sogar im Regen spazieren. Merkwürdige Gestalten!

Auch in der Küche sprach man viel darüber. Wanda teilte die neuesten Erkenntnisse mit, und Sophie hörte mit größtem Interesse zu.

Der Besuch des Königs von Bayern und einem Teil seines Hofstaates war glanzvoll vorübergegangen. Fürst Pleß hatte ein Gala-Essen gegeben, am Abend fand ein Ball statt, Gut III wurde besichtigt und natürlich auch das Gestüt Luisenhof.

Überall flatterten die bayerischen Fahnen, winkten die Menschen, und sogar die polnischen Landarbeiter und -arbeiterinnen, denen der bayerische König begegnete, waren so sauber und propper gekleidet, daß man glauben konnte, sie gingen nicht aufs Feld, sondern zur Kirche.

Und so war es auch: Leo Kochlowsky hatte seinen ›polnischen Bataillonen‹ befohlen, diesmal im Sonntagszeug zur Arbeit zu gehen, sonst würde sie der Affe lausen. Er befahl fröhliche Mienen, freudiges Winken, ein paar »Hurras!« und einen Arbeitseifer, als habe man ›Pfeffer im Arsch‹. So war es klar, daß der König von Bayern einen Gutsbetrieb sah, der Neid erwecken konnte.

»Sie haben es einfacher, Pleß«, sagte er denn auch zu dem Fürsten. »Sie haben Ihre Polen! Aber ich? Bei uns ist alles irgendwie menschlicher, wissen Sie?«

Leo Kochlowsky wurde dem König vorgestellt und machte eine tiefe Verbeugung. Stilecht trug er einen braunen, eleganten Reitrock, hellbeige Reithosen und hohe, braune, glänzende Stiefel. Er sah fabelhaft aus – ein Mannsbild, wie man es sich als Verwalter wünscht. Auch das nahm der bayerische König wahr.

»Ein Goldstück von Verwalter«, sagte er, als Leo Kochlowsky auf seinem großen, starken Pferd davonritt. »Wie war sein Name?«

»Leo Kochlowsky. Ein Satan an Grobheit.« Fürst Pleß lachte kurz. »Und ein Weiberheld zum Erbarmen! Eines Tages muß ich ihn rauswerfen, um keine Ehemänner-Revolution auf Pleß zu haben.«

»Sagen Sie mir Bescheid, Pleß, wenn es soweit ist.« Der König von Bayern lachte mit. »Ich nehme ihn zu mir.«

Auf Gestüt Luisenhof führte der Erste Bereiter Jan Pittorski das beste Pferd des Fürsten vor, einen Rapphengst aus arabischer Züchtung. Es war die Vollendung einer Dressurdarbietung.

»Sie können sich mit der Wiener Hofreitschule messen!« sagte der König zu Fürst Pleß. »Und so etwas am Ende der Welt! Wo man denkt, daß da noch die Bären durchs Dorf trotten.«

Auch Pittorski wurde dem König vorgestellt, verbeugte sich tief und entdeckte dann Kochlowsky, der diesmal im Gefolge mitgeritten war. Er plauderte angeregt mit einer Baroneß von Hohenseyn, Tochter eines bayerischen Generals in der königlichen Begleitung. Die Baroneß kullerte mit den Augen und schien von Leo Kochlowsky begeistert zu sein. Während sie lachte, beugte sie sich in der enggeschnürten Taille zurück. Es sah sehr verführerisch aus.

Immer wieder das gleiche, dachte Pittorski bitter. Wo Leo Kochlowsky auftaucht, verlieren die Weiber einfach den Verstand. Ob polnische Magd oder Generalstochter – es gibt keinen Unterschied. Was ist bloß an diesem Kochlowsky dran? Wie macht er das? Hat er dämonische Kräfte? Hypnotisiert sein Blick? Ist es wie bei der Schlange und dem Kaninchen?

Pittorski wartete, bis der bayerische König, von Baron von Sencken geführt, das Gestüt wieder verlassen hatte, und ritt dann hinter der Kolonne her. Er holte Leo Kochlowsky ein und trabte neben ihn. Die Baroneß von Hohenseyn ritt ein Stück vor ihm.

Kochlowsky blickte zur Seite und runzelte die Stirn.

»Bleiben Sie zurück, Pittorski!« sagte er grob. »Sie sind wohl verrückt? Seit wann reiten Lakaien im Ehrengefolge mit? Zurück in den Stall, und putzen Sie Ihrem Gaul den Hintern aus! Es ist ja nicht mehr festzustellen, wer mehr stinkt – Sie oder er!«

»Sie stehen auf meiner Liste!« knirschte Pittorski in ohnmächtiger Wut. »Trotz Bluthund und zwei Bewachern – ich bekomme Sie!«

Er riß das Pferd herum und galoppierte davon. Verblüfft sah Kochlowsky ihm nach. Zwei Bewacher? Dann begriff er, mußte schallend lachen und trabte elegant der Begleitung des bayerischen Königs nach.

So lobend sich auch der König über Gut III äußerte und Leo fest die Hand drückte – das alles war nichts gegen den Triumph, den Wanda Lubkenski und ihre Küche erlebten. Das heißt, eigentlich war es der große Tag der kleinen, zarten Sophie Rinne, die auf Geheiß der Fürstin Pleß allein den Nachtischpudding für den König komponierte.

Die Fürstin sagte nicht ›kochte‹, ›herstellte‹, ›erfand‹, ›zusammenstellte‹, ›kombinierte‹ oder ›garnierte‹ – nein, sie sagte ›komponierte‹. Und eine Komposition war es auch – ein Schokoladenpudding in Gestalt des bayerischen Wappens, zu dem der Hofjuwelier – man bedenke, der Juwelier selbst – eine silberne Form angefertigt hatte, in die Sophie die Puddingmasse goß.

Das war keine Kunst, aber als der Wappen-Pudding auf ein riesiges silbernes Tablett gestürzt worden war, wozu man sechs Männer brauchte, die auf ein Kommando hin gleichzeitig die Form umdrehten, begann Sophies große Stunde. Das Wappen, die heraldischen Stoffalten, die Krone, die Löwen – alles wurde mit Früchten in den Farben belegt, die das Wappen in natura hatte. Es war eine Mosaikarbeit, wie man sie auf Pleß noch nicht gesehen hatte. Wanda Lubkenski stand nachher sprachlos vor diesem Kunstwerk und mußte sich immer wieder vorsagen: Das kann man auch essen!

Als im Festsaal der Pudding von sechs Lakaien aufgetragen und vor den König von Bayern hingestellt wurde, blickte dieser die neben ihm sitzende Fürstin Pleß an.

»Wunderbar!« sagte er. »So etwas habe ich noch nicht gesehen!«

»Das Dessert, Majestät.«

»Mein Wappen? Das soll ich aufessen?«

»Ein Schokoladenpudding mit Früchten, Majestät. Eine Ihrer Leibspeisen ... «

»Fürstin, es schmerzt mich geradezu, dieses Meisterwerk anzuschneiden.« Der König legte die Hände in den Schoß. »Wenn man so etwas Schönes doch für alle Zeit haltbar machen könnte!«

»Leider ist das unmöglich, Majestät.« Die Fürstin Pleß lächelte. »Wir müssen das Kunstwerk aufessen.«

»Nicht, bevor ich dem Künstler dafür gedankt habe. Ist es möglich, Fürstin, den Koch zu sehen?«

»Es ist mein Nichtchen ... «

»Sie kocht?« fragte der König verwundert. Dieses Pleß überraschte ihn immer mehr.

»Ich nenne sie ›mein Nichtchen‹.« Die Fürstin fächelte sich etwas Luft zu. »Es ist eine ganz junge Küchenmamsell aus dem Bückeburgischen, die mir empfohlen wurde.«

»Ich möchte sie sehen, Fürstin.«

Das Küchenpersonal geriet in Panik, als der Leiblakai Seiner Durchlaucht die Tür aufstieß und in das Gewölbe brüllte:

»Sophie Rinne sofort zum König von Bayern!«

Wanda Lubkenski fuhr sich mit beiden Händen entsetzt durch die Haare. »Was ist passiert?« schrie sie zurück. »Ist der Pudding schlecht? Mamsell Sophie ist krank, sag das ...«

»Blödsinn! Dahinten steht sie ja!«

»Sie ist krank, du Ochse!«

»Der König will ihr die Hand drücken!«

»Was will er?«

»Er will den Pudding nicht eher essen, bis er den Künstler gesehen hat! Also rauf mit ihr! Soll Seine Majestät vor dem Pudding sitzen und warten?«

Sophie Rinne, die hinten bei den Soßenkesseln stand, kroch in sich zusammen. Ihre großen blauen Augen bettelten um Mitleid.

»Ich kann nicht ...«, stammelte sie. »Ich bin schmutzig, ich habe Fettflecken auf der Schürze, Flecken auf dem Kleid ... Ich bin nicht frisiert ...«

»Sie ist nicht frisiert!« tönte Wanda zurück. »Sag, du findest sie nicht!«

»Und wenn sie aus der Jauchekuhle kommt, sie geht jetzt mit!« brüllte der Leiblakai. »Soll Seine Majestät vor dem Pudding Wurzeln schlagen?«

In Windeseile band man Sophie eine neue Spitzenschürze um, zwei Mädchen kämmten ihr Haar und steckten es hoch, Wanda setzte ihr ein neues gestärktes Häubchen auf, nur das Kleid konnte man nicht mehr wechseln.

Der Leiblakai nahm Sophie wie ein ängstliches Kind an die Hand und zerrte sie aus der Küche in das prunkvolle Treppenhaus. Hier prallten sie auf Leo Kochlowsky, der vom Oberhofmeister kam. Man hatte ihm mitgeteilt, daß er einen bayerischen Orden zu erwarten habe, so begeistert sei der König von Gut III gewesen.

Kochlowsky blieb wie versteinert stehen, als er Sophie

Rinne sah. Auch sie verhielt den Schritt, und nur dadurch sah Leo, daß der Leiblakai sie fest an der Hand hielt und mit sich zog.

»Nimm die Pfoten von ihr weg, du Dreckhaufen!« sagte Kochlowsky gefährlich leise. »Sophie, was will er von Ihnen? Belästigt er Sie, mein Engel? Ich peitsche diese Kreatur aus!«

»Der König von Bayern ...«, stammelte Sophie Rinne. Ihre großen blauen Augen bettelten.

»Was ist mit dem?«

»Er will die Mamsell sehen!« schrie der Lakai. »Aus dem Weg! Seine Majestät wartet.«

»Was will er von Ihnen, Sophie?« Kochlowsky wich keinen Zentimeter zur Seite und versperrte den Weg. »Ich nehme es Ihretwegen auch mit einem König auf!«

»Es geht um einen Schokoladenpudding, Herr Verwalter.« Sie sah ihn an und lachte plötzlich über seine ratlose Miene. »Damals sollte ich Ihnen Glück bringen. Jetzt können Sie für mich die Daumen drücken ...«

Der Leiblakai zögerte nicht mehr, er schob Leo einfach zur Seite und rannte mit Sophie die Treppe hinauf zum Festsaal.

»Da ist es, mein Nichtchen!« sagte die Fürstin Pleß, als Sophie Rinne in der Saaltür erschien. »Komm her ...«

Wie auf Wolken schritt Sophie auf den bayerischen König zu, machte dann einen tiefen Hofknicks und verharrte in dieser Haltung, den Kopf gesenkt. Sie schämte sich maßlos; aus ihrem Kleid entströmte deutlich wahrnehmbar der Geruch der Küche: Braten, Soße, Gemüse.

Der König von Bayern beugte sich vor, legte seinen Zeigefinger unter Sophies Kinn, hob so ihren Kopf hoch und lächelte sie an. »Wie heißen Sie?«

»Sophie Rinne, Majestät.« Ihre Stimme war kindlich.

»Sie haben das Wappen ganz allein gemacht?«

»Ja, Majestät.«

»Wie lange hat das gedauert?«

»Sieben Stunden, Majestät.«

»Und wir essen es in sieben Minuten auf!« Der König streichelte Sophies Wange. »Sie sind eine Künstlerin, Mamsell. Ich habe noch nie einen solch schönen Pudding gesehen. Das mußte ich Ihnen sagen, bevor wir das Kunstwerk zerstören. Gott mit Ihnen ...«

Wie im Traum verließ Sophie den Festsaal, die Tür schloß sich hinter ihr, sie stand allein im Treppenhaus. Keiner kümmerte sich mehr um sie. Der Leiblakai hatte andere Sorgen, als sie in die Küche zurückzubringen. Im Saal wurde ihr Pudding angeschnitten.

Aber Leo Kochlowsky stand noch immer da, wo er vorhin gestanden hatte. Langsam, Schritt für Schritt, als könne sie eine Stufe verfehlen in diesem unwirklichen Zustand, kam Sophie die Treppe herunter und zuckte zusammen, als Leo fragte: »Alles überstanden?«

Als erwache sie, strich sie sich über das Gesicht und nickte dann. »Ja. Der König hat mich gelobt.«

»Wegen eines Puddings läßt er beim Festbankett eine Mamsell kommen?«

»Sie sehen es. – Danke!«

»Wofür danke?«

»Sie haben mir die Daumen gedrückt. Es ist alles gutgegangen.«

»Den Pudding haben Sie gekocht, Sophie! Muß das ein Meisterwerk sein! Wenn man das doch auch probieren könnte.«

»Wenn etwas übrigbleibt, schicke ich ein Stückchen hinüber.«

»Das täten Sie, Sophie?«

Sie nickte, strahlte Leo mit ihren blauen Augen an, hob etwas den Rock und rannte davon zum Küchentrakt. Kochlowsky blickte ihr nach, preßte die geballte Faust gegen seine Brust und spürte, wie sein Herz klopfte.

Um sie werde ich kämpfen wie früher ein Gladiator um sein eigenes Leben, dachte er. O mein Gott, was hast du da erschaffen . . .

Louis Landauer und Eugen Kochlowsky saßen beim Abendessen am Tisch, als Leo vom Schloß zurückkam. Landauer, der nicht nur malen, sondern auch kochen konnte, hatte Schnitzel gebraten. Dazu gab es einen dikken schneeweißen Blumenkohl in einer holländischen Soße. Louis und Eugen kamen sich vor, als lebten sie in einem Märchenland. Eugen hatte bereits vier Pfund zugenommen und bekämpfte ein völlig neues Gefühl: Sodbrennen und Magenvölle.

»Ab morgen wird gearbeitet!« rief Leo Kochlowsky aufgeräumt und klatschte mit leuchtenden Augen in die Hände. »Eugen, du dichtest! Louis, Sie malen! Ich habe Sophie eben gesehen, ich habe sie gesprochen. Es war der Himmel! So kann man Flügel bekommen! Welch ein Engel . . .«

Er ging zum Schrank, eine Flasche Wein holen.

Eugen Kochlowsky grinste breit, machte mit beiden Händen die Wölbbewegung von Riesenbrüsten und tippte sich dann auf die Stirn.

Armer kleiner Bruder! Aber für dieses Essen hier und hundert Goldmark dichten und malen wir auch Hymnen auf des Teufels Großmutter.

Morgen also! Auf in den Kampf, Louis. Zu zweit werden wir diesen Küchendrachen schon überleben . . .

VIII

Was Leo Kochlowsky nie erwartet hätte: Sophie Rinne hielt ihr Versprechen.

Am nächsten Morgen erschien ein mißmutiger Gärtnerbursche vom Schloß, einer jener alten Männer, die seit über fünfzig Jahren im Schloßpark die Rosen abschnitten, das Laub zusammenkehrten und die Promenadenwege rechten, klopfte am Verwalterhaus und überreichte Eugen, der öffnete, eine mit Papier zugedeckte Glasschüssel.

»Soll hier abgegeben werden«, brummte der Gärtner. »Man wüßte, was es ist.«

»Woher?« fragte Eugen abweisend.

»Aus der fürstlichen Küche.«

»Gift?«

Der Gärtner starrte Eugen fassungslos an, stierte dann auf die Glasschüssel, wandte sich schnell um und verließ das Verwalterhaus.

Als sei es wirklich ein Gefäß voll Gift, dessen Geruch schon gefährlich ist, trug Eugen die Schüssel mit ausgestreckten Armen ins Zimmer. Dort saßen Landauer und Leo beim Frühstück und tranken kalten Tee. Ein heißer Sommertag begann. Schon am Morgen war die Sonne ein glühender Fleck am Himmel.

»Was bringst du denn da?« fragte Leo.

»Aus der fürstlichen Küche!«

»Sie hat mir wirklich Pudding geschickt!« jubelte Leo und sprang auf. »Sie liebt mich!«

»Solch ein Gefühl durch Pudding auszudrücken ist eine sehr wackelige Form, finde ich.« Eugen setzte die Glasschüssel auf den Tisch, nahm das Papier ab, starrte auf das Liebesgeschenk und verzog das Gesicht.

»Scheußlich . . . «

»Was ist daran scheußlich?« brüllte Leo Kochlowsky sofort. »Der König von Bayern hat Sophie deswegen gelobt.«

»Sicherlich aus Mitleid. – Sieh dir das an!«

Von dem herrlichen heraldischen Pudding war nur noch ein Gemenge übriggeblieben: ein Stück Schokoladenspeise, mit Früchten durchsetzt, sichtbar aus den Resten zusammengekratzt, die auf dem riesigen silbernen Tablett in die Küche zurückgekommen waren. Nachdem der König als erster den Löwenkopf seines Wappens gegessen hatte, war es überhaupt verwunderlich, daß noch etwas übriggeblieben war, denn die Tafelgesellschaft hatte sich von diesem Nachtisch besonders reichlich bedient.

Für einen Ästhetiker wie Eugen war dieser Mischmasch aus Pudding und Früchten allerdings ein Greuel. Auch Landauer blickte sehr kritisch in die Glasschüssel.

»Ihr Lochbläser!« sagte Leo Kochlowsky wütend. »Das ist der schönste Pudding der Welt!«

»Vom schönsten Mädchen der Welt . . . «, warf Eugen mit verdrehten Augen ein.

»Jawohl! Und ich esse jetzt diesen Pudding, und nicht ein Krümchen bekommt ihr davon ab.«

»Das ist eines der wenigen Dinge, die wir dir neidlos überlassen!« sagte Eugen und reichte seinem Bruder einen Löffel. »Ich entdecke immer mehr, daß der Schönheitssinn nur auf einen Teil unserer Familie übergegangen ist.«

Leo Kochlowsky nahm die Schüssel an sich, setzte sich an den Tisch und begann zu essen. Zugegeben – die Reste sahen nicht sehr verlockend aus, eben ein zusammengekratzter Haufen, aber allein die Tatsache, daß Sophie Rinne ihm diese Schüssel geschickt hatte, berechtigte zu der Illusion, etwas noch nie Probiertes zu essen und göttlich zu finden.

Nach einigen Löffeln war sich Leo allerdings im klaren, daß dieser Schokoladenpudding eben wie Schokoladenpudding schmeckte und nicht anders. Die frischen Früchte mochten ihm eine pikante Note gegeben haben – aber das war gestern gewesen. Jetzt hatte sich der Saft mit den Puddingresten vermengt und bildete einen Brei, die Früchte klebten aneinander, aber da Eugen und Landauer ihn scharf beobachteten, aß Leo tapfer weiter und schnalzte sogar mit der Zunge.

Es kann sein, dachte er zu seiner eigenen Entschuldigung, daß unsereiner einen ganz ordinären Geschmack hat. Die hohen Herrschaften haben eine andere Zunge, die merken die Feinheiten, die wir einfach hinunterfressen! Das wird es sein! Für uns schmeckt ein ordinäres Huhn genauso wie ein Kapaun! Sophie aber kocht nicht für Plebejer, sie kennt den fürstlichen und königlichen Gaumen ...

»Er überlebt es!« stellte Eugen ergriffen fest und sah zu, wie Leo die Schüssel leerte. »Louis, er fällt nicht um! Mein kleiner Bruder ist schon von sich aus so voller Gift und Galle, daß ihm äußerlich zugeführte Gifte nichts mehr anhaben können!«

»Ihr elenden Stinker!« Leo Kochlowsky stellte die leere Schüssel zur Seite, zog seinen Reitrock an, griff nach seiner ledernen Reitpeitsche und ließ sie durch die Luft wippen. »Ich hätte große Lust, euch damit an die Arbeit zu treiben!«

»Das ist das Göttliche an einem Dichter«, sagte Eugen verklärt. »Man kann ihn zu keiner Arbeit prügeln. Die Muse küßt nur den Demütigen ...«

»Mitkommen, ihr faulen Säcke! Wir gehen jetzt zu Sophie ... « Leo ließ noch einmal die Peitsche zischen. »Das heißt: Sie darf ja nicht wissen, was ihr vorhabt! Wir gehen zu Fuß, und ich tue so, als zeigte ich euch das Schloß. Wenn wir Glück haben, sehen wir dabei Sophie.«

»Wäre es nicht einfacher, direkt in die Küche zu gehen?« schlug Eugen vor.

»Nein!«

»Warum nicht?«

»Das hat bestimmte Gründe.« Leo dachte an Reicherts Drohungen; er nahm sie ernst. »Noch ist Zurückhaltung notwendig.«

»Wenn man schon königliche Puddingreste herüberschickt ... «

»Wenn ich nur dichten könnte!« schrie Kochlowsky. »Mit dem nächsten Zug expedierte ich dich nach Nikolai zurück!«

»Aber du kannst nicht dichten!« erwiderte Eugen triumphierend. »Mit Statistiken über Rübensetzen wirst du niemandem imponieren ... «

Das Erscheinen der drei Männer vor dem fürstlichen Schloß wurde genau beobachtet. Leibkutscher Jakob Reichert, der mit einer Kutsche vor einer Seitentür des Privatflügels hielt, wo der Fürst immer einzusteigen pflegte, wienerte gerade noch einmal den Messingputz der beiden Pferde, als Leo Kochlowsky mit seiner Begleitung an ihm vorbeiging, ohne ihn zu grüßen.

Das war nicht das schlimmste, seit die Freundschaft der beiden einen Knacks erlitten hatte. Viel deprimierender war, daß Leo im Ton eines Fremdenführers erklärte:

»Links von mir sehen wir Jakob Reichert, einen verkalkten Knecht, der die Aufgabe hat, den Pferden die Schwanzrübe zu waschen und den Hintern auszuputzen. Außerdem ist er der Schutzheilige der Pleßschen Jungfrauenschaft – mangels eigener aktiver Möglichkeiten ...«

Jakob Reichert wurde rot wie ein Putenkamm, lehnte sich erbittert an eines der Pferde, und ihm wurde übel vor Aufregung. Jetzt ist's soweit, dachte er. Ich bekomme einen Herzschlag. Gleich falle ich um! Leo Kochlowsky hat mich geschafft, mein Herz setzt aus!

Aber er überlebte diesen Moment, atmete ein paarmal durch und starrte dann Leo in ohnmächtiger Wut nach.

Nicht viel anders erging es Wanda Lubkenski. Sie stand ebenfalls draußen, am Lieferanteneingang der Küche, und schimpfte mit einem Knecht, der, von ihren Worten niedergeschmettert, an einem Holzkarren mit Gemüse lehnte.

Kochlowsky sah sie, als er um die Ecke bog. Es gab kein Zurück mehr, kein Ausweichen. Er drückte das Kinn an, fuhr sich durch den Bart und runzelte die Brauen. Er war kampfbereit. Mit kräftigen Schritten ging er weiter, mit der Reitpeitsche gegen seine hohen Stiefel schlagend.

»Jetzt paß mal auf!« flüsterte Eugen erregt zu Landauer hinüber. »Da bin ich aber gespannt ...«

»Wieso? Wer ist denn das?«

»Sie ...«

»Der Engel?«

»Ja.«

»Gott im Himmel! Die soll ich wie eine Elfe malen? Eugen, die hundert Goldmark sind futsch!«

Wanda Lubkenski, die gerade noch einmal tief Atem holte, um eine zweite Tirade auf den Knecht abzufeuern, hob die Hand, wedelte durch die Luft und griff in den Wagen, als sie Leo Kochlowsky um die Ecke kommen sah.

»Da ist er ja selbst, der stinkfeine Pinkel!« rief sie.

»Welch ein Glück, da kann er gleich seinen Mist sehen!«

Sie griff auch noch mit der anderen Hand in den Wagen, riß sie wieder hoch und schleuderte eine Wolke von grünen Blättern in die Luft. Kochlowsky blieb stehen, schlug mit der Peitsche in das grüne Geflatter und zerhieb ein paar Pflanzen. Eugen hielt Landauer zurück und blinzelte ihm zu. So benehmen sich Elflein ...

»Was ist das?« schrie Wanda. »Ist das frischer Spinat? Bei Tau gepflückt? Trockenes Laub ist das! Angewelkt! Von vorgestern, aus den Ecken des Schuppens zusammengesucht! So etwas der Küche zu liefern! Frischer Spinat muß glänzen!«

»Ich kann ja drüberpinkeln«, sagte Leo Kochlowsky noch ruhig.

Wanda Lubkenski erstarrte. Der Knecht an der Karre grinste genußvoll. Man hatte so selten Gelegenheit, Leo Kochlowsky in voller Aktion zu sehen, vor allem als Nichtbetroffener. Auch Eugen und Louis schoben sich erwartungsvoll näher, wobei Landauers Malerauge vergeblich bei Wanda nach einer Spur von Puppenhaftigkeit suchte. Denn Leo behauptete ja immer: »Sie hat das Gesicht einer Puppe.« Was hier vor Wut schäumte, war eine dralle, vollreife polnische Bauernköchin.

»Du Ferkel!« keuchte Wanda und wirbelte wieder Spinat aus der Karre. »Du Stinkbock! Und hier! Sind das vielleicht Mohrrüben? Krüppelig, klein, holzig!« Sie warf zwei Hände voll Möhren um sich und traf dabei Eugen an der Stirn. Eugen Kochlowsky überlegte schnell, ob er seinem Bruder zu Hilfe kommen und jetzt dramatisch hinsinken sollte, gefällt von einer Rübe. Er entschloß sich aber, der Entwicklung weiter zu folgen. »Was soll ich mit solchen Rüben?« keifte Wanda.

»Mir ist nicht bekannt, wie die Rübe aussehen soll, die

dich befriedigt!« sagte Leo Kochlowsky laut. »Aber ein Trampel wie du sollte mit jedem Rübchen glücklich sein!«

»Du Arschbeißer!« schrie Wanda, nun völlig von Sinnen. »Du Hurenjäger!«

Leo Kochlowsky gab dem innerlich jubelnden Knecht einen Stoß, schubste ihn weg, griff an die Holzkarre und kippte sie mit einem wilden Ruck um. Spinat, Mohrrüben und lange Stangenbohnenschoten ergossen sich über Wanda Lubkenski, die selbstverständlich keinen Schritt zurückwich. Bis zu den Waden stand sie im Gemüse, als Leo den Karren mit einem Tritt zur Seite beförderte.

»Da hast du dein Pleßsches Allerlei, Mamsell!« schrie er und fegte mit der Reitpeitsche noch einmal durch das Gemüse. »Das war die Lieferung für heute. Wenn's nicht behagt, kann man Nudeln kochen. Vielleicht rutschen sie dir angenehmer durch die Finger, du perverser Küchendragoner!«

Ohne noch einen Blick auf Wanda zu werfen, ging er weiter. Erstaunt sahen Landauer und Eugen, wie Wanda in stummer Wut, an der sie fast erstickte, auf dem Gemüse herumstampfte und wie sich Spinat, Bohnen und Mohrrüben unter ihren Stiefeln zu einem Brei vereinigten.

»Heute kochen wir uns selbst das Essen!« sagte Eugen, als er Leo eingeholt hatte. »Das Spezialrezept deines Engels sagt mir nicht zu . . . «

»Meines – was?« Kochlowsky blieb abrupt stehen. »Diese Satansbrut nennst du einen Engel?«

»Ich? Diese märchenhafte Charakterisierung stammt von dir!«

»Das stimmt!« Landauer nickte. »Sie haben immer behauptet, sie sei wie eine Elfe . . . «

»Sophie? Aber ja! Eine Madonna ist sie ...«

»Leo, du mußt sofort ins Bett«, sagte Eugen besorgt. »Du brauchst absolute Ruhe.«

»Seid ihr beide verrückt?!«

Eugen zeigte mit dem Daumen über seine Schulter. »Wenn das eine Madonna ist ...«

»Sophie, du Hornochse!«

»Das sage ich ja ...«

»Das dort ist Wanda!« Plötzlich begriff Leo Kochlowsky. Er starrte seinen Bruder so wild an, daß Eugen sich duckte und schützend die Arme hob. Auch Landauer erbleichte bei der Erkenntnis, daß man Leo fälschlicherweise zugetraut hatte, sich für Wanda Lubkenski zu interessieren.

»Ein böser Irrtum«, stotterte er verlegen. »Ein ganz böser ... Verzeihen Sie, Herr Verwalter.«

»Haltet ihr mich für solch einen Idioten, daß ich mit ...«

»Ich habe mich bei meinem Bruder nie ganz ausgekannt!« Eugen schüttelte den Kopf. »Aber nun bin ich beruhigt, Leo. Das dichterische Fegefeuer ist vorüber, geläutert durchschreite ich das Paradeis ...«

»Paradies!«

»So sagt der Plebs. Ein Dichter lebt im Paradeis ... Also, wo ist nun die richtige Sophie?«

»Da müssen wir Glück haben.«

»Noch mehr Komplikationen?« stöhnte Eugen. »Wie soll man da Verse aus dem Himmel holen?«

»Ich will ehrlich zu euch sein: Sophie wird bewacht, damit sie mir nicht allein begegnet.«

»Es gibt doch noch kluge Leute in Pleß!« rief Eugen fröhlich. »Und nun scharrst du herum wie ein krähender Hahn, aber die Henne kommt nicht ...«

»Aber sie schickt Pudding!« sagte Landauer. »Das beweist zumindest Interesse.«

»Mir ist unbegreiflich, Landauer, wie ein so kluger Mensch wie Sie mit einem solchen Holzkopf wie Eugen zusammenleben kann!« Leo Kochlowsky ging weiter, die beiden anderen folgten ihm rechts und links. »Sie haben um Sophie eine Festung gebaut. Das stärkste Geschütz ist diese Wanda Lubkenski. Dreimal hat Sophie bisher das Schloß verlassen und ist nach Pleß gefahren worden. Jawohl, gefahren worden – von Leibkutscher Reichert. Es ist an sie einfach nicht heranzukommen! Zweimal, durch Zufall, habe ich sie gesprochen. Im Schloß, auf der Treppe. Das war alles, aber es waren himmlische Minuten!«

»Und du weißt ganz sicher, daß auch sie dich mag?«

»Ich habe winzige Beweise dafür.«

»Denk an den Pudding ...«, sagte Landauer. »Er bekommt für mich jetzt ein ganz anderes Ansehen. Es war wirklich ein königlicher Pudding ...«

»Ich habe auch zwei Billets von ihr ...« Leo winkte ab. »Eugen, du mußt Gedichte machen, die sie nachts im Bett unter ihr Kissen legt.«

»Damit siehst du sie aber auch nicht öfter.«

»Sie muß von sich aus diese Festung sprengen ... Sie ist scheu, zart, furchtsam ... Deine Verse müssen sie zur Heldin machen!«

»Eine zweite Jungfrau von Orleans! Ha!« Eugen klatschte in die Hände. »Mein Hirn brodelt! ›Wohlauf, mein Mädchen, aufs Pferd, aufs Pferd ... !‹«

»Klau nicht bei Schiller!« sagte Kochlowsky grob. »Das hätte ich allein gekonnt. Und Sie, Landauer – Ihr Gemälde muß alles enthalten, was ich ihr nicht sagen kann. Das muß sie spüren und ihr Mut geben auszubrechen.«

»Für dieses Unternehmen gibt es keine Garantie!« sagte Eugen ernst. »Aber nehmen wir an, das arme Mädchen verfällt deinen teuflischen Versuchungen. Was dann?«

»Dann heirate ich sie!«

»Du willst heiraten? Du?!«

»Betone das Du nicht so blöd!« schrie Leo.

»Ein Leo Kochlowsky denkt an Heirat!« sagte Eugen erschüttert. »Man sollte sofort nachsehen, ob die Oder noch in die Ostsee und nicht ins Mittelmeer mündet ... Jetzt ist alles möglich!«

An diesem Tag sahen sie Sophie Rinne nicht. Um so mehr hörte in der Küche Sophie über Leo Kochlowsky. Wanda Lubkenski verfluchte ihn in alle Höllenkessel und stöhnte zum Schluß:

»Sophie, Kindchen, ich weiß, er hat dich wieder auf der Treppe getroffen. Im Augenblick deiner größten Ehre. Man müßte dem Schicksal den Hals umdrehen, wenn man das könnte! Das nächstemal, ich flehe dich an – lauf weg! Laß ihn stehen, diesen Satan! Spuck ihn an wie den dreimal Verfluchten! Schrei um Hilfe! Tu alles, nur sprich nicht wieder mit ihm! Jedes Wort von ihm ist Gift! Du bist noch so jung, du begreifst das noch nicht, so unerfahren, wie du bist ...« Sie streichelte Sophie über das hellblonde Haar, seufzte tief in Erinnerung an die eigene Jugend und küßte Sophie zum Abschluß auf die Stirn. »Da war doch noch ein Puddingrest«, meinte sie nachdenklich.

»Ich weiß nicht, Mamsell Wanda ...« Sophie hob die schmalen Schultern.

»Es gab noch Pudding. Ich erinnere mich genau daran! Aber er ist weg! Verdammt, wer von der Küche hat ihn heimlich gefressen? Nicht einen Bissen hab' ich davon probiert. Sophie, du hast keine Ahnung?«

»Nein, Mamsell Wanda.« Sophie machte einen artigen

Knicks und verschwand in einem Nebenraum, wo fünf Mädchen damit beschäftigt waren, aus dem Gemenge von Spinat, Bohnen und Mohrrüben, das Wanda zerstampft hatte, das Beste herauszusuchen.

Ich habe gelogen, dachte Sophie. Ich habe zum ersten Mal in meinem Leben bewußt gelogen. Ich habe gelogen und gestohlen – wegen Leo Kochlowsky ...

Sie setzte sich in eine Ecke des Raumes, faltete die Hände im Schoß und war über sich selbst erschüttert.

Man sollte nie so unvorsichtig sein wie Eugen Kochlowsky, vor allem nicht, wenn man bei seinem Bruder in Pleß wohnte. Auf keinen Fall aber sollte man sich fremde Dinge leihen, schon gar nicht, wenn sie Leo Kochlowsky gehörten.

Aber von dieser Weisheit wußte Eugen nichts, als er beschloß, noch einen erholsamen Abendspaziergang zu machen. Leo war in der Kreisstadt, um seine neuen Anzüge anzuprobieren und beim Friseur nach neuen grauen Haaren suchen zu lassen. Landauer malte, gewissermaßen als Visitenkarte, den Kopf von Leos Lieblingsreitpferd. Es war also niemand da, der Eugen begleiten konnte.

Der Abend war etwas kühl nach dem vorherigen heißen Tag, es wehte ein Ostwind, und da Eugen nur mit einem Anzug gekommen war, legte er sich Leos Pelerinenmantel um die Schulter, setzte dessen Mütze auf und verließ das Haus.

Den Kopf gesenkt, auf einen Stock gestützt, ging er leicht hinkend die Allee hinunter und den Feldweg entlang zu dem Wäldchen, an dessen Rand er eine Bank wußte, auf der man sinnieren konnte, umgeben von den Stimmen der Natur, die so beruhigend waren.

Eugen Kochlowsky ahnte nicht, daß sein Spaziergang beobachtet wurde. Er erreichte die Bank, ließ sich darauf nieder, schlug die Beine übereinander und die Pelerine enger um seinen Körper, und hier, in der frischen Luft, dem kühlenden Wind ausgesetzt, begann er, sich diese Sophie Rinne vorzustellen, so, wie Leo sie geschildert hatte.

Wenn auch nichts davon stimmte, so war doch eines sicher: Sie war zu schade für ihn! Jedes Mädchen war zu schade für Leo Kochlowsky. Auch wenn Leo schwor, er werde Sophie heiraten – diese Ehe mußte eine Katastrophe werden. Nicht einmal eine Heilige könnte Leo Kochlowsky ein ganzes Leben lang ertragen.

Eugen seufzte, bedauerte seine ihm noch unbekannte Schwägerin und sah in Gedanken ein gewaltiges Gedicht vor sich, das mit der Zeile begann: »Es bricht der Berg, begrabend Mensch und Tier . . .«

In diesem Augenblick der Ergriffenheit, wo er fühlte, daß sich in ihm der Geist der Klassik fortsetzte, wurde ein Sack über seinen Kopf geworfen und über seinen Oberkörper gezogen. Eugen war völlig wehrlos. Die Arme wurden an seinen Leib gepreßt; selbst mit dem Kopf stoßen konnte er nicht, da jemand ihn auf den Boden warf und Eugen so die Orientierung verlor. Dunkelheit, die nach Kartoffeln roch, umgab ihn. Er schrie, noch im Vollbesitz seiner geistigen Kräfte: »Ich bin der Falsche!« – aber es war zu spät.

Stockschläge hagelten auf ihn hernieder, es tat höllisch weh, vor allem, wenn die Hiebe seinen Unterleib trafen. Eugen krümmte sich zusammen und stellte resignierend das Schreien ein. Man muß eben für alles bezahlen, dachte er fatalistisch. Ich habe vierzehn Tage wie im Schlaraffenland gelebt – nun gut, prügele zwei Tage davon ab . . .

Plötzlich hörten die Schläge auf. Der unbekannte Unhold zog den Sack weg, blickte Eugen an, schien zu erstarren und sagte dann, sicherlich mit verstellter, tiefer Stimme:

»Pardon, monsieur ... Sie sind der Falsche! Excusez moi ...«

Dann entfernten sich schnelle Schritte im Wald.

Eugen Kochlowsky blieb zur Sicherheit noch eine Minute lang liegen. Man konnte nicht wissen, ob der französische Kavalier nicht plötzlich zurückkam und aus Enttäuschung weiterdrosch. Aber niemand ließ sich blicken. Also richtete sich Eugen auf, setzte sich wieder auf die Bank, blickte sich prüfend um, zog dann seine Hose aus und hielt seinen malträtierten Unterleib dem kühlenden Wind entgegen.

Erst jetzt überfielen ihn Erschütterung und die weise Erkenntnis, daß man in Leo Kochlowskys Kleidern nie allein spazierengehen sollte.

Nach zwei Stunden kam er ins Haus zurück. Leo war aus Pleß heimgekehrt, wütend auf den Schneider Moshe Abramski, der zwei Hosen verschnitten hatte. »Was soll denn das?« hatte Kochlowsky gebrüllt, als er sich vor dem Spiegel drehte. »Da hinten! Die Hose! Viel zu weit! Darin habe ich ja einen Elefantenarsch!« Es war Moshe Abramski unmöglich, dem gnädigen Herrn Verwalter zu erklären, daß »Naht tut platzen bei engere Hosen, schwör i bei Mutterleben seliges ...«

Auch Friseur Marek Popolinski fiel in Ungnade. »Was ist das?« schrie Kochlowsky. »Dreiundzwanzig weiße Haare in sechs Tagen? Und das sagen Sie so daher, Popo, als wenn's sich um Sauhaare handelte? Tun Sie was dagegen! Wozu sind Sie Haarspezialist, Popo? Aber so ist das immer: Große Fresse vorher, kleiner Arsch hinterher, wenn's drauf ankommt! Strengen Sie Ihren Kopf an, Popo!«

Voller Mißmut saß Leo nun am häuslichen Tisch, als Eugen ins Zimmer wankte und einen Kartoffelsack auf die blankpolierte Platte schleuderte. Ebensogut hätte man einem Stier ein rotes Tuch vorhalten können.

»Du Flegel!« schrie Kochlowsky sofort. »Was soll das?«

»Ein Gruß von einem Chevalier . . .« Eugen zog einen Stuhl heran, streifte seine Hose herunter und zeigte seinem Bruder ungeniert die Striemen auf seinem Hintern. »Eindrucksvoll, nicht wahr? Aber das ist noch nicht alles. Ich bin halb entmannt . . . Jedenfalls kann ich damit rechnen. Warten wir es ab!«

»Du lieber Himmel!« rief Landauer entsetzt. »Eugen, wie ist denn das passiert?«

»Hier fliegen einem Kartoffelsäcke über den Kopf, und Knüppel trommeln auf einem herum. Und dann sagt jemand höflich auf französisch, daß er sich geirrt habe, er hätte den Falschen erwischt!« Und plötzlich schrie auch Eugen – es war überhaupt das erste Mal, daß jemand ihn schreien hörte; man hatte bisher angenommen, seine Stimme käme über einen gewissen euphorischen Klang nicht hinaus. »Eine von Leo Kochlowsky total verseuchte Gegend ist das, dieses Pleß!«

»Wer war das?« fragte Leo gepreßt.

»Kannst du durch einen Kartoffelsack sehen?« Eugen zog seine Hose wieder hoch. »Geh die Liste derer durch, die dich verprügeln wollen . . . Einer davon wird es gewesen sein.«

»Darunter ist kein Franzose.«

»Sei dessen nicht so sicher! Denk nach. Mit welcher Marquise hast du schon geschlafen?« Eugen zeigte auf den Sack. »Kennst du diesen Kartoffelsack?«

»Er stammt von meinem Gut. Aber da kann praktisch

jeder dran. Sie lagern im Schuppen. Eugen, beruhige dich . . . «

»Ich bin nach Pleß gekommen, um einmalige Gedichte zu schaffen. Und was passiert? Man zertrümmert fast meine Männlichkeit! Lies in der Literaturgeschichte nach: So hat noch kein Dichter gelitten!« Eugen zerraufte sich mit beiden Händen die Haare. »Und da soll ich mich nicht aufregen!«

»Schildere den Überfall in aller Ruhe, Eugen«, sagte Kochlowsky beherrscht.

»In Ruhe?«

»Was hast du bemerkt?«

»Kartoffelgestank, Prügel und zum Schluß ein gestottertes Pardon . . . Ist das eine Mischung!«

»Der Kerl sprach wirklich französisch?«

»Wenn ich es sage . . . « Eugen schleuderte den Sack in die Zimmerecke. »Leo, steht es vielleicht zu erwarten, daß wir eines Tages an deiner Statt umgebracht werden?«

»Das wäre peinlich«, sagte Landauer bedrückt. »Was nützen mir dann hundert Goldmark?«

»Wir werden diesen Hundsfott finden!« Leo Kochlowsky schüttelte den Kopf. »Unbegreiflich . . . «

»Was?«

»Diese Verwechslung. Du hinkst doch, Eugen.«

»Er wird vermutet haben, daß du heute vom Pferd gefallen bist . . . «

»Ich falle nie vom Pferd!« schrie Kochlowsky sofort wieder. »Das ist ein Beweis, daß der Lump ein Fremder sein muß! Jeder auf Pleß weiß, daß Leo Kochlowsky wie angewachsen im Sattel sitzt! Ein Fremder also . . . «

»Aus Frankreich! Wen aus Frankreich hattest du schon mal in den Federn?«

»Eine Zofe der Fürstin«, sagte Kochlowsky zögernd.

»Aus Lyon war sie. Du lieber Himmel, das ist fast sechs Jahre her ...«

»Einen Leo vergißt man eben nicht!« sagte Eugen spöttisch. »Wie der im Sattel sitzt ...«

Es wurde ein sehr nachdenklicher Abend. Leo Kochlowsky ging in sich, versuchte sich auf den Namen der kleinen Zofe zu besinnen, aber die Erinnerung war zu verblaßt. Er wußte nicht einmal mehr, wie sie ausgesehen hatte. »Alle Gänse gleichen sich!« hatte er einmal behauptet. Auch das war einer der typischen Kochlowsky-Aussprüche und ein Grundpfeiler seiner Lebensauffassung.

Etwas verwirrt erschien Jan Pittorski am selben Abend in der Köhlerhütte und setzte sich zu der Familie Liblinski ans Herdfeuer.

»Hat er seinen Lohn?« fragte Liblinski, als Pittorski verbissen schwieg und sogar den selbstgebrannten Schnaps nicht anrührte.

»Nein. Es war der Falsche. Aber er trug seine Kleidung ... Mantel und Mütze ... Er hinkte ein wenig.«

»Das hätte dir auffallen müssen!«

»Auch ein Kochlowsky kann sich mal den Fuß verstauchen ...«

»Und nun?«

»Ich habe mich auf französisch entschuldigt und bin auf und davon. Was sollte ich anderes tun?« Pittorski schlug die Fäuste zusammen. »Mir muß das passieren! Mir! Ein kleiner Trost ist nur, daß es einer von Kochlowskys Leibwache war. Jetzt weiß man, was ihnen blüht. Ihre Panik wird wachsen.«

»Und ihre Vorsicht. – Laß es jetzt genug sein, Jan. Katja ist weg, du gehst im nächsten Jahr zum Grafen Wilczek, heiraten werdet ihr und Kinderchen bekommen ... Was soll die ganze Rache?«

»Es geht nicht mehr um Katja, Liblinski«, sagte Pittorski ernst. »Es geht jetzt nur noch um die Ehre meines Volkes. Er hat mich einen dreckigen Polen genannt – das muß erst weggewischt werden! Ich bin ein freier Pole ...«

»Dann willst du ihn töten?«

»Nein!« Pittorski stand auf, ging an den Herd und nahm ein flammendes Holzscheit heraus. Wie das Feuer, so fanatisch glühten seine Augen. »Nein. Vor mir auf der Erde soll er knien, dieser Herr Leo Kochlowsky, und er soll die Hände in den Himmel strecken und rufen: ›Es lebe Polen! Es lebe die Nation Polen! Gott segne Polen!‹ – Dann darf er weiterleben ...«

Es war Louis Landauer, der zuerst die Bekanntschaft von Sophie Rinne machte.

Vor zwei Tagen hatte er den Gärtner Ferdinand Jüht kennengelernt, der den Parkstreifen vor dem Küchentrakt zu betreuen hatte. Landauer hatte seine Staffelei mitgebracht, hatte sie aufgebaut und malte die Rosenhecke, als Jüht neugierig auftauchte, sich hinter Landauer stellte und nach einer ganzen Weile des Schweigens sagte:

»Det können Se. Den Bogen haben Se raus ...«

Landauer hob die Schultern, mischte ein neues Rot auf seiner Palette und tupfte ein paar Schatten auf ein Rosenblatt. »Sie sind Berliner?« fragte er dabei.

»Hört man det?«

»Unverkennbar.«

»Ferdinand Jüht, mein Name. Aus Berlin-Wittenau. War mal Feldwebel, 1817 verwundet bei Sedan. Steckschuß in de Lunge. Seitdem Gärtner, wejen der frischen Luft, wissen Se. Und Sie sind Kunstmaler, wa? Saures Brot, denk ick mir ... Wat kostet so'n Ölschinken?«

»Zehn Mark ... «

»Det ist nur wat für de Kapitalisten.« Ferdinand Jüht tippte mit dem Zeigefinger vorsichtig auf den Spannrahmen. »Hat die Rosenhecke eener bestellt?«

»Ja, der Oberhofmeister«, log Landauer elegant.

»Sieh eener an. Der! Hätt' ick ihm jarnich zujetraut ... Sie, Mamsell, kommen Se mal her! Det muß man sich ankieken. Janz wie de Natur ... doll!«

Landauer drehte sich um. Am Garteneingang zur Küche stand ein Engel. Landauer hielt unwillkürlich den Atem an und saß wie erstarrt. Die Sonne leuchtete in ihrem goldgelben Haar, das lange blaue Kleid war wie ein Himmelsgewand, das Häubchen wie eine schimmernde Krone.

Wenn sie das ist, dachte Landauer und spürte einen jähen Schmerz in seiner Brust, wenn das Sophie Rinne ist, muß man alles unternehmen, damit Leo Kochlowsky sie nicht bekommt.

Ich, ich selbst werde mich dazwischenwerfen, und wenn es mich tausend Goldmark kostet!

Wer kann zulassen, daß solch ein Bild von Schönheit von einem Leo Kochlowsky zerbrochen wird!

IX

Wer Louis Landauer kannte, hatte noch nie behauptet, daß er schüchtern sei.

Es gab Situationen, wo man den Kopf brav und etwas dienernd gesenkt halten mußte, zum Beispiel, wenn man als armer, noch nicht als Genie anerkannter Maler einen Auftrag entgegennahm, etwa bei dem dicken Fleischermeister Hubertus Sczymsky in Nikolai, der für sein Schaufenster bei Landauer einmal ein Bild bestellte: zwei miteinander tanzende Schweine und darüber in Zierschrift die Worte: ›*Gutes Fleisch von fröhlichen Schweinen.*‹

Natürlich hatte Landauer den Auftrag angenommen – er bedeutete eine Woche Leben – und der Erfolg war sogar so groß, daß auch andere Kaufleute bei ihm individuelle Gemälde bestellten: der Bäcker zwei liebevoll ineinander verschlungene Brote (das Bild mußte man später aufgrund einer Intervention des christlichen Frauenvereins herausnehmen!), der Schneider einen Stoffballen, aus dem ein fröhliches Lämmleingesicht strahlte, und der Goldschmied wollte einen riesigen Trauring, in den eine Hochzeitsszene eingeschlossen war. Ein Meisterwerk wurde das Reklamebild des Sattlers Siegfried Habliczek: Ein Vater versohlt seinem Sprößling mit einem Rohrstock den Hintern, aber der Junge lacht, denn er trägt eine dikke Lederhose. Handgenäht von S. Habliczek.

Auch dieses Bild erregte Anstoß. Die Lehrerschaft von Nikolai fühlte sich verunglimpft, denn es war auf dem Bild kein Vater-Sohn-Verhältnis erkennbar. Genausogut konnte es sich um einen Lehrer und seinen Schüler handeln. In diesem Fall bedeutete es eine unerhörte Provokation, einen Schüler bei der notwendigen Züchtigung lachen zu sehen. Ein bestrafter Schüler hat Schmerz zu empfinden. Wozu sonst die Strafe?

Aber die Lehrerschaft kam mit ihrem Protest nicht durch, und Habliczek verkaufte einen Berg von Lederhosen.

Man kann also nicht sagen, daß Louis Landauer als Maler und als Mensch schüchtern oder gar scheu gewesen wäre. In diesem Augenblick aber, in dem Sophie Rinne vom Kücheneingang über den geharkten Weg zur Rosenhecke kam – was heißt, kam? Sie wandelte, sie schwebte, sie war wie ein Lufthauch! In diesem Augenblick also, wo sie sich hinter Landauer und neben Ferdinand Jüht stellte, fühlte sich Landauer, als hätte man ihn mit Leim übergossen. Er hockte wie angeklebt auf seinem Klappstuhl, starrte Sophie wie eine Himmelserscheinung an und dachte immer nur: Nein! Nie Leo Kochlowsky! Das wäre ja ein Menschenopfer ...

»Is det 'ne Rose?« fragte Jüht begeistert und deutete auf die Staffelei. »Det 'n Mensch so wat malen kann! Daran riechen möcht' man. Det is wahre Kunst ... Un' so wat hungert nun! Is' allet vakehrt uff die Welt, Mamsell ...«

»Sie haben wirklich Hunger?« erkundigte sich Sophie. Der Klang ihrer Stimme vertiefte Landauers traumhafte Versunkenheit. So etwas Sanftes war außerirdisch!

Landauer schüttelte den Kopf. Er war noch immer nicht fähig, ein Wort zu bilden.

»Aber Ferdinand sagt es doch ...«

»Ich ... ich bin nicht reich, aber ich habe mein tägliches Brot«, brachte Landauer mühsam hervor. »Man sagt nur immer: die Hungerkünstler ...«

»Warum eigentlich?«

»Weil wir anders sind als andere Menschen.«

»Sind Sie das wirklich?«

»Was ist ein Künstler? Schon damit fängt es an. Für den normalen Menschen ist ein Künstler ein Faulpelz. Sitzt da herum und schreibt Verse oder dicke Bücher voller Phantastereien, kann hundert oder tausend Zeilen über ein Herbstblatt zu Papier bringen, das andere wegfegen. Oder er schlägt mit Hammer und Meißel auf einen Stein ein, bis eine Figur daraus wird, oder er malt einen See bei Sonnenuntergang und hofft, daß jemand sein Werk als Schmuck an die Wand hängt. Oder er sitzt vor einem Papier mit fünf Linien und schreibt Noten darauf, erfindet Melodien, und andere tanzen danach oder singen sie. Ist das ein Beruf? Kann man das ernst nehmen? Ein Leben mit dem Tandaradei? Da muß man ja hungern ... Wäre der Kerl Tischler oder Schuster geworden, das wäre etwas Ehrliches.« Landauer holte tief Luft. »So denken die meisten. Schnell, nehmt die Wäsche von der Leine! Die Komödianten kommen!«

»Und trotzdem sind Sie Maler ... «

»Ich bin besessen davon. Wie mein Freund von der Dichtkunst.«

»Oh, Sie haben einen Freund, der Dichter ist?« Sophies große blaue Augen strahlten. »Ich liebe Gedichte.«

»Auch Bilder?«

»Auch Bilder.« Sie beugte sich nach vorn über seine Schulter, und er spürte ihren Atem und roch ihre Haut, ein Duft wie von Maiglöckchen war es, vermischt mit Gänsebraten. Landauer fand diese Komposition umwerfend und ungemein erregend. »Malen Sie nur Blumen?«

»Ich male alles, was schön ist.«

»Auch Menschen?«

»Vor allem Menschen. Ich habe auch schon Bismarck gemalt.«

»Jesus, so berühmt sind Sie?« rief Ferdinand Jüht. »Den Bismarck!«

»Nach einer Fotografie. Er weiß nichts davon.«

»Ick würd' ihm det Bild mal hinschicken. Der Alte hängt's an de Wand, wenn's jut ist. Det trau ick ihm zu!«

»Sie ... Sie arbeiten in der Küche?« fragte Landauer. Er war beinahe traurig, daß Sophie sich wieder aufrichtete und nicht mehr über seine Schulter blickte.

»Ja. Ich bin Mamsell.«

»Heute gibt es Gänsebraten, nicht wahr?«

»Ja! Riecht man das?« Sie schüttelte ihr weites blaues Kleid, als könne sie auf diese Weise den Küchengeruch herausschleudern. »Wenn wir Kohl kochen, ist es besonders schlimm.«

»Ick muß weiter!« Ferdinand Jüht tippte an den Rand seiner Mütze. »Wenn der Oberjärtner kommt, weeß der sofort, det ick jequasselt un' nich' jearbeitet habe. Jutes Jelingen, Herr Maler ...«

»Danke, Herr Feldwebel.«

»Det war mal, det kommt nich' wieder. Is bei Sedan jeblieben ... Aber 'nen Kaiser ham wir jekriegt. Da hab ick mitjeholfen ...«

Landauer wartete, bis Jüht weit genug weg war, und legte dann seine Palette vor sich ins Gras.

»Sie müssen auch zurück in die Küche, Mamsell?« fragte er.

»Wanda hat mir eine halbe Stunde freigegeben. Ich bin seit vier Uhr heute morgen in der Küche. Habe schon gebacken ...«

»Wanda ist der massive Küchendrachen, nicht wahr?«

»Sie kennen Wanda?«

»Ich habe sie erlebt, wie sie mit Leo Kochlowsky zusammengestoßen ist. Die Erde bebte.«

»Sie kennen auch den Herrn Verwalter?«

Das war ein grober Fehler, dachte Landauer. Das ist mir so herausgerutscht, aber ich hätte das nie sagen dürfen. Wie ihre Augen glänzen! Atmet sie nicht schneller? Oh, du verdammter Leo!

»Ja«, sagte Landauer knapp. »Glücklich ist der, der ihn nicht kennt!«

»Hat er Sie auch angebrüllt?«

»Natürlich. Er kann ja nicht anders.«

»Warum hat er Sie angebrüllt?«

»Er hat gesagt ... Nein, das kann man nicht wiederholen! Ich hatte ihm eines meiner schönsten Bilder gezeigt ...«

»Und was sagte Leo Kochlowsky?«

Landauer holte tief Atem und ballte die Fäuste: »›So, wie Sie malen – rotze ich besser ...‹« Mit Wohlwollen registrierte er Sophies entsetzten Blick und nickte mehrmals. »Ja, es war gemein. Es hat mich tief in der Seele getroffen. Und zu meinem Freund, dem Dichter, hat er gesagt: ›Wenn mein Zuchteber pinkelt, klingt das melodischer als deine Verse!‹ – Er ist ein völlig amusischer Mensch, dieser Leo Kochlowsky! Ein Greuel!«

Sophie Rinne schien zu überlegen. Sie kam um Landauer herum, stellte sich hinter die Staffelei und legte das Kinn auf den oberen Keilrahmen des Rosenbildes. Es war ein Anblick, vor dem Landauer hätte auf die Knie sinken mögen. Bleib so, dachte er ergriffen, bleib so eine Minute nur. Ich brenne es in mein Herz ein, ich will es nie mehr vergessen.

»Könnten Sie mich auch malen?« fragte Sophie.

Landauer faltete die Hände. »Ich würde mein Leben hergeben, für dieses Bild ein Leonardo zu sein. Aber ich bin nur ein Louis Landauer aus Nikolai ...«

»Und ich habe kein Geld dafür ...«, sagte Sophie leise.

»Ein solches Bild malt man nicht für Geld. Wer kann Seele und Herzblut bezahlen?« Landauer war es zumute, als sei er nicht mehr von dieser Welt. Mit Frauen hatte er nicht viele Erfahrungen gesammelt, seine wenigen Liebschaften endeten immer tragisch, mit Tränen und Selbstmorddrohungen, weil es jedesmal die große Liebe gewesen war, die von einer anderen großen Liebe abgelöst wurde. Der augenblickliche Zustand war ihm völlig fremd. Er wußte nur, daß von dem Moment an, wo So-

»Ich wußte nicht, was mich in Pleß erwartete«, antwortete Landauer ausweichend. »Jetzt sieht alles anders aus. Er soll auf sich selbst aufpassen.«

»Und wer ist der andere Kerl?«

»Ein völlig harmloser Mensch. Ein Dichter ...«

»Ein Maler und ein Dichter als Leibwächter! So etwas Irrsinniges kann auch nur von Leo Kochlowsky kommen!« Sie betrachtete das Rosengemälde, schien dadurch wesentlich milder gestimmt zu werden und drückte das Doppelkinn an. »Sie wollen Sophie malen?«

»Nein. Die Mamsell hat den Wunsch geäußert. Ich hätte mir niemals erlaubt, danach zu fragen.«

»Und was soll das werden?«

»Ein Porträt. Der Kopf.«

»Nur der Kopf?«

»Ehrenwort. Nur ...«

»Es gibt da schreckliche Bilder. Ich habe einige gesehen. Lauter nackte Frauen – und alle dick. Dagegen bin ich mager. Ihr Maler seid ein schweinisches Volk!«

Sie muß irgendwo Reproduktionen von Rubens gesehen haben, dachte Landauer und gab durch ein stummes Nicken ihrer Entrüstung recht. Vielleicht den »Raub der Sabinerinnen«. Es hat keinen Zweck, mit ihr darüber zu reden. Bloß keine Diskussionen! Man muß ihr immer zustimmen, sonst sperrt sie Sophie ein.

»Ich bin spezialisiert auf Landschaften und Porträts!« sagte er. »Keine Gefahr, Madame Lubkenski.«

Es dauerte aber doch noch eine ganze Weile, bis Wanda davon überzeugt war, daß ein Bild von Sophie, wenn es unter strenger Aufsicht gemalt wurde, keinerlei Gefahr für den unantastbaren Engel bedeutete. Man einigte sich darauf, daß Landauer jeden Tag zwischen drei und fünf Uhr nachmittags hier in dem kleinen Gartenwinkel neben der Küche malen sollte, bei schlechtem Wetter im Magazin der Küche, dort, wo Mehl, Zucker und Gries lagerten. Wenn Wanda nicht frei hatte, würden andere Personen zugegen sein.

Landauer war mit allem einverstanden. Ich sehe sie, dachte er nur. Ich sehe und spreche sie jeden Tag. Und ich werde sie malen, daß die Mona Lisa dagegen verblaßt. Nur wird sie nie so berühmt werden, weil ich der unbekannte Louis Landauer aus Nikolai bin und kein Leonardo da Vinci.

»Wann fangen wir an?« fragte Wanda.

»Schon morgen.«

Sophie stieß einen Jauchzer aus, fiel Wanda um den Hals, küßte sie und rannte zur Küche zurück.

»Sie ist noch ein Kind«, sagte Wanda plötzlich mit mütterlicher Wärme. »So gutgläubig und voller Begeisterung. – Können Sie schweigen?«

Landauer schluckte krampfhaft. Sein Herz hämmerte vor Wonne. »Wie ein luftleerer Raum.«

»Schwören Sie es!«

»Bei allem, was Sie befehlen.«

Wanda sah sich ein paarmal um, als könne man sie belauschen. Sie waren allein im Garten, Ferdinand Jüht war weit weg und harkte den Weg zum Gewächshaus, trotzdem beugte sie sich zu Landauer vor. Ihr gewaltiger Busen bedrängte ihn.

»Ich habe einen Bräutigam . . . «, flüsterte sie.

»Gratuliere, Madame Lubkenski.«

»Jetzt dürfen Sie Wanda sagen. Es kann sein, daß wir sogar heiraten. Man muß ihm nur etwas Mut machen.«

Das mag wohl sein, dachte Landauer und blickte ergriffen auf das fleischige Gebirge vor sich. Dazu gehören der Mut eines Tigers und die Kraft eines Mammuts! Wer

Wanda heiratet, ist durch nichts mehr zu erschüttern.

Er hütete sich jedoch, näher darauf einzugehen, sondern schwieg und wartete ab.

»Können Sie ... können Sie auch mich malen?« fragte Wanda fast verschämt. »Heimlich ... «

»Warum nicht?« Landauer schnaubte durch die Nase. Der Erfolg schlug über ihm zusammen. »Es ist die Aufgabe der Kunst, das Edle festzuhalten ... «

Das war gut gesagt, dachte er. Das hinterläßt Spuren.

Wanda Lubkenski sah sich wieder um und kam noch näher an Landauer heran. Es wurde fast erdrückend. »Ich ... ich schäme mich so ... «, flüsterte sie.

»Warum? Weil Sie sich malen lassen?«

»Ich habe noch einen Wunsch ... «

»Schon erfüllt!«

»Ich ... ich möchte so gemalt werden wie auf den ... schrecklichen Bildern ... «

»Nackt?«

»Nicht so laut!« Wanda drückte ihm die Hand auf den Mund. »Es gibt da ein Bild ... Da liegt eine Frau auf einem Kanapee ... und hat die Hand so halb davor ... So ein Ferkel von spanischem Maler soll es gemalt haben ...«

»Francisco Goya. Die nackte Maja ... «

»Das ist es! Die Maja!« Wandas Augen flimmerten. »Können ... können Sie mich auch so malen – für meinen Jakob zu Weihnachten?«

»Ich kann alles. Wanda, Wanda ... « Landauer lächelte breit.

Jetzt waren sie Vertraute, Verschwörer, durch das Band heimlicher Wünsche verbunden.

»Muß man sich für so ein Gemälde wirklich ausziehen?«

»Man muß, Wanda.«

»Dann sehen Sie mich völlig ohne ... «

»Wie soll ich Sie in aller Schönheit malen, wenn ich es nicht sehe?« Er warf wieder einen Blick auf Wandas Busen. »Hier reicht die Phantasie nicht aus. Wenn schon ein Bild wie bei Goya, dann auch unter diesen Bedingungen.«

»Und es wird niemand erfahren?«

»Wer sollte es? Ich frage mich nur, wo Ihr Bräutigam Jakob das Bild hinhängen will, damit er es sieht, aber kein anderer.«

»Mein Gott, das stimmt!« Sie sah ihn entsetzt an. »Jeder, der zu ihm kommt, erkennt mich sofort.«

»Ich werde ein Wendebild malen«, sagte Landauer mit einer großartigen Gebärde. »Für den allgemeinen Gebrauch eine Landschaft von Pleß, für die stillen Stunden die nackte Wanda ... «

»Sie sind wirklich ein Künstler, Louis«, sagte Wanda Lubkenski ergriffen. »Ein ganz großer Künstler! – Was kostet so ein Bild?«

»Für Sie nur zwanzig Goldmark ... Können Sie das aufbringen?«

»Ich habe Ersparnisse!« erklärte Wanda stolz. »Wo denken Sie hin? Die Erste Köchin auf Pleß ist doch kein Habenichts!«

»Und wo soll ich Sie malen, Wanda?«

»Ich kenne im Schloß genügend leerstehende Zimmer mit Chaiselongues, die nie jemand betritt. Dort überrascht uns keiner.«

»Und wenn doch ein Diener hereinkommt?«

»Das ist fast so unwahrscheinlich, wie mir ein Braten anbrennt.«

Wanda Lubkenski hätte das nicht sagen dürfen. Denn

gerade an diesem Tag verbruzzelten ihr zwei Täubchen, die der Fürst als Zwischenmahlzeit bestellt hatte.

Auf dem Weg nach Hause begegnete Landauer seinem Freund Eugen Kochlowsky. Leo war draußen auf den Feldern, jagte die polnischen Landarbeiter herum und erkundigte sich so nebenbei bei allen maßgeblichen Stellen, ob im Schloß Besuch aus Frankreich eingetroffen sei.

Das war aber nicht der Fall. Es gab nur einen Französisch-Lehrer für die jungen Prinzen, aber der war über sechzig Jahre alt und schied als Attentäter aus.

Eugen, dem es zu langweilig im Haus geworden war, spazierte in der näheren Umgebung des Gutes herum, begleitet von Caesar, der seine Gefährlichkeit wiederentdeckt hatte und jeden anfletschte, der näher als zwei Meter an Eugen herankam. Seinen wirklichen Herrn Leo übersah er mit hündischer Vornehmheit. Man muß auch beleidigt sein, wenn man »Wald-und-Wiesen-Bastard« genannt wird!

»Was macht dein Gedicht?« fragte Landauer und pfiff dann vergnügt.

Eugen blickte ihn mißtrauisch an. »Nichts! Ich muß diese Sophie erst sehen ... Was ist mit dir los? Warum pfeifst du so blöd? Und außerdem falsch.«

»Ich male Wanda Lubkenski ...«

»Das ist einfach! Nimm dein Bild von der preisgekrönten Kuh und setze Wandas Kopf drauf ...«

»Wenn du nicht Leos Bruder wärst, würde ich dir noch mehr erzählen.«

»Mich interessiert Wanda nicht! Außerdem soll es Fälle geben, wo Brüder so ungleich sind wie Wolf und Gans.«

»Ich male auch Sophie ...«

»Nein!« Eugen hielt inne. »Wie sieht sie aus?«

»Himmlisch! Ich male sie für mich. Wenn du sie siehst – ich nehme dich morgen mit –, wirst du überzeugt sein, daß wir alles tun müssen, damit Leo sie nicht in die Klauen bekommt.« Landauer warf Eugen einen scharfen Blick zu. »Wenn du mich verrätst, Eugen . . . «

»Wir waren uns immer einig«, sagte Eugen Kochlowsky feierlich. »Also: Kein Gedicht für Leo, kein Bild für Leo. Da gibt es nur ein großes Problem.«

»Welches?«

»Wir müssen Pleß verlassen. Wenn wir nichts liefern, schmeißt uns Leo raus!«

»Dann ziehen wir in die Stadt Pleß, Eugen! Auch dort kann man Reklamebilder gebrauchen, und Wanda wird für uns Propaganda machen. Sie kennt dort jeden! Es gibt keine Probleme mehr.«

»Du unterschätzt Leo!« Eugen hakte sich bei Landauer unter. Seit dem Überfall hinkte er heftiger. »Wo er auftaucht, gibt es nur Probleme. Sie sind seine Luft, ohne sie könnte er nicht atmen. – Weiß dieser Engel Sophie, daß ich Leos Bruder bin?«

»Nein!« Landauer hob warnend die Hand. »Und sie darf es auch nie erfahren!«

An diesem Abend nahm Sophie Rinne die Eintragungen in ihr Tagebuch wieder auf. Wie jedes brave, anständige Mädchen ihrer Zeit führte auch sie ein Buch über die kleinen und großen Begebenheiten ihres Tagesablaufs und schrieb alles nieder, was Wanda, Jakob Reichert, Wuttke, die Baronin von Suttkamm oder die Fürstin an für sie Wichtigem gesagt hatten. Auch den Klatsch in der Küche und unter der Dienerschaft trug sie ein, ihre Beobachtungen im Schloß und im Park, in der Kreisstadt oder im Gesindehaus.

Da stand zum Beispiel unter dem 9. August 1887: *»Heute abend ist Jakob wieder zu Wanda geschlichen. Morgen früh wird Wanda wieder beim Frühstück einschlafen und behaupten, das käme vom Wetter.«*

Wie gut, daß Wanda Lubkenski von diesem Tagebuch keine Ahnung hatte.

Für den heutigen Tag trug Sophie Rinne mit ihrer zierlichen kleinen Schrift einen einzigen Jubelschrei ein:

»Sie glauben alle, ich sei ein großes Kind, und man könne mich wie ein Püppchen hin und her tragen, in diese oder jene Ecke setzen, und da bliebe ich brav sitzen und wartete auf die Dinge, die man mir vorführt.

Ich habe sie jetzt alle getäuscht und besiegt. Alle! Wie ich mich freue!

Warum lasse ich mich von diesem Landauer malen?

Um das Bild später Leo Kochlowsky zu schenken.

Als ich den Maler sah, habe ich sofort daran gedacht, und geschickt habe ich es arrangiert, daß er mich malt und glaubt, mich überredet zu haben. Später, wenn das Bild fertig ist, werde ich ihn überzeugen, daß es nur bei mir hängen kann, und er wird es mir überlassen.

Was mache ich mit dem Dichter, den ich morgen kennenlerne? Es ist tatsächlich merkwürdig, mit welchen Leuten sich Leo Kochlowsky umgibt. Ausgerechnet er bezahlt zwei Künstler, die ihn beschützen sollen. So hat es Jakob jedenfalls berichtet. Maler und Dichter sind Leos Leibwächter. Das klingt fast wie ein Märchen.

Am meisten freue ich mich, daß ich von ihnen jetzt viel über Leo Kochlowsky erfahren werde. Wie er lebt, was er am liebsten ißt, worüber er redet, was seine Pläne sind – ich möchte alles wissen!

Wanda und alle anderen sagen, er sei der gefährlichste Mann von ganz Oberschlesien. Man könne gar nicht mehr zählen, wie viele Frauen seinetwegen weinen. Ich weiß nicht, ob man das glauben soll. Als er mit mir sprach, war er ganz anders, als die anderen ihn schildern. Ja, ich habe ihn auch brüllen hören, mit Wanda, mit den Lakaien, mit Wuttke, den Gärtnern, eigentlich brüllt er immer mit den anderen . . . Aber er hat auch eine warme, tiefe, sanfte Stimme, wenn er mit mir spricht, und das kann keine Vorstellung sein. Das ist seine wahre Natur, wie es auch Reichert behauptete, bevor er mit Leo Kochlowsky Krach bekam: Er ist im Herzen so weich, daß er einen stacheligen Panzer seiner Umwelt gegenüber braucht.

Das erinnert mich an das, was in der Schule unsere Lehrerin erzählte: Es gibt tief unten im Meer Fische, die furchtbar aussehen, wie Fratzen und Teufelsgeburten, und die doch ganz harmlos sind. Sie sehen gerade deshalb so furchterregend aus, weil sie so harmlos sind. Es ist nur eine Abwehr.

Nein! Ich bin nicht in Leo Kochlowsky verliebt! Das soll man nicht denken. Er ist achtzehn Jahre älter als ich, das ist eine ganze Menge und viel zuviel. Manchmal erinnert er mich an den Prinzen von Nürthing-Babenhausen. Wirklich. Auch der hatte so einen vollen schwarzen Bart und saß so kerzengerade im Sattel wie Leo Kochlowsky. Ab und zu kam er damals bei uns vorbeigeritten, ich war da vielleicht vier oder fünf Jahre alt. Papa hatte ja das Fuhrgeschäft und einen Mietstall, wo man die Pferde wechseln konnte bei langen Fahrten, und Mama hatte eine Schankstube eingerichtet, wo die Fuhrleute einen Tee oder einen Kaffee bekamen, auch Limonade oder ein Bier oder einen Schnaps, und dazu gab es Linsensuppe oder Quarkplinsen mit selbstgemachter Erdbeermarmelade. Der Raum war immer voll und wie geräuchert von den Pfeifen und Zigarren. Ja, und da kam auch ab und zu der Prinz von Nürthing-Babenhausen angeritten, setzte sich in die Schankstube, trank einen Schnaps, aß einen Teller Linsensuppe, und ich mußte zu ihm gehen, einen Knicks machen und ihm die Hand geben. Dann hat er mich immer gestreichelt, mich an sich gezogen, geküßt und hat mich ›mein Sonnenscheinchen‹ genannt.

Und Mama stand dann immer in einer Ecke, wo es besonders dunkel war, und hat geweint. Wenn er fortging, hat er immer gesagt: »Frau Rinne, ich komme wieder. Schon wegen Ihrer Linsensuppe!« Dann legte er hundert Mark auf den Tisch und ritt davon. Er muß damals schon sechzig Jahre alt gewesen sein, und Mama war einunddreißig. Wenn der Prinz wegritt, war sie immer ganz durcheinander. Heute glaube ich, der Prinz ist nur ihretwegen in die Schankstube gekommen und hat Linsensuppe gegessen und Schnaps getrunken. Sonst tut ein Prinz so etwas doch nicht! Das weiß ich jetzt, wo ich in fürstlichen Häusern arbeite.

Vielleicht hat Mama sogar – welch ein Wahnsinn! – den Prinzen heimlich geliebt – und er war fast dreißig Jahre älter als sie.

Leo Kochlowsky ist nur achtzehn Jahre älter. Er ist geradezu jung dagegen ...

Mit wem kann man darüber reden? Ich habe doch niemanden. Alle, die ich fragen könnte, sind gegen Leo Kochlowsky! Er hat nirgendwo Freunde.

Er ist genauso einsam wie ich ...«

Das Leben im Verwalterhaus hatte sich irgendwie verändert. Man konnte es nicht erklären, es war nicht greifbar, es roch auch nicht anders, und trotzdem war nichts mehr so wie früher.

Es begann schon damit, daß Louis Landauer mutig sagte: »Leo, lassen Sie das dauernde Herumstampfen in den Stiefeln sein. Es ist Feierabend, und hier ist kein Feld. Ziehen Sie die Dinger aus.«

Kochlowsky verschlug es einen Augenblick die Sprache, und auch Eugen zog den Kopf tiefer zwischen die Schultern. Da kam auch schon die Antwort, wie erwartet:

»Es geht Sie einen Scheißdreck an, wann ich meine Stiefel ausziehe!«

»Sie stören mich aber!« beharrte Louis.

»Dann setzen Sie sich mit der Fresse zur Wand!«

»Hier sind keine Polen, denen Sie imponieren müssen!«

Eugen verdrehte entsetzt die Augen, hüstelte und widmete sich einem Glas Dunkelbier. Seit jeher behauptete er, Malzbier sei die beste Hirnnahrung und schmiere die Nerven.

»Hat Sie heute ein tollwütiger Floh gebissen?« fragte Leo Kochlowsky böse. »Was ist los mit Ihnen, Louis?«

»Mich kotzt das alles an!«

»Was?«

»Das Schloß, Pleß, das Gut, dieses Haus ... vor allem aber Sie!«

Kochlowsky starrte Landauer entgeistert an und sah dann hinüber zu seinem Bruder. Eugen suchte Halt an seinem Bierglas und stierte ins Leere.

»Hörst du das, Eugen?« schrie Leo. »Er hat Jauche im Hirn!«

»Man muß mit Ihnen endlich so reden, wie Sie's am besten verstehen!« Landauer nahm seinen ganzen Mut zusammen. »Alle sind für Sie ein Dreck, nur Leo Kochlowsky ist es wert zu leben! Die Männer sind Scheißer, die Frauen sind Spritzen – das ist Ihre Philosophie. Sie ekeln mich an, Leo! Sie größenwahnsinniges Großmaul! Nehmen Sie endlich zur Kenntnis, daß um Sie herum auch noch Menschen leben! Menschen, die viel zu wertvoll sind, um von Ihnen überhaupt durch einen Blick beleidigt zu werden. *Sie* müßten mit niedergeschlagenen Augen an ihnen vorbeischleichen.«

»Landauer, Sie haben mordsmäßig gesoffen, nicht wahr?« fragte Leo gepreßt. »Geben Sie es zu.«

»Ich war nie nüchterner als jetzt. O Himmel, wenn ich

jetzt getrunken hätte – was würde ich Ihnen dann noch sagen!«

»Hörst du das, Eugen?« brüllte Leo.

»Ich hinke zwar, aber ich bin nicht taub.« Eugen hob den Kopf. »Schrei nicht so, Leo.«

»In meinem Haus kann ich schreien, wie ich will!« Kochlowsky setzte sich an den Tisch, spreizte die Beine in den hohen Reitstiefeln und blickte sich kampflustig um. »Man opponiert also gegen mich, was? Ein schwindsüchtiger Poet und ein Gossenmaler! Wenn das nicht so traurig wäre, müßte ich mich vor Lachen bepinkeln!«

»Ich finde keine Erklärung dafür, wie so etwas mein Bruder sein kann«, sagte Eugen mit wahrem Löwenmut. »Vater war ein frommer Mann, Mutter war eine so sanfte, duldsame Frau. Bei uns gab es kein lautes Wort, bis du zehn Jahre alt warst, vom Spielen hereinkamst und durch die Stube brülltest: ›Der Placzik-Josef ist ein Mistknoten!‹ Ich erinnere mich, wie Mutter bleich vor Schreck wurde und ihr der Stickrahmen aus der Hand fiel. Und Vater hat dir eine runtergehauen!«

»Das war ein Fehler!« Leo Kochlowsky blickte an die Zimmerdecke. »Ich sehe ihn noch vor mir, den Josef Placzik. Er war ein Mistknoten! Er hat mich beim Murmelspiel betrogen. Vater hätte sich von dem wahren Sachverhalt überzeugen müssen, bevor er zuschlug. Ich habe damals nicht begriffen, warum ich Ohrfeigen bekam und nicht Josef Placzik. Er hatte mich betrogen! Jetzt bin ich klüger: Die Schläge bekommt immer der Wahrheitsliebende.«

»Leo Kochlowsky, der große Märtyrer!« sagte Landauer provozierend. »Er frißt die Wahrheit säckeweise und spuckt dafür Feuer aus ...«

Kochlowsky zögerte. Dann sagte er laut: »Scheiße!«,

stand auf und ging hinauf in sein Schlafzimmer.

Eugen wartete, bis oben die Tür zuknallte. »Mußte das sein, Louis?« fragte er.

»Ja.« Landauer sah verbissen auf seine Hände. »Ich will, daß er uns rausschmeißt. Dann sind wir unsere Verpflichtung ihm gegenüber los. Ich kann Sophie malen, ohne ihn zu betrügen. Ich habe keinen Auftrag mehr.«

»Aber er schmeißt uns nicht raus«, sagte Eugen und füllte das zweite Glas Malzbier auf. »Das ist ja der Jammer: Dazu ist er zu anständig!«

»Das verstehe ich nicht.«

»Für ihn sind wir Hungerleider. Die armen Künstler, die Erfolglosen. Er brächte es nie übers Herz, uns jetzt wieder hinauszuwerfen und weiter hungern zu lassen.«

Landauer nickte. Eugen hatte recht: Das war die andere Seite von Leo Kochlowsky, von der er selbst am wenigsten etwas wissen wollte.

»Was machen wir nur?« fragte Landauer kleinlaut. »Wir müssen hier raus! Ich kann nicht sein Brot essen und ihn hinterrücks betrügen. Ich bin kein Schuft.«

»Lassen wir die Zeit arbeiten, Louis.« Eugen trank einen tiefen Schluck und hob weise die Hand. »Es gibt Dinge, die regeln sich durch Nichtstun.«

Am nächsten Tag um halb drei Uhr nachmittags baute Landauer seine Staffelei in der Gartenecke neben dem hinteren Kücheneingang auf. Die Leinwand hatte er schon vorgestrichen: himmelblau. Auf diesem Grund wollte er den schönsten Frauenkopf malen.

Eugen Kochlowsky hatte sein bestes Hemd angezogen, weiß, mit einem Spitzeneinsatz und einer dünnen, silbergrauen Schleife. Das trug er sonst nur bei ganz großen Feierlichkeiten, zum Beispiel zu Weihnachten, wenn er in der Christuskirche von Nikolai mit wohlklingender Stimme von der Orgelempore herab die Weihnachtsgeschichte dramatisch vortrug.

Das Presbyterium genehmigte dafür großzügig drei Mark Gage, umgesetzt in einen Eßkorb, der wiederum eine Spende des Metzgers Leufeldt war. Hosianna in der Höh'!

»Wenn sie kommt, werde ich mich an die Mauer lehnen müssen«, sagte Eugen atemlos. »Die Verse werden aus mir hervorbrechen wie Lava aus einem Vulkan . . .«

X

Zunächst erschien Wanda Lubkenski – hatte man anderes erwartet?

Sie kam aus der Küchentür, sicherte nach allen Seiten wie ein gejagtes Wild, fand die Luft rein von Spionen und vor allem von Leo Kochlowsky und ging zu den beiden Männern.

»Keine Sorge, Wanda!« sagte Landauer mit belegter Stimme. Das Warten auf Sophie erregte ihn ungeheuer. »Leo ist heute den ganzen Tag in Pleß. Einkaufen und beim fürstlichen Rentamt.«

»Das ist also der andere!« Wanda musterte Eugen mißtrauisch. Kochlowsky hielt diesem Blick tapfer stand. Er wußte, daß ihn wenig Ähnlichkeit mit seinem Bruder verband. Schon das glattrasierte Kinn schloß jeden Vergleich aus. »Sie sind wirklich ein Dichter?«

»So ist es, Madame.«

»Es ist das erste Mal, daß ich einen Dichter sehe.«

»Sie fliegen ja auch nicht in Schwärmen herum wie die Spatzen. Nur ganz wenige sind auserwählt, das Ohr an Gottes Lippen zu halten.« Eugen strich sich mit dramatischer Gebärde durch seine Haare. »Ich sollte heute eigentlich in Paris sein, wenn mich mein Freund nicht überredet hätte, in Pleß zu verweilen ...«

»Paris!« Wanda Lubkenski hob verzückt den Blick. »Eine Stadt voller Wunder. Ich war dreimal in Paris, mit den durchlauchtigen Herrschaften, und durfte im Palais der Richelieus kochen ...«

Eugen warf einen schnellen, hilfesuchenden Blick zu Landauer. Sie war in Paris, wer konnte das ahnen! Nur weg von diesem Thema, er hatte Paris nie gesehen! Aber in Wanda tauchten hundert Erinnerungen auf, zumal sie damals dreiundzwanzig Jahre alt gewesen war und ein Sergeant der kaiserlichen Garde ihr ständiger Gast.

»Die Seine ...«, sagte sie verträumt.

»Und die Bäume ...« Eugen begann zu schwitzen.

»Die Boulevards ...«

»Und erst recht die Brücken ...«

»Die Isle de France ...«

»Ha, und die schönen Mädchen. Madame, Sie müssen darunter eines der schönsten gewesen sein, eine weiße Taube unter Sperlingen! Hat man nach Ihnen keine Straße benannt? Wirklich nicht? Diese blinden, arroganten Welschen! Ein Platz wäre Ihrer würdig gewesen. Place Lubkenski ... oh, wie das klingt! Welch eine ostische Melodei! Place Lubkenski – was sind die Romanows dagegen ...«

Über Wanda stürzten seine Reden herein wie ein heißer Wasserfall. Sie badete sich darin. Zum ersten Mal in ihrem Leben begegnete sie einem Dichter, und welche Worte fand er sofort für sie! Welcher Klang! Wie plump und ungebildet war da doch Jakob Reichert. Schlich nachts zu ihr in die kleine Wohnung, zog seine Schuhe und die Hose aus und sagte händereibend: »Nun beginnt der Feierabend! Ich komm heute was später, Schatz. Die Lotte von der zweiten Kalesche hat Koliken bekommen. Aber jetzt geht's. Hab ihr den Bauch massiert, und nun furzt se wieder!« – Welch ein ordinärer Kerl gegen diesen feinsinnigen Geist! Place Lubkenski ... eine weiße Taube unter Sperlingen ...

»Wie heißen Sie?« fragte Wanda ergriffen.

»Eugen Hyperion ... «

»O Gott!«

»Erschrecken Sie nicht. Das letzte ist griechisch.«

»Sie sind ein Grieche?« Wanda starrte ihn entgeistert an. »Ich habe auch noch nie einen Griechen aus der Nähe gesehen.«

»Dann machen Sie Gebrauch davon, Madame. Ich stehe Ihnen zur Verfügung, solange Sie wollen. Ihr Sklave, Madame! Unsere griechischen Helden riefen in einem solchen Fall: ›Morituri te salutant!‹«

»Das waren römische Gladiatoren!« warf Landauer ein.

»Darunter waren auch Griechen!« sagte Eugen würdevoll und hocherhobenen Hauptes. »Man kann es überall nachlesen.«

»Was heißt das: Mimitorin ... ?« Wanda starrte Eugen fasziniert an.

»Die Todgeweihten grüßen dich ... «

»O Gott, wie grandios ... « Wanda war in einem Zustand völliger Auflösung. Was Jakob Reichert nie erreicht hatte, gelang Eugen mit ein paar theatralischen Sätzen: Wanda Lubkenski zerschmolz. Hätte Eugen jetzt den Arm um sie gelegt, wäre sie umgesunken vor Seligkeit. »Ein richtiger Grieche! Und Sie tragen auch die weißen Wadenstrümpfe mit den Troddeln, das Röckchen und die runde Kappe mit dem Quast?«

»Nur an den höchsten Feiertagen!« Eugen mißachtete

die Zeichen, die Landauer ihm hinter Wandas Rücken gab. Er hatte jetzt seine große Stunde. Er wollte endlich wieder einmal erleben, wie seine Worte auf Menschen wirkten, die ein Gefühl für Poesie hatten. »Zum Neujahrsfest, am Geburtstag des Königs, zu Ostern und zum Todestag von Dimitri Heliopolos.«

»Ein berühmter Mann?«

»Mein Onkel.«

»Sie haben ihn sehr geliebt?«

»Ich habe ihn gehaßt! Er hat zu mir gesagt: ›Eugen, wo deine Dichtkunst aufhört, fange ich mit dem Rülpsen an!‹ – Seitdem trage ich an seinem Todestag Festkleidung!«

»Wir sind zum Malen hier!« rief Landauer verzweifelt dazwischen. »Jede Minute ist kostbar! Wo ist Mamsell Rinne?«

»Ja, wo ist sie?« tönte Eugen. »Hyperion, der Titan, der Sonnengott Helios, will sie sehen!« Er blickte die ergriffene Wanda mit strahlenden Augen an und warf dramatisch den Kopf in den Nacken. »Das ist die Deutung, Madame: Hyperion ist Sonne, Licht, Wärme, Leben ... «

Wie eine Schlafwandlerin schritt Wanda zurück zur Küche, um die ungeduldig wartende Sophie ans Tageslicht zu holen. Eugen sank in sich zusammen, die Heldenpose verkümmerte.

»Wie war ich, Louis?« fragte er.

»Ungeheuer ... «

»Danke dir.«

»Ungeheuer blöd! Erschütternd dämlich!«

»Aber ich habe Wanda für uns erobert! Wir können jetzt hier tun, was wir wollen.«

»Das konnte ich auch ohne dich.« Landauer dachte an das zweite Gemälde: Wanda-Maja auf der Chaiselongue. Hingegossen in aller üppigen Fülle. Wenn das Eugen

»Hyperion« erst wüßte! Aber Landauer war nicht geneigt, auch dieses Geheimnis mit ihm zu teilen.

Ja – und dann kam Sophie.

Landauer kannte ihren Anblick – trotzdem hielt er den Atem an. Sie sah noch schöner aus, als er sie in Erinnerung hatte. Obwohl er nur den Kopf malen sollte, trug sie ein anderes Kleid als sonst, ein tiefrotes Gewand mit einem runden Ausschnitt. Er ging bis zum Ansatz der kleinen, jugendlichen Brüste, und die Haut schimmerte wie Perlmutt. Auf ihrem hellblonden Haar lag die Sonne wie Goldgespinst.

Eugen Kochlowsky warf diese Erscheinung buchstäblich um. Er stützte sich schwer auf Landauers Schulter, holte tief Luft, und dann zuckte Landauer wie unter einem Blitzeinschlag zusammen, denn Eugen brüllte:

»Begreiflich, o Unendlichkeit, bist zu geworden, denn aus Unendlichem kam Schönheit zu uns nieder ... «

Danach hielt er erschöpft inne, rollte die Augen und senkte den Kopf. Der Vulkan war explodiert. Wanda drückte beide Hände gegen ihren mächtigen Busen und seufzte verklärt. Sophie starrte Eugen entsetzt an. Er machte den Eindruck, als habe er mit dem Aufschrei seinen Geist aufgegeben, und nur noch eine leere Hülle stütze sich auf Landauers Schulter.

»Das war Hypnosium«, sagte Wanda mit bebender Stimme.

»Hyperion ... « Eugen sah Sophie mit traurig-poetischen Augen an. »Das heißt, der Vers war von mir. Schlug aus dem Himmel in mir ein ... Fangen wir mit dem Malen an. Ich werde mich dort in eine Ecke setzen und ganz still sein. Keiner wird mich bemerken, keiner hören. Ich werde nur zusehen und in Versen ertrinken ... «

»Wo soll ich sitzen?« fragte Sophie.

Ferdinand Jüht, als einziger in das Vorhaben eingeweiht, hatte Stühle aufgestellt, die Landauer und Eugen jetzt zurechtrückten. Hinter einer hohen Hecke beobachtete Jüht das Geschehen, auf einen Rechen gestützt und selber glücklich, daß die kleine Mamsell Sophie nun von einem so berühmten Maler porträtiert wurde. Ein Künstler, der schon Bismarck gemalt hatte. Das ist eine Empfehlung!

Landauer wartete, bis Sophie saß, kam dann zu ihr, korrigierte die Kopfhaltung und rückte die Schulter zurecht. Dabei berührte er die nackte Haut an ihrem Ausschnitt. Es war ihm, als zucke Feuer durch seine Fingerspitzen.

Ich werde nicht malen können, dachte er erschrocken. Jedesmal, wenn ich sie berühre, flammen meine Finger. Ich darf sie nicht anfassen, solange ich male.

»So ist es gut«, sagte er gepreßt, als Sophies Gesicht engelgleich seiner Staffelei zugewandt war. Eugen hockte auf seinem Stuhl an der Hauswand, neben sich Wanda, die erregt atmete.

»Was passiert jetzt?« flüsterte sie heiser.

»Er macht den ersten Strich.«

»Wie aufregend! An was denken Sie, Herr Eugen?«

»An ein Glas Bier«, sagte Eugen völlig unpoetisch. »Ich habe vom Deklamieren einen rauhen Hals . . . «

So begann die Arbeit an dem Gemälde von Sophie Rinne, während um die gleiche Zeit Leo Kochlowsky in der Kreisstadt Pleß wieder einen riesigen Krach mit dem Schneider Moshe Abramski hatte. Der ›Affenhintern‹ bei den Hosen war beseitigt worden, dafür entdeckte Kochlowsky – aber nur er sah das natürlich –, daß eine Jacke am Rücken beulte.

»Das könnte dir so passen, mich zu verhunzen!« schrie er. »Mir einen Buckel anzudrehen! Du willst der beste Schneider Oberschlesiens sein? Der beste Scheißer bist du! Wie kriegst du den Buckel wieder weg?«

»Das ist kein Buckel nicht, bei Mamalebens Seligkeit!« rief Abramski verzweifelt und rang die Hände. »Muß sein e bissl Dehnweite, Herr Verwalter, sonst platzt alles beim Kutschfahren, sag i ... Wie wollen sich beugen nach vorn, wenn hinten alles stramm? Bewegung jegliches braucht Platz ...«

Man wurde sich nicht einig. Leo Kochlowsky zog den Rock aus, warf ihn Moshe Abramski an den Kopf und brüllte: »Ich komme in zwei Tagen wieder. Dann sitzt der Rock, oder du sitzt wegen Betrugs!«

Das war aber noch nicht alles, was das Schicksal an diesem Tag bereithielt.

Gegen Abend traf auf Schloß Pleß der Husarenleutnant Eberhard von Seynck ein. Er kam in diplomatischer Mission des Königs von Württemberg, war von Staub überzogen, erhielt ein Zimmer im Diplomatenflügel und einen Burschen, der sofort ein Bad richtete.

Während das Wasser in der Wanne dampfte und der Bursche das Gepäck auspackte, stand Leutnant von Seynck nackt hinter der Gardine am Fenster und blickte in den Park. In einem Winkel, den ein Vorbau bildete, saßen einige Menschen. Eine dickliche Frau, ein Mann, der mit zurückgelehntem Kopf zu schlafen schien – Irrtum, er dichtete! –, ein Maler vor einer Staffelei und ein Mädchen, dessen Schönheit bis nach oben sichtbar war.

Leutnant von Seynck winkte den Burschen ans Fenster.

»Sehen Sie das Mädchen da unten?«

»Jawoll, Herr Leutnant.«

»Wer ist das?«

»Keene Ahnung, Herr Leutnant. Hier ist so viel Personal ...«

»Bitte sofort festzustellen, wer das ist!« sagte von Seynck befehlsgewohnt. »Umgehende Meldung. Hau ab, in die Wanne kann ich allein steigen.«

Eine Weisheit der Jahrtausende bekam wieder einmal Gültigkeit: Wo Militär auftritt, verschärft sich die Lage.

Was Leo Kochlowsky vergeblich versuchte, gelang dem Leutnant von Seynck fast auf Anhieb: Er machte völlig unkompliziert die Bekanntschaft von Sophie Rinne.

Die Fürstin Pleß selbst vermittelte sie, ohne zu ahnen, was sie damit auslöste.

Es war wieder eine dieser Stunden, in denen die Fürstin die kleine Mamsell zu einem Privatgespräch in ihren Salon bat. Damit lebte das Rätselraten immer wieder auf, wieso eine Sophie Rinne von Durchlaucht an die Brust gezogen, geküßt und ›mein Nichtchen‹ oder ›mein Kindchen‹ genannt wurde. Für Sophie war das nichts Neues; auch in Bückeburg hatten die hohen Herrschaften sie so gerufen und wie ein eigenes Kind behandelt, das zufällig in der Küche die große Kochkunst erlernte. Nur, daß die Fürstin Pleß das nun auch übernahm, hatte das junge Mädchen zunächst verwundert.

Es schien ganz natürlich, daß Sophie damit eine stille Gegnerschaft der Hausdame, Baronin von Suttkamm, erwuchs. Sie wurde noch verstärkt, als Elena erfuhr, daß die wunderhübsche Mamsell von Leibkutscher Reichert, Leibjäger Wuttke und Wanda Lubkenski vor Leo Kochlowsky abgeschirmt wurde. Das bewies doch nur, daß Leo, dieses reißende Tier, nun auch Sophie Rinne auflauerte.

Von diesem Augenblick an überwachte Elena von Suttkamm unauffällig die Freizeit von Sophie Rinne und ihre Kammer unter dem Dach. Vom Standpunkt der Hausdame aus erwies sich das als sehr nützlich: Viermal entfernte Elena die Blumensträuße, die Kochlowskys polnischer Knecht vor Sophies Zimmertür gelegt hatte, dreimal ließ sie Pralinenschachteln verschwinden und verteilte die köstlichen Süßigkeiten unter den Kindern des Gesindes, um ihr Gewissen zu beruhigen.

Kochlowsky wunderte sich eine Zeitlang, warum von Sophie keine Reaktion auf seine Geschenke erfolgte, aber dann sagte er sich, daß sie ein scheues Mädchen war und man es eigentlich schon als Erfolg ansehen müsse, wenn sie die Sachen nicht zurückschickte.

An diesem Tag also saß Sophie Rinne wieder bei der Fürstin, zart, schön und zerbrechlich, eine zum Leben erweckte Porzellanfigur, die man immerzu staunend anblikken konnte. Wie jedesmal ließ sich die Fürstin Pleß von Bückeburg erzählen: vom Leben der Familie Rinne, von Sophies Vater, der mittlerweile neben einem Fuhrgeschäft einen großen Hof gekauft hatte und sich doch immer noch Gepäckträger nannte, von ihren Brüdern und Schwestern, ihren Kindheitserinnerungen, in denen auch der Prinz von Nürthing-Babenhausen eine gewisse Rolle spielte, von ihren Wünschen und ihrer Ansicht, wie ihre Zukunft einmal aussehen sollte.

Dazu gab es Sandkuchen oder Marmorkuchen, den entweder Sophie selbst oder Wanda gebacken hatten, süße Schlagsahne und indischen Tee, den vor allem die Fürstin gern trank.

»Wir werden gestört, mein Kindchen«, sagte die Fürstin Pleß, als eine Zofe ihr auf einem Tablett eine Visitenkarte überreichte. »Aber es sind nur ein paar Minuten. Ein Gast aus dem Württembergischen will seine Aufwartung machen. Ein Husarenleutnant von Seynck. Weißt du, er ist der neue Verbindungsoffizier zum Stuttgarter Hof.«

Leutnant von Seynck war das, was man einen schönen Mann nennt, hochgewachsen, schlank in den Hüften, breit in den Schultern. In seiner Uniform mit dem tressenbestickten Dolman und der flotten Husarenmütze entsprach er dem Idealbild eines Soldaten. Mit der beneidenswerten Jugend und Unbekümmertheit seiner 23 Jahre hatte er sich bis zuletzt geweigert, den glanzvollen Hof in Stuttgart mit seinen zahllosen hübschen Hofdamen zu verlassen, um in die »tiefste Polakei«, wie er sagte, versetzt zu werden. Oberschlesien, Pleß, Kattowitz, Nikolai – das war in seinen Augen Verbannung.

Da sich ein Leutnant aber gegen allerhöchste Befehle nicht wehren kann, hatte er seine ganze Verwandtschaft mobilisiert, und darunter waren auch Generäle – aber selbst ihre Interventionen nützten nichts. Lediglich ein Versprechen konnte man geben: Nach einem Jahr sollte er abgelöst werden.

Ein Jahr Pleß . . . Es würde ein verlorenes Jahr im Leben des Leutnants von Seynck sein.

Wie es sich gehörte, kam er in das fürstliche Boudoir in geschniegelter Uniform, knallte die Hacken zusammen und schmetterte: »Leutnant Eberhard von Seynck, in Sondermission Seiner Majestät, des Königs von Württemberg, meldet sich Euer Durchlaucht zur Verfügung.«

Dann erst bemerkte er neben der Fürstin die zarte Gestalt von Sophie Rinne, starrte sie, von ihrer Schönheit überwältigt, entgeistert an und verzichtete auf weitere Meldungen wie etwa die, daß er einen Gruß der Kronprinzessin überbringen sollte.

»Stehen Sie bequem, Leutnant«, sagte die Fürstin Pleß

freundlich. »Hatten Sie eine gute Reise?«

»Es war heiß und staubig, Durchlaucht.«

»Ja, es ist heuer ein besonders harter Sommer. Hat man Sie gut untergebracht?«

»Vorzüglich, Durchlaucht.« Leutnant von Seynck blickte Sophie an. »Ich habe von meinem Zimmer aus einen wundervollen Blick über den Park. Wert, daß ein Maler ihn auf einem großen Gemälde festhalten sollte.«

»Pleß ist schon oft gemalt worden«, sagte die Fürstin. »Aber nie der Garten, meist nur die Sauhatz im Winter. Der Fürst liebt dieses Motiv besonders. Ein Wink für Sie, Leutnant: Sie können den Fürsten sehr für sich einnehmen, wenn Sie mit ihm über die Sauhatz reden.«

»Ich habe noch nie ein Schwein gejagt, Durchlaucht.«

»Ein Schwein! Um Himmels willen, sagen Sie in Gegenwart des Fürsten nie Schwein! Er sieht Sie nicht mehr an! Wir hatten den Besuch des Fürsten zu Lippe, und zu Lippe sagte: ›Ich möchte mal einen richtigen Schwarzkittel bei Ihnen sehen.‹ Das wurde gerade noch geduldet! Aber mit ›Schwein‹ fallen Sie durch ... «

Das Geplauder dauerte zehn Minuten. Dann war Leutnant von Seynck entlassen. Er stand wieder stramm, die Hacken knallten, die rechte Hand fuhr grüßend zur Husarenmütze, aber bei dieser Ehrbezeugung sah er nicht die Fürstin Pleß, sondern Sophie Rinne an.

Schade, dachte er dabei. Unerreichbar. Eine Prinzessin Pleß ist für einen kleinen Leutnant ein Wesen von einem anderen Stern. Das Märchen vom Schweinehirten und der Prinzessin bleibt eben ein Märchen.

Er machte eine Kehrtwendung und verließ den Salon. Draußen an der Tür stand als Wache ein Lakai. Die Erste Zofe saß an einem Tischchen im Vorraum und nähte an einer Spitzenstola.

Leutnant von Seynck zeigte mit dem Daumen zur Salontür.

»Wer ist das da drinnen?«

Der Lakai sah ihn voller Unverständnis an. »Die Fürstin! Wer sonst?«

»Es war noch jemand im Zimmer. Eine junge Dame.«

»Ach die?« Der Lakai grinste breit. »Mamsell Sophie ...«

»Wer?«

»Sophie Rinne. Küchenmamsell.«

»Das ist eine vom Personal?« Von Seynck war ehrlich verwirrt.

»Eine mit Sonderstellung!« sagte die Zofe gehässig. »Kann tun, was sie will! In der Küche kriegt sie nur die feinsten Arbeiten! Sich die Hände schmutzig machen, das können die anderen. Dabei ist sie die Jüngste und müßte Kartoffeln schälen und Gemüse putzen! Denen in der Küche stinkt das alles ... In Watte wird sie gepackt! Warum, das weiß keiner! Während andere, die schon vier oder fünf Jahre in der Küche sind, gerade eine Suppe anrühren dürfen, brät sie schon allein das Geflügel! Das muß eine ganz Feine sein. Kommt aus dem Bückeburgischen, ein Kräutchen Rühr-mich-nicht-an ...«

Leutnant von Seynck besaß nun genügend Informationen. Er verließ die Privaträume der Fürstin, ging in sein schönes Zimmer zurück und schrieb ein Billett.

»Ich liege zu Ihren Füßen. – Eberhard von Seynck.«

Zusammen mit einem Strauß roten und weißen Phlox, den er von der Gärtnerei kommen ließ, schickte er das Briefchen durch seinen Burschen in die Küche.

Der Einschlag eines Schrapnells hätte keine größere Wirkung haben können.

»Woher ist das?« schrie Wanda Lubkenski sofort, als

der Offiziersbursche mit den Blumen in die Küche kam. Sie stürzte auf ihn zu, drückte den maßlos Erschrockenen mit ihrem Busen gegen die Wand und blitzte ihn an. »Von Leo Kochlowsky? Ich schlag' sie dir um den Nischel, du Flegel!«

Dann kam ihr blitzschnell der Gedanke, die Blumen könnten auch ein Gruß des großen Dichters Eugen Hyperion sein; sie wurde etwas freundlicher gesinnt, nagelte aber immer noch den Burschen gegen die Wand.

»Ich komme von dem Herrn Leutnant«, sagte der erschrocken und dachte dabei: Mein Gott, wo bin ich hingeraten? In eine Höhle von Furien! »Ich soll das abgeben ...«

»Welcher Leutnant, he? Für wen abgeben?«

»Für eine Mamsell Rinne ...«

»Das ist ja unerhört!« Wanda riß Brief und Phloxstrauß aus seinen Händen, nahm den Druck ihrer Brust zurück und ließ dem Burschen dadurch endlich Luft zum Atmen. »Sophie kennt keinen Leutnant. Pfui über euch alle! Mit solch üblen Lügen zu arbeiten! Sagen Sie Leo ...«

»Ich kenne keinen Leo!« rief der Offiziersbursche. Er war für den Leutnant von der Kaserne abkommandiert worden und wußte im Schloß noch nicht Bescheid. »Ich bin Fritz Kaminski und Bursche von Leutnant von Seynck.«

»Sogar ein ›von‹!« sagte Wanda böse. »Ob von oder zu, hinten oder vorn – Mamsell Sophie lehnt die Blumen ab!«

Genaugenommen unterschied sich Wanda in ihrer Ausdrucksweise kaum von Leo Kochlowsky. Doch gerade das machte sie zu Erzfeinden. Wenn sie aufeinandertrafen, gab es immer ein Unentschieden. Das aber war Leo unerträglich.

»Das soll mir Mamsell Rinne selbst sagen«, stotterte der Bursche.

Es war ein Fehler, Wanda zu widersprechen. Der arme Fritz Kaminski! Woher sollte er das wissen?

»Raus!« zischte Wanda ihn an und warf den schönen Phloxstrauß an die Wand. Die Blüten zerplatzten förmlich. »Raus, oder ich gieße dir heiße Hühnersuppe über den Balg! Marianne! Ein Topf Hühnersuppe zu mir!«

Fritz Kaminski sah entsetzt, wie ein Küchenmädchen sofort zum Herd lief und einen großen dampfenden Topf vom Feuer zog.

»Ihr verdammten Weiber!« sagte er heiser. »Geht zum Teufel!« Er drängte Wanda zur Seite und ergriff ganz unheldisch die Flucht. Als die Tür zufiel, hörte er noch das Hohngelächter der Küchenmädchen.

»Auftrag ausgeführt, Herr Leutnant!« meldete er nachher bei von Seynck. »Blumen übergeben.«

»Wie reagierte Mamsell?«

»Stumm«, log Kaminski.

»Sie war ergriffen, nicht wahr?«

»So kann man es nennen, Herr Leutnant.«

»Sie bringen morgen wieder Blumen hin.«

»Jawoll, Herr Leutnant.« Kaminski schluckte. Morgen mache ich es anders, dachte er. Tür auf, Blumen in die Küche geworfen – und dann schnell weg! So kann ich immer ehrlich sagen: Blumen zugestellt. »Wünschen Herr Leutnant bestimmte Uhrzeit?«

»Am besten nach dem Frühstück. Und melden Sie mir jede Reaktion, Kaminski.« Von Seynck strahlte vor Siegerlaune. »Erkundigen Sie sich ganz vorsichtig, ob Mamsell bereits liiert ist . . . «

»Zu Befehl, Herr Leutnant.«

Am Abend aß Leutnant von Seynck einen Spickbraten,

ohne zu wissen, daß Sophie Rinne an der Zubereitung beteiligt war. Sie hatte ihn gewürzt und die Soße angerührt. Auf jeden Fall war von Seynck sehr angetan. Es war der beste Spickbraten, an den er sich erinnern konnte.

Das Billett des Leutnants aber geriet auf geheimnisvolle Weise trotzdem in die Hände von Sophie und später in die von Leo Kochlowsky. Sein polnischer Knecht brachte es ihm.

»Das lag im Korb –«, sagte er. »Was soll damit geschehen, Herr Verwalter?«

Kochlowsky las die Zeile und runzelte die Stirn.

»In welchem Korb?«

»Mamsell Rinne gab ihn mir vorhin. Sie wollte drei Schock frische Eier vom Hof ...«

»Der Korb gehört Mamsell Sophie?« knirschte Leo und starrte auf den Zettel.

»Ja ...«

»Und du Hundsfott behauptest, das hier lag darin?«

»Ja. Hinter das Futtertuch gerutscht ...«

›*Ich liege zu Ihren Füßen. – Eberhard von Seynck.*‹

»Mein Pferd!« brüllte Kochlowsky. »Sofort mein Pferd satteln!«

Der Knecht stürzte davon, Leo hielt den Zettel ein Stück von sich ab und stampfte im Zimmer hin und her.

»Eberhard von Seynck!« murmelte er. »Ich liege zu Ihren Füßen! Vor meinen Füßen wirst du liegen und mir die Stiefel lecken! Sophie, Sophie, das kannst du doch nicht tun! Sprich doch erst einmal mit mir! Sophie, ich liebe dich!«

»Das Pferd ist fertig!« brüllte von draußen der Knecht.

Kochlowsky rannte hinaus, warf sich in den Sattel und galoppierte davon.

Minuten später schrak Jakob Reichert auf. Er lag schon im Bett, voller Gram und elender Gedanken, denn Wanda hatte ihm urplötzlich erklärt: »Heute nicht! Und morgen auch nicht. Machen wir mal Pause.«

Reichert verstand das nicht. Bisher war es immer Wanda gewesen, die mit gurrender Stimme gesagt hatte: »Heute ist die Tür offen, mein Wölfchen.« Was war geschehen? Hatte er etwas falsch gemacht? War er – Gott, laß es das nicht sein, es würde mich in Trübsinn werfen – vielleicht doch zu alt für Wanda?

So lag Jakob Reichert also auf seinem Bett, zerquält von allen möglichen bitteren Vorstellungen, als es an die Fensterlade klopfte. Reichert fuhr beglückt hoch.

»Wanda?« rief er.

»Laß die Hose an!« schrie eine bekannte Stimme hinter dem Fenster. »Ich bin's!«

Reichert rannte zur Tür, schloß sie auf und ließ Kochlowsky eintreten. Leo sah fürchterlich aus, die Haare wirr, der gepflegte Bart zerzaust, die Augen flackernd. Man konnte sich vor ihm fürchten.

»Dich kann ich jetzt am wenigsten gebrauchen!« sagte Reichert abweisend. »Was du auch hast: Mit uns ist es aus! Herr Verwalter, ich ersuche Sie ...«

»Mach das Maul zu, du Nußknacker!« Leo hielt das Billett hoch. »Siehst du diesen Zettel?«

»Dämliche Frage!«

»Ich träume also nicht? Ich bin nicht wahnsinnig?«

»Das letzte wäre zu untersuchen ...«

»Dieser Zettel lag im Eierkorb von Sophie ...«

»Korrekt wie immer: eine schriftliche Bestellung! Hast du selbst verlangt!«

»Wenn du einmal deine dummen Reden einstellen könntest!« schrie Leo Kochlowsky. »Ich lese dir vor, was hier steht: Ich liege zu Ihren Füßen. – Eberhard von Seynck ...« Seine Stimme brach fast. »Was sagst du nun?«

Jakob Reichert war völlig verwirrt. Die Dinge schlugen über ihm zusammen. Dennoch sagte er impulsiv: »Bravo!«

»Wozu bravo?«

»Du hast einen Nebenbuhler!«

»Und das freut dich?« brüllte Kochlowsky.

»Auch noch einen von Adel! Damit bist du für Sophie eine Null! Gott, ich danke dir. Jeder andere ist besser als du ...«

»Ist ... ist das alles, was du dazu zu sagen hast, Jakob?« fragte Kochlowsky mit plötzlich dumpfer Stimme. Er sank auf Reicherts Bett und legte den Zettel auf das Kopfkissen. »Ich bekomme einen Herzschlag ...«

»Bitte nicht auf meinem Bett! Setz dich aufs Pferd ... Du wolltest immer im Sattel sterben.«

»Wer ist von Seynck?«

»Völlig unbekannt.«

»Ein Unbekannter kann nicht solche Zettel schreiben!«

»Es kann ein alter Zettel sein.«

»In einem neuen Eierkorb?«

»Das scheint allerdings widersinnig!« Reichert beugte sich über den Zettel, ohne ihn zu berühren. Eine geschwungene, schöne, elegante Handschrift. »Eberhard von Seynck ...«, murmelte er.

»Ich hasse alle, die Eberhard heißen!« Kochlowsky schlug mit den Fäusten auf die Matratze. »Wie kommt Sophie an diesen Burschen?«

»Völlig rätselhaft.«

»Ihr bewacht sie doch wie einen Kronschatz!«

»Vor dir! Nur vor dir ...«

»Und ein Von-zu-von-hinten macht sich an sie heran! Ihr Idioten!« Kochlowsky riß das Billet wieder an sich und steckte es ein. »Ich muß mit Sophie sprechen!«

»Nur über meine Leiche, Leo – das weißt du!«

»Du Hornochse, ich will sie heiraten!«

»Der Himmel verhüte dieses lebenslange Unglück!«

»Aber ein Adeliger darf sie anfassen!«

»Das werden wir sofort verhindern.« Reichert zog seinen Rock an und schlüpfte in die Schuhe. »Auch wenn ich ausgesperrt bin, ich hole Wanda!«

»Was bist du?«

»Ausquartiert! Ich verstehe das nicht.« Reichert wischte sich über das Gesicht. »Ich bin verzweifelt, Leo! Teilt mir Wanda mit: ›Heute nicht, morgen nicht. Ich sag wieder Bescheid.‹ Als wenn ich ein Brötchenjunge wäre . . . «

»Vielleicht ist auch da ein ›von‹ dazwischengekommen?«

»Bei Wanda?«

»Sie sieht doch immer noch so aus, daß man einen heißen Kopf bekommt.«

»Danke, Leo.«

»Wofür?«

»Du hast endlich mal was Nettes über Wanda gesagt!« Reichert griff zur Mütze. »Los, gehen wir zu ihr. Ich halte mich an kein Verbot mehr. Die Sache mit Sophie muß geklärt werden. Und du gehst mit, Leo . . . «

»Es wird bei Wanda Komplikationen geben«, sagte Kochlowsky ahnungsvoll.

»Das ist mir jetzt schnurz und piepe!« Reichert winkte mit beiden Armen. »Komm, Leo!«

Es gab tatsächlich große Komplikationen. Reichert hatte sich den ungünstigsten Zeitpunkt ausgesucht, seine Verlobte zu überrumpeln.

Wanda lag im Möbelmagazin III des Schlosses auf einer blutroten Chaiselongue, ganz in der Art der berühmten nackten Maja, ein wenig verschämt, mit geröteten Wangen, aber sehr tapfer, und Louis Landauer saß hinter der Staffelei und rührte einen dicken Klecks Fleischfarbe an.

XI

Man muß Wanda Lubkenski Gerechtigkeit widerfahren lassen: Sie hatte sich vorher sehr geziert.

Sie war nun 46 Jahre alt geworden, hatte viele Stürme des Lebens erlebt und glanzvoll überstanden, und sie war auch, was ihr Liebesleben betraf, keineswegs eine solche Jungfrau geworden, daß sie beim Anblick einer gewaschenen, zum Trocknen aufgehängten Männerunterhose kurzatmig geworden wäre und mit Bluthochdruck zu kämpfen gehabt hätte. Wählerisch war sie, und das stand ihr auch zu als Erste Köchin des Fürsten Pleß, als Herrscherin über 23 Personen Küchenpersonal und Vertraute der Fürstin, die mit ihr, Wanda, den Küchenplan durchsprach; nicht mit dem Haushofmeister, nicht mit der Hausdame Baronin von Suttkamm, nein, Ihre Durchlaucht höchstpersönlich ließ Wanda rufen, um die Speisenfolge Woche für Woche festzulegen.

Aber mit der Liebe hatte Wanda wenig Glück gehabt. Drei Männer hätten ihr Leben prägen können, wenn sie ausgehalten hätten: ein Wachtmeister von der 2. Schwadron des Ulanenregimentes Nr. 2, ein gewaltiger Bursche mit einem gezwirbelten, langen Schnurrbart, auf dem auf jeder Seite ein Rabe hätte sitzen können, wie er behauptete. Aber der Wachtmeister brach sich bei einem Geländeritt das linke Bein, kam ins Lazarett nach Beuthen und von dort nicht wieder nach Pleß. Wanda weinte eine Woche lang.

Der zweite hieß Ewald Lalatek, ein saudämlicher Name, denn wenn sich Lalatek vorstellte, glaubte jeder, daß er stottere. Ewald war Handelsvertreter, wie er sich vornehm ausdrückte. Er reiste durch die Lande und verkaufte an die Gemischtwarenhändler Strumpfbänder mit Rosetten und Spitzenröschen. Das war ein gutes Geschäft; Strumpfbänder konnte man immer gebrauchen, sie waren ein sogenannter Brotartikel.

Wanda liebte Ewald glutvoll, denn er war elegant, schwarzhaarig, biegsam in den Hüften und beherrschte einige lateinische Sätze, die er überall anbrachte und die großen Eindruck hinterließen. Das einzige Kreuz, das er zu tragen hatte, war wirklich sein Name. Aber auch Lalatek war eines Tages weg; eine Miederwarenfabrik in Berlin bot ihm eine Generalvertretung in Pommern an. Das war eine Spitzenstellung! Bei den drallen Pommerinnen war ein Mieder lebensnotwendig. Lalatek entwich also von Pleß nach Berlin und dann nach Pommern. Wanda weinte wieder sehr und verfluchte danach alle Männer. Sie schlug sogar vor, die Kerle zu kupieren ...

Die dritte große Liebe war der fürstliche Karpfenteichverwalter Lobumir Sczimczenski. Er war ein friedlicher Mensch, lebte mit seinen Karpfen fast auf du und du, dachte nur an Karpfen, sprach nur über Karpfen und wäre fischblütig geworden, wenn Wanda ihn nicht dauernd in Wallung gebracht hätte. Nur einen Fehler hatte Lobumir, einen ganz großen: Er war dem Verwalter Leo Kochlowsky unterstellt. Kann das gutgehen?

Es ging nicht gut, wie sollte es auch! Nachdem Leo Kochlowsky entdeckt hatte, daß Sczimczenski allergisch auf das Wort »du Laich-Bleichling« reagierte, womit Leo auf die Karpfenbesamung einerseits und auf Lobumirs blasse Gesichtsfarbe andererseits anspielte, war abzusehen, wann Lobumirs Nerven versagten. Er hielt es zwei Jahre lang aus, dann wechselte Laich-Bleichling zu den staatlich-preußischen Fischforschungsanstalten nach Glogau an der Oder.

Wanda erlitt einen Schreikrampf, lag mit Nervenfieber zehn Tage im Bett und dachte an Selbstmord durch Vergiftung oder Erhängen. Dazu kam es jedoch glücklicherweise nicht, weil Jakob Reichert sich rührend um sie kümmerte. Es war das erste Mal, daß Wanda Lubkenski staunend erkannte, daß der stille Witwer Reichert auch seine Qualitäten hatte. Sie hielten sich bei den Tröstungen zwar noch in schicklichen Grenzen, aber sie waren ihr durchaus angenehm. Dagegen wuchs ihr Haß gegen Leo Kochlowsky über die klassische griechische Tragödie hinaus. Er war ohne Beispiel.

Man muß das alles wissen, um zu verstehen, daß Wanda nicht ohne Hemmungen nackt auf die Chaiselongue hüpfte, um sich als Maja malen zu lassen – als Geschenk für Jakob Reichert, der damit, rückblickend, die Nummer eins in ihrem Leben bedeutete.

Landauer war mit Staffelei, Palette und einer Leinwand 70 cm x 50 cm, gedacht als Breitformat, erschienen, sich wohl bewußt, daß es galt, Rubenssche Massen festzuhalten.

Wanda empfing ihn an der Gartenpforte wie einen Verschwörer, zog ihn ins Schloß und flüsterte ihm zu: »Ich habe einen Raum! Da kommt niemand um diese Zeit hin! Ich habe drei Petroleumlampen aufgestellt – reicht das aus?«

»Goya malte bei Kerzenlicht.«

»Muß das sein? Ist das Vorbedingung? Ich kann auch Kerzen holen.«

»Petroleum gibt mehr Licht. Ich kann mehr von Ihnen sehen, Einzelheiten . . . «

Wanda Lubkenski errötete tief, verkrampfte die Finger wie eine betastete Jungfer und führte Landauer in das Möbelmagazin III. Die Chaiselongue war schon in die Mitte gerückt, aus rotem Samt – eine Farbe verführerischer Schwüle.

»Wo ist Sophie?« fragte Landauer und baute seine Staffelei auf.

»In meiner Wohnung. Dort ist sie am sichersten. Sie wartet, bis ich zurückkomme. Wie lange dauert es?«

»Überanstrengen wir uns nicht. Pro Sitzung zwei Stunden.«

»Das nennt man Sitzung?«

»Ja.«

»Auch wenn ich liege?«

»Es gibt keine Liegungen!« Landauer zog seinen Rock aus, krempelte die Hemdsärmel hoch, öffnete den Farbenkasten und setzte sich auf einen Korbstuhl. Wanda stand vor der Chaiselongue und kaute am linken Daumennagel.

»Können wir?« fragte der Maler.

»Wir können.«

Landauer blickte hoch. »Was ist denn?«

»Was soll denn sein?«

»Warum sind Sie noch nicht nackt?«

»Müssen Sie das so brutal aussprechen?« Wanda ging um die Chaiselongue herum und knöpfte ihren Rock auf. »Gucken Sie weg, Louis.«

»Ich sehe Sie nachher doch auch ohne alles.«

»Da liege ich, da bin ich ein Kunstmodell. Aber wenn

Sie mir beim Ausziehen zugucken, ist das eine Intimität. Kopf rum!«

Landauer bückte sich, bereitete seine Palette vor, prüfte Pinsel, suchte die Kohle für die Vorskizze heraus und schaute erst wieder hoch, als Wanda gequetscht sagte:

»Jetzt geht es, Louis ... «

Sie lag auf dem roten Samt, ein in den Proportionen gar nicht so auseinanderfließender Fleischberg, wie Landauer befürchtet hatte, wenn das Korsett gefallen war. Es war alles festes Muskelgewebe, besaß Formen und sogar Anziehungskraft. Nur war das Weibliche etwas überdimensional. Für Liebhaber sylphider Formen war das nichts, aber für Männer, die Handfestes, Griffiges vorziehen, war Wanda Lubkenski eine durchaus schöne Person.

»Sie versetzen mich in Erstaunen«, sagte Landauer. Er betrachtete Wanda mit geneigtem Kopf.

»Glotzen Sie nicht so dämlich!« fauchte sie. »Was ist denn?«

»Dürer und Rubens hätten Ihnen zu Füßen gelegen, Wanda. Das ist wahr! Eine Frage: Woher haben Sie die großen roten Hautflecken?«

»Ich habe mich vorhin heiß gebadet«, sagte sie rauh. »Die Flecken kommen vom Schrubben. Zufrieden? Die malen Sie doch nicht mit?«

»Ich werde Sie makellos wiedergeben, Wanda. Und jetzt liegen Sie still, denken Sie an etwas Schönes, und entspannen Sie sich. Ganz locker, Wanda. Denken Sie immer: Der da drüben ist kein Mann, das ist ein Maler. Ein Neutrum! – Woran werden Sie denken?«

»An Leo Kochlowsky ... «

»Das beruhigt Sie?«

»Ja – ich werde denken, er sei beim Teufel!«

Landauer zeichnete mit schnellen Strichen und einem

Kohlestift die groben Umrisse von Wandas Körper und legte so das Bild in den Ansätzen fest. Es war die nackte Maja seitenverkehrt. Während Goyas Geliebte, die Herzogin von Alba, sich von rechts nach links ausstreckt, lag Wanda Lubkenski von links nach rechts. Das rechte Bein hatte sie etwas angezogen . . . Landauer würde einen gewaltigen Oberschenkel malen.

Man konnte fast auf kannibalische Gedanken kommen.

Sophie war nicht sicher, ob sie auf das laute Klopfen an der Tür öffnen sollte oder ob sie Wandas strikte Anweisung befolgen mußte: »Mach keinem auf! Laß sie gegen die Tür hämmern! Wenn ich komme, mache ich dreimal bum-bum-bum, dann Ruhe, und dann wieder dreimal bum-bum-bum . Dann weißt du, wer es ist. Aber alles andere Klopfen – taub sein, mein Kindchen! Hier hat keiner was an der Tür zu suchen!«

Nun klopfte es aber doch, und es klopfte hart und energisch, immer und immer wieder, zuerst mit dem Fingerknöchel, das hörte man deutlich, zuletzt mit der Faust, das klang dumpfer und dröhnender. Wenn aber jemand mit der Faust an die Tür hämmerte, mußte ein besonderer Grund vorliegen.

Sophie stand auf, ging in den kleinen Flur und starrte die Tür an. Die Faust hämmerte weiter.

Was ist, dachte das junge Mädchen, wenn der Fürst plötzlich Besuch bekommen hat und braucht dringend etwas aus der Küche? Es sind drei Mädchen im Spätdienst, für alle Fälle, doch die können nur kalte Platten herrichten. Wenn der Fürst aber etwas Warmes will, muß man Wanda holen. Und das Klopfen hört sich ganz so an, als müsse Wanda in die Küche.

»Wer ist da?« fragte Sophie flüsternd.

»Wanda! Mach auf! Gott sei Dank, du bist wach! Mach bitte sofort auf!« Das war die Stimme von Leibkutscher Reichert. Auf ihn bezog sich Wandas Verbot sicherlich nicht. Wer nachts in die Wohnung schlich, konnte auch klopfen, wenn verschlossen war.

Trotzdem holte Sophie tief Luft, verstellte die Stimme und schrie, so gut sie konnte: »Hau ab, du Quellkopp!«

»Sie ist voll da!« sagte draußen Jakob Reichert glücklich.

»Und sie wird platzen, wenn sie mich sieht«, ergänzte Leo Kochlowsky.

»Mach auf, mein Schatzimäuschen!« bat Reichert. Kochlowsky verdrehte die Augen. Er trat einen Schritt zurück, denn drinnen wurde der Schlüssel umgedreht.

Die Tür sprang auf, und dann sahen sie sich an, Leo und Sophie, standen sich gegenüber, und für diesen einen Augenblick gab es keine Umwelt mehr, sondern nur noch ein atemloses Erkennen des anderen.

Auch Reichert starrte Sophie an, schob sich dann an ihr vorbei und rannte in die kleine Wohnung. Sekunden später war er wieder an der Tür.

»Wo ist Wanda?« rief er. »Wieso bist du hier allein? Wo ist Wanda?«

Der Zauber zerriß. Leo Kochlowsky senkte den Kopf und betrat die Wohnung, Sophie schloß die Tür, lehnte sich dagegen und war so bleich, als flösse alles Blut aus ihrem Gesicht.

»Was schreist du sie an?« sagte Leo geradezu milde. »Siehst du nicht, daß du sie erschreckst?«

»Sie ist allein in der Wohnung!« keuchte Reichert.

»Gut, daß sie hier ist.«

»Und wo ist Wanda?« Reichert begann seinen Hemdkragen aufzuknöpfen, als bekomme er keine Luft mehr.

»Warum durfte ich heute nicht kommen? Warum ist sie weg, und Sophie muß die Wohnung hüten? Was wird hier gespielt?«

»Ich bin so froh . . . «, sagte Leo Kochlowsky. »Sie sind hier, Sophie.«

»Aber Wanda . . . «, beharrte Reichert.

»Pfeif auf deine Wanda!« Kochlowsky kam erst jetzt zu Bewußtsein, daß er mit seinen zerwühlten Haaren und dem zerzausten Bart reichlich wild aussehen mußte. Mit beiden Händen glättete er das Barthaar. »Wir sind schließlich wegen Sophie hier . . . «

»Und Wanda ist weg!«

»Sie . . . Sie sind meinetwegen gekommen?« Sophies große blaue Augen sahen Kochlowsky betroffen an. »Was habe ich getan?«

»Noch nichts!« Er atmete tief auf und hätte jauchzen mögen.

»Sie haben erwartet, daß ich etwas Unrechtes tue?«

Das war eine Frage, auf die man schlecht eine klare Antwort geben konnte, ohne irgendwo anzuecken.

»Ich . . . ich war sehr besorgt«, sagte Kochlowsky finster.

»Und ich habe dazu Anlaß gegeben? Oh, das tut mir leid.«

Das war so kindlich und naiv gesprochen, daß Leo darauf nichts mehr erwidern konnte. Er griff in die Rocktasche, holte das Billett hervor und legte es auf einen kleinen Tisch in der Diele. Sophie warf einen schnellen Blick auf das Papier, errötete verschämt und drückte die Hände gegen ihre Brust.

»O Gott . . . «, sagte sie leise.

»Ich habe etwas anderes gerufen, als ich den Wisch bekam!« knirschte Kochlowsky.

»Wie kommt das Briefchen in Ihren Besitz?«
»Man versteckt so etwas nicht in einem Eierkorb!«
»Und ich habe es überall gesucht . . . «
»Dann muß es Ihnen ja sehr wertvoll sein!«
»Das ist es. Es ist der erste galante Brief, den ich bekommen habe.«
Ich werde Eugen mit Ohrfeigen zum Dichten bringen, dachte Kochlowsky finster. Wäre er nicht solch ein Faulpelz, wäre ich der erste gewesen! Was ist solch ein Zettelchen gegen ein Gedicht! Aber nein, mein Bruder rennt in der Gegend herum, bewundert die Sommerwolken und frißt pro Mahlzeit drei Teller leer! Das hört jetzt auf. Für jeden Teller einen Vers – so machen wir das jetzt, Bruder Eugen!
»Ein nichtssagender Brief!« sagte Leo.
»Ich liege zu Ihren Füßen . . . Das ist doch viel, Herr Verwalter! Man liegt mir zu Füßen! Welche Frau würde das nicht stolz machen?«
»Eine dämliche Floskel! Die einen liegen zu Füßen, die anderen wollen auf den Händen tragen! Das ist doch nur Geplapper!«
»Und was ist ehrlich, Herr Verwalter?«
»Wo ist Wanda!« rief Reichert. Er war noch einmal durch die kleine Wohnung gerannt und schwitzte vor Aufregung.
»Dieses Wanda-Geschrei fällt mir auf die Nerven!« bellte Kochlowsky in alter Manier. »Vielleicht hat sie auch einen, der ihr zu Füßen liegt! – Sophie . . . «
»Wenn Sie brüllen müssen, gehen Sie bitte hinaus!« sagte sie bestimmt. »Ich habe empfindliche Ohren.«
»Sophie . . . «
»Was geht Sie überhaupt mein Billett an?«
»Wer ist Eberhard von Seynck?«

»Ein sehr netter, höflicher, ruhiger, gebildeter, charmanter, liebevoller Mann ...«

»Das reicht!« sagte Kochlowsky finster. »Und dann noch einer von Adel.«

»Ja. Ein Offizier.«

»Auch das noch!«

»Sie mögen keine Offiziere?«

»Die Kerle im bunten Rock wirken auf mich wie italienische Hähne ...«

»Sie sehen so heldisch und unbesiegbar aus ...«

»Ich will endlich wissen, wo Wanda ist!« rief Reichert. »Leo, hinter unserem Rücken geschehen die verwerflichsten Dinge! Sophie, ich hätte nie geglaubt, daß du lügst.«

»Ich lüge nicht«, sagte sie mit trotzigem Stolz. »Ich sage nur nichts ...«

»Ha! Es gibt also etwas zu verbergen?« schrie Kochlowsky.

»Sie schreien schon wieder!« Sophie zeigte hoheitsvoll zur Tür. »Hinaus!«

»Woher kennen Sie diesen Seynck?«

»Was geht Sie das an?«

»Mich geht das alles an!«

»Sie schreien noch immer! Dort ist die Tür, Herr Verwalter!«

»Ich liebe Sie!« brüllte Kochlowsky.

»Jetzt weiß es halb Pleß ...«

»Halt!« Reichert warf beide Arme hoch und sprang zwischen Leo und Sophie. »Auseinander! Das ist ja die Hölle! Wanda heimlich weg – und Leo macht sich an Sophie ran! – Sophie, mein Kind, hör ihn nicht an! Ja, wirf ihn hinaus! Denk an alles, was man dir über Leo erzählt hat. Es war nur ein kleiner Teil der Wahrheit! Er ist hundertmal schlimmer!«

»Was hat man über mich erzählt?« fragte Kochlowsky dumpf. »Sophie, ich weiß, ich bin ein grober Klotz, ich habe mehr Feinde als Napoleon; wohin ich komme, gibt es Krach, ich weiß nicht, warum. Dabei verlange ich nur mein Recht, mein verdammtes Recht, nicht mehr. Ich lasse mich nicht mit offenen Augen bescheißen und wehre mich dagegen, aber in diesem Leben ist es doch so, daß jeder den anderen bepinkeln will ... «

»Leo!« rief Reichert dazwischen. »Aber mach nur so weiter, mach nur! Das ist das beste Mittel, Sophie von dir zu heilen. – Da hörst du, wie er ist, mein Kind! Leo muß sich mit allen streiten, sonst kann er nicht atmen! Einmal wird jemandem die Geduld platzen, und er wird ihn erschlagen ... «

»Wer ist Eberhard von Seynck?« fragte Kochlowsky wieder. »Werden Sie ihn treffen, Sophie?«

»Ja.«

»Mit ihm ausgehen?«

»Ja. Zum Tanz ... «

»Sie tanzen gern?«

»Es gibt nichts Schöneres. Ich wollte ja Tänzerin werden, aber Papa und Mama waren dagegen. Papa sagte: ›Dreh dich um den Kochtopf – das ist die Aufgabe einer Frau!‹ – Er hält wenig von Künstlern.«

»Aber Sie können sich für Kunst begeistern, nicht wahr?«

»Für jede Kunst. Für Musik, für die Malerei, vor allem aber für die Poesie ... . Ich kann stundenlang Gedichte lesen.«

Man sollte Eugen den Hals wie einem Täuberich umdrehen! dachte Kochlowsky erbittert. Genau den richtigen Riecher habe ich gehabt, sie liebt Gedichte. Seit zehn Tagen hätte sie mit Gedichten überschwemmt werden können, wenn Eugen nicht ein so faules Aas wäre!

»Gedichte sind wirklich etwas Schönes«, sagte Leo und würgte an seinem Ärger.

»Tanzen Sie auch?« erkundigte sich Sophie.

»Ja.« Kochlowsky sah sie erschrocken an. Natürlich keinen Schritt, dachte er. Woher sollte ich tanzen können? In Nikolai hatte keiner von uns die Zeit und das Geld, eine Tanzschule zu besuchen. Auch als Einjähriger, wo man sonst dem Tanzcircle angehört und seine ersten Damenbekanntschaften macht, hatte ich andere Sorgen. Mutter war immer kränklich, der Vater seit einem halben Jahr tot, Eugen lebte damals in Breslau und volontierte bei einer Zeitung – auf mir lastete der ganze Haushalt. Wie kann man da tanzen? Später war es zu spät, es zu lernen, und ich habe übrigens auch nie ein Tanzbein gebraucht, um eine Frau zu erobern.

»Sie tanzen Contre?« wollte Sophie wissen.

»Natürlich. Auch Quadrille.«

»Und Walzer?«

»Links herum und rechts herum. Und Polka und Mazurka und Rheinländer ...«

»Auch Hilliebillie?«

»Was ist denn das?« platzte Leo verwirrt heraus.

»Das tanzt man drüben in Amerika. Ein Siedlertanz nach einer schnellen, flotten Melodie. Da muß man die Röcke raffen und mit den Beinen stampfen, und hinterher umarmt und küßt man sich ...«

»Und das ist ein Tanz? Mit Küssen?«

»Ja. Hilliebillie. Aus Amerika. Und nach dem Kuß stößt man einen Juchzer aus. Etwa so.« Sophie jauchzte so plötzlich auf, daß sowohl Kochlowsky als auch der grambeugte Reichert zusammenzuckten.

»Typisch Amerika!« sagte Kochlowsky gepreßt. »Und

dieser von Seynck tanzt mit Ihnen auch Hilliebillie?«

»Gewiß. Ich habe ihn gefragt. Er kennt sogar eine neue Tanzfigur: Der Partner hebt die Partnerin an der Taille hoch und schwenkt sie herum ...«

Sie sah ganz unschuldig aus, die kleine Sophie Rinne, als sie diese ganze Salve von Phantastereien auf Leo Kochlowsky abschoß. Sie merkte, wie es voll in ihm einschlug und ihn völlig aus dem Gleichgewicht brachte.

»Und so etwas nennt man Kultur!« sagte Kochlowsky schließlich abweisend.

»Es ist lustig! Darf Kultur nicht lustig sein?«

»Ich bleibe hier, bis Wanda kommt!« erklärte Reichert und setzte sich auf das Sofa im Zimmer. »Ich weiche keinen Zentimeter mehr! Ich will wissen, wo sie sich herumtreibt. Um diese Zeit ...«

»Beim Hilliebillie!« Kochlowsky grinste hämisch. »Läßt die Röcke fliegen und juchzt dabei. Juchhei! Muß ein kräftiger Kerl sein, der sie hochstemmt. Du schaffst das nicht mehr, Jakob. Die neue Zeit überrollt uns, mein Lieber! Während wir das schlesische Mastschwein veredeln, kommt von draußen der amerikanische Siedlertanz herein mit Anfassen und Küßchen! Ha, ist das zum Kotzen!«

»Zum Lachen ist es!« sagte Sophie mit geradezu strafbarer, verführerischer Naivität. »Ich könnte Tag und Nacht Hilliebillie tanzen ...«

Es war ein Thema, über das sich Kochlowsky nicht weiter unterhalten konnte. Da aus Sophie weder der Aufenthaltsort von Wanda noch weitere Informationen über diesen Eberhard von Seynck herauszulocken waren, einigte man sich, auf dem Sofa zu warten, bis irgend etwas geschah.

Und so saßen sie dann nebeneinander, finster dreinblickend, stumm und verbissen, Denkmäler beleidigten männlichen Stolzes: Jakob Reichert, ein großer Dulder und zermartert von Eifersucht, Leo Kochlowsky voll finsterer Entschlossenheit, diesem Eberhard von Seynck zu beweisen, daß Tanzen nicht die ganze Seligkeit auf Erden war.

Hilliebillie, dachte er. So ein Scheißdreck! Haben wir Preußen die amerikanische Hopserei nötig? Schon der Name ist absoluter Schwachsinn!

Sophie hatte sich in eine andere Ecke gesetzt, beschäftigte sich mit einer Stickerei und beobachtete unter gesenkten Lidern den unruhig an seinem Zorn kauenden Kochlowsky.

Einmal fragte er: »Was arbeiten Sie denn da?«

»Ich sticke. Das sehen Sie doch.«

»Und was soll es werden, wenn es fertig ist?«

»Ein Taschentuch mit einem Wappen ...«

»... derer von Seynck ...«, schnaubte Leo.

»Zu Weihnachten!« setzte Sophie obendrauf.

Weihnachten gibt es keinen von Seynck mehr, dachte Kochlowsky verbissen. Bis Weihnachten habe ich alles umgerannt, was mich von Sophie trennt. Ist das nicht hirnverbrannt? Da sitze ich nun endlich bei ihr, Reichert ist vor Kummer um Wanda ganz aufgeweicht, ich könnte Sophie alles sagen, was ich denke, was ich fühle, wie ich mir unsere Zukunft vorstelle – und was tun wir? Wir schweigen uns an! Wenn man sich bloß selbst in den Hintern treten könnte ...

Siedendheiß fiel ihm plötzlich ein, daß er vorhin – vor einer halben Stunde – an der Tür gebrüllt hatte: Ich liebe Sie! – Ja, das hatte er, und wie hatte sie darauf reagiert?

Gar nicht. Mit keinem Ton, mit keiner Bewegung, so, als sei es gar nicht gesagt worden. Sie hatte es überhört. Kann man ein »Ich liebe Sie!« überhören? Mein Gott, war das nicht der Beweis, wie gleichgültig ihr Leo Kochlowsky war?

Er starrte Sophie maßlos erschrocken an und rang die Hände. Aber sie beachtete ihn gar nicht, sie stickte das verdammte Wappen, hatte das Goldköpfchen tief über den Stickrahmen gebeugt, und ihre kleinen Finger führten Nadel und Garn gewandt und zierlich von Stich zu Stich.

Ich werde nicht mehr leben können ohne sie, dachte Kochlowsky mit heißem Herzen. Es ist völlig ausgeschlossen, daß ich sie jemals verlieren kann. Noch habe ich sie nicht, aber auch ein anderer soll mir nicht dazwischenkommen. Sie ist mein Engel ... Verdammt, ich lasse mir doch den Himmel nicht wegnehmen!

Gegen elf Uhr kam Wanda zurück. Sie klopfte dreimal, machte eine Pause, klopfte wieder dreimal – das verabredete Zeichen. Sophie öffnete. Aber bevor sie etwas sagen konnte oder eine Warnung ausstieß, fegte bereits Reichert in den kleinen Flur.

Wanda Lubkenski war gut gelaunt und zufrieden mit der ersten Sitzung, denn Landauer hatte sich trotz ihrer Nacktheit als vollkommener Ehrenmann erwiesen, was sie eigentlich verwunderte, denn, du lieber Himmel, was hörte man nicht alles von Künstlern! Und nun hatte Wanda Durst und sehnte sich nach einem Schluck Wein. Statt dessen raste Reichert auf sie zu, hochrot im Gesicht, mit irre flackernden Augen.

»Wo kommst du her?« keuchte er, dem Weinen nahe. »Wo warst du bis jetzt, du Metze? Treibst dich wie eine Katze herum ...«

»Sophie, du kannst auf dein Zimmer gehen!« sagte Wanda seltsam ruhig. Immerhin ist Metze keine schöne Bezeichnung für eine liebende Frau, die heimlich die Strapazen auf sich nimmt, sich für den Geliebten nackt malen zu lassen. »Mit diesem Pferdeknecht werde ich allein fertig!«

»Für den reicht's noch immer, das ist klar!« sagte Kochlowsky aus dem Hintergrund.

Hat schon jemand eine Schlange gesehen, die man auf den Schwanz tritt? Oder einen Panther, dem man Luft in den Hintern pustet?

Genauso reagierte Wanda, als sie den Klang von Leos Stimme vernahm. Sie stieß Reichert zur Seite, stürzte sich ins Zimmer und nahm wie hinter einer Feuerwand wahr, daß Kochlowsky auf ihrem Sofa saß und gehässig grinste.

»Was willst du hier?« schrie sie. »Jetzt muß ich die Wohnung ausräuchern lassen wie bei den Wanzen! Neu tapezieren muß ich! Aus allen Ecken stinkt Kochlowsky! Hinaus, oder ich schreie um Hilfe!«

»Wir hatten Fragen, Wanda . . . «, rief aus dem Flur der arme Reichert.

»Hinaus! Alle beide! Hinaus! Warum hast du sie hereingelassen, Sophie?«

»Sie waren ganz friedlich.« Sophie blickte um sich mit den großen Augen blauer Unschuld. »Stell dir vor: Der Herr Verwalter kann Walzer tanzen. Links herum und rechts herum . . . «

»Der Herr Verwalter kann noch mehr, wenn ich jetzt mein Beil hole . . . «

»Laß uns gehen, Jakob!« sagte Kochlowsky und erhob sich aus dem tiefen Sofa. »Wir entfernen uns mit der folgenschweren Erkenntnis, daß ein Hundeschiß, in den Sand gesetzt, monumentaler ist als das Vertrauen, das man einer Frau entgegenbringen kann!«

»Gleich vergesse ich mich!« stöhnte Wanda und lehnte sich gegen die Wand.

»Die eine schleicht nachts herum, die andere tanzt Hilliebillie, mit Rock hoch und Küßchen! – Komm, Jakob, wir gehören einer anderen Klasse an ... «

Stolz ging Leo an Wanda vorbei, die versucht war, ihn anzuspucken. Vor Sophie aber blieb er stehen und sagte bedrückt: »Ich bin sehr traurig ... «

»Ich nicht, Herr Verwalter.«

»Das Leben besteht nicht nur aus Tanzen.«

»Bestimmt nicht, aber ich bin noch jung ... «

Das saß. Leo Kochlowsky schluckte, verbeugte sich, ergriff dann plötzlich blitzschnell Sophies Hand und küßte sie. Sie war völlig überrumpelt, und als sie endlich die Hand zurückriß, hatten seine Lippen längst ihre Haut berührt.

»Komm!« sagte Kochlowsky rauh zu Reichert, der händeringend vor Wanda stand. »Begreif endlich, was du wert bist! Es gibt hundert Wanda Lubkenskis ... «

Es ist keine neue Weisheit: Wer gestochen worden ist, bei dem bleibt ein Stachel zurück, mindestens aber eine Schwellung und ein Juckreiz.

Bei Leo Kochlowsky saß ein ganz langer, harter Stachel in der Seele, und er sah keine Möglichkeit, ihn herauszuziehen, ohne nach Pleß zu fahren. Er ließ also schon am nächsten Morgen anspannen, hatte aber keine Reitstiefel, sondern eine lange, enge Hose und weiche Halbschuhe angezogen und hatte zu Eugen und Landauer gesagt:

»Es ist angeordnet worden, daß ihr erst Essen bekommt, wenn ihr Leistungen vorweist. Kein Gedicht – kein Essen! Von mir aus kannst du Blätter fressen, Eugen! Meine Geduld ist zu Ende. Und Sie, Landauer – ich brauche Sie nicht mehr! Kein Bild! Es hat sich vieles grundlegend verändert!«

Er setzte seinen Hut auf, drehte den maßlos Verblüfften den Rücken zu und verließ das Haus.

Eugen lief ans Fenster und blickte durch die Gardine. »Er fährt mit dem Dogcart fort! Louis, das hat er ernst gemeint, ich kenne die feinen Unterschiede in seinem Ton! Wir sitzen ab sofort auf dem trockenen! Er sperrt uns Schüssel und Teller.«

»Das ist ein Grund auszuziehen! Es ist mir unmöglich, heimlich Sophie zu malen und deinem Bruder dann abends treuherzig in die Augen zu blicken. Ich kann das nicht. Morgen ziehen wir um.«

»Wohin?«

»Der Leibjäger Wuttke hat im Jagdhaus noch zwei Zimmer frei. Er nimmt uns gern, schon um Leo zu ärgern. Wir haben die Sympathie aller, wenn es gegen Kochlowsky geht.«

»Ich müßte mein Brüderchen bedauern.«

»Dazu ist es zu spät. Er wird sich nie ändern. Es ist sein Schicksal, mit seiner Umwelt in dauerndem Streit zu leben.«

Leo Kochlowsky fuhr zunächst zur Poststelle, wendete dann aber kurz vor dem Gebäude und lenkte den Wagen zur Polizei. Polizei ist sicherer, dachte er. Die Polizei ist zum Schweigen verpflichtet, die Post nur in den Belangen ihres postalischen Bereichs. Außerdem hat das, was ich will, mit der Post nichts zu tun. Ich will nur eine Auskunft, und da ist die Polizei kompetenter.

Er betrat das Polizeirevier, grüßte höflich und stützte sich auf die Holzbarriere, die den Besucher von den an den Schreibtischen sitzenden Beamten trennte.

Der Wachtmeister vom Innendienst blickte Leo Kochlowsky besorgt an. Was soll das, fragte er sich. Was will der hier? Natürlich kannte auch hier jeder Kochlowsky, auch wenn er nie etwas mit der Polizei zu tun gehabt hatte. Kleine Diebstähle auf dem Gut regelte er selbst nach Gutsherrenart vergangener Jahrhunderte: In einer Scheune saß er zu Gericht und ließ den überführten Dieb dann jämmerlich verprügeln. Das schreckte mehr ab als ein Monat Gefängnis in Pleß.

»Sie wünschen?« fragte der Wachtmeister höflich.

»Ich hätte gern eine Auskunft.«

»Eine juristische Frage?«

»Nein. Eine Adresse.«

»Einwohnermeldeamt, Zimmer 19 . . . «

»Das weiß ich auch!« knurrte Kochlowsky, bereits gefährlich.

»Guten Morgen!« sagte der Beamte trotzdem mit unbegreiflichem Mut.

»Gibt es in Pleß einen Tanzlehrer?«

»Einen was?« Der Wachtmeister schob den dicken Kopf vor. »Tanzlehrer? Natürlich gibt es einen. Wir haben ein Gymnasium, eine höhere Mädchenschule, ein Waisenhaus, ein Lehrerinnenseminar, ein Johanniterkrankenhaus, ein Wasserwerk, eine Molkerei, eine Spiritusbrennerei, eine Dampfmühle und ein Gaswerk. Warum sollen wir da keinen Tanzlehrer haben? Meine Tochter nimmt auch bei ihm Unterricht.«

»Wie heißt er?«

»Adolphe Fumière!« Der Wachtmeister grinste breit. »Ein Tanzlehrer muß einen französischen Namen haben. In Wirklichkeit heißt er Adolf Flamme, Liegnitzer Platz 5. Zweite Etage.«

Man muß vorausschicken: Adolf Flamme genoß als Tanzlehrer Adolphe Fumière in Pleß großes Ansehen in den Kreisen, deren Söhne und Töchter er unterrichtete, um ihnen einen Hauch vom Glanz der großen Welt beizubringen, die er selbst auch nur aus Büchern und Journalen kannte. Weiter als bis Breslau und Krakau war Flamme nicht gekommen, aber um dem Plesser Nachwuchs das Tanzen beizubringen, war das genug.

So wurde auch Leo Kochlowsky mit großer Höflichkeit empfangen, denn man betrachtete ihn als einen Vater, der einen Sprößling anmelden wollte. Adolf Flamme war schlank, ja, fast dürr, hatte eine wallende braune Künstlermähne und legte nach jedem dritten Schritt einen kleinen Hüpfer ein, als wolle er auf den Zehenspitzen weiterlaufen. »Mein Wesen ist ganz Tanz!« pflegte er ab und zu zu sagen. Vor allem den Müttern imponierte das gewaltig.

»Tochter oder Sohn?« fragte Adolf Flamme und tänzelte vor Kochlowsky her in sein Büro.

»Sohn . . . «

»Wie alt?«

»Vierunddreißig Jahre . . . «

Adolf Flamme drehte eine elegante Pirouette und starrte Kochlowsky ungläubig an.

»Nein . . . «

»Doch!«

»Sie selbst? Privatstunden?«

»Natürlich.«

»Das wird teuer . . . «

»Habe ich Sie nach dem Preis gefragt?«

»Das ist immer die erste Frage.«

»Meine nicht.« Kochlowsky sah sich um. Dicke Portieren, Seidentapeten, ein Bild vom Kaiser. »Herr Flamme, wann können wir anfangen?«

»Ich muß meinen Stundenplan durchsehen . . . «

»Was kümmert mich Ihr Stundenplan? Ich zahle den doppelten Preis, und wir fangen sofort an!«

»Sofort?«

»Auf der Stelle.«

»Ohne Pianist?«

»Singen oder pfeifen Sie die Melodie.« Kochlowsky streifte zum Entsetzen von Adolf Flamme seine Jacke ab. Die Grundregel seines Unterrichts hieß immer: korrekte Kleidung. Tanz ist höchster Ausdruck der Ästhetik.

»Das kann doch nicht so schwer sein! Die Amerikaner pfeifen auch dabei.« Kochlowsky klatschte in die Hände. »Also, legen wir los. Hilliebillie ...«

Adolf Flamme wich bis an die Wand zurück und vergaß dabei sogar sein Tänzeln. »Was ... was war das?« stammelte er.

»Hilliebillie! Mit einem Juchzer am Schluß und einem Küßchen! Herr Flamme, Sie können doch Hilliebillie tanzen?«

»Nie ... nie gehört ...«, sagte Flamme schwach. »Mein Herr ...«

»Sind Sie Tanzlehrer, Herr Flamme, oder nur eine trübe Funzel? Die ganze Welt tanzt Hilliebillie, und Sie kennen ihn nicht?« Kochlowskys Brust hob sich, er wurde wieder er selbst. »Ein Skandal!« brüllte er. »Ein Tanzlehrer, der sich Fumière nennt und keine einzige Flamme am Hintern hat! Ich muß in zwei Tagen Hilliebillie tanzen können, oder jeder Hund in Pleß wird sich weigern, Sie anzupinkeln! – Fangen wir an!«

Am Nachmittag fuhr Leo Kochlowsky nach Schloß Pleß zurück. Seine Beine taten ihm weh. Da Adolf Flamme sich erst erkundigen mußte, was Hilliebillie war, hatte man sich geeinigt, gleich mit dem Walzer anzufangen. Frau Flamme tanzte die Partnerin, Adolf setzte sich ans Klavier.

Fünf ganze Stunden hielt Kochlowsky durch, dann zitterten ihm die Knie. Für dich, Sophie, dachte er erschöpft, für dich tue ich alles.

Auf der Heimfahrt erlebte Kochlowsky einen neuen Schock.

Eine Kutsche des Fürsten kam ihm entgegen, mit zurückgeklapptem Verdeck. Auf der Polsterbank saßen Sophie und ein junger Husarenoffizier. Und Jakob Reichert hockte auf dem Bock. Als er Kochlowsky entgegenkommen sah, zog er seinen Zylinder tief über die Augen.

Leo ließ die Kutsche an sich vorbeirattern, wendete dann seinen Dogcart und fuhr mit finsterer Miene hinterher. Er war zu allem entschlossen.

XII

Eine halbe Stunde fuhren sie so hintereinander her. Ab und zu blickte sich Jakob Reichert um, sah Leo mit finsterer Miene dicht hinter sich, wischte sich mit bebender Hand über das Gesicht und betete innerlich, daß mit jeder Minute Fahrt die Wut in Kochlowsky geringer werden und letztlich die Vernunft siegen möge.

Aber Reichert irrte sich. Leos Zorn ließ nicht nach, im Gegenteil, er wuchs mit der Länge der Strecke.

Sie fahren zu den Wäldern, dachte er verbittert. Natürlich, wohin auch sonst! Am Waldrand wird Reichert anhalten, sie steigen aus und machen einen kleinen Spaziergang. Dabei kann man so herrlich dämliche romantische Reden schwingen, und die üppige Natur tut das übrige. Man kennt das ja, man hatte es selbst ungezählte Male praktiziert, und immer hatte es zum vollen Erfolg geführt.

Wut kroch in Leo hoch und legte sich wie ein Würgegriff um seinen Hals. Diese Herren Offiziere! Dieser verdammte verführerische Glanz der Uniformen! Was ging bloß in den Hirnen und Herzen der Mädchen vor, wenn sie silberne Litzen und buntes Tuch sahen? Veredelte es einen Mann, wenn er in einer Uniform herumstolzierte? Hob er sich von den übrigen Menschen ab, nur weil er mit dem Säbel rasseln konnte? War ein Husarenleutnant mehr als ein Gutsverwalter?

Sophie, du bist doch nicht wie andere Mädchen! Wie kannst du auf solch äußeren Glanz hereinfallen?! Und tanzen kann er, natürlich! Walzer, Tango, Contre, Rheinländer, Polka und diesen saudummen Hilliebillie ... Aber macht das einen richtigen Mann aus? In zwei Wochen zeige ich diesem Clown in Uniform, wie man Walzer tanzt ...

Sophie, ich höre dein helles Lachen! Es zerschneidet mir das Herz. Glaub nicht, was dieser Lümmel sagt! Glaub nie, was Männer zu dir sagen! Du bist so schön, so jung, so rein ... Dieser gelackte Affe will doch nur eins von dir, und dann wirft er dich weg. Ein adeliger Offizier und eine Küchenmamsell! Sophie, hör auf mich ...

Leo Kochlowsky ließ die Peitsche schnalzen, der Dogcart kam mehr in Fahrt, erreichte die offene Kutsche und kam auf gleiche Höhe.

Leo blickte nach rechts. Der Leutnant hatte den Arm um Sophies Schulter gelegt und sprach auf sie ein. Sie lachte, hatte ein gerötetes Gesichtchen und strahlte Kochlowsky an, während der Leutnant anscheinend einen Scherz machte. Von Seynck blickte nur kurz zu Leo hin und ärgerte sich ein wenig, daß man ihn überholte.

Kochlowsky ließ noch einmal die Peitsche knallen und war gleich darauf Seite an Seite mit Jakob Reichert. Der

Leibkutscher starrte ihn aus unruhigen Augen an.

»Mach keinen Quatsch, Leo!« sagte er. »Was willst du hier? Bleib zurück . . . «

»Den Teufel werde ich tun!« knurrte Kochlowsky.

»Du kannst hier nicht den wilden Mann spielen!«

»Wohin fahrt ihr?«

»Das geht dich nichts an!«

»Du wirst gleich sehen, wieviel mich das angeht!«

»Leo, das gibt ein Unglück!«

»Scheiß dich in die Hosen vor Angst!« schrie Kochlowsky. »Zu mehr bist du nicht nütze . . . «

Leutnant von Seynck unterbrach seine Bemühungen um Sophie und sah verwundert auf den Dogcart und den schwarzbärtigen Mann, der neben seiner Kutsche herfuhr und den Kutscher anschrie. Was er sagte, war nicht zu verstehen bei dem Getrappel der Pferdehufe, aber daß ein solches Benehmen nicht normal war, lag auf der Hand. Jetzt hob der fremde Kerl sogar die Faust und drohte dem Kutscher.

Leutnant von Seynck lächelte Sophie Verzeihung heischend zu, erhob sich von der Sitzbank und kniete sich auf die gegenüberliegenden Polster.

»Was ist da los?« rief er in abgehacktem Befehlston. »Bleiben Sie zurück! Geben Sie den Weg frei! Wer sind Sie? Welch ein flegelhaftes Benehmen!«

Leo Kochlowsky zog den Kopf tiefer zwischen die Schultern. Er zügelte sein Pferd etwas, kam so wieder an die Seite von Eberhard von Seynck und sah ihn böse an.

»Haben Sie Flegel gesagt?« fragte er laut.

»Sie behindern unsere Fahrt! Was soll das?«

Kochlowsky blickte Sophie an. Sie saß zierlich in den Polstern, das blonde Haar mit einem Seidenband zusammengebunden, und ihre großen blauen Augen strahlten ihn an, als habe er das Schönste von der Welt gesagt.

»Einen Augenblick!« sagte Kochlowsky scharf. »Das haben wir gleich!«

Er nahm seine Peitsche mit der langen Lederschnur, schwang sie über den Kopf und ließ die Schnur neben Reichert auf den Bock schnellen.

Der Kutscher zuckte zusammen, als habe der Hieb ihn getroffen, zog sofort die Zügel straff und ließ die Kutsche halten. Der Ruck war so plötzlich und stark, daß von Seynck gegen die vordere Kutschenwand flog und mit der Stirn an das Holz stieß. Sofort warf er sich herum und starrte Kochlowsky an, der seinen Dogcart ebenfalls angehalten hatte.

»Sind Sie verrückt?« brüllte Leutnant von Seynck. »Was fällt Ihnen ein?«

Auf dem Kutschbock preßte Reichert beide Hände um seinen Kopf und schwieg. Das Verhängnis nahm seinen Lauf, man konnte es nicht mehr aufhalten. Der Ort dazu war gut gewählt. Sie waren von der Chaussee abgekommen und über einen schmalen Weg zum Wald gefahren. Einsamkeit umgab sie, nur die Wiesen und die Bäume waren Zeuge, die Vögel und ein leichter Sommerwind.

»Wir sollten miteinander reden, Herr Leutnant!« sagte Kochlowsky ziemlich höflich.

»Machen Sie, daß Sie weiterkommen, Sie Verrückter!« Von Seynck spürte einen Druck an der Stirn, dort, wo er aufgeschlagen war. Das gibt eine Beule, dachte er. Ich werde einige Tage mit einem Horn herumlaufen, das sich gelb und blau färben wird. Das mir! »Wer sind Sie überhaupt?«

»Sie haben es bereits gesagt: ein Flegel und ein Verrückter! – Ein Uniformträger hat immer den Scharfsinn mit Löffeln gefressen, nicht wahr? Wer silberne Litzen trägt, hat auch ein versilbertes Gehirn! Und hat er sogar ein ›von‹ vor seinem Namen, darf er in den Arschfalten der Unantastbarkeit wohnen ...«

Eberhard von Seynck starrte fassungslos auf Leo Kochlowsky. Jakob Reichert auf seinem Kutschbock faltete die Hände. Die Schlacht war eröffnet – Herr im Himmel, blick weg!

»Das ... das sagen Sie in Gegenwart einer Dame ...«, knirschte von Seynck.

»Darum geht es.« Kochlowsky zeigte mit dem Knauf seiner langen Peitsche auf Sophie. »Sie haben sich erdreistet, meine Braut auf eine eindeutige Ausfahrt zu lokken ...«

»Ihre – was?« Von Seynck wandte sich an Sophie.

Sie saß wie unbeteiligt in den Polstern, es war warm, die Sonne brannte trotz des späten Nachmittags glühend vom Himmel, es gab keinen Schutz vor ihr – also spannte Sophie ihren mitgebrachten Sonnenschirm auf, bezogen mit weiß-blauem Stoff und am Rand mit einer Tüllspitze verziert. Im Schatten wirkte das Puppengesicht des jungen Mädchens noch schmaler und zarter.

Eberhard von Seynck, von so viel Schönheit geradezu überwältigt, holte tief Atem. »Ist das wahr, Sophie?« fragte er rauh.

»Nein!« Ihre Stimme war hell und klar. »Ich bin nicht verlobt.«

»Sie sprechen meine Braut bereits vertraut mit Sophie an?« schrie Kochlowsky.

»Wer ist der Kerl?« Leutnant von Seynck spürte, wie sein Blut zu rauschen begann.

»Irgendein Angestellter des Fürsten. Ich habe ihn ein paarmal gesehen und ein paar Worte mit ihm gewechselt.

So im Vorbeigehen. Ist man dann verlobt?« Sophie drehte den Sonnenschirm in ihren Händen, es sah allerliebst und unschuldig aus. »Ich glaube, er arbeitet in der Landwirtschaft ...«

»Also ein Bauernlümmel!« rief Eberhard von Seynck.

Jakob Reichert blickte entsetzt zum Himmel auf. Gott, verhülle dein Haupt! Jetzt kann keiner mehr helfen.

Leo Kochlowsky stieg aus seinem Dogcart, nahm seine lange Peitsche mit und trat an die Kutsche heran. Seine fast schwarzen Augen waren ausdruckslos wie bei einem Bären.

»Du grüner Rotzjunge!« sagte er dunkel. »Steig aus!«

Leutnant von Seynck zuckte zusammen, als habe ihn ein Schuß getroffen. Sein Gesicht wurde weißlich und verzerrte sich. Er griff an seinen Säbel, aber er riß ihn nicht aus der Scheide.

»Ihren Namen!« knirschte er.

»Leo Kochlowsky. Verwalter des fürstlichen Gutes III.«

»Ich werde mich erkundigen, ob Sie satisfaktionsfähig sind, und Ihnen meinen Sekundanten schicken. Ich fordere Sie auf Pistolen.«

»Immer vornehm. Selbst beim Furzen wird stramm gestanden! Pistole, Säbel, Sekundant! Komm heraus, Bürschchen, wir tragen es sofort aus!« Kochlowsky trat zwei Schritte zurück. »Sich erkundigen, ob ein Kochlowsky satisfaktionsfähig ist! Das war ich bereits, als dir noch der Rotz aus der Nase lief!« Er rammte den Peitschenstiel in den Boden. »Oder ist der Herr Leutnant von Seynck nur ein Kleiderständer, über den man eine bunte Uniform gestülpt hat?«

»Sie kennen mich?«

»Notgedrungen! Wer meine Braut belästigt ...«

»Sie haben gehört, daß dies eine anmaßende Lüge ist!«

»Es kommt auf den Standpunkt an. Ich betrachte mich als verlobt mit Sophie Rinne und werde Ihnen gleich eine runterhauen . . . Genügt das immer noch nicht? Es kann ja sein, daß der Herr Husarenleutnant nichts weiter ist als ein feiger Schwengel . . . «

Eberhard von Seynck schnaubte durch die Nase, sprang aus der Kutsche und kam auf Leo zu. Er war einen Kopf größer als Kochlowsky und sah in seiner Uniform sportlich und überzeugend sieghaft aus. Vor allem war er elf Jahre jünger.

»Na also!« sagte Kochlowsky gepreßt. »Gehen wir ein Stück zum Wald hinüber, da haben wir mehr Platz.«

»Haben Sie eine Waffe bei sich?« fragte von Seynck.

»Wie sie einem Bauernlümmel zusteht!« Kochlowsky hob die lange Peitsche. Leutnant von Seynck starrte ihn zuerst verständnislos an, aber Leo trat an die Kutsche und boxte Reichert gegen die Stiefel. »Gib deine Peitsche her, du Scheißer!« sagte er dabei. Da begriff der Leutnant, wie das Duell aussehen sollte.

»Leo, ich flehe dich an!« Reichert streckte beide Hände nach ihm aus. »Steig auf und fahr weiter . . . «

»Die Peitsche!«

»Du machst dich für dein ganzes Leben unglücklich, Leo! Ist . . . ist ein Mädchen das wert?«

Das hätte Reichert nie sagen dürfen, und er bereute es auch sofort. Mit einem Ruck riß Kochlowsky ihm die Peitsche aus der Hand und warf sie Eberhard von Seynck zu. Sie fiel vor dessen Füße in den Staub. Von Seynck bückte sich, nahm sie auf und ließ die lange Lederschnur durch die Luft pfeifen. Dann wandte er sich zur Kutsche zurück und blickte Sophie an. Ihre Augen waren weit aufgerissen, die Finger umkrampften den Griff des Sonnenschirms – wie eine große Porzellanfigur sah sie aus.

»Ich bitte um Vergebung, Sophie«, sagte von Seynck mit mühsam fester Stimme. »Aber diese Schmach kann ich nicht auf mir sitzenlassen. Ich wäre unwürdig, fernerhin diese Uniform tragen zu dürfen. Ich habe einen zweifachen Grund: Er hat auch Sie beleidigt. Es ist eine Entehrung, wenn er Sie seine Braut nennt ...«

»Und es ist eine dauernde Entehrung, wenn du sie mit deinen Worten anspuckst!« brüllte Kochlowsky. Er drückte seine Peitsche an sich und kam auf von Seynck zu. »Was ist sie sie für dich? Ein Spielzeug, ein Abenteuer, eine flotte Laune! Ein Mamsellchen, das man genießen darf ohne Reue wie ein Gläschen Wein!« Er kam an die Kutsche und beugte sich zu Sophie. »Warum sagst du nichts?«

»Waren wir schon per du?« gab sie zur Antwort.

Kochlowsky schluckte krampfhaft. »Du ... Sie wissen, wie ich Sie liebe ... Ich habe es Ihnen gestern gesagt, und Sie haben es hingenommen, Sophie.«

»Weil Sie immer so brüllen, Leo. Wer kommt dagegen an? Sie schreien mich an wie ein Irrer: Ich liebe dich! – Was soll man darauf antworten?«

»Zurück von der Dame!« schrie hinter ihm Eberhard von Seynck. Gleichzeitig griff er zu, riß Kochlowsky am Ärmel herum und warf ihn gegen die Kutschenwand. »Sie unverschämter Maulheld!«

»Dann komm, mein schmuckes Bürschchen!« sagte Leo heiser. »Hättest du nicht die Uniform an, hättest du längst einen Tritt in den Arsch gekriegt, so einen, wo die Stiefelspitze steckenbleibt!«

Er klemmte die Peitsche unter den Arm und ging hinüber zum Waldrand. Leutnant von Seynck folgte ihm. Jakob Reichert rang die Hände und wandte sich zu Sophie um.

»Nun sag doch was!« bettelte er. »Tu was, Sophie! Sie werden sich zerfleischen.«

»Er wird nicht auf mich hören, Jakob.«

»Versuch es wenigstens.«

»Was soll ich denn sagen?«

»Von mir aus ... daß du ihn liebst. Auch wenn es gelogen ist.«

»Ich lüge nicht, das weißt du.«

»Nur jetzt, Sophie, nur dieses eine Mal. Du kannst ein Unglück verhindern. Mein Gott, hast du dich denn in den Leutnant verliebt?«

»Nein.«

»Dann ruf Leo zurück.«

»Das wird den Leutnant nicht hindern, seine Ehre wiederherstellen zu wollen.«

»O Gott!« Reichert warf die Hände vor sein Gesicht. Kochlowsky und von Seynck standen sich am Waldrand mit einer Distanz von vier Metern gegenüber. Jeder konnte den anderen mit der langen Peitschenschnur erreichen. »In welcher verrückten Welt leben wir! Warum kann man nicht miteinander reden, warum immer gleich Blut ... «

Sophie erhob sich von ihrem Sitz. Sie stand hoch aufgerichtet in der Kutsche, hob den Sonnenschirm mit ausgestrecktem Arm in den Himmel und schwenkte ihn hin und her.

»Leo!« rief sie mit ihrer hellen Stimme. »Leo! Komm her! Laß das sein! Entschuldige dich und fahr weiter ... «

»Hast du das gehört?« fragte Kochlowsky und ließ die Peitsche in seiner Hand wippen. »Entschuldigen soll ich mich. Ehe ich das tue, fresse ich lieber Katzenscheiße! Ein Kochlowsky entschuldigt sich nicht. Er steht zu dem, was er gesagt oder getan hat! So bin ich aufgewachsen: ehrlich und nie den Nacken beugen. Vor keinem!«

»Sie sind der größte Flegel unter Gottes Himmel!« sagte von Seynck bebend. »Es ist eine Schande, daß die Sonne Sie bescheint!«

»Du adelige Null!« Kochlowsky zog die Peitsche an sich und ließ die Lederschnur durch seine Finger gleiten. »Wenn du ein Handwerker wärst, ein Bauer, ein Lakai, ein Händler, irgendwer aus dem Volk, ich hätte mit dir um Sophie gekämpft wie ein echter Rivale. Aber der Herr Leutnant wollte ja bloß ein Abenteuer, ein Späßchen mit einem Weibchen, das noch ein halbes Kind ist. Verderben wollte er es und sich dann die Hände reiben und sagen: Auch das habe ich geschafft! Und was zurückbleibt an Schmerz und Tränen, was kümmert's mich? – Du bist eine Drecksau, Leutnant von Seynck!«

Eberhard von Seynck zog den Kopf ein. Er hob die Peitsche und ließ die Lederschnur durch die Luft zischen. Genau auf Leos Kopf schnellte das Leder, aber Kochlowsky sprang im letzten Moment zur Seite. Der Schlag pfiff knapp neben ihm ins Gras. Eine kleine Staubwolke quoll auf. Der Boden war nach dem langen heißen Sommer trocken wie Pulver.

Gleichzeitig mit dem Sprung zur Seite vollführte Leo einen Peitschenhieb, instinktiv die Reaktion seines Gegners vorausahnend, genau in die Richtung, wohin von Seynck auswich.

Die Lederschnur traf, sie zischte über Schulter und Brust des Leutnants. Es war kein großer Schmerz, aber die Schmach, von einem Peitschenhieb getroffen zu sein, brannte heißer als jede offene Wunde.

Eberhard von Seynck schlug zurück. Mit völliger Verwunderung sah er, daß Leo Kochlowsky diesmal nicht versuchte, dem Schlag zu entkommen. Breitbeinig stand er da, hatte seine Peitsche mit beiden Händen gepackt und schwang sie, schleuderte den Lederriemen auf von Seynck und nahm ungerührt die Treffer hin, die sein Gegner anbrachte. Über Kopf und Schulter zischte das Leder, über die Brust und gegen die Beine, quer zur Brust und einmal längs durch das Gesicht. Aber Kochlowsky stand.

Es war das merkwürdigste Duell, das je stattgefunden hatte. Nur das Pfeifen der Peitschenschnüre war zu hören, wenn sie durch die heiße Abendluft zischten, und nur das trockene Klatschen der Treffer.

Von Seynck blutete bereits stark aus einem Striemen an der Stirn. Nach den ersten Schlägen, die er verbissen hingenommen hatte, spürte er jetzt jeden Hieb auf seinem Körper, als habe er keine Uniform mehr an, sondern stehe nackt vor seinem Gegner. Die Lederschnur schnitt in seine Haut, als habe sie stählerne Widerhaken ... Er fühlte, wie sich überall dort, wo er getroffen wurde, seine Haut aufwölbte und höllisch zu brennen begann.

Aber auch Kochlowskys Körper brannte. Ein paarmal gelang es ihm, die Schnur des Leutnants mit seiner eigenen Peitsche abzufangen – dann zerrten sich die beiden Männer gegenseitig hin und her, bis sich die Schnüre gelöst hatten und wieder frei schwingen ließen.

Einer muß aufgeben, dachte Kochlowsky. Einer von uns muß spüren: Es geht nicht mehr. Er muß die Peitsche hinwerfen. Bei einem von uns wird einmal die Grenze erreicht sein ... Dann werden die Arme wie Blei sein, die Beine knochenlos, das Hirn leer und das Blut ein feuriger Sturm, der die Umwelt verwischt. Nicht einen Zentimeter mehr werden wir die Arme hochbringen, und unsere Körper werden wie aufgeplatzte Säcke sein.

Aber ich werde es nicht sein, der die Peitsche fallen

läßt. Ich nicht! Ich werde sie festhalten und an mich pressen, wenn ich stürzen sollte. Bei euch Soldaten ist es die Fahne, die nie sinken darf – bei mir ist es die Peitsche, ich bin ja nur ein Bauernlümmel . . .

Die Schläge klatschten. Die Peitsche wurde immer schwerer. Und dann gelang Kochlowsky ein Glückstreffer. Seine Schnur wickelte sich um den Hals von Leutnant von Seynck, eine dünne lederne Schlinge, die ihn sofort abwürgte. Mit einem wilden Ruck riß Kochlowsky den Offizier von den Beinen. Um sich schlagend, rollte er über den Boden.

Kochlowsky hielt die Schnur stramm, wickelte sie, vorwärts gehend, über der linken Faust auf und stand dann über von Seynck gebeugt, der mit hochrotem Gesicht, halb erwürgt und hilflos im Staub lag.

»Ich bin kein Töter!« sagte Leo schwer atmend und ließ die Peitschenschnur locker. »Mir genügt das!« Er blickte in das Gesicht des Leutnants, das von blutigen Peitschenstriemen zerschnitten war. Ich sehe nicht anders aus, dachte Kochlowsky. Ob Narben zurückbleiben wie bei einer Mensur? Für immer ein Gesicht voller Narben, entstellt und zerstört? Und wenn auch, ich habe es für dich getan, Sophie!

Er beugte sich zu von Seynck hinunter, löste die Lederschlinge von dessen Hals, klemmte die Peitsche unter seine Achsel und ging langsam zu den Wagen zurück. Sophie stand in der Kutsche und weinte lautlos. Die Tränen rannen ihr über das zuckende kindliche Gesicht.

»Du Irrer!« sagte Reichert heiser. »Damit hast du alles verloren! Du kannst jetzt dein Leben an den Nagel hängen, wo auch dein Hut hängen wird!« Entsetzt schlug er die Hände zusammen. »Mein Gott, du hast ja kein Gesicht mehr . . . «

»Das geht dich einen Dreck an! Es ist mein Gesicht!« Kochlowsky ging zu seinem Dogcart, steckte seine Peitsche in die Halterung und kam zur Kutsche zurück. Am Waldrand hatte sich Leutnant von Seynck aufgerichtet und taumelte wie blind zum nächsten Baum, um sich völlig erschöpft daran zu lehnen.

»Kommst du mit mir?« fragte Leo und sah Sophie an.

»Ich habe Angst . . . «, stammelte sie und weinte hinter der vorgehaltenen Hand.

»Vor mir?«

»Ja . . . «

»Ich bringe dich nur zum Schloß zurück. Steig in den Dogcart.«

»Ich . . . ich kann nicht. Ich bin wie gelähmt.«

»Dann werde ich dich tragen.«

»Rühr sie nicht an!« schrie Reichert von seinem Kutschbock.

»Kümmere dich um deine Wanda, die sich wie eine streunende Katze herumtreibt. Und lade den Leutnant ein . . . « Leo beugte sich in die Kutsche, aber Sophie wich zurück, als sei er ein Gespenst. »Komm her, es wird schon dunkel . . . «

»Du blutest . . . «, stammelte sie. »Überall blutest du. Warum hast du das getan, Leo?«

»Darum . . . « Er versuchte ein Lächeln – es wurde ein verzerrtes Grinsen. »Darum, daß du mich jetzt *du* nennst . . . Das ist fast schon ein halber Himmel . . . «

Er zog sie zu sich, nahm sie auf seine Arme und wäre bald unter ihrer leichten Last zusammengebrochen, so entkräftet war er durch das Peitschenduell.

Sie wiegt nicht mehr als fünfundachtzig Pfund, dachte er. Bestimmt nicht mehr. Aber jetzt ist es, als ob ich einen jungen Bullen schleppen müßte. Nur drei Meter sind es, nur lächerliche drei Meter bis zu meinem Dogcart. Leo, du mußt das schaffen, du darfst nicht zusammenbrechen, du hältst sie auf deinen Armen, das Liebste, was du auf der Welt hast. Drei Meter, Leo, drei große Schritte ... so viel Kraft mußt du noch haben!

Er schwankte mit kleinen Trippelschritten zu seinem Gefährt, spürte, wie Sophie ihm aus den Armen zu gleiten begann, weil es ihm einfach unmöglich war, die Muskeln anzuspannen und sie zu tragen ... Er knirschte mit den Zähnen, heulte nach innen, sein mit blutigen Striemen überzogenes Gesicht zuckte ... Dann stand er neben seinem Dogcart, Sophie glitt auf den Sitz und umklammerte plötzlich seine Schultern, weil er unter ihr wegrutschte. Er knickte in den Knien ein und fiel gegen das hohe Holzrad. Sie hielt ihn fest, krallte die Finger in den Stoff seines Reitrocks und stemmte die Beine, Halt suchend, gegen den Fahrzeugboden.

»Laß los ...«, sagte Leo Kochlowsky schwach. »Laß mich einfach fallen ...«

»Ich lasse dich nicht fallen, Leo.«

»Einmal stehe ich wieder auf. Irgendwann einmal ... Danke, Sophie.« Sein Kopf fiel gegen den Wagen, mit einem Arm hing er in den Radspeichen. Trotzdem wäre er gestürzt, wenn Sophie ihn nicht festgehalten hätte.

Am Waldrand stand noch immer Leutnant von Seynck an dem Baum und hielt ihn umklammert. Sein Kopf hing nach unten, er erbrach sich und hatte den unbändigen Wunsch, jetzt zu sterben. Ein Weiterleben kam ihm sinnlos vor.

Nur ein paar Atemzüge lang klammerte sich Kochlowsky ans Rad, dann kehrte ein wenig Kraft in seinen Körper zurück. Er richtete sich auf, zog sich mit Hilfe von Sophie auf den Sitz und tastete nach den Zügeln.

»Du kannst doch jetzt kein Pferd halten!« sagte sie. »Laß mich das machen.«

»Du ... du kannst mit Pferden umgehen?« Er sah sie an, ihr Gesicht schwebte wie hinter einer Nebelwand.

»Ich bin die Tochter eines Fuhrmannes ... Wir haben in Bückeburg ein Transportunternehmen.«

Kochlowsky nickte und hielt sich fest, als der Dogcart anzog. Durch immer dichter werdende, sich drehende Nebelschwaden sah er Leutnant von Seynck vom Waldrand heranschwanken. Jakob Reichert rannte ihm entgegen und stützte ihn auf den letzten Metern zur Kutsche. Die schöne Husarenuniform war voller Blut, Staub und Erbrochenem, einige Tressen und Litzen waren von den Peitschenhieben abgerissen.

»Ich liebe dich, Sophie«, sagte Kochlowsky mühsam. Sein Kopf sank auf die Brust. Der Dogcart rumpelte über den Feldweg, das Pferd fiel in einen schnellen Trab. Sophie hatte die Zügel sicher in der Hand, als hätte sie nichts anderes in ihrem Leben getan als zu kutschieren.

Welch eine Frau, dachte Kochlowsky. Um sie zu bekommen, würde ich gegen Teufel und Engel kämpfen! Sophie, ich habe bisher nicht gewußt, was Liebe ist ...

»Nicht so schnell über die Querrillen, du Trampel!« sagte er mühsam. »Sollen die Räder brechen? Daß ihr Weiber immer sagt: Das kann ich auch! Nichts könnt ihr!«

Sophie lächelte still in sich hinein, während sie das Tempo minderte. Er erholt sich schon wieder, dachte sie glücklich. Die stachelige Haut wächst wieder zu. Leo Kochlowsky kommt wieder zu sich.

Bis zur Allee des Schlosses Pleß ließ Leo sie kutschieren. Mit geschlossenen Augen saß er neben ihr, fühlte ihr Bein an seinem Bein, ihren Arm an seinem Arm, nahm jede Bewegung von ihr auf und schwelgte in einem unbeschreiblichen Glück. Aber am Beginn der Schloßallee nahm er ihr die Zügel aus der Hand.

»Ein Kochlowsky wird von keinem Weibsbild gefahren«, sagte er mit wieder fester Stimme. »Wie sehe ich aus?«

»Schrecklich! Man erkennt dich nicht mehr, nicht am Gesicht ...«

Kochlowsky lenkte seinen Dogcart zur Gartenseite des Wirtschaftstraktes und ließ Sophie vom Sitz klettern. Sie reichte ihm die Hand hinauf, als sie auf dem Weg stand.

»Wann ... wann sehe ich dich wieder, Sophie?« fragte er gepreßt.

»Wann du willst, Leo.«

»Alle werden das verhindern.«

»So viele Hände gibt es nicht, um mich festzuhalten.« Sie sah ihn an, und ihre Mundwinkel begannen wieder zu zucken. »Du mußt sofort zu einem Arzt, Leo! Bitte, geh sofort zu einem Arzt!«

»Wenn ich mich gewaschen habe, sieht alles halb so schlimm aus.«

»Bitte, Leo ...«

»Jetzt hast du nicht mehr Angst vor mir, sondern um mich ...«

»Ja.«

»Sophie, ich liebe dich unendlich ...«

»Ich dich auch, Leo.«

Sie stellte sich auf die Zehenspitzen, küßte ihm die blutige Nase, warf sich dann herum und rannte ins Schloß. Kochlowsky blieb wie versteinert sitzen und begriff zum erstenmal das bisher von ihm als Blödheit bezeichnete Gefühl, wenn man vor Glück sterben könnte. Langsam ließ er sein Pferd nach Haus trotten, spannte es im Stall aus, rieb es noch mit Stroh ab, gab ihm Heu und Häcksel zu fressen, tränkte es und schwankte dann in sein Haus.

Dort löste sein Erscheinen Panik aus. Bruder Eugen raufte sich die Haare und rannte in die Küche, um eine Schüssel mit heißem Wasser und zwei Handtücher zu holen, Louis Landauer stützte Leo, führte ihn zum Sofa, drückte ihn in die Kissen und sagte wie ein echter Freund: »Wem ist es endlich gelungen, dich kleinzukriegen?«

Erst nachdem man Kochlowsky den gröbsten Schmutz und das verhärtete Blut vom Gesicht gewaschen hatte, wobei Leo seinen Bruder Eugen »das größte Arschloch seit den Pharaonen« nannte, weil natürlich das Wasser viel zu heiß war und höllisch in den Wunden brannte, war eine ausführlichere Unterhaltung möglich. Kochlowsky saß auf dem Sofa und verschwieg, daß auch sein Körper voller Wunden war. Er wollte sie nachher allein behandeln.

»Ich werde Sophie heiraten«, sagte er. »Wir sind uns einig.«

Louis Landauer holte tief Atem. Er kam sich wie getreten vor.

»Was heißt einig?« fragte er in mühsam gleichgültigem Ton.

»Sie liebt mich.«

»Hat sie das selbst gesagt?«

»Ja!« Leo Kochlowsky sah seinen Bruder und den Maler an. »Auch ohne poetische Stammeleien und bunte Kleckserei! Ich habe sie auf meine Art überzeugt.«

»Man sieht's!« Eugen goß sich einen großen Kümmelschnaps ein. Das fette Leben im Schlaraffenland Pleß ging zu Ende – er ahnte es. »Womit hat sie zugeschlagen? Mit der Nudelrolle oder mit dem Reibeisen?«

»Es sieht mehr nach einem Reibeisen aus«, sagte Landauer und griff auch zum Kümmelschnaps. »Aber noch sind das alles Vermutungen. Er erzählt ja nichts!«

»Morgen wird alles anders sein.« Kochlowsky legte den Kopf vorsichtig nach hinten an die hohe, plüschbezogene Sofalehne. »Morgen werden große Veränderungen eintreten. Aber das ist mir Wurst! Ich weiß jetzt, daß Sophie mich liebt ...«

Am späten Abend klopfte ein Mann an die Tür des Verwalterhauses. Eugen öffnete, wurde zur Seite geschoben und schrie sofort: »Alarm! Da kommt einer!« Landauer sprang vom Stuhl auf und warf sich dem Hereinstürmenden entgegen, aber bevor es zu einem Handgemenge kam, sagte Kochlowsky laut:

»Was ist denn das? Sie, Dr. Senkmann? Was wollen Sie hier?«

Eugen, der sich tapfer in die Tür gestellt hatte, um dem Eindringling den Rückweg abzuschneiden, atmete auf. Louis Landauer hob bedauernd die Arme. Dr. Willibald Senkmann, einer der Ärzte, die immer zur Verfügung des Fürsten von Pleß zu stehen hatten, angelte sich mit dem Fuß einen Stuhl heran, setzte sich Kochlowsky gegenüber und stellte seine längliche, wie eine dicke Lederwurst aussehende Arzttasche auf den Tisch.

»Ich soll Sie behandeln«, sagte er grob. »Leider muß ich das tun. Das ist das Unverdauliche an unserem Beruf, daß wir auch dort helfen müssen, wo ein Hieb obendrauf angebrachter wäre!«

»Danke!« Kochlowsky gab der Arzttasche einen Stoß. Sie schlidderte über den Tisch, blieb aber an der Kante liegen. »Ich habe Sie nicht rufen lassen, Dr. Senkfuß ... Ich will von Ihnen nicht versaut werden.«

Dr. Senkmann, von Kochlowsky permanent Dr. Senkfuß genannt, betrachtete das zerschlagene Gesicht. Es waren recht zufriedene Blicke.

»Ich bin einmal gebeten und einmal befohlen worden«, sagte er. »Gebeten von der reizenden Mamsell Rinne, die völlig aufgelöst bei mir erschien ... Weiß der Teufel, warum sie sich so aufregt, wenn man Ihnen die Fresse vollhaut! Und befohlen von Ihrer Durchlaucht selbst. Einem Befehl der Fürstin kann ich mich nicht widersetzen.« Dr. Senkmann beugte sich etwas nach vorn. »Der Leutnant von Seynck sieht schlimmer aus ...«

»Ah! Bei dem waren Sie schon?«

»Zuerst. Die Reihenfolge ist berechtigt. Man rettet erst das Wertvollere ...«

»Eugen, gib dem Doktor einen Tritt in den Arsch!« sagte Kochlowsky geradezu milde. »Im Augenblick sind meine Muskeln noch nicht wieder straff genug.«

»Der Leutnant hat nicht nur schlimme Verletzungen, er hat auch einen schlimmen seelischen Schock erlitten. Der Fürst selbst hat an seinem Bett gesessen und sich berichten lassen. Es war mühsam und tragisch. Nur bruchstückhaft konnte der Leutnant reden, immer wieder geschüttelt von Weinkrämpfen. Der Fürst war erstarrt. Ein Duell mit Kutscherpeitschen! Kochlowsky, ich muß schon sagen ...«

»Sagen Sie nichts, Senkfuß, es ist sowieso Quatsch!« Auch Kochlowsky beugte sich vor. Die Gesichter der beiden Männer waren nun nur noch ein paar Zentimeter voneinander entfernt. »Bleiben Narben zurück? Ehrlich!«

»Wie soll ich das wissen?«

»Haben Sie studiert oder nur auf dem Lokus gesessen?«

»Ich wünschte, Ihr Gesicht bliebe diese Fratze! Dann gäbe es endlich Ruhe unter der Frauenwelt. Aber die Prognose ist leider so, daß die Heilkraft der Natur stärker ist als ein dermaßen berechtigter Wunsch. Es wird sich neue Haut bilden, und nach einigen Wochen ist Ihre Visage wieder glatt wie bisher. Die Vorstellung ist zum Kotzen.«

»Und was wollen Sie jetzt bei mir?«

»Ich muß Sie untersuchen, die Wunden behandeln, soll Ihnen ein Herzmittel geben, Heilsalben und Tropfen, alles Dinge, die bei Ihnen aus dem Fenster geworfen sind. Ziehen Sie sich aus!«

»Nein!«

»Verdammt, doch! Der Leutnant sah aus wie ein rotweißes Zebra. Lauter Striemen. Warum sollen Sie anders aussehen? Sie haben nur gesiegt, weil Sie eben ein Bulle sind! Ausziehen!«

»Schmeißt ihn raus!« sagte Leo laut. »Eugen, Louis, wenn ihr schon als Künstler versagt habt, gebraucht wenigstens einmal eure Hände zu etwas Nützlichem.«

Es half nichts. Dr. Senkmann wurde noch gröber und führte an, daß dies hier ein Befehl des Fürsten sei. Dann lag Kochlowsky nackt auf dem Sofa, und Eugen begriff nicht, wie ein Mensch mit so vielen blutigen Striemen noch sitzen und klar sprechen konnte.

Eine Stunde arbeitete Dr. Senkmann an Leo Kochlowsky. Er reinigte die Wunden, desinfizierte sie, strich Salbe darüber, verband oder verpflasterte sie. Kochlowsky mußte dreimal hintereinander verschiedene Tropfen schlucken, die der Reihe nach – so schrie er – nach Pisse, Schafsmist und Jauche schmeckten. Und dann lag er oben im Schlafzimmer in seinem Bett, sein Gesicht und sein Körper brannten von der Heilsalbe, und Dr. Senkmann sagte zufrieden:

»Das hätten wir. Jetzt werden Sie Fieber bekommen, weil der Körper sich wehrt, und die Striemen werden brennen. Ich lasse Ihnen Salbe hier. Ihre Leibgarde kann Sie ja damit einschmieren. Ich komme wieder, wenn ich Sie vom Krepieren abhalten muß.«

»Das werden Sie nicht erleben, Senkfuß!« sagte Kochlowsky mühsam. »Diesen Triumph gönne ich Ihnen nicht!«

In der Nacht noch ließ Leo Kochlowsky, als die Schmerzen zu sehr brannten und er glaubte, sein Körper stünde in Flammen, Dr. Janusch Portenski holen. Der polnische Knecht ritt wie der Satan zum Rinderhof und brachte Dr. Portenski gleich mit.

Dr. Portenskis Ruf auf Schloß Pleß war schon Legende. Es gab nichts, was Portenski nicht heilen konnte, vor keiner Krankheit, vor keinem Eingriff scheute er zurück – allerdings gehörten seine Patienten ins Reich der Tiere. Er war ein Tierarzt, auf den die Pleßsche Verwaltung stolz war.

Auch Portenski kam mit einem Arztkoffer, der aber größer und schwerer war. Wer Bullen behandelt, hat andere Maßstäbe.

»Was hört man da, mein lieber Leo!« sagte er gemütlich, nachdem er alle Pflaster und Binden wieder entfernt hatte, die Dr. Senkmann so mühsam angebracht hatte. Er wusch auch die Heilsalbe ab und holte aus seinem Koffer eine große runde Blechdose mit einer schwarzbraunen Masse, die wie Schmierfett aussah und penetrant nach Ammoniak stank. »Sie sind unter die Schläger gekommen? Das ist doch gar nicht Ihre Art.« Er betrachtete die Wunden und nickte mehrmals.

»Bleiben Narben zurück?« fragte Kochlowsky wieder. »Was sagt Dr. Senkmann?«

»Nein! Alles wird glatt.«

»So sicher soll man nie sein. Aber ich werde Sie jetzt einschmieren und Ihnen zusichern, daß alles doppelt so schnell abheilt wie mit der Salbe aus der Humanmedizin.« Dr. Portenski rührte mit einem Holzspatel in der schwarzbraunen Masse herum. »Was einem Ochsen hilft, nützt auch Ihnen, Leo.«

»Darum habe ich Sie rufen lassen, Janusch. Mein Gott, stinkt das Zeug. Was ist das? Eingedickte Pferdeseiche?«

»An Medizin muß man glauben, aber nicht nach Einzelheiten fragen!« Dr. Portenski begann Kochlowsky einzuschmieren. »Am besten hilft sich die Natur durch die Natur. Sie werden sehen ...«

Am nächsten Morgen standen am Verwalterhaus sämtliche Fenster weit offen. Aus allen Öffnungen stank es bestialisch. Eugen und Louis saßen draußen im Schatten vor dem Haus, Leo lag oben im Bett, hilflos in seinen dikken Verbänden, allein gelassen mit diesem widerlichen Gestank. Ab und zu brüllte er nach Eugen, aber der überhörte es und kam nicht ins Haus. Es war ihm unmöglich – der Brechreiz quälte ihn zu sehr.

Gegen Mittag kam ein Bote vom fürstlichen Hofamt und brachte einen Brief. Der Sekretär des Fürsten hatte ihn nach dem Diktat Seiner Durchlaucht geschrieben, und der Fürst selbst hatte ihn unterzeichnet.

Der letzte Satz lautete:

» ... und sehen Wir Uns deshalb zu Unserem großen Leidwesen gezwungen, eine sofortige Versetzung auf Unser Gut Lubkowitz bei Ratibor anzuordnen, wo die Stelle des Rentführers unverzüglich anzutreten ist ... «

Ratibor. Das triste Kartoffelgut Lubkowitz, die Einsamkeit, die Verbannung. Das Ende der Macht des »Feldherrn« Kochlowsky.

Eugen, der Leo den Brief des Fürsten vorlas, kämpfte mit den Tränen. Aber Kochlowsky sagte nur:

»Sophie ist es wert! Ich nehme alles auf mich, wenn ich sie heiraten kann . . .«

XIII

Dr. Senkmann hielt Wort – er kam am nächsten Tag nicht wieder, um nach Leo Kochlowsky und seinen Wunden zu sehen. Dafür bekam Leo Besuch von Jakob Reichert, Wanda Lubkenski, Ewald Wuttke und einigen Angestellten der Gutsverwaltung. Einerseits kamen sie, um ihm gute Besserung zu wünschen, andererseits, um einen Kochlowsky endlich einmal zerschlagen in einem Bett zu betrachten und innerlich darüber zu jubeln, daß es ihn auch mal getroffen hatte.

Alle Besucher aber berichteten dasselbe: Den Leutnant Eberhard von Seynck hatte man in das fürstliche Spital transportieren müssen, wo sich drei Ärzte um ihn bemühten. Einer davon war sogar ein Psychiater. In Abständen fuhr der Leutnant immer wieder in seinem Bett hoch, starrte wild, mit weit aufgerissenen Augen, um sich und schrie: »Diese Schande! Diese Schande! Gebt mir eine Pistole!« Die Ärzte flößten ihm Schlafmittel ein. Rund um die Uhr saß ein Pfleger an seinem Bett und bewachte ihn.

»Das wird ein Nachspiel haben, Leo!« sagte Reichert. Er war der einzige Besucher, der es in dem bestialischen Gestank der Salbe länger als fünf Minuten neben Kochlowsky aushielt. »Ein böses Nachspiel . . .«

»Ich bin schon verbannt!« sagte Leo finster.

»Das ist erst der Anfang.«

»Was will man noch mehr? Mich einsperren? Es war

ein ehrliches Duell. Ob mit Säbeln, Pistolen oder Peitschen, das ist doch egal!«

»Duelle sind verboten, das weißt du! Juristisch ist das schwere Körperverletzung.«

»Ich bin auch schwer verletzt ... «

»Nur bist du ein Bürgerlicher, aber dein Gegner ist ein Adeliger! Wer, glaubst du, wird wohl recht bekommen?« Reichert drückte sein Taschentuch gegen Nase und Mund. Der beißende Geruch war unerträglich. Wie konnte Leo das bloß stundenlang aushalten? »Außerdem war ich der einzige Zeuge, abgesehen von Sophie. Man wird mich noch verhören. Und was soll ich da sagen?«

»Die Wahrheit, du Dussel!«

»Die Wahrheit ist: Du hast angefangen ... «

»Ah!« Kochlowsky fuhr in seinem Bett hoch. »Wieso denn? Schon wieder ich! Aber daran bin ich ja gewöhnt, immer der Schuldige zu sein!«

»Du bist uns sofort nachgefahren ... «

»Die Chaussee ist für alle da! Oder etwa nur für die fürstliche Kutsche?«

»Du hast uns am Wald den Weg abgeschnitten ... «

»Irrtum, ich habe euch überholt. Und dieser Rotzlümmel von Leutnant kotzte mich an und nannte mich einen Flegel! Das ist die Wahrheit! Hätte er mich höflich angesprochen ... «

»Du lieber Himmel! Wem läßt du denn die Möglichkeit, dich höflich anzusprechen? Du wolltest Streit!«

»Es ging um Sophie!«

»Leo Kochlowsky, der edle Ritter! Der Moralprediger! Die sittliche Hand, die sich davorschiebt! Hast du in deinem Leben jemals Skrupel gehabt, wenn es um ein Weibsbild ging? Hast du nach Tränen oder gebrochenen Herzen gefragt?«

»Es waren Weiber, die sich mir an den Hals warfen! Ich brauchte sie nicht zu erobern, ich brauchte nur mit den Fingern zu schnippen. Wie kannst du es wagen, Sophie mit ihnen zu vergleichen!«

»Jetzt brüllst du wieder.« Reichert nahm alle Kraft zusammen, um den Geruch im Zimmer weiter zu ertragen. »Um uns zu streiten, stinkt es zu sehr. Man kann nicht durchatmen. Zu gestern: Du hast uns provoziert ...«

»Dann geh hin, du edler Freund, und sage es aus! Hau mich in die Pfanne! Sag, wie du es siehst! Mir ist es gleichgültig! Ich werde auch bei Ratibor leben können! Aber ich hole Sophie nach – das ist ein Schwur, Jakob! Wo sie auch sein mag: Ich hole sie! Und dann ziehe ich weg von hier, ins Sächsische vielleicht oder nach Brandenburg oder ins Hannoversche, wer weiß. Einen guten Verwalter braucht man überall.«

»Dein Ruhm als gröbster Klotz Preußens wird dir vorausfliegen.«

Leo Kochlowsky antwortete nichts darauf. Er drehte sich um, streckte Jakob Reichert seinen nackten, verpflasterten Hintern durch die Bettdecke entgegen und bekundete damit, daß er mit Götz von Berlichingen einer Meinung war.

Reichert erhob sich von seinem Stuhl, hatte große Lust, Leo in diesen nackten Hintern zu treten, überwand aber dieses unerhört drängende Gefühl und verließ mit stampfenden Schritten das Schlafzimmer.

Am Nachmittag kam Dr. Portenski wieder zur Visite. Eugen und Louis Landauer saßen im Vorgarten unter einem Sonnenschirm und tranken mit Wasser gemischten Wein. Sie spielten Schach miteinander. Im Verwalterhaus standen noch alle Fenster weit offen.

»Frische Luft tut gut!» sagte Portenski freundlich. Eugen verzog das Gesicht.

»Es ist eine Lüge, daß noch nie ein Mensch erstunken ist. Ich würde da drin umkommen! Mein Gott, was ist das bloß für eine Salbe?«

»Ein Wunderfett!« Portenski lachte genüßlich. »In Polen – und nicht nur dort – gibt es ein Hausmittel gegen aufgesprungene, wunde Hände. Ein wahrer Segen. Und was ist es? Man pinkelt auf die wunden Hände! Sie werden staunen, wie das hilft! Und genauso garantiere ich Ihnen, daß Leo in zwei Wochen wieder manierlich aussieht . . . «

Kochlowsky empfing Dr. Portenski mit dem Knurren eines hungrigen Löwen. Er saß im Bett, las die Plesser Zeitung und hatte den Brief seiner Strafversetzung mit Heftzwecken an die Tapete gepinnt. Als Portenski fröhlich: »Na, wie geht's uns denn heute?« sagte, zeigte Leo mit dem Daumen stumm auf den Brief. Portenski nickte mehrmals.

»Das hat sich in Pleß herumgesprochen wie ein Lauffeuer. Natürlich bleibt so eine Nachricht nicht geheim. Dafür sorgen schon die Lakaien und Zofen. Es soll Menschen geben, die nach dieser Mitteilung Festtagskleider angelegt und einander mit Wein zugetrunken haben.«

»Saubande!« sagte Kochlowsky düster.

»Wundert Sie das?«

»Bin ich so ein Scheusal, Portenski?«

»Ja!«

»Danke.«

»Gern geschehen. – Wie geht es Ihnen?«

»Ich werde mein Leben lang stinken! Das geht aus den Poren nie wieder heraus. Aber auch das ist mir jetzt egal!«

»Wir werden ein heißes Bad nehmen und alles abwaschen«, sagte Portenski.

»Schon?«

»Die zweite Salbe ist milder.« Portenski nahm Leos Hand und fühlte den Puls. »Fieber haben Sie auch nicht. Sie haben eine wahre Roßnatur, Leo. Wissen Sie, daß es Peitschenduelle schon bei den Mongolen gegeben hat?«

»Nein.«

»Nur hatten die ihre Schnüre mit Haken verziert. Und einen Überlebenden gab es nicht. Da flogen im wahrsten Sinne des Wortes die Fetzen ... Los, raus aus den Federn! In den Badezuber! Wir wollen diesem Dr. Senkmann doch mal zeigen, wie schnell ein Kuhdoktor einen Kerl wie Sie wieder auf die Beine bringt ... «

Am späten Abend, als im Schloß der Küchendienst für alle beendet war bis auf die »wachhabende Mamsell«, die so lange aufbleiben mußte, wie die Durchlauchten auch nicht schliefen, betrat Sophie zum erstenmal das Verwalterhaus.

Der Gestank hatte nachgelassen, aber er hing noch wie Pech in den Wänden. Eugen hatte eine ganze Flasche Eau de Cologne versprüht – zusammen mit Ammoniakduft ergab das eine Parfümnote, die man einmalig nennen konnte. Immerhin war es möglich, sich wieder im Haus aufzuhalten, ohne dauernd würgen zu müssen.

Kochlowsky war frisch gebadet und mit einer geradezu wohlduftenden Salbe eingerieben worden. Er saß auf dem Sofa im Wohnzimmer, trank frisches Bier, das man in einem großen Glassiphon geholt hatte, und hörte sich mißmutig an, was Eugen in den letzten Tagen gedichtet hatte.

Eine Ode an Sophie war darunter, die sich hören lassen konnte. Sie begann mit: »Wenn Sterne aus dem Himmel fallen könnten und blaue Seen sich in Aug' verwandeln ...« und traf genau das, was Leo empfand.

»Zu spät!« sagte er nach dem Vortrag. »Wie immer – du Dämlack kommst du zu spät! Das hätte ich drei Wochen früher gebraucht. Vielleicht wäre alles anders geworden! Aber ihr habt nur gefressen und gesoffen und mich im Stich gelassen.«

»Immerhin weißt du nun, daß Sophie dich liebt.«

»Aber was für ein Leben kann ich ihr jetzt bieten? Hier wäre ihr als der Frau Verwalter überall mit größter Achtung begegnet worden, doch was wird sie in Ratibor sein? Frau Rechnungsführer! Vor dem Rendanten müssen wir den Hut ziehen! Ich – einen Hut ziehen! Ich kenne den Kerl. Hubert Seppenthal heißt er. Ein dicker, arroganter Mensch. Eine aufgeblasene Null! Ein Trommelscheißer! Er wird am Tag dreißigmal an mir vorbeigehen, nur damit ich eine Verbeugung mache, und er wird sich dabei vor Wonne in die Hosen pinkeln! – Eugen, es wird hart werden.«

»Ich begleite dich, Brüderchen«, sagte Eugen erschüttert.

»Das wäre das Letzte!« Kochlowsky schlürfte sein Bier. In diesem Augenblick klopfte es an der Haustür. Sophie Rinne war gekommen. Aber natürlich war sie nicht allein. Jakob Reichert begleitete sie. Er sah ganz zerknittert aus, seine Mundwinkel zuckten, seine Augen waren gerötet.

Kochlowsky streckte beide Arme nach Sophie aus, aber Reichert stellte sich wie eine Mauer dazwischen.

»Sophie ...«, sagte Leo mit belegter Stimme. Sein Herz schlug wie rasend. »Sophie, du kommst zu mir ...«

»Nur kurz. Nur um dir gute Besserung zu wünschen!« sagte Reichert.

»Halt's Maul, alter Esel!« Kochlowsky blickte Sophie strahlend an. »Das kann sie mir auch allein sagen.«

Sophie sah aus, als sei sie einem Poesiealbum entstiegen, in dem es so schöne, glänzende Bildchen gab, die man einkleben und die Wirkung der sinnvollen Sprüche damit noch verstärken konnte. Überirdische Mädchenköpfe mit einem himmlischen Lächeln waren es, wie sie selbst Leonardo nicht hatte malen können. Sie trug ein großgeblümtes Kleid, das – es war ja Sommer – einen großen runden Ausschnitt hatte. Da es aber wiederum unschicklich war, so viel nacktes Fleisch zu zeigen, lag über der Haut ein dünner hellblauer Schleier. Das hellblonde Haar hatte das Mädchen hochgebunden, was ihr Gesicht noch schmaler erscheinen ließ.

Sie bot einen Anblick, der das härteste Herz aufreißen mußte.

»Du siehst schon viel besser aus«, sagte sie. Ihre helle Stimme füllte den Raum – Kochlowsky war es, als klängen silberne Glocken. »Sieh mal, ich habe dir Blumen mitgebracht. Feldblumen ... von deinen Feldern. Ich habe sie am Nachmittag selbst gepflückt.«

»Sie waren immer meine Lieblingsblumen ...« Kochlowsky saß ein Kloß im Hals. Er war stets ein Mensch des mächtigen Wortes gewesen, aber jetzt, wo er so viel sagen wollte, wußte er keinen zusammenhängenden Satz mehr zu sprechen. Er kam auch nicht dazu, weil Eugen verzückt beide Arme hob und deklamierte:

»Ein Mädchen stand am Wiesenrand
mit bunten Blumen in der Hand ...«

Und Jakob Reichert sagte dazwischen: »Wanda ist wieder weg! Keiner will mir sagen, wo sie sich herumtreibt! Es zerreißt mich!«

»Raus! Alle raus! Ich will mit Sophie allein sein!« knurrte Kochlowsky.

»Wo ist Louis Landauer?« fragte Reichert.

»In Pleß. Er kauft neue Farben«, log Eugen elegant. »Außerdem will er seinen Magen mit gutem Wein ausspülen. Er meint, der Gestank hier habe seine Magenwände angefressen.«

Dabei blinzelte er Sophie zu. Nur er und sie wußten ja, daß Landauer wieder im Möbelmagazin des Schlosses vor der Staffelei saß und die auf ein Sofa hingegossene nackte Wanda malte.

Das Bild machte gute Fortschritte. Wanda war schon deutlich zu erkennen – ihre üppigen Formen füllten die Leinwand. Beine, Schenkel und Bauch waren bereits vollendet, die Brüste schon in der Skizze von zwingender Wirkung. Nur der Kopf war noch ein Kreis ohne Gesicht – ihn wollte Landauer zuletzt malen. Auch Sophies Porträt mit dem weiten blauen Himmel als Hintergrund wuchs unter seinen begabten Händen, wenngleich langsamer. Hier malte Landauer mit Herz und Seele und ahnte, daß es sein bestes Bild werden würde. Ein Meisterwerk, dessen Vollkommenheit er nie wieder erreichen würde.

»Ist es nicht möglich, allein zu sein?« brüllte Kochlowsky auf. »Muß ich mir diesen Scheißdreck anhören?« Er schluckte mehrmals, sah Sophie flehend an und nahm ihr den dicken Feldblumenstrauß aus den Händen. Er war mit einem roten Tüllband umwickelt.

»Was soll ich tun, Sophie?« fragte Leo krampfhaft leise. »Sie stehlen mir den letzten Nerv. Blödheit ist etwas, das mich auseinandersprengt. Ich muß brüllen, sonst würde ich ersticken. Niemand versteht das!« Er machte eine kreisrunde Handbewegung. »Sieh dir das an! Keiner geht! Stehen herum wie die Hammel! Erst wenn ich tobe, gehen sie ... «

»Auch dann nicht!« sagte Reichert laut. »Ich lasse dich

nicht mit Sophie allein.«

»Im Ehebett wirst du auf keinen Fall zwischen uns liegen!« fauchte Kochlowsky.

Jakob Reichert starrte Sophie entgeistert und entsetzt zugleich an. Er hatte ja die kurze Abschiedsszene am vergangenen Abend nicht erlebt, er mußte den völllig aus der Form geratenen von Seynck abliefern und dem Adjutanten des Fürsten Pleß einen ersten Bericht erstatten.

»Mein Gott, du liebst ihn?« fragte er stockend. »Sonst könnte er so was doch nicht behaupten. Du liebst ihn ...«

»Ja.« Sie nickte zur Bekräftigung.

Reichert mußte sich an der Tischkante abstützen. »Du würdest ihn heiraten?«

»Ja.«

»Dieses Scheusal willst du heiraten? Sophie, mein Kind, du hast doch genug von ihm gehört, alle haben dich gewarnt, wir haben immer zu verhindern gewußt ...« Sein Kopf flog herum. Leo Kochlowsky stand vor seinem Sofa, hielt die Blumen vor sein zerschlagenes Gesicht und war entgegen allen Erwartungen friedlich. »Wie hast du Satan es fertiggebracht, diesen Engel zu dir zu ziehen?«

»Er hat nichts getan«, antwortete Sophie, bevor Leo etwas erwidern konnte. »Alles habt ihr getan! Ihr habt ihn verteufelt und verdammt, aber dann hast du, Jakob, einmal etwas gesagt, das ich mir gemerkt habe: ›In Wirklichkeit ist er anders, einsam und verbittert. Er lebt mit dem Unglück, das aussprechen zu müssen, was er denkt. Wer hat das schon gern?‹ – Weißt du noch, Jakob?«

»Das hast du gesagt?« Kochlowsky sah Reichert groß an. Seine dunklen Augen waren verhangen. »Daß du immer so dämlich quatschen mußt ... Unglück! Ich habe mich immer wohl gefühlt. Was gehen mich die anderen an?«

»Du willst ihn wirklich zum Mann, Sophie?« fragte Reichert mit belegter Stimme. »Du kennst ihn ja gar nicht! Wie oft hast du ihn gesehen? Fünf-, sechsmal! In drei Monaten ... So lange bist du erst hier. Da kann man doch nicht sagen: Das ist der Mann fürs ganze Leben ... «

»Warum kann man das nicht?« Sie schüttelte den Kopf, nahm den Blumenstrauß wieder aus Leos Händen und blickte sich um. »Gibt es hier eine große Vase?«

»Nein.« Kochlowsky wischte sich mit beiden Händen über das von blutigen Striemen entstellte Gesicht. »Mir hat bisher noch niemand Blumen gebracht. Ich brauchte keine Vasen. Ich habe nichts ... «

»Einen Eimer?«

»Einen Eimer habe ich.«

»Das reicht bis morgen. Dann bringe ich vom Schloß eine große Vase mit.«

»Wozu? Morgen werde ich packen, und übermorgen werde ich Pleß verlassen und nach Ratibor fahren. Ab Montag werde ich die Kartoffelsäcke zählen und den Verlust durch Fäulnis ausrechnen.«

»Das Duell gestern war deine größte Dummheit!« sagte Sophie ohne Scheu. »Es war nicht nötig.«

»Als ich dich neben diesem Lackaffen in der Kutsche sitzen sah, zerriß etwas in mir.«

»Die Vernunft!« warf Eugen ein.

»Von mir aus – die Vernunft! Ich mußte hinterher.« Leo streckte den Arm nach Reichert aus. »Und du Kuppler hast sie auch noch gefahren!«

»Ich hatte meinen Befehl von der Fürstin.«

»Sie hat befohlen, Sophie in die Arme dieses geschniegelten Bocks zu geleiten?« Kochlowsky schlug die Fäuste gegeneinander. »Sag das laut, Jakob! Ich gehe sofort zur Fürstin, und wenn ich die Leiblakaien durchs Fenster werfen und alle Türen eintreten muß! Ich komme hin! Was hat sie dir befohlen?«

»Die Pferde anzuspannen und den Herrn Leutnant herumzufahren.« Reichert blickte auf den Dielenboden. »Erst als wir schon unterwegs waren, sagte der Herr Leutnant: ›Kutscher, drehen Sie um zum Personaleingang. Wir holen einen Fahrgast ab!‹ Und da stand Sophie und stieg in die Kutsche. Erst da fiel mir das Billett ein, das er geschrieben hatte.

»Und du hast nichts getan?« schrie Leo. »Du hast Sophie einsteigen lassen und bist zum Wald gefahren, du elender Puffvater!«

»Was sollte ich denn tun?« schrie Reichert zurück.

»Sophie aus der Kutsche ziehen und dem Lackaffen eine kleben!«

»Dafür fehlt mir der Mut! Er ist ein Offizier, in diplomatischer Mission auf Pleß. Ich kann doch nicht . . . Ich bin doch nur ein kleiner Kutscher! Ich gehorche . . . «

»In der Arschfalte des Fürsten sitzt du! Himmel, ist das widerlich!«

»Du hast auch gelernt, zu gehorchen!«

»Ich wäge immer ab, wo Gehorsam angebracht ist oder wo er anfängt, Erniedrigung zu werden. Ich lasse mich nie erniedrigen!«

»Und was ist die Versetzung nach Ratibor?« schrie Reichert, hochrot im Gesicht.

»Noch habe ich in Ratibor nicht ausgepackt«, sagte Kochlowsky dunkel. »Noch steht ein Gespräch mit dem Fürsten aus.«

»Er wird dich nie vorlassen! Jetzt nicht mehr!«

»Dann wird er mich durch die geschlossene Tür hören. Mein Organ ist laut genug.«

»Das walte Gott«, sagte Eugen fromm. »Die Posaunen von Jericho waren falsch gebogenes Blech dagegen.«

»Ihr redet und redet, und immer geht es um mich!« sagte Sophie, als alle Atem holten. »Aber keiner von euch fragt, was ich denke. Ist das so unwichtig bei euch Männern? Leo, wie hast du Jakob vorhin genannt. Puffvater! Bin ich eine Dirne?«

»Sophie!« Kochlowsky starrte sie entsetzt an. »So war das doch nicht gemeint.«

»Und Kuppler hast du gesagt! Zum Verkuppeln gehören immer zwei! Ist die Verkuppelte besser als der Kuppler?«

»Sophie, ich schwöre dir, daß ...«

»Ruhe! Jetzt rede ich!« Ihre helle Stimme war auf einmal klirrend; sie klang wie biegsamer Stahl. Du lieber Himmel, sie kann auch anders sein, dachte Kochlowsky. Sie ist nicht nur sanft ... »Als du mich an der Seite von Leutnant von Seynck gesehen hast, war dir klar – als erfahrener Mann natürlich, der es genauso gemacht hätte –, wohin der Ausflug führte. Du hast mir das zugetraut.«

»Er wollte dich verführen! Er!« schrie Kochlowsky. »Ich kenne doch all diese Kniffe ...«

»Natürlich! Das macht deinen Ruhm ja aus! Und mich hältst du für so dumm, daß ich diesen albernen Verführungskünsten erliege ...«

»Du bist zu naiv, Sophie, zu vertrauensselig, zu jung ...«

»Aber immerhin doch alt und reif und stark genug, um einen Leo Kochlowsky ein ganzes Leben lang zu ertragen! Wo ist da ein Sinn?«

»Sophie, ich werde dich auf Händen tragen ...«

»Die Hände wirst du für die Arbeit brauchen. Pleß ist nicht die ganze Welt – das stimmt. Aber es wäre für uns eine kleine, schöne Welt gewesen – du auf dem Gut, ich in der Küche. Ein eigenes Haus, unseren Garten, die Deputate, die Pferde, den Dogcart, die Kutsche. Hier warst du der ›Feldherr‹. – Das ist nun alles vorbei. Wir werden schwer arbeiten müssen.«

»Ich drücke mich vor keiner Arbeit!« knurrte Kochlowsky und vermied es, Sophie anzusehen. Er mußte ihr recht geben: Durch das Peitschenduell war sein Leben völlig verändert worden. Auf Pleß war er ein Herr gewesen, aber wo er in Zukunft auch hinkam: Er würde überall nur ein Untergebener sein. Das, was er im Leben am meisten haßte: einer, der den Nacken beugen mußte.

»Ich . . . ich habe es für dich getan, Sophie«, sagte er stockend. »Aus Liebe.«

»Aus Eifersucht.«

»Ich konnte nicht anders. Nimm mich, wie ich bin – oder gib mir einen Tritt. Ich werde mich nie ändern . . . «

»Dann weg von hier!« sagte Reichert laut. »Vor diesem Untergang kann man noch fliehen, Sophie!«

»Ja, das kannst du!« Kochlowsky senkte den Kopf. »Was soll ich noch reden? Ich bin Leo Kochlowsky – man kann mich verachten, verdammen, verfluchen, hassen, zum Teufel wünschen – oder mich lieben. Ich kann nur sagen, daß ich einmal im Leben gewußt habe, was Liebe ist: wenn ich dich anschaue, Sophie! Wenn ich an dich denke, Sophie. Wenn ich von dir träume, Sophie. Wenn ich mit dir spreche, auch wenn du nicht im Raum bist. Du bist überall, wo ich bin!« – Er wandte sich ab, zeigte mit dem Daumen zur Küchentür und sagte in seinem gewohnten Ton: »In der Küche muß ein Eimer stehen. Sonst im Vorratsraum. Die Blumen werden welk.«

Mit offenem Mund sahen Reichert und Eugen zu, wie Sophie gehorsam den Blumenstrauß an sich drückte und in der Küche verschwand.

Er hatte das nicht erwartet, und deshalb irritierte es ihn maßlos: Fürst Pleß ließ ihn nicht abweisen, sondern war bereit, Leo Kochlowsky zu empfangen.

Daß sich die Lage verändert hatte, merkte Leo am Gehabe des Personals. Der Leiblakai sah stolz über ihn hinweg, der Privatsekretär des Fürsten sprach kein Wort mit ihm, der Adjutant, der ihn in Empfang nahm, sagte hochnäsig: »Ihre rechte Schuhspitze ist schmutzig.«

»Ich weiß, Herr Baron«, gab Kochlowsky verkniffen zur Antwort. »Damit habe ich eben einen Hochgestochenen in den Arsch getreten.«

Es war klar, daß nach diesem Dialog keine Worte mehr fielen. Mit versteinerter Miene führte der Adjutant Kochlowsky zum Fürsten.

Fürst Hans Heinrich XI. saß wie immer in einem Jagdanzug hinter seinem Schreibtisch und trank gerade eine Tasse Tee mit Zitrone. Als die hohe Tür zuklappte, blickte er hoch und sah Kochlowsky, wie sich dieser verneigte.

»Das ehrt mich aber«, sagte Fürst Pleß, »daß ich für würdig befunden werde, eine Verneigung von Leo Kochlowsky zu bekommen. Man erzählt sich, selbst beim Vaterunser in der Kirche senkt ein Kochlowsky nicht sein Haupt.«

»Durchlaucht, ich gehe nur dreimal in die Kirche: zu Weihnachten, zu Ostern und zum Erntedankfest. Weihnachten denke ich beim Gebet an die Wintersaat, ob sie auch aufgeht, Ostern bete ich um einen guten, heißen Sommer, und zum Erntedankfest rechne ich den Gewinn

Eurer Durchlaucht aus ...«

»Mir ist es ein Rätsel, Kochlowsky, warum ich Sie nicht rausschmeiße, sondern nur versetze!«

»Ich bin ja bereits schon in Ratibor, Durchlaucht.«

»Und mein Mustergut III steht da wie eine Waise. Kochlowsky, was haben Sie mit dem Baron von Seynck angestellt! Mein Gott, sind Sie verrückt?«

»Verliebt, Durchlaucht.«

»Das müssen Sie mit der Peitsche verbreiten?«

»Der Herr Leutnant fuhr mit meiner Braut ins Grüne.«

»Ist das strafbar?«

»Ein Baron mit einer Küchenmamsell?«

»Wollen Sie dem Baron unlautere Absichten unterstellen?«

»Könnten Durchlaucht eine Moralgarantie übernehmen?«

»Kochlowsky, wie reden Sie mit mir!« Fürst Pleß schlug mit der flachen Hand auf den Schreibtisch. »Sie muten mir zu, mich mit Dienstbotenaffären zu befassen? Habe ich keine anderen Sorgen?«

»Der Zuchtstall der Kühe muß um neunzig Boxen erweitert werden ...«

»Das ist Sache meiner wasserköpfigen Verwaltung!« schrie Pleß, und Kochlowsky nickte.

»Darum trage ich es Ihnen vor, Durchlaucht. Ehe die Wasserköpfe im Rentamt die nötige Temperatur zur Entscheidung haben, sind drei Zuchtperioden um ...«

»Das ist es, was mich hindert, Sie hinauszufeuern, Kochlowsky«, sagte Pleß und trank einen Schluck Tee. »Sie wissen, wo es langgeht.«

»Nach Ratibor.«

»Blieb mir eine andere Wahl?« Fürst Pleß stand auf und ging in dem großen Arbeitszimmer hin und her. »Wissen

Sie, daß ich Ihretwegen bei der Familie von Seynck interveniert habe und alle Kosten der Behandlung des Leutnants auf mich nehme? Daß ich einen Skandal verhindert habe und daß es mir gelungen ist, die Staatsanwaltschaft herauszuhalten? Verletzung des Duellverbots, schwere Körperverletzung, Offiziersbeleidigung – es wäre noch mehr dazu gekommen, man kennt ja die Advokaten! Das alles habe ich von Ihnen abgewendet. Warum wohl? Weil Sie ein saugrober Kerl sind? Nein! Weil ich mein Haus sauberhalten will! Noch nie hat es auf Pleß Skandale gegeben – selbst Bismarck hat nicht bemerkt, daß wir einen Vierzehnender vorher eingefangen und halb narkotisiert haben, damit er ihm vor die Flinte taumelte. Und da kommen Sie mit Ihrem Peitschenduell! Kochlowsky, es bleibt mir keine andere Wahl: Sie müssen weg von Pleß. Aber ich will Sie auch nicht verlieren.«

»Heißt das, Durchlaucht, daß ich ... daß ich eine Chance habe, einmal nach Pleß zurückzukommen?«

»Über jede Ruine wächst Gras und macht sie freundlicher.«

»Durchlaucht, ich danke Ihnen ...«

»Nun heulen Sie nicht, Kochlowsky, das paßt nun gar nicht zu Ihnen.« Fürst Pleß blieb vor Leo stehen und musterte ihn. »Wenn Ihr Gesicht so bleibt, sind Sie gestraft genug. Du lieber Himmel, das muß doch wahnsinnig weh getan haben. Schlag auf Schlag.«

»Höllisch weh, Durchlaucht. Aber ich dachte nur an meine Braut ...«

»Und wer ist das?«

»Die Mamsell Sophie Rinne aus der Küche, Euer Durchlaucht ...«

»Was?« Fürst Pleß wich einen Schritt zurück. »Unser Kindchen? Kochlowsky, leider habe ich keine Güter auf dem Mond! Ich würde sie dorthin schießen!« Er ging zu seinem Schreibtisch zurück und setzte sich wieder. »Die Fürstin und ich werden dazu nie die Genehmigung geben! Nie, Kochlowsky! Sophie ist noch minderjährig, sie ist unserem Schutz anvertraut, wir sind für sie verantwortlich ihren Eltern und der Fürstin von Schaumburg-Lippe gegenüber, die sie uns geschickt hat! Wir werden Sophie eindringlich vor dieser Hochzeit warnen! Und sie verlassen schon morgen Pleß in Richtung Ratibor, Kochlowsky. Ihre Sachen können nachgeschickt werden. In Ratibor werden Sie ja ein Bett finden!«

»Durchlaucht ... « Kochlowsky schluckte krampfhaft. »Wir lieben uns ... «

»Das ist ein Befehl!« Fürst Pleß winkte herrisch ab. »Stellen Sie an, was Sie wollen, ich werde mit allen Mitteln verhindern, daß Sophie noch einmal mit Ihnen ins Gespräch kommt. Mit allen Mitteln, Kochlowsky! Ich bitte, das zu überlegen! Und ich verfüge über Mittel – das wissen Sie!« Er winkte wieder, diesmal in Richtung zur Tür. »Abtreten!«

Kochlowsky blieb stehen. Es gibt nichts mehr zu verlieren, dachte er und fühlte Eis um sein Herz. Ich bin ganz unten, aber ich bin nicht wehrlos.

»Durchlaucht ... «

»Abtreten!« wiederholte Pleß scharf.

»Sie können einer Liebe nicht befehlen ... «

»Dieser doch! Ich fühle wie ein Vater für Sophie! Ich würde sie nach London oder nach Sankt Petersburg schicken, damit sie vor Ihnen sicher ist! Aber es ist einfacher, Sie zu entfernen.«

»Das können Sie nicht, Durchlaucht.«

»Sie drohen mir, Kochlowsky?«

»Ich bin ein Mensch, ich habe Rechte als Mensch, ich

möchte wie ein Mensch behandelt werden, ich habe eine Seele . . . «

»Das muß eine Neuentdeckung sein!« Fürst Pleß lehnte sich zurück. »Sie reden sehr sozialdemokratisch! Sind Sie ein Sozi, Kochlowsky?«

»Das würde Sie sehr treffen, Durchlaucht?«

»Allerdings. Ich halte es da wie Bismarck, und ich mache keinen Hehl daraus. Sind Sie's nun?«

»Ich war immer ein unpolitischer Mensch. Aber was hat das mit Sophie zu tun?«

»Nichts. Gar nichts! Sie werden Mamsell Rinne nicht wiedersehen. – Abtreten!«

Kochlowsky zögerte, aber dann wandte er sich doch um und verließ, diesmal ohne Verneigung, das Arbeitszimmer des Fürsten. Pleß wartete noch ein paar Minuten, ehe er nach dem Leiblakai klingelte.

»Die Mamsell Rinne ist sofort aus der Küche zu entfernen«, sagte er. »Sie soll zur Fürstin gebracht werden. Sofort!«

Wie gejagt, rannte der Leiblakai aus dem Zimmer und hinunter zum Küchentrakt.

Es war unmöglich, an Sophie heranzukommen. Kochlowsky sah es nach stundenlangen Bemühungen ein. Wanda Lubkenski saß heulend in der Küche und schrie ihn an, wo er hinhauche, gäbe es nur Unglück. Eugen Kochlowsky versuchte, ein Gedicht zu Sophie zu schmuggeln, aber es wurde von einer Zofe der Fürstin abgefangen, und selbst Reichert oder Leibjäger Wuttke, die sonst ungehindert im Schloß herumlaufen konnten, weil niemand wußte, welche Aufträge sie gerade ausführten, blieben ohne Erfolg.

Die Fürstin fuhr mit dem Zweiten Kutscher aus, und

Wuttke wurde in die Präparieranstalt geschickt, um das Ausstopfen des im Winter geschossenen weißen Wolfes zu kontrollieren. Ein völlig sinnloser Auftrag – der Wolf war seit vier Monaten fertig und stand abtransportbereit unter Glas. Auch Louis Landauer wartete vergeblich auf Sophie im kleinen Park an der Küche. Sie kam nicht zur Malsitzung.

»Keiner weiß, ob sie überhaupt noch im Schloß ist!« sagte Reichert verbissen. »Alle schweigen. Und wenn es Wanda nicht weiß – wen soll man dann noch fragen? Wanda entgeht normalerweise kein Geheimnis.«

»Es ist gut.« Leo Kochlowsky winkte ab. »Sie können Sophie und mich trennen, aber nicht auseinanderreißen. Es ist nur eine Zeitfrage. Wo sie auch ist, ich finde sie!«

Alles war reisefertig im Verwalterhaus. Die Koffer waren gepackt, Dr. Portenski hatte die Erlaubnis zum Aufbruch gegeben, nachdem er Leos Striemen noch einmal kontrolliert und nirgendwo Anzeichen einer Entzündung oder Wundinfektion festgestellt hatte. Sogar Dr. Senkmann kam im allerhöchsten Auftrag zu Kochlowsky, aber Eugen war so klug, ihn abzufangen und wegzuschicken. Es gab eine heftige Diskussion, bis Eugen sagte: »Von mir aus gehen Sie rein zu meinem Bruder. Das mindeste, was Ihnen an den Kopf fliegt, ist ein Koffer!«

»Man sollte alle Kochlowskys kastrieren, damit sie keinen Nachwuchs zeugen!« sagte Dr. Senkmann bitter. »Ein frommer Wunsch! Sonst werden auch spätere Generationen nicht von dieser verfluchten Sippe verschont bleiben!«

Am Mittag bestiegen Leo Kochlowsky, Eugen und Louis Landauer zum letztenmal eine Kutsche mit dem fürstlichen Wappen von Pleß. Jakob Reichert fuhr sie allerdings nicht aus eigenem Antrieb. Es lag ein Befehl des

Fürsten vor. Eugen und Louis nahmen den Zug nach Kattowitz, der Zug nach Ratibor fuhr erst zwei Stunden später.

Caesar, den Dobermann mit dem veränderten Charakter, nahm Eugen mit.

»Er ist ein poetischer Hund!« sagte er. »Du hast es ja erkannt, Leo: Bei dir würde er unglücklich und schließlich verkümmern. Er hat eine zarte Seele, trotz seines Raubtiergebisses. Und wenn ich auch selbst nichts zu fressen habe – der Hund wird immer satt bei mir werden, das verspreche ich dir. Komm, Caesar.«

Und Caesar stieg in die Kutsche, kuschelte sich an Eugens Seite und blickte traurig über das Land.

Als das Gefährt die Allee hinunterrasselte, war niemand da, um Leo zu verabschieden. Keiner aus der Gutsverwaltung, kein Kneht, kein Arbeiter, kein Buchhalter, kein Kontrolleur. Es war, als sei das Gut ausgestorben, leergefegt durch eine tödliche Epidemie.

Eugen und Louis senkten den Kopf, nur Leo blickte stolz geradeaus.

»Armselige Sklavenseelen, sie alle«, sagte er hart. »Schleimscheißer! Sind das die Menschen, die man befreien soll? Eine Bande von Feiglingen? So etwas kann man doch nur ankotzen! Jakob, fahr schneller!«

Die einzige, die vor dem Eingang zur Küche stand, war Wanda Lubkenski. Verdammt, sie weinte sogar, schwenkte ein Küchentuch zum Abschied, und ihr üppiger Körper bebte beim Schluchzen.

»Das tröstet mich!« sagte Kochlowsky giftig. »Wanda weint! Wie gut das tut!«

»Es sind Freudentränen!« schrie Reichert von seinem Kutschbock. »Endlich ist Ruhe auf Pleß!«

Noch einmal fuhr Kochlowsky durch die Stadt Pleß.

Vom Schuster holte er sich seine Maßstiefel ab, vom Schneider Moshe Abramski seine bestellten Maßanzüge, die ihm jetzt völlig idiotisch erschienen, sogar den Friseur Marek Popolinski besuchte er und sagte: »Popo, wir müssen uns trennen! So viele graue Haare, wie ich jetzt bekomme, können sie nicht mehr ausrupfen!« Und ganz zum Schluß stieg er die Treppe hinauf in den Übungsraum zu Adolf Flamme, der sich als Tanzlehrer Adolphe Fumière nannte, und bestellte seinen Unterricht in Hilliebillie ab.

Adolf Flamme atmete auf. Auch die »Vereinigung preußischer Tanzlehrer« hatte ihm kein Übungsmaterial zukommen lassen können, man wußte auch nicht, wo Unterlagen über diesen Hilliebillie zu finden seien. In Amerika natürlich, aber in Preußen . . .

»Jetzt ist alles erledigt!« sagte Leo Kochlowsky, als er nach seinem Besuch bei Adolf Flamme wieder in die Kutsche stieg. »Zum Bahnhof! Ich will Pleß so schnell wie möglich verlassen.«

»Und kein Wort für Sophie?« fragte Reichert, bevor er die Peitsche schnalzen ließ.

»Wir brauchen keine Worte mehr! Wir wissen, daß wir uns lieben, und wir wissen, daß wir uns finden. Irgendwo. Wozu noch Worte? Laß mich erst in Ratibor sein! Sie alle, alle hier werden noch ihr blaues Wunder erleben.«

Das mag sein, dachte Jakob Reichert und ließ die Pferde anziehen. So wahr mir Gott helfe, jetzt tut mir Leo wirklich leid . . .

XIV

Die Zeit heilt alle Wunden, sagt der Volksmund. Aber ebenso richtig ist die Erkenntnis, daß Zeit und Entfernung die Sehnsucht stärken.

Nach Kochlowskys Weggang übernahm ein Inspektor das Gut III, ein sehr fleißiger und lieber Mann, der sich vorgenommen hatte, alles besser zu machen als Kochlowsky und der schon nach wenigen Tagen einsah, daß er gegen den großen Schatten des ›Feldherrn‹ nicht ankam. Was er auch anordnete, immer hieß es: »Ja, aber der Herr Verwalter hätte das so oder so gemacht ...« Und als er endlich einmal losschrie, um seine Meinung durchzusetzen, sagte man ihm ganz freimütig: »Auch brüllen konnte der Herr Verwalter besser!«

Es war nicht zu leugnen: Auf Pleß fehlte etwas, seit Leo nicht mehr über die Felder ritt und die polnischen Arbeiter antrieb. Man vermißte seinen Dogcart in den Straßen von Pleß und vor allem seinen Streit mit Wanda Lubkenski.

»Es ist so unheimlich still«, sagte Wanda zu Jakob Reichert. »Jetzt sieht man erst, daß seine Grobheit zu unserem Dasein gehörte wie die Jahreszeiten. Ich denke immer, er müßte gleich durch die Tür kommen und schreien: ›Wo ist die Küchenspritze?‹ – Wie man sich doch an ein solches Scheusal gewöhnen kann ...«

Mit der Fürstin hatte Sophie eine lange Aussprache.

Am Tage von Leos Abreise hatte Frau von Suttkamm mit größter Freude Sophie Stubenarrest verordnet. Weinend saß das junge Mädchen in ihrer Kammer, ohne die Möglichkeit, Leo noch einmal zu sehen.

Elena von Suttkamm stand unterdessen hinter der Gardine des fürstlichen Ankleidezimmers und beobachtete den Auszug Kochlowskys. Ihr Gemüt schwankte zwischen Triumph und Trauer. Ihr war bewußt, daß Leo nie mehr nach Pleß zurückkehren würde und daß damit auch ein wichtiger Abschnitt ihres eigenen Lebens beendet war. Auch wenn sie Kochlowsky längst verloren hatte – sie hatte ihn täglich sehen können, und bei jeder Begegnung war die Erinnerung an seine Zärtlichkeiten wieder erwacht und fast greifbar gegenwärtig geworden. Nun kam sich Elena wie zum zweitenmal verwitwet vor, ein Zustand, der sie niederdrückte und elegisch werden ließ. Der Gedanke, Schloß Pleß auch zu verlassen und eine Stelle im Badischen anzunehmen, setzte sich bei ihr fest.

»Nun laß uns vernünftig miteinander reden, mein Nichtchen«, sagte die Fürstin Pleß, als Sophie einen Tag später weinend vor ihr auf der Sesselkante saß. »Es ist eine Tragik, glaube es mir, daß du dich ausgerechnet in diesen Leo Kochlowsky verlieben mußtest. Zugegeben, er ist ein kluger, fleißiger Mann, er ist ehrlich und korrekt, er sieht gut aus, er hat Manieren – wenn er will! Er ist der beste Verwalter, den wir hatten, aber er ist auch der größte Grobian, den Gottes Sonne bescheint, und der wildeste Schürzenjäger, von dem man je gehört hat! Sosehr man ihn mögen kann, man muß dich vor ihm warnen, vor allem vor einer Hochzeit mit diesem Menschen! Aber da Verliebte wie du grundsätzlich nicht auf Warnungen hören, muß man euch dazu zwingen, vernünftig zu sein. Außerdem habe ich andere Pläne mit dir ... «

»Ich liebe ihn, Durchlaucht«, sagte Sophie schluchzend. »Er ist doch ganz anders ... «

»Wie er ist, haben wir jahrelang aus nächster Nähe erlebt.«

»Niemand hat hinter seine stachelige Haut geblickt ... «

»Nur du kannst das, du Kind mit deinen sechzehn Jahren, nicht wahr?« lächelte die Fürstin Pleß mütterlich-gütig. »O Nichtchen, wie dumm bist du doch! Dieser Mann mit seinem üblen Ruf hat dich einfach fasziniert. Das Teuflische hat dich angezogen, es war Neugier, Abenteuerlust, ein bißchen Spiel mit dem Feuer ...«

»Nein! Ich liebe ihn wirklich.«

»Das sagt man so daher, wenn man jung ist. Wenn man zum ersten Mal einem Mann begegnet, bei dem einem das Herz klopft. Ach Kindchen, das ist doch nicht Liebe! Du kannst noch sechzig Jahre leben! Und fünfzig davon mußt du vielleicht an der Seite dieses Leo Kochlowsky verbringen, ein halbes Jahrhundert mit solch einem Mann! Das mußt du dir einmal vorstellen!« Die Fürstin beugte sich vor und nahm Sophies kleine, kalte Hände zwischen die ihren. »Du bist zu schade, um ein Menschenalter lang nur zu leiden. Außerdem geht es auch gar nicht.«

»Warum geht es nicht, Durchlaucht?«

»Es wäre jetzt nicht gut, dir alles zu erklären. Einmal wird deine Mutter es dir erzählen ... Vielleicht wird sie einmal einen Brief hinterlassen, den du nach ihrem Tod lesen mußt. Die Fürstin von Schaumburg-Lippe hat mir einiges anvertraut, und ich fühle mit ihr die Verpflichtung, dein Leben, mein Kindchen, in eine glückliche Bahn zu lenken. Du bist ein Glückskind, Sophie.«

»Was ist mit meiner Mutter?« fragte Sophie mit großen Augen.

»Sie wird es dir sicherlich einmal selbst sagen.«

»Ich werde ihr schreiben.«

»Tu das, Kindchen.«

»Ich werde ihr schreiben, daß ich Leo liebe!«

»Und ich werde ihr schreiben, daß das nur ein vorübergehender Wahn ist. Mein Gott, wie soll ich es dir sagen?« Die Fürstin schlug die Hände zusammen und blickte an die goldverzierte Stuckdecke. »Du bis zu Höherem geboren, als eine Frau Kochlowsky zu werden. Mehr kann ich dir im Augenblick nicht erklären ... Vergiß diesen Mann, mein Nichtchen. Im Moment tut es weh, ich weiß, aber später wirst du sagen: Es war richtig so ... «

Mit einem großen Rätsel im Herzen verließ Sophie das Boudoir der Fürstin. Sie verstand wenig von den dunklen Andeutungen, sie wußte jetzt nur eins: Mama hat ein Geheimnis, das sie mit ins Grab nimmt. Vielleicht hinterläßt sie einen Brief, der alles aufklärt. Aber was kann das nur sein? Was? Und warum kümmert sich die Fürstin zu Schaumburg-Lippe darum?

An diesem Morgen rief die Fürstin Pleß im Schloß von Bückeburg an. Es war ein mühsames Unterfangen, denn es dauerte zwei Stunden, bis die Verbindung hergestellt war. Zwar gab es durch die Bemühungen des deutschen Generalpostmeisters von Stephan seit 1877 den Fernsprecher, aber bis man die Strecke Pleß – Bückeburg für ein Telefonat zusammengekoppelt hatte, mußte man sehr viel Geduld aufbringen. Dann aber, ziemlich quäkend und unklar, ertönte endlich die Stimme der Fürstin zu Schaumburg-Lippe im Hörtrichter des Telefonapparates der Fürstin von Pleß.

»Ich mußte dich anrufen, meine Liebe«, sagte die Pleß erregt. »Es ist von größter Wichtigkeit. Unser Nichtchen hat sich verliebt. Ja, verliebt! Und ausgerechnet in das größte Scheusal von Pleß. Unser Verwalter vom Gut III. Meine Liebe, bitte keine Aufregung ... Dieser Leo Kochlowsky ist bereits entfernt worden. Nach Ratibor. Eine endgültige Trennung. – Nein, Sophie ist nichts geschehen. Sie ist rein und unberührt geblieben! Das kann ich beschwören, meine Liebe! Oh, wäre das eine Katastrophe! – Ja, ich verstehe. Da waren wir uns einig. Nein, von dem Prinzen von Nürthing-Babenhausen habe ich kein Wort erwähnt. Ich habe nur gesagt, daß sie zu Höherem geboren wurde und wir andere Pläne mit ihr haben. Darum rufe ich dich an. Man sollte mit Sophies Mutter sprechen und sie warnen vor einem Brief, den die Kleine schreiben will. – Nein, meine Liebe, ich kann den Brief nicht abfangen. Wir haben einige hundert Menschen Personal, wie soll ich die kontrollieren und wissen, wer einen Brief nach Pleß zur Post bringt? – Den Postmeister von Pleß informieren? Er soll den Brief zurückhalten? Ich werde es versuchen, meine Liebe . . . Und keine Sorge! Wir werden dafür sorgen, daß Nichtchen diesen Kochlowsky schnell vergißt.«

Irgendwie brach dann die Leitung zwischen Bückeburg und Pleß zusammen. Es knackte, rauschte und knatterte. Die Fürstin Pleß rief noch ein paarmal »Hallo! Hallo!«, aber es gab keine Verbindung mehr. Es war schon so ein unbegreifliches Wunder, daß man in einen Trichter sprach und Hunderte von Kilometern weiter gehört wurde und Antwort erhielt. Das neue Zeitalter der Technik überschüttete die Menschen mit immer größeren Überraschungen.

So überzeugt man im Schloß war, mit Kochlowskys Verbannung nach Ratibor das Problem gelöst zu haben, so wackelig war in Wahrheit das Fundament dieses Glaubens. Man wußte nämlich eines nicht: Weder Eugen Kochlowsky noch Louis Landauer hatten Pleß mit dem Zug nach Kattowitz wirklich verlassen.

Sie fuhren zwar ab, stiegen aber an der nächsten Station wieder aus, tranken ein paar Gläser Bier im Wartesaal und kehrten mit dem Gegenzug nach Pleß zurück.

Innerhalb einer Stunde hatten sie ausgerechnet bei Tanzlehrer Adolf Flamme-Fumière eine Dachkammer gemietet und richteten sich dort ein.

»Das sind wir meinem Brüderchen Leo schuldig!« hatte Eugen gesagt. »Ich glaube, es hat ihn wirklich gepackt! Und geben wir zu, Louis: Wir haben Leo elend beschissen! Wir haben etwas gutzumachen.«

Drei Tage ließen sie verstreichen, gewissermaßen zur Festigung des Glaubens in Pleß, Sophie sei in Sicherheit, dann schlich sich zunächst Landauer zum Schloß und klopfte spätabends bei Wanda Lubkenski ans Zimmerfenster.

Wanda stieß einen hellen Schrei aus, als sie Louis' Gesicht im Mondschein erkannte, und holte ihn sofort ins Haus.

»O Gott, wenn dich Jakob sieht!« rief sie und rang die Hände. »Ich denke, du bist längst in Nikolai?«

»Erst muß das Bild fertig werden. Ich bin ein korrekter Mensch. Ich hinterlasse keine Halbheiten! Ich brauche noch zwei Wochen für dich und drei Wochen für Sophies Porträt.«

»Wenn man dich entdeckt, ist der Teufel los. Vor allem der Leiblakai des Fürsten ...«

»Du wirst mich immer bei Dunkelheit ins Haus lassen, Wanda. Ich werde auch Sophie nur noch abends malen können.«

»Und wo ist Eugen?«

»Mit mir in Pleß. Er will einen Roman schreiben – über seinen Bruder Leo und Sophie. Der ›Schlesische Werther‹. Er war schon immer ein verrückter Kerl, der Eugen!« Landauer streckte die Beine von sich. »O Wanda, ist das schön bei dir! Und einen Hunger habe ich!«

Das vor allem war es, was Eugen Kochlowsky und

Landauer in Pleß festhielt – der immer gedeckte Tisch. Sie hatten das in aller Heimlichkeit, während Leo seine Koffer packte, besprochen. Und da man sich aus den langen Jahren in Nikolai kannte und sich aneinander gewöhnt hatte, wußte jeder, was der andere dachte, und es kam schnelle Einigkeit zustande: Man gibt keine guten Pfründe auf, nur weil es einmal hagelt. Solange Louis Wanda Lubkenski malen konnte, würde man auch satt ins Bett steigen können, und wenn die Bilder vollendet waren, konnte man weitersehen. Von Leo war bestimmt noch einiges zu erwarten, darauf hofften die beiden Künstler, das hatte er ihnen als Erbe hinterlassen.

»Er muß erst Luft holen!« weissagte Eugen. »Die Situation ist neu für ihn. Bisher ist er noch nie irgendwo hinausgeworfen worden. Eine Woche Ratibor wird ihn aufladen – und dann explodiert irgendwo irgend etwas ganz Verrücktes! So sang- und klanglos wie heute tritt kein Leo Kochlowsky von der Bühne ab!«

Es geschah nun in den nächsten Tagen, daß Jakob Reichert wieder wie hirnverbrannt herumrannte und seine Wanda suchte, die Abend für Abend ohne Erklärungen zwei Stunden lang verschwunden blieb, danach zufrieden, mit glänzenden Augen und sehr fröhlich wieder auftauchte und so tat, als sei sie nur rund durch den Schloßpark gewandelt und habe den Mond angesungen.

Reichert tobte und klagte, flehte und drohte – aus Wanda war die Wahrheit nicht herauszuholen. Auch Sophie konnte er nicht verhören; sie zog sich angeblich gleich nach dem offiziellen Küchendienst auf ihre Kammer zurück und schloß sich ein, um mit ihren Gedanken an Leo allein zu bleiben.

Louis Landauer entwickelte sich zu einem perfekten An- und Abschleicher. Nach den Sitzungen nutzte er alle

Mauernischen und Baumschatten aus, alle Umwege, alle Kellergänge, die Wanda ihm zeigte, um schwer bepackt mit kaltem Braten, Gemüse, Obst, Käse, Pudding und zwei Flaschen Rotwein unbemerkt das Schloß zu verlassen und sich bis zu einem Schuppen durchzuschlagen, wo er ein Fahrrad versteckt hatte. Das hatte Louis in Pleß für zwei Mark pro Woche von einem Eisenhändler geliehen, ein altes, klappriges Modell, aber es kam ja nicht auf die Schönheit an, sondern nur auf die Möglichkeit, sich zwischen der Stadt Pleß und dem Schloß Pleß hin und her zu bewegen.

Jeden Abend wartete Eugen Kochlowsky schon ungeduldig und hungrig in der gemeinsamen Dachkammer, hatte den Tisch gedeckt, wärmte Fleisch und Gemüse auf, entkorkte die Flaschen und las, gewissermaßen als Tischgebet, einige markante Zeilen aus seinem neuen Roman vor, bis man sich auf das Essen stürzte. Zum Nachtisch zeigte Eugen stolz seine Tagesarbeit: die eng beschriebenen Blätter seines Werkes.

»Das wird mein Durchbruch werden, Louis!« beteuerte er jeden Abend. »Das wird die neue Form der Literatur: Unterhaltung für das Volk, nicht nur wie bisher für die gebildeten, studierten Kreise. Keine Bücher für einen kleinen auserwählten Literaturzirkel, in dem man über jeden Satz diskutiert, sondern eine abendliche Erholung für die ganze Familie. Man sollte eine spezielle Roman-Zeitung gründen mit Lesestoff für jung und alt.«

»Du bist und bleibst ein Spinner, Eugen«, sagte Landauer milde. »Sei froh, wenn dein Roman überhaupt von einem Redakteur gelesen wird. Wir werden immer unten bleiben, Gott weiß, warum. Meine Bilder will keiner sehen, deine Werke keiner lesen. Seien wir froh, daß es uns heute so gut geht und wir fürstlichen Rotwein trinken . . . «

Von Leo Kochlowsky hörten sie nichts. Er schrieb nicht, er gab kein Lebenszeichen von sich, er war wie ausgelöscht. Nur die fürstliche Oberverwaltung hatte natürlich Kenntnis von dem, was auf dem Kartoffelgut Lubkowitz bei Ratibor passierte. Man meldete es dem Fürsten, der sagte es der Fürstin – und dabei blieb es. Nichts drang nach außen.

Die Nachrichten aus Ratibor allerdings übertrafen alle Erwartungen.

Schon nach zwei Tagen ging eine massive Beschwerde des Verwalters ein, des dicken Hubert Seppenthal. Gleich nach seiner Ankunft hatte Leo Kochlowsky seine Visitenkarte abgegeben. Als Seppenthal ihm eine Anweisung gab, hatte Leo geantwortet:

»So etwas Dämliches kann auch nur einer aussprechen, der seine Hirnmasse gegen stinkenden Kartoffelbrei vertauscht hat!«

Hubert Seppenthal gab in der Beschwerde an die fürstliche Oberverwaltung zu, sprachlos gewesen zu sein. Das wäre ihm noch nie passiert. Und er frage an, was er verbrochen hätte, daß man ihn mit Leo Kochlowsky bestrafe. Er bekam keine Antwort auf diese Frage.

Ob Sophie Rinne an ihre Mutter geschrieben hatte, wußte die Fürstin Pleß nicht. Auf dem Postamt in Pleß war kein Brief aufgegeben worden, das meldete der Postmeister ganz untertänigst Ihrer Durchlaucht. Aber das besagte ja nichts; täglich fuhr jemand vom Personal in Urlaub und konnte einen Brief nach Gleiwitz, Breslau, Kattowitz oder Oppeln mitnehmen. Das war gar nicht zu überprüfen. Man mußte also auf eine Reaktion aus Bükkeburg warten. Dort hatte die Fürstin zu Schaumburg-Lippe vielleicht leichteres Spiel. Ihr Verhältnis zu Sophies Mutter, der Frau Fuhrunternehmer Rinne, war ja über alle Maßen freundlich und vertraut.

Aber Sophie hatte geschrieben! Ganz kurz nur, ein paar Zeilen, die so ganz anders klangen, wie es eigentlich einem sechzehnjährigen braven Mädchen geziemte.

»Ich liebe Leo«, hatte sie in ihrer schönen, exakten deutschen Schrift geschrieben, mit einer Feder, mit der sie die Bögen in verschiedenen Stärken malen konnte. *»Was Ihr alle auch denkt, was Ihr auch sagt, was Ihr tun werdet – ich bin ungehorsam, ja, ich will nicht gehorchen! Es geht um mein Leben! Ich bin in drei Wochen siebzehn Jahre alt und weiß, was ich will. Vor dieser Hochzeit hat man mich gewarnt, aber alle, die das tun, kennen Leo nicht! Liebste Mama, ich weiß, jetzt weinst Du wieder. Auch ich weine, aber ich bin nicht mehr so schwach, um alles zu erdulden. Ich will mein Leben selbst bestimmen, auch wenn Ihr, Du und Papa, mich verstoßt . . . «*

Die Fürstin zu Schaumburg-Lippe hat nie erfahren, daß dieser Brief in Bückeburg angekommen ist. Auch Vater Rinne bekam ihn nie zu Gesicht, der Brief wurde in einen hölzernen, mit Intarsien verzierten Kasten eingeschlossen, eine italienische Arbeit war es, die der Prinz von Nürthing-Babenhausen einmal zu Weihnachten geschenkt hatte, weil sein Pferd immer so gut mit Hafer und frischem Wasser versorgt wurde und der Schnaps in der Fuhrmannskneipe so gut gekühlt war.

So vernahm man also erleichtert in Pleß: Sophie hat nicht geschrieben. Sie wird diese Affäre vergessen. Man hat rechtzeitig eingegriffen.

Ende September waren die Gemälde fertig.

Wandas Bild in seiner Üppigkeit ließ das Vorbild von Goya vergessen. Es war gemalte Fleischeslust, und Wanda errötete tief, als Landauer nach dem letzten Pinselstrich – seinem Signum – sagte: »Man könnte direkt hineinbeißen!«

»Ob ich das wirklich Jakob schenken kann?« fragte sie voller Zweifel.

»Es wird ihn umwerfen!« Landauer trat von seinem Meisterwerk zurück. »So hat noch kein Mann seine geliebte Frau über dem Bett hängen gehabt.«

»Es ... es sollte unterm Weihnachtsbaum stehen.« Wanda Lubkenski wischte sich über die Augen. »Ob man das kann, Louis? Wenn Jakob singt: Oh, du fröhliche, oh, du selige ... und dann so ein Bild?«

»Oh, du fröhliche stimmt genau ... « Landauer rieb sich die Hände.

»Du bist ein Ferkel!« sagte Wanda böse. »Ich werde Mühe haben, Jakob zu erklären, daß du das Bild aus dem Gedächtnis gemalt hast und ich völlig angezogen auf dem Sofa gelegen habe. Ein Glück, daß wir noch vor Weihnachten heiraten.«

»Wenn das Leo erlebt hätte«, sagte Eugen, als Landauer ihm später diese Nachricht samt einem gebratenen Huhn überbrachte. »Einer, der halbwegs sein Freund war, heiratet! Einen richtigen Freund hatte Leo ja nie! Aber bei Jakobs Hochzeit hätte er etwas unternommen! Zwischen Wanda und Leo bestand so etwas wie eine Haßliebe; wenn die sich zwei Tage lang nicht anfauchten, war die Welt nicht in Ordnung. Wir sollten es Leo mitteilen.«

»Viel wichtiger ist: Wovon leben wir in Zukunft!«

»Du hast Wanda von vorn gemalt, versuch, ob du sie nicht auch von hinten malen kannst.«

»Das würde jede Leinwand sprengen, Eugen! Diese Backen ... «

»Rubens hatte weniger Skrupel und wurde damit reich! – Louis, es geht um unseren Magen! Übrigens, ich habe dem Chefredakteur der Plesser Zeitung den ersten Teil meines Romans zum Lesen gegeben.«

»Bravo! Ein Erfolg! Er hat dich überhaupt empfangen!«

»Nur weil ich der Bruder von Leo Kochlowsky bin. Den kennt er natürlich. Leo hatte einmal mit ihm zu tun – wegen eines Artikels über ein Jubiläum auf dem Gut. Der Chefredakteur heißt Rümmling. Leo nannte ihn natürlich Dümmling ... Das bleibt haften.« Eugen lächelte schief. »Aber es öffnete mir die Tür bei der Redaktion. Man findet meinen Roman interessant.«

»Weil Leo darin die Hauptrolle spielt – natürlich! Sie werden durch geschickte Streichungen versuchen, Leo lächerlich zu machen. Das kommt auf einen Brudermord hinaus, Eugen!«

»Ich soll zweihundert Mark dafür bekommen. Louis, zweihundert Mark! Und Streichungen verbiete ich!«

»Dann bekommst du keinen Pfennig! Ich habe eine andere Idee.«

Die Idee bestand darin, daß Landauer die Tanzkursteilnehmer von Adolphe Fumière mit schnellen Strichen porträtierte und die Bildchen als Andenken verkaufte. Es war eine gute Idee; vor allem die Tanzstundendamen waren begeistert, und es gab keinen Tanzstundenherrn, der seiner Dame die Sitzung zu einer solchen Skizze abschlug. Wer hätte diese Unhöflichkeit begehen mögen, zumal zwei Stunden des Kursus reserviert waren für das Thema: Das richtige Benehmen in gehobenen Kreisen. Und dazu wollte jeder gehören.

Eugen wiederum war dramaturgisch tätig: Er arrangierte im Rahmen »Die Kunst in der Gesellschaft« sogenannte »lebende Bilder«, dramatische Gruppierungen, bei denen man bewegungslos, statuarisch, starren Blickes und unter Bezwingung aller Zuckungen berühmte Szenen darstellte, etwa die Versuchung des Joseph durch Potiphar, den Tod des Sokrates oder Napoleon vor Moskau.

Die Kursteilnehmer waren begeistert. Endlich etwas Neues, Großstädtisches in Pleß! Was in Berlin, München oder Dresden möglich war, konnte man auch hier! Eugen Kochlowsky pries seine Ideen in den höchsten Tönen und kassierte pro Teilnehmer die Wahnsinnssumme von zehn Mark.

Zu einem Skandal kam es nur einmal, als Ende Oktober im Gemeindesaal der evangelischen Gemeinde von Pleß Eugen Kochlowskys lebendes Bild »Im Hain der Musen« aufgeführt wurde. In fleischfarbenen Trikots bevölkerten brave Bürgerstöchter als Musen einen Garten aus bemalten Kulissen. Von weitem sah es aus, als seien sie wirklich nackt.

»So etwas kann auch nur von einem Kochlowsky kommen«, hieß es, aber der Zulauf zu den »lebenden Bildern« war hinterher ungeheuerlich.

Ein Nachteil allerdings war, daß man dadurch im Schloß darauf aufmerksam wurde, daß Louis und Eugen gar nicht abgereist waren, wie Reichert angenommen hatte. Gleich nach der Vorstellung, die Jakob mit Wanda besuchte und wo er sich schämte, Wanda so viele anscheinend nackte Mädchen vorzuführen, erschien er hinter der Bühne und schäumte: »Wieso seid ihr nicht in Nikolai? Ich habe euch doch abfahren sehen!«

»Es gibt auch Züge, die nach Pleß gehen!« sagte Landauer witzig. »Wir kamen zu der Ansicht, daß Pleß ein gutes Pflaster für die Kunst ist.«

»O Gott! Mir schwant etwas!« stöhnte Reichert und faßte sich an den Kopf.

»Nein!« Eugen drückte ihn auf einen Stuhl. »Leo ist nicht heimlich hier! Ehrenwort. Wir haben seit zwei Monaten nichts mehr von ihm gehört.«

Auch Wanda, die wenig später hinter die Bühne kam,

tat so vollendet verblüfft über Eugens und Landauers Anwesenheit, daß ihr Reichert ihr Entsetzen sofort glaubte. Im evangelischen Gemeindesaal rumorte noch immer das Publikum – man konnte sich nicht über die »Musen« beruhigen. Vor allem die Mütter und Väter der jungen Darstellerinnen waren atemlos vor Scham. Trikot hin, Trikot her – man hatte alles gesehen! Beine, Schenkel, Bauch, Busen, Hinterbacken ... wie nackt! An diesen Ruch der Großstadt mußte Pleß sich erst gewöhnen ...

»Wo ist Leo?« rief Wanda mit dramatischer Stimme. »Wo versteckt er sich?«

»Er ist in Ratibor«, sagte Reichert beruhigt. »Keine Sorge, Wanda.«

»Und was machen die hier?«

»Wir haben eine Marktlücke entdeckt!« erklärte Eugen Kochlowsky. »Es hat keinen Sinn, auf den Durchbruch in der großen Kunst zu hoffen. Wir haben uns entschlossen, jetzt nur noch kommerziell zu denken. Wanda, ich habe bisher zehn Pfund zugenommen. Ist das ein glückliches Leben!«

Von jetzt an war es möglich, wieder offiziell im Schloß zu erscheinen, bei Wanda in der kleinen Wohnung zu sitzen und so köstlich zu essen wie die fürstlichen Herrschaften. Vor allem, als die Wild-Saison begann, erschienen Eugen und Landauer jeden zweiten Tag bei Reichert oder Wanda Lubkenski und füllten sich die Mägen mit Rehpfeffer, Hirschlende oder Wildschweinrücken. Dazu gab es grüne Klöße, kindskopfgroße Ballen aus rohen Kartoffeln mit in Butter gerösteten Weißbrotwürfeln in der Mitte.

Eugen Kochlowsky konnte Anfang Dezember seine Jacken nicht mehr zuknöpfen.

Und von Leo kam kein Wort, kein Lebenszeichen. Niemand konnte das verstehen, sogar Wanda nicht.

»Er hat in Ratibor längst eine Neue«, meinte Wanda bitter »Was sage ich? Drei, vier, sechs Neue! Der klatscht in die Hände, und schon fallen die Röcke . . .«

»Er liebt mich . . .«, sagte Sophie sanft wie immer.

»Und schweigt?«

»Wer weiß, was er vorbereitet?«

»Muß man deswegen stumm sein?« Reichert war in Hochstimmung. In neun Tagen war seine Hochzeit mit Wanda. Der Fürst hatte ihnen im Remisenhaus eine schöne Wohnung gegeben, vier große Zimmer, gleich neben den Fahrzeugen und den Zugpferden. Ein Garten gehörte dazu und als Deputat ein Schwein pro Jahr, eine Sonderzuwendung von Seiner Durchlaucht.

Jakob Reichert hatte sich auf eine große Hochzeitsfeier vorbereitet, so, wie sie auf dem Land üblich ist: vierundzwanzig Stunden lang saufen, fressen und tanzen. Er erwartete fast hundert Gäste, alle aus dem Personal des Schlosses und des Gutes. Das würde ein Tag werden!

»Vergiß Leo«, sagte Reichert väterlich. »Sophie, er ist für immer weg . . .«

»Nein. Er kommt wieder! Er hat es versprochen!«

»Das ist das einzige, was nachdenklich stimmt«, sagte Eugen. »Wenn mein Bruder ein Versprechen gibt, löst er es auch ein! Da ist er wie ein Elefant – die vergessen auch nichts, und wenn es fünzig Jahre dauert!«

»So lange wird Sophie nicht warten!« scherzte Reichert.

»Ich werde warten«, sagte sie leise. »Was wißt ihr denn, was Liebe ist?«

»Leo würde jetzt sagen: Aber du Rotznase weißt es!«

»Wie schön wäre es, wenn er jetzt hier säße und ›Rotznase‹ zu mir sagte!« Sophie sah verträumt an Wanda und Reichert vorbei zum Fenster. Es schneite seit fünf Tagen.

Pleß versank unter weißen Bergen. »Eugen, willst du mir einen Gefallen tun?«

»Jeden . . .«

»Bring Leo mein Bild nach Ratibor.«

»Das wäre total verrückt!« sagte Reichert grob.

»Ich habe es für ihn malen lassen, er soll es bekommen, und wenn niemand hinfährt, bringe ich es ihm selbst.«

»Weißt du, was dann die Fürstin mit dir machen wird?« fragte Wanda, atemlos vor Entsetzen.

»Das ist mir egal. Ich komme danach doch nicht mehr zurück . . .«

»Du willst einfach weg? Flüchten? Deine Stelle aufgeben?«

»Ja!«

»Deine ganze Zukunft?«

»Meine Zukunft ist Leo.«

»Du hast das Zeug, eine der besten Köchinnen Preußens zu werden!«

»Es genügt, wenn ich eine gute Ehefrau werden kann, Wanda. Köchinnen gibt es genug, aber nicht die Frau, die Leo braucht.« Sophie blickte zu Eugen hinüber. »Bringst du ihm zu Weihnachten das Bild?«

Eugen nickte. »Ja, Sophie. Womit hat dieser Kerl bloß verdient, so geliebt zu werden?«

Die Hochzeit von Jakob Reichert und Wanda Lubkenski war ein Fest, von dem in Pleß noch lange gesprochen wurde. Die Tische bogen sich unter dem Essen, so, wie es in Schlesien und im Polnischen selbstverständlich war. Eine Bauernkapelle spielte zum Tanz auf, und die Weiber kreischten bis in den frühen Morgen.

Unvergeßlich blieb auch Jakob und Wanda Reichert,

geborene Lubkenski, ihre Hochzeitsnacht. Sie hatten bis gegen drei Uhr bei den Essenden und Saufenden ausgehalten, dann hatte Wanda ihren Ehemann gegen das Schienbein getreten und ihm mit dem Kopf ein Zeichen gegeben. Während die anderen tanzten, schlichen sie sich heimlich weg und fielen sich in die Arme, als sie in ihrer neuen großen Wohnung im Remisenhaus waren. Auch wenn man schon längst miteinander geschlafen hat – eine Hochzeitsnacht bleibt immer etwas Besonderes.

Reichert hatte gerade seine Hose ausgezogen und sauber gefaltet über eine Stuhllehne gehängt, als es draußen ans Fenster klopfte. Wanda lag schon im Bett, ganz erwartungsvolle Braut, und winkte mit beiden Händen ab.

»Verdrückt euch!« rief Reichert und ging zum Fenster. »Sauft euch voll – aber hier ist Ruhe!«

Es klopfte wieder. Wanda saß im Bett, drückte das Federbett gegen ihren Busen und schrie: »Hau ab, du Idiot!«

Aber das Klopfen hörte nicht auf. Es ging in einen bestimmten Rhythmus über, und da schien es, als sträubten sich bei Reichert die grauen Haare. Er sank auf den Stuhl, über dessen Lehne seine Hochzeitshose hing, und starrte entsetzt das Fenster an. Dieses rhythmische Klopfen kannte er genau: Damit wurde er früher zu jeder Nachtzeit aus dem Schlaf getrommelt, wenn es darum ging, die Eroberung eines Mädchens zu feiern.

»Dem Kerl werfe ich den Waschkrug an den Kopf!« schrie Wanda. Sie sprang aus dem Bett und rannte in ihrer ganzen üppigen Nacktheit durchs Zimmer.

»Versuch es!« sagte Reichert matt. »Paß mal auf, wer da kommt.«

Er ging hinaus, schloß die Wohnungstür auf und ließ den späten Gast ein. Wanda rannte zum Bett zurück, warf sich in die Federn und zog das Plumeau bis zum Hals. Dann riß sie den Mund auf, starrte den Ankömmling fassungslos an und begriff, warum Jakob Reichert ächzend wieder auf den Stuhl gesunken war.

»Das ist das Allerletzte!« sagte Wanda endlich in die Stille hinein. Ihre Stimme war regelrecht rostig. »Nun versaust du uns sogar noch die Hochzeitsnacht . . . «

»Du wirst Jakob kaum noch was Neues bieten!« Leo Kochlowsky setzte sich neben sie auf die Bettkante. Sein Gesicht war von der Kälte gerötet, ein paar helle Striemen zeichneten sich noch auf der Haut ab, sonst war alles bestens verheilt. Der Arzt in Ratibor hatte versichert, daß auch diese letzten Spuren des Peitschenduells verschwinden würden. Wie immer war Leos schwarzer Bart tadellos gepflegt, und der Scheitel im Haar saß messerscharf und gerade, als er die dicke Pelzmütze abnahm.

»Warum bist du gekommen?« fragte Wanda.

»Warum wohl?« Leo zog seinen Pelzmantel aus und ließ ihn auf den Boden gleiten. »Ich habe noch immer meine Informationen aus Pleß, auch wenn ich am Arsch der Welt lebe. Und als man mir meldete, daß mein Freund Jakob nun doch, endlich, diese Küchenpflanze Wanda heiratet, war es klar, daß ich herkommen mußte. Das bin ich meinem Freund schuldig . . . «

»Leo«, sagte Reichert gepreßt. »O Leo . . . «

»Ich zerfließe gleich vor Rührung!« knirschte Wanda.

»Das wäre ein Jahresfaß voll Fett!« Kochlowsky tätschelte Wandas Wange, und erstaunlicherweise schlug sie ihm die Hand nicht weg. »Mein Geschenk liegt in der Remise. Zwei Kutschdecken aus Wolfsfell. Damit ihr auch im offenen Schlitten fahren könnt.«

»Leo, hat dich jemand gesehen?« fragte Reichert schwer atmend. Ihn überkam ein gerührtes Heulen.

»Kein Mensch. Jakob, ich kenne doch hier alle Schliche . . . «

»In Pleß. Im Bahnhof . . . «

»Ich bin vorher ausgestiegen und die letzte Strecke mit dem Schlitten gefahren. Ich hatte Bladke bestellt. Der sagt keinen Ton.«

»Und nun?«

»Ich habe Hunger.«

»In der Wohnung ist nichts außer Milch und einem Wecken. Alles ist draußen auf den Tischen.«

»Das genügt.« Reichert ging in die Küche, holte den Milchtopf und den Butterwecken. Leo tauchte ihn in die Milch und schlürfte sie hinunter. Stumm sahen ihm Reichert und Wanda zu, bis er mit dem Essen fertig war.

»Wo willst du jetzt hin?« fragte Wanda.

»Ich will bei euch bleiben.«

»In der Hochzeitsnacht?«

»Mich stört das nicht.«

»Aber mich!« schrie Wanda. »Gott im Himmel, nach Pest und Cholera hast du mit Leo Kochlowsky die nächste Plage geschaffen!«

»Wo ist Sophie?« fragte Kochlowsky ruhig. Er trank den Rest Milch aus dem Topf. »Tanzt sie noch in der Scheune?«

»Jetzt nicht mehr.« Reichert zog seine Hochzeitshose wieder an. Ihm war klar, daß er nicht mehr zu Wanda ins Bett konnte. »Warum hast du nie geschrieben?«

»Warum hat sie nie geantwortet?«

»Das ist eine saudumme Frage, Leo.«

»Ich habe ihr in den vergangenen Monaten neununddreißig Briefe geschrieben.«

»Das kann nicht sein!«

»Ich habe die Kopien bei mir!«

»Nicht einer ist bei Sophie angekommen!« Reichert starrte Wanda an. Sie schüttelte den Kopf, und er glaubte ihr. Nein, sie hatte diese Briefe nicht unterschlagen. »Nicht einer!«

»Dann hat man sie alle abgefangen!« Leo Kochlowsky drückte das Kinn gegen die Brust. Man kannte das – jetzt lud er sich auf. Aber es war niemand da, den er anbrüllen konnte. »Neununddreißig Briefe. Und ich warte und warte und sage mir: Sie hat dich doch vergessen. Sieh, so schnell geht das. Aus den Augen – aus dem Sinn! Qualen habe ich gelitten . . . «

»Sie hat dich nie vergessen. Jeden Tag spricht sie von dir! Und im Gegensatz zu dir hat sie immer gesagt: Er ist stumm, aber irgend etwas bereitet er vor. Er kommt wieder, oder er holt mich. Wir müssen lernen, was Warten ist . . . « Reichert schluckte mehrmals. »Sie ist ein Engel.«

»Ich könnte jetzt, in diesem Augenblick, den, der die Briefe unterschlagen hat, ermorden. Neununddreißig Briefe!« sagte Kochlowsky ruhig. »Wie kann ich Sophie sehen?«

»Heute nicht mehr.«

»Warum nicht?«

»Sie schläft längst oben in ihrer Kammer.«

»Hole sie, Jakob. Bitte, hole sie hierher. Bei dem Hochzeitstrubel fällt das nicht auf. Ich muß morgen zurück nach Ratibor. – Bitte, Jakob . . . wenn du mein Freund bist.«

Reichert zögerte einen Augenblick. Er sah hinüber zu Wanda, die wütend unter dem Plumeau lag und Kochlowsky gerade jetzt zur Hölle wünschte. Aus der Scheune drangen Musik und Gesang zu ihnen in die Wohnung. Die Feier konnte noch Stunden dauern.

»Du hast mich mal einen elenden Kuppler genannt«,

sagte Reichert langsam. »Und jetzt soll ich tatsächlich kuppeln?«

»Ich werde Sophie heiraten, das weißt du!«

»Solange sie nicht großjährig ist, wird man das verhindern. Willst du noch vier Jahre warten?«

»Darüber will ich mit Sophie sprechen. Ob sie das will – und kann! Ich bin bereit zu warten.«

»Mein Gott, er liebt sie wirklich!« sagte Wanda laut. Kochlowsky sah sie mit gesenktem Kopf an.

»Es ist beglückend, daß auch ein Trampel wie du zu denken anfängt«, sagte er dann, ganz der Alte. »Reg dich nicht auf und spring nicht aus dem Bett, ich bin ein Ästhet.«

Reichert schlug stumm die Hände zusammen und verließ die Wohnung. Kochlowsky erhob sich von der Bettkante, ging zum Fenster und blickte in die eisige Nacht und über das tiefverschneite Land.

»Ich danke dir, Wanda«, sagte er plötzlich.

Sie zuckte hoch und starrte seinen breiten Rücken an. »Was ist denn das wieder für eine Gemeinheit?«

»Ist denn alles gemein, was ich sage?«

»Grundsätzlich!«

»Ich danke dir, daß du dich so um Sophie angenommen hast. Daß du sie wie eine Mutter umhegst. Daß sie mit allem Kummer zu dir kommen kann. Daß sie einen Halt an dir hat. – Ende der Gemeinheit!«

»Verzeih, Leo.« Wanda zog das Plumeau bis unter das Kinn. Sie war beschämt. »Das sind ganz neue Töne bei dir ...«

»Vergiß sie wieder!«

»Wie kommst du mit Hubert Seppenthal auf Gut Lubkowitz aus?«

»Gut ...«

»Das ist doch nicht möglich!«

»Seppenthal ist seit sechs Wochen krank. Magenkrämpfe.«

»Und wer leitet jetzt das Gut?«

»Dämliche Frage! Ich!«

»Die Frage war wirklich dämlich«, sagte Wanda und lächelte. »Was konnte man anderes erwarten?«

»Da kommt sie!« sagte Kochlowsky plötzlich mit belegter Stimme. »Sie rennt Jakob voraus ... durch den Schnee. Er kommt kaum mit. So ein Leichtsinn! Hat nichts auf dem Kopf. Bei diesem Frost! Läuft da mit offenen Haaren ... «

»Nun brüll nicht wieder!« sagte Wanda laut.

Kochlowsky löste sich vom Fenster und ging in den kleinen Vorraum. Die Haustür flog auf, und wortlos, mit ausgebreiteten Armen, warf sich Sophie ihm an die Brust. Er legte die Arme um sie, drückte sie fest an sich, vergrub sein Gesicht in ihren Haaren und schloß die Augen.

»Sophie«, sagte er leise. »O Sophie ... «

Und sie flüsterte: »Leo! Endlich, endlich ... Leo ... « und begann vor Glück zu weinen.

Auf Zehenspitzen ging Reichert zurück ins Schlafzimmer. Wanda saß im Bett, das Federbett vor ihrem nackten Oberkörper aufgetürmt, und sah ihm mit zusammengezogenen Augenbrauen entgegen.

»Jakob, was hast du da wieder angestellt?« sagte sie. »Wir wollten doch mit allen Mitteln Sophie vor ihm schützen ... «

»Es hat sich vieles geändert, Wanda.« Reichert ging zur Tür, schloß sie ab, zog seine Hochzeitshose wieder aus und hängte sie korrekt gefaltet wieder über die Stuhllehne. »Einen Mann, der sich für eine Frau auspeitschen läßt, kann man nicht übersehen ... «

XV

Den ganzen Tag über verbarg sich Leo Kochlowsky in der Wohnung von Jakob Reichert. Das war das sicherste Versteck, denn Reichert und Wanda hatten drei Tage »Hochzeitsurlaub« bekommen, und niemand störte sie. Man gönnte ihnen diese drei Tage, Jakob und Wanda waren ja überall beliebt, und jeder im Schloß freute sich mit, daß diese Hochzeit zustande gekommen war.

Sogar Eugen und Louis Landauer blieben in der Stadt Pleß und respektierten Reicherts neuen Ehestand. Ihre große Stunde kam erst Weihnachten, wenn Wanda das grandiose Gemälde enthüllen würde, zu dem Eugen ein Gedicht geschrieben hatte, das mit den Versen begann: »Auch wer nicht kennt des Orientes Freuden – dem öffnet sich das Herz nach diesem Blick . . . «

Es war allerdings abzuwarten und noch gar nicht zu übersehen, wie Jakob Reichert auf dieses doppelte Kunstwerk reagieren würde.

Sophie mußte anstelle von Wanda die Leitung der Küche übernehmen – eine Ehre in so jungen Jahren, die ihr heftigen Neid bei den anderen viel älteren Küchenmamsellen einbrachte. Sophies neues Amt war übrigens auf die letzte Anordnung der Baronin von Suttkamm zurückzuführen; noch vor Weihnachten wollte sie Pleß verlassen und eine neue Stellung bei einem Grafen in Meißen annehmen, einem unehelichen Abkömmling des potenten August des Starken von Sachsen.

Die Fürstin von Pleß hatte die Kündigung der Baronin sofort angenommen. Seit Monaten – das hatte sie bemerkt – schwelte zwischen Sophie Rinne und der Hausdame eine so unüberbrückbare Antipathie, daß auf die Dauer nur eine von ihnen im Schloß bleiben konnte. So war die Fürstin froh, daß Elena von Suttkamm von sich aus den richtigen Ausweg fand.

Auch der Erste Bereiter des Fürsten, Jan Pittorski, verließ zum neuen Jahr Schloß Pleß. Obwohl der Fürst ihm ein höheres Gehalt und die Stellung eines Stallmeisters anbot, war Pittorski nicht zum Bleiben zu bewegen. Er wollte ins Polnische zurück. Er sei ja Pole, sagte er, ein Nationalpole, der für die Freiheit seines Landes und seine Souveränität kämpfen wolle.

Das war ein Argument, das den Fürsten überzeugte. Ein Revolutionär unter seinem Personal war das letzte, was er gebrauchen konnte. Pittorskis wahrer Kündigungsgrund – Katja Simansky, die bereits seit drei Monaten in einem Woiwodenhaushalt tätig war – kam nie zur Sprache, auch nicht, daß der Pole nun keine Möglichkeit mehr sah, Kochlowsky doch noch für alle persönliche Schmach zu bestrafen.

»Du siehst, kaum bist du weg, ist die Luft sauber, rein und genießbar«, sagte Reichert zu Leo Kochlowsky. Nach der kurzen Hochzeitsnacht saßen die beiden Männer und Wanda beim Frühstück am Tisch, tranken Tee mit Rum und aßen von Wandas selbstgebackenem Butterkuchen. »Darf man fragen, was nun zwischen dir und Sophie besprochen worden ist?

»Nichts!« sagte Kochlowsky und starrte gegen die Wand. »Macht euch nicht in die Hosen: Die Luft auf Pleß wird rein bleiben! Wir müssen versuchen, Sophies Eltern auf unsere Seite zu bekommen.«

»Und wie?«

»Vielleicht fahre ich im Frühjahr selbst nach Bückeburg.«

»Das wäre das beste.« Wanda blinzelte unverschämt. »Die Mutter nennst du einen Thekenwetzer und den Vater einen Sackträgerlümmel ... Werden die über ihren Schwiegersohn jubeln!«

»Mit euch kann man nicht reden!« Leo schob seine Teetasse angewidert weg. »Ich weiß jetzt, daß die Fürstin Pleß selbst vor dieser Hochzeit gewarnt hat. Sophie hat es mir erzählt. Die Pleß und die Schaumburg-Lippe bilden eine Mauer um sie, da komme ich allein nicht durch, das ist mir klar! Ich frage mich nur: Wieso kümmern sich zwei Fürstinnen um das Privatleben einer kleinen Küchenmamsell?«

»Das frage ich mich, seit Sophie hier ist«, sagte Wanda. »Es ist alles so ungewöhnlich um sie herum. Diese tägliche Konversationsstunde bei Ihrer Durchlaucht – als Mamsell! Als wenn sie eine Hochgeborene sei! Wißt ihr, daß die Fürstin ihr drei neue Kleider geschenkt hat? Ich habe noch nie eins bekommen!«

»Es ist vieles merkmürdig.« Leo Kochlowsky holte aus dem Rock ein ledernes Futteral und zog eine Zigarre heraus. Reichert riß die Augen auf.

»Du rauchst Zigarren?«

»Seit Ratibor. Seppentahl ist daran schuld. Nach einem Krach bot er mir als Friedenspfeife eine Zigarre an – ich habe sie ihm ins Gesicht geworfen. Hinterher tat mir die Zigarre leid, ich habe sie aufgehoben und geraucht. Ich fand Gefallen daran und bin dabei geblieben.« Leo zündete die Zigarre an, sah den Rauchwölkchen des ersten langen Zuges nach und meinte dann nachdenklich: »Deshalb muß ich mit den Eltern einig werden ... wegen all dieser Merkwürdigkeiten um Sophie herum!«

»Und du glaubst, daß du das schaffst?«

»Mit eurer Hilfe.«

»Was können wir da tun?« fragte Wanda sofort abweisend. Neue Konflikte wegen Kochlowsky waren keine gute Zukunftsaussicht.

»Alle Briefe an Sophie werde ich ab sofort an eure Adresse senden. Und Sophie wird euch ihre Briefe geben. Auch die an ihre Eltern.«

»Wir machen uns mitschuldig an allem, was noch passiert«, stöhnte Jakob Reichert. »Und wenn das ruchbar wird, verlieren Wanda und ich unsere Stellung.«

»Mit anderen Worten: Du ziehst uns ins Unglück!« Wanda zerkrümelte nervös ein Stück Butterkuchen auf ihrem Teller. »Wir wollen auf Pleß bleiben. So gut werden wir es nirgendwo anders haben! Das Vertrauen der Durchlauchten, die schöne Wohnung, das Deputat – das alles sollen wir deinetwegen aufs Spiel setzen? Das kannst du nicht verlangen, Leo.«

»Die Angst des Pöbels um die Futterkrippe!« sagte Kochlowsky bitter. Er stand auf und ging zum Fenster. Es schneite wieder. Der Winter 1887 war hart in Schlesien. Das Land versank unter den Schneemassen.

Ich kann sie verstehen, dachte Leo, auch wenn ich sie beleidige. Sie haben ja nichts als ihre gute Stellung und ihre Wohnung. Ihr Leben hat einen Raum von ein paar Quadratmetern. Geht es mir anders? Mache ich mir nicht auch Sorgen: Wie kann ich eine Familie ernähren? Wo soll sie wohnen? Wo sollen die Kinder aufwachsen? Auf Lubkowitz in der Einsamkeit? Nie! Sophie mit mir in der Verbannung – welch ein Gedanke! Ich suche noch – aber Jakob und Wanda haben ihren endgültigen Lebensraum gefunden. Ich sollte sie nicht als feigen Pöbel beschimpfen.

»Ich war ungerecht«, sagte Kochlowsky gepreßt, ohne sich umzudrehen. »Jakob, Wanda ... verzeiht mir.«

Reichert starrte entsetzt seine Frau an. Leo bittet um Verzeihung! Gott im Himmel – er muß schwer krank sein, lag in seinem Blick. So kann ein Mensch wie Leo sich nicht ändern!

Bei Einbruch der Dunkelheit kam der Kutscher Philipp Bladke mit dem geschlossenen Schlitten, um Kochlowsky wieder abzuholen. Das Pferd dampfte in der Kälte, Bladke wärmte sich bei seinem Kollegen Reichert mit drei Kümmelschnäpsen auf und nahm einen halben Stollen mit, den Sophie gebacken hatte. Er war nach Dresdener Art zubereitet, mit einer Marzipanfüllung in der Mitte, mit viel Zitronat, Rosinen und reiner Butter.

Sophie kam zum Abschied nicht mehr ins Remisenhaus. Sie stand jetzt der fürstlichen Küche vor und hatte keine Minute Zeit. Wozu auch ein langer Abschied? Man war sich einig. Die Zeit sollte für ihre Liebe kein störender Faktor mehr sein, die Zeit sollte im Gegenteil für sie arbeiten. Mehr brauchte man nicht, um zu hoffen, wenn man erst siebzehn Jahre alt war.

In seinen Pelzmantel gehüllt, die Pelzmütze tief ins Gesicht gezogen, stieg Leo Kochlowsky schnell in den Schlitten und warf den Schlag zu. Philipp Bladke wickelte ihn fest in die Decke aus Hundefell. Am besten war Stroh bei dieser Kälte, so, wie es die polnischen Bauern machten: ein Schlitten voll Stroh, in das man sich mit den Pelzen hineinwühlte. Aber das konnte man dem Herrn Verwalter ja nicht anbieten.

Am Fenster sahen Jakob und Wanda der Abfahrt zu. Sie winkten noch einmal hinaus zu Leo, und Kochlowsky hob die Hand. Dann stob der Schnee auf, und der Schlitten glitt weg in die Dunkelheit.

»Was sollen wir tun?« fragte Wanda bedrückt. »Ihm helfen?«

«Ihm nicht!« Reichert zog die Gardine vor das Fenster. »Aber Sophie . . . «

Breiten wir ein Tuch über den Heiligen Abend in der Remisenwohnung.

Es war fürchterlich!

Jakob Reichert trat ins Wohnzimmer, beide Arme voller Geschenkpakete, und sang schon in der kleinen Diele lauthals: »Oh, du fröhliche, oh, du selige, gnadenbringende Weihnachtszeit . . . « Da fiel sein Blick auf den im Kerzenschmuck leuchtenden Weihnachtsbaum, auf die ebenfalls singende Wanda in einem langen festlichen Kleid und auf das unter dem Baum stehende, von einem Goldrahmen umgebene Ölgemälde.

Er ließ alle Pakete fallen, Wanda beendete ihren Gesang mit einem hohen spitzen Aufschrei, die Augen quollen Reichert fast aus dem Kopf, sein Blick wechselte mehrmals und immer schneller zwischen Wanda und dem Bild hin und her, dann sagte er heiser:

»Welch eine Sauerei! Mein Herz! Ich bekomme einen Herzschlag! Das überlebe ich nicht!«

Er sank auf den nächsten Stuhl, pumpte Luft in sich hinein und röchelte: »Den Landauer bringe ich um!«

Erst am nächsten Morgen, nach einer Nacht voller Tränen, war Reichert bereit, Erklärungen entgegenzunehmen und die Entstehungsgeschichte des Gemäldes zu rekonstruieren. Er begriff, daß es von Wandas Seite eines großen Opfers bedurft hatte, weil sie eine, wie sie meinte, gute Tat begehen wollte.

»Was soll damit geschehen?« fragte Jakob schließlich. »Das kann man doch nicht aufhängen. Nein, auch nicht über dem Bett! Auch ins Schlafzimmer kommen mal fremde Leute. Aus dem Gedächtnis, aus der Phantasie will Landauer dich gemalt haben? Ein Genie, der Louis! Sogar den Leberfleck unter deiner linken Brust hat er geahnt . . . Er muß magische Augen besitzen!«

Nach den darauf sehr stillen Feiertagen fand Reichert eine Lösung. Er kaufte in Pleß ein Bismarck-Bild, einen Buntdruck in der Größe des Gemäldes, und spannte es darüber. Dann hängte er es ins Wohnzimmer und sagte giftig zu Wanda: »Sieh dir das an: Sogar Bismarck liegt auf dir!«

Eugen Kochlowsky hielt sein Versprechen. Mit dem sorgfältig in Pappe verpackten Porträt von Sophie reiste er am 23. Dezember nach Ratibor und von dort mit einem Schlitten zum Gut Lubkowitz.

Er kam unangemeldet und fand seinen Bruder Leo allein im Verwalterhaus, umgeben von Akten, Bierdunst und Zigarrenqualm. Kein Weihnachtsbaum, kein geschmückter Tannenzweig, keine festliche Dekoration ... Zwischen graugestrichenen Wänden hockte Leo auf einem harten Stuhl und rechnete die Zahlenkolonnen der letzten drei Jahre nach. Er war einer Unkorrektheit auf der Spur. Die Buchführung des Gutes stimmte nicht, seit Jahren war falsch abgerechnet worden.

»Es kann gar nicht so einsam sein«, sagte Kochlowsky, als er aufblickte und seinen Bruder Eugen hereinkommen sah, »als daß einen die Ratten nicht doch fänden!«

»Es ist erfreulich, daß du deinen persönlichen Stil noch nicht verlernt hast!«

Eugen warf die Tür zu, stellte sein Gepäck ab und lehnte das verschnürte Bild gegen die Wand. »Man wird im nächsten Jahr einen Roman von mir abdrucken.«

»Das habe ich erwartet! In Deutschland verfallen Geist und Sitte immer mehr.« Leo Kochlowsky dehnte seinen schmerzenden Rücken. Im trüben Licht sah sein Gesicht fahl und viel älter als sonst aus. »Was willst du hier? Eine Ode auf die Kartoffel schreiben?«

»Ich will mit dir Weihnachten feiern.«

»Wann und wo ist Weihnachten?«

»Morgen und hier!« Eugen machte eine weite Handbewegung. »Ich verspreche dir: Ein Engel wird im Raum sein!«

»Ein Rindvieh ist schon da!« sagte Kochlowsky voller Bitterkeit.« »Such dir oben ein Bett, Eugen, mach, was du willst, aber laß dich hier unten nicht blicken, sondern geh mir aus dem Weg!«

»Und wie ist es mit dem Essen?«

»Eine polnische Haushälterin kommt täglich für ein paar Stunden.«

»Das ist ein Lichtblick.« Eugen rieb sich die Hände. »Brüderchen, wir werden am Heiligen Abend eine gefüllte Gans haben. Gefüllt mit Äpfeln und Maronen! Und Rotkraut und Klöße!«

»Nenn mich nicht immer Brüderchen!« schrie Leo. »Ich bin vierunddreißig Jahre alt!«

»Ein Jüngling mit schwarzgescheiteltem Haar!«

»Hast du in Nikolai keine Kohlen für deinen Ofen?«

»Ach, Nikolai. Wer denkt daran . . . «

»Also wieder pleite?« Kochlowsky winkte ab. »Du kannst hierbleiben, solange du willst, Eugen. Du wirst in einer Besonderheit leben: in einem Grab von 500 Hektar Größe . . . «

Den ganzen nächsten Tag bekam Eugen seinen Bruder nicht zu Gesicht. Leo war in den Lagerhäusern und verhörte die einzelnen Rechnungsführer. Es fehlten nicht nur 372 Zentner Kartoffeln, sondern auch 159 Säcke. Kleinigkeiten, die man bisher auf dem Gut »übersehen« hatte. Wer war schon so gründlich wie Kochlowsky!

Eugen hatte also freie Bahn. Mit der polnischen Haushälterin schmückte er die Wohnung mit Tannenzweigen, bunten Kugeln und bemalten Holzfiguren, schob die gefüllte Gans ins Rohr, verfeinerte das Rotkraut mit

Schmalz und rieb die Kartoffeln für die Klöße. Am späten Nachmittag erkannte man die triste Wohnung nicht wieder. Überall glitzerten Kugeln und Silbersterne, es roch nach Pfeffernüssen, Bratäpfeln und natürlich Gänsebraten. Eugen gab der polnischen Wirtschafterin zum Abschied als Sonderlohn zehn Mark; sie machte einen tiefen Knicks, ergriff Eugens Hand und küßte sie.

»Gott segne Sie, Herr«, sagte sie, schlug das Kreuz und verschwand in der Dunkelheit.

Am Abend fuhr Leo mit dem Schlitten vor, spannte das Pferd aus und kam ins Haus. Schon im Flur schlug ihm der Duft der Gans entgegen. Er warf Pelzmantel und Pelzmütze in eine Ecke und riß die Tür auf. Das geschmückte Zimmer machte ihn einen Augenblick lang stumm, er fand erst die Sprache wieder, als Eugen aus der Küche kam, angetan mit einer Schürze, eine Kelle in der Hand.

»Was soll der Quatsch?« schrie Leo sofort. »Heute ist ein Tag wie jeder andere!«

»Die Gans ist gleich fertig!« Eugen winkte mit der Kelle. »Noch zweimal begießen, dann kommt sie auf den Tisch. Die Klöße schwimmen auch schon im Wasser! Du kannst ebenfalls etwas tun: Hole Wein!«

»Ich habe keinen!«

»Lüg nicht. Im linken Keller liegen zehn Flaschen Burgunder!«

»Ich will nicht!« brüllte Kochlowsky. »Dein Getue kotzt mich an!«

»Denk an den versprochenen Engel, Brüderchen!« Eugen hob die Kelle und lächelte verschmitzt. »Er schwebt schon hier herum . . . Ha! Meine Gans!«

Er rannte zurück in die Küche. Leo zögerte, dann drehte er sich um, ging hinaus, stieg in den Keller und holte drei Flaschen Wein herauf. Wie ein trotziger Junge saß er dann mit zusammengezogenen Augenbrauen am Tisch und sah zu, wie Eugen die Gedecke auflegte, die Gläser holte und vor Freude herumtänzelte.

»Findest du das nicht alles ziemlich idiotisch, Eugen?« knurrte Leo schließlich unmutig.

»Eine gefüllte Gans ist nie idiotisch.« Eugen band seine Schürze ab und warf sie in eine Ecke. »Wollen wir singen, Leo?«

»Was willst du?!«

»Stille Nacht, heilige Nacht ... «

Kochlowsky fuhr von seinem Stuhl hoch, aber Eugen hob beide Hände.

»Ganz ruhig, Leo!« sagte er. »Ganz ruhig. Es heißt: Stille Nacht ... Als unsere Mutter noch lebte, lag in der Heiligen Nacht eine ganz seltsame Stimmung über uns allen, eine Gottesnähe, die uns demütig werden ließ. Diese Stimmung ist jetzt wieder zu uns gekommen, Leo, nach langer, langer Zeit ... Es gibt wieder Demut und Dank für uns ... «

Er ging hinter einen kleinen Tisch, der mit Tannenzweigen geschmückt war, griff zur Wand, nahm das inzwischen ausgepackte Bild und stellte es vor sich auf die Zweige.

Große blaue Augen ... die Sonne auf weißblondem Haar ... das Lächeln um ihre Lippen ... Schönheit, die unbegreiflich wird ...

»Gott segne dich, soll ich dir sagen.« Eugens Stimme war plötzlich sehr leise und unsicher. »Siehst du, ich bin bei dir ... «

»O Gott ... «, stammelte Kochlowsky. »O mein Gott! Sophie, mein Leben ... «

Er stand unbeweglich, wie versteinert, aber plötzlich

fiel er in sich zusammen, ging ein paar taumelnde Schritte vorwärts, fiel vor dem Tischchen auf die Knie, drückte sein Gesicht gegen das Bild, küßte es und begann zu weinen.

»Du bist da ...«, sagte er. »Du bist wirklich da, Sophie ... Sophie ...«

Er blieb auf den Knien, umfaßte mit beiden Händen das Bild, preßte es an seine Brust und sah über den Rahmen hinauf zu Eugen. Die Tränen rannen ihm über das Gesicht.

»Sie ... sie hat dich geschickt?«

»Ja, und die Gans ist von ihr und das Rotkraut und der Stollen und die Plätzchen ... Nur die Kartoffeln sind von dir.«

Leo erhob sich von den Knien. Das Bild an sich gedrückt, ging er zum Tisch zurück.

»Eugen ...«, sagte er mit unsicherer Stimme.

»Ja, Leo?«

»Wehe, wenn du einem erzählst, daß ich geheult habe ...«

»Das bleibt unter Brüdern.« Eugen schluckte. »Auch ich bin heute unendlich beschert worden. Ich weiß jetzt, daß du weinen kannst ... daß du ein weiches Herz hast. Das ist so schön.«

»Du bist ein elender Tintenpisser!« sagte Leo und war wieder der alte Kochlowsky. »Wo ist die Gans?«

»Sofort! Nimm Platz und leg das Bild aus der Hand. Beim Essen brauchst du deine Finger. Mit Sophie an der Brust kriegst du keinen Bissen hinunter.«

Es war das stillste und seligste Weihnachten im Leben Leo Kochlowskys.

Das Jahr 1888 war ein deutsches Schicksalsjahr.

Das »Drei-Kaiser-Jahr«.

Wilhelm I. starb, sein Sohn, Kaiser Friedrich III., von Kehlkopfkrebs gezeichnet und jahrelang von den Ärzten falsch behandelt, starb nach 99 Tagen Regierungszeit am 15. 6. 1888 in Potsdam. Ihm folgte sein Sohn als Kaiser Wilhelm II. auf den Thron, ein junger Mann, der schon vorher zur Kenntnis gegeben hatte, daß ihm die Politik Bismarcks nicht gefiel.

Durch das Deutsche Reich mußte – das ahnte jeder – ein anderer Wind wehen, kein besserer, auch das war klar. Bismarcks unbestechlicher Blick für die Weltlage, vor allem nach Osten auf Rußland, der zu dem Ausspruch führte: »Laßt den Bären schlafen«, war völlig konträr zu dem Säbelrasseln, das Wilhelm II. liebte.

Noch ahnte man zwar nur, was alles einmal kommen würde; die Wirtschaft blühte, Erfindungen veränderten die Welt, das Maschinenzeitalter begann und damit die Präsenz des Proletariats. Sozialreformen drängten nach vorn, der Mensch war keine bis zum letzten auszunutzende Arbeitskraft mehr, sondern forderte Rechte, die tief in das bisher vorherrschende Patriarchatsdenken eingriffen. Eine Umschichtung der Gesellschaft begann, von der man schon seit 1848 geträumt hatte in den Manifesten der Paulskirche.

Auch auf Pleß spürte man die Auswirkungen des schnellen Kaiserwechsels. Der Fürst war jetzt mehr in Berlin als auf seinem Schloß, er gehörte zum Beraterstab des jungen Kaisers, der Pleß seinen väterlichen Freund nannte, aber auch Bismarck beschlagnahmte den Fürsten, lud ihn zur Tafel, und da Bismarck ein großer Esser und ein noch fulminanterer Trinker war, wurde jede Einladung für den Fürsten zur Prüfung seiner Standfestigkeit.

Zwischen Lubkowitz und Pleß hatte sich ein reger Briefverkehr entwickelt. Die Post lief allerdings über Eugen und Louis Landauer, die Leos Briefe an Sophie weitergaben und von ihr die Antworten für ihn bekamen. So waren Jakob Reichert und Wanda in keiner Weise mehr gefährdet, und die Fürstin von Pleß hatte keine Ahnung, was hinter ihrem Rücken geschah.

Aus Bückeburg waren zwei Briefe gekommen, beide von Sophies Mutter und an Leo Kochlowsky in Lubkowitz gerichtet. Für Leo bedeuteten sie das Ende einer Hoffnung. Die Mutter schrieb, daß es unmöglich sei, ihrer Tochter die Erlaubnis zu dieser Ehe zu geben. Umstände, die man zum gegenwärtigen Zeitpunkt noch nicht erklären könne, verhinderten eine Hochzeit. Außerdem sei Sophie mit siebzehn Jahren noch viel zu jung. Sie sollte erst ihre Köchinnenlehre vollenden, nach Erreichung der Großjährigkeit wolle man weitersehen.

Es war eine Antwort, die Leo fast erwartet hatte. Sie veranlaßte ihn aber auch, den Entschluß, Schlesien zu verlassen, ins Auge zu fassen und für sich und Sophie eine neue Stellung zu suchen. Er schrieb eine Menge Bewerbungen an Herrenhäuser und Güter, die ihm durch seine Plesser Tätigkeit bekannt waren, und mußte erleben, daß man dort durchaus nicht auf einen Leo Kochlowsky wartete. Die Verwalterposten waren besetzt, wurden in naher Zukunft auch nicht frei. Es gab nur in verschiedenen Rentämtern Buchhalterstellen oder Vakanzen für untergeordnete Betriebsleiter, etwa für die Schweinemast oder die Molkerei. Ein Abstieg also.

Im Juli erschien unverhofft Fürst Pleß auf Gut Lubkowitz. Leo Kochlowsky hatte gerade noch Zeit, Sophies Porträt wegzutragen und in sein Bett zu legen, als der Fürst ins Haus kam.

Wie gewohnt, meldete Kochlowsky die Geschehnisse auf dem Gut und gab einen schnellen, präzisen Überblick. Er endete damit, daß er sagte:

»Ich kann es Euer Durchlaucht nicht ersparen, zu berichten, daß man Euer Durchlaucht in den letzten drei Jahren um rund 2400 Zentner Kartoffeln beschissen ... pardon ... hintergangen hat. Das ist bei dem Aufkommen der Ernten nicht viel, aber immerhin kann man sich von dem Erlös von 2400 Zentnern gut den Hintern wärmen ...«

Pleß nickte, setzte sich an den Tisch und lächelte Kochlowsky väterlich an.

»Warum sind Sie bloß ein solch mieser Kerl, Kochlowsky!«

»Ich verstehe Durchlaucht nicht.«

»Leo, ich vermisse Sie auf Pleß! Mein schönes Gut III verkommt von Tag zu Tag mehr! Und die polnischen Arbeiter machen, was sie wollen. Sie werden renitent und nennen es Volksbewußtsein! Sie haben bei der Frühjahrsbestellung nur die halbe Arbeitskraft eingesetzt!«

Kochlowsky schwieg. Er wußte das. Seine Vertrauensmänner auf dem Gut berichteten ihm alles, was geschah, oder besser, was nicht geschah. Der neue Verwalter war ein versoffenes Loch. Wenn er betrunken auf den Feldern erschien, lachten ihn die Polen aus, statt sich auf die Arbeit zu stürzen, wie es bei Kochlowsky selbstverständlich war.

»Müssen Sie denn jeder Schürze nachrennen, Leo?« sagte der Fürst. »Und dann die Sache mit unserem Nichtchen. Ich meine Sophie. Wenn das nicht wäre, holte ich Sie sofort nach Pleß zurück.«

»Dazu dürfte es zu spät sein, Durchlaucht. Ich habe mich an mehreren anderen Stellen beworben.«

»Ohne vorher mit mir zu sprechen?«

»Ich bin hierher verbannt worden – wozu noch Worte? Ich habe Lubkowitz in Ordnung gebracht, jetzt kann ich gehen.«

»Wohin?«

»Es gibt da mehrere Angebote.«

»Wenn Sie mir Ihr Ehrenwort geben, sich Sophie nicht mehr zu nähern, können Sie nach Pleß zurückkehren, Leo. Auf Ihr Ehrenwort vertraue ich.«

»Ich kann es Ihnen nicht geben, Durchlaucht.« Kochlowsky blickte an dem Fürsten vorbei. »Ich würde es brechen.«

»Sie warten also immer noch?«

»Ich werde so lange warten, bis ich Sophie heiraten kann.«

»Das ist doch aussichtslos, Kochlowsky! Sie rennen da einem Wahn nach! Und Ihre Karriere machen Sie kaputt! Ich hatte viel mit Ihnen vor, Leo! Hängt das Leben denn an diesem einen Mädchen?«

»Jetzt ja, Durchlaucht. Ich hätte es selbst nie für möglich gehalten.«

»Dann ist Ihnen nicht zu helfen, Kochlowsky.« Der Fürst hob beide Schultern und setzte seinen Jagdhut auf. »Mehr kann ich für Sie nicht tun.«

Ohne einen Abschiedsgruß verließ er Gut Lubkowitz. Kochlowsky stand vor dem Haus, als die Kutsche abfuhr. Auf dem Bock saß nicht Reichert, sondern ein fremder Kutscher aus Ratibor. Nur der Leiblakai war aus Pleß mitgekommen, er winkte Kochlowsky verstohlen zu, als die Kutsche aus dem Hof fuhr.

Wir haben Zeit, dachte Leo verbissen. Sophie ist noch so jung, und ein Mann meines Formats Mitte der Dreißig ist auch noch kein alter Krüppel. Man kann noch sagen:

Das Leben liegt vor uns. Dreißig oder gar vierzig Jahre wollen wir voller Dankbarkeit erwarten.

Er ging zurück in sein graugestrichenes Büro, holte Sophies Bild aus dem Schlafzimmer und hängte es an den Nagel, wo es seit Weihnachten seinen Platz hatte. Dann setzte er sich an den Tisch und schrieb einen neuen Brief.

»Liebste, allerliebste Sophie. Eben war der Fürst hier und bot mir Gut Pleß wieder an, wenn ich auf Dich verzichte. Bei meiner Ehre, ich war höflich zu ihm! Ich habe ihn mit gesetzten Worten hinausgeworfen. Und wenn man mir den Schatz des Krösus verspräche . . . ich lasse nicht von Dir . . . «

Als Sophie den Brief bekam – er wanderte wie immer über Eugen und Reichert zu ihr –, sagte sie zu Wanda:

»Was passiert, wenn ich einfach davonlaufe?«

»O du lieber Himmel!« schrie Wanda auf. »Man wird dich durch die Polizei suchen lassen! Dich und auch Leo wird man einsperren! Sophie, welch ein Gedanke! Du kannst doch nicht gegen die Macht des Fürsten anrennen!«

»Wenn wir in ein anderes Land flüchten?«

»Sie werden dich ausliefern! Oder ihr werdet zu Zigeunern werden, immer unterwegs, nie ein Zuhause, immer ruhelos durch die Welt . . . «

»Es muß eine Möglichkeit geben, sie zu zwingen«, sagte Sophie mit Nachdruck. »Sie verschweigen mir alle etwas, das mit meiner Mutter zusammenhängt. Hier ist eine verwundbare Stelle, Wanda, hier sollte man zustoßen.«

»Mach dich nicht unglücklich, Kindchen«, jammerte Wanda und rang die Hände. »Du kannst doch nicht gegen einen Fürsten kämpfen . . . «

Man sprach nicht mehr darüber – aber der Gedanke blieb.

XVI

Zur Eröffnung der Herbstjagd kam Bismarck zu Besuch nach Pleß. In der Küche herrschte helle Aufregung: Während die erlesene Tafelgesellschaft mit allen Köstlichkeiten der Kochkunst bewirtet werden sollte, hatte Bismarck sich einen besonderen Wunsch vorbehalten: Ich möchte eine Linsensuppe haben! Keinen Kapaun, keine raffinierten internationalen Kreationen, eine ganz gewöhnliche bäuerliche Linsensuppe!

»Diese Suppe wirst du kochen, Nichtchen!« hatte die Fürstin Pleß bestimmt. »Ich weiß von der Schaumburg-Lippe, daß dies deine Spezialität war . . . «

Noch nie ist eine Linsensuppe so vorbereitet worden wie die für den Fürsten Bismarck. Stundenlang wurden die Linsen einzeln verlesen und dann eingeweicht. Bauchspeck und Schinkenspeck, Mettwürstchen und Rauchwurst wurden geschnitten, Porree und zarter Sellerie. Aus bestem Suppenfleisch wurde die Grundbouillon gekocht, gewürzt mit Lorbeer, Pfefferkörnern und Wacholderbeeren.

Am Abend nach der Jagd wurde dann die Linsensuppe in einer großen silbernen Terrine serviert. Bismarck, Fürst Pleß und der Graf von Wilczek, ein Nachbar des Fürsten, aßen die Suppe allein. Die anderen Gäste kämpften sich durch die vielen verschiedenen Gänge eines festlichen Menüs. Es bewahrheitete sich wieder einmal, daß die Küche von Pleß die beste in ganz Preußen war. Drei deutsche Kaiser hatten sie genossen, und jeder hatte gesagt: »Pleß, wenn es möglich wäre, ich würde Ihre ganze Küche nach Berlin mitnehmen!«

Bismarck aß drei tiefe Teller Linsensuppe, mit glücklichem, gerötetem Gesicht, dann streckte er die Beine unter dem Tisch weit von sich, drückte den breiten Rücken gegen die hohe Stuhllehne und legte seine Hand auf die der Fürstin Pleß.

»Meine Beste«, sagte er mit satter Stimme. »Leider geht nichts mehr hinein. Wer hat die Suppe gekocht? Das war die herrlichste Linsensuppe meines Lebens!«

»Unser Nichtchen Sophie hat sie gekocht«, erwiderte die Fürstin wie damals beim König von Bayern.

»Sie haben eine Nichte in der Küche? Meine Liebe, die müssen Sie mir vorstellen.«

In der Küche hatte man Derartiges erwartet. Anders als beim König von Bayern hatte man Sophie darauf vorbereitet. Sie trug ihr Sonntagskleid, darüber eine schöne Spitzenschürze. Auf den weißblonden Haaren thronte ein Spitzenhäubchen wie eine Krone. Wanda selbst hatte die Haare onduliert, mit einer Brennschere und einem Kamm aus Fischbein. Nun sah Sophie mehr denn je wie eine lebendige Puppe aus. Wanda stand verzückt hinter ihr und war nahe daran, vor so viel Liebreiz zu weinen.

Der Leiblakai kam herein und winkte mit einer großartigen Gebärde. »Mamsell Rinne zum Fürsten . . . «

Dann stand Sophie vor dem großen Bismarck, machte ihren Knicks, und all die Grafen und Barone, die Offiziere und die hohen Damen sahen sie an und lächelten. Bismarck streichelte ihr die Wange und sagte laut:

»Bis heute habe ich nicht gewußt, daß auch eine Linsensuppe königlich sein kann. Verraten Sie mir, was Sie da alles hineingetan haben. Diese Suppe muß man mir auf Friedrichsruh nachkochen!«

»Ich werde die Zutaten aufschreiben, wenn es Ihnen recht ist, Durchlaucht«, antwortete Sophie und wagte nicht, Bismarck anzusehen. »Es sind zu viele, um sie im Kopf zu behalten.«

Die Tafelgesellschaft lachte, und Sophie wurde rot. Was habe ich jetzt falsch gemacht, dachte sie. Auch Bismarck lachte laut und legte den Arm um Sophies Schulter.

»So ist es recht!« dröhnte er. »Auch ein Reichskanzler hat nur eine beschränkte Aufnahmefähigkeit! Den Russen stillzuhalten ist keine Kunst, aber solch eine Linsensuppe zu kochen ist eine wahre Großtat! Nur eine Frage: Der säuerliche Geschmack kam doch nicht vom Essig?«

»Nein, Durchlaucht.« Sophie wagte es, den Kopf zu heben. Bismarcks berühmte herrische Augen strahlten sie an. »Es war Sherry in der Suppe und zur Abrundung französischer Cognac . . . «

»Das ist es! Cognac in den Linsen! Meine Herrschaften, die Franzosen sind doch zu etwas gut!«

Es war ein typischer Bismarck-Witz, alle lachten schallend. Bismarck gab Sophie einen Kuß auf die Stirn und sagte in die allgemeine Fröhlichkeit hinein: »Auf diesem Rezept bestehe ich! Ich fahre nicht von Pleß ab, ohne Ihr Billett zu haben, Nichtchen . . . «

»Welch ein Triumph!« schluchzte Wanda später in der Küche, und alle gratulierten Sophie, auch wenn der Neid in vielen Augen stand. »Bismarck hat sie geküßt! Er will ihr Rezept. Königlich nennt er die Suppe! Das, ihr Mädchen, ist ein Augenblick, wo man fühlt, daß eine Köchin über allen Herrschenden steht! Was wären sie ohne uns?«

Zwei Tage später wußte Leo Kochlowsky in Lubkowitz, was sich auf Pleß mit Bismarck zugetragen hatte. Sofort setzte er sich hin und schrieb an Sophie:

»Meine Liebste, ich bin voll Eifersucht auf Bismarck! Linsensuppe ist auch mein Leibgericht. Ich will, daß eine solche Linsen-

suppe nur noch für mich gekocht wird – von meiner Frau Sophie. Wir müssen heiraten . . . das Warten wird unerträglich. Wie ich Bismarck beneide um diese Linsensuppe und um den Kuß, den er Dir geben durfte . . . «

Von der Fürstin Pleß bekam Sophie eine wertvolle Brosche zum Geschenk, eine Brosche in Form eines Medaillons, das man aufklappen konnte. Im Innern konnte man ein Bild verwahren. Jetzt steckte eines von Sophies Mutter darin.

»Zur Erinnerung an diesen Tag mit dem Fürsten Bismarck!« sagte die Fürstin Pleß. »Er wird auf Friedrichsruh sofort die Suppe nach deinem Rezept zubereiten lassen.«

»Sie wird anders schmecken.« Sophie machte einen dankbaren Knicks. »Ich habe drei Zutaten verschwiegen . . . «

»O du kleines Luderchen!« lachte die Fürstin. »Du Luderchen . . . «

Im nächsten Brief schrieb Sophie an Kochlowsky: *»Liebster Leo, geh zum Fotografen. Ich brauche ein Bild von Dir, vier Zentimeter hoch, drei Zentimeter breit. Ich habe jetzt die Möglichkeit, Dich an meinem Herzen zu tragen.«*

Kochlowsky fuhr sofort nach Ratibor. Als nach sieben Versuchen das Bild endlich fertig war, überlegte man, ob man den armen Fotografen in ein Sanatorium bringen sollte. Kochlowsky war keine Aufnahme gut genug. Einmal – so brüllte er – sah er aus wie ein überraschter Bettnässer, das andere Mal stand er da wie ein Eunuch nach der Kastrierung. Sein Wortschatz war unerschöpflich . . . Beim siebenten Bild meinte er: »Was ist denn das? Es sieht mir ja ähnlich? Jetzt ist tatsächlich ein Kamel durchs Nadelöhr gegangen!«

Es wird erzählt, daß der Fotograf nach Leos Weggang einen Weinkrampf bekommen hat.

Als Sophie das Bild im Medaillon auswechselte, sagte sie zu dem Foto ihrer Mutter: »Mama, sei nicht böse, ich stelle dich auf meine Kommode. Aber zwischen meine Brüste, da gehört nun einmal Leo hin, das siehst du doch ein?«

Ja, Bückeburg war weit weg – und ein Foto kann keine Antwort geben.

Am 20. Februar tauchte Leo Kochlowsky wieder als ungebetener Gast heimlich im Remisenhaus bei den Reicherts auf. Er hatte Urlaub, hatte angegeben, in die Karpaten zu fahren, und war nun nach Pleß geschlichen.

Eugen Kochlowsky war indessen ein gemachter Mann geworden, wie man so sagt. Er hatte seinen Roman veröffentlicht, er war mit Begeisterung gelesen worden, die Plesser und die Oberschlesische Tageszeitung hatten Verträge mit ihm geschlossen, er schrieb Kurzgeschichten und Erzählungen, heimatliche Novellen und saß über einem neuen Roman, der sogar als Buch herauskommen sollte.

Eugen hatte die Sprache gefunden, die man brauchte, um das breite Volk zu erreichen. Das hatte zur Folge, daß er jetzt einen dicken Bauch vor sich herschob und sich in dem Bein, auf dem er hinkte, das Zipperlein meldete. Eugen störte das wenig. »Lieber dick, mit Gicht in den Knochen«, sagte er weise, »als noch einmal frieren, hungern und auf den Rippen Xylophon spielen können. Man lebt nur einmal ...«

Louis Landauer hatte sich ein Atelier ausgebaut. Er malte jetzt die Plesser Bürger, zierte Wohnräume mit Landschaften oder vaterländischen Szenen und hatte es aufgegeben, von einem Erfolg als neuem Rembrandt oder Tizian zu träumen. Er verdiente gut. Pleß hatte ihm und

Eugen Glück gebracht.

Auch Caesar hatte ein wundervolles Hundeleben. Er lag seinem Herrn zu Füßen, wenn dieser schrieb, und er lag neben ihm auf dem Sofa beim Mittagsschlaf und schnarchte mit Eugen um die Wette.

Der Februar war ein erstaunlich milder Monat in diesem Jahr. Zwar lag Schnee auf dem Land, die Flüsse aber waren eisfrei, und die Teiche, auf denen man sonst Schlittschuh laufen konnte, waren nur mit Vorsicht und nach gründlichen Untersuchungen zu betreten. Oft war die Eisdecke trügerisch und dünner, als man annahm.

»Wie lange willst du bleiben?« fragte Reichert ahnungsvoll, als Leo Kochlowsky, in Pelze vermummt, vor der Tür stand. Kutscher Philipp Bladke bekam wieder seine drei Kümmel und fuhr dann zufrieden mit dem Schlitten zur Stadt zurück.

»Drei, vier Tage . . . « Kochlowsky packte seine Gastgeschenke aus. Für Reichert eine herrlich geschnitzte Meerschaumpfeife, für Wanda weiches polnisches Juchtenleder, aus dem sie sich ein Paar Maßstiefel machen lassen konnte. Wie konnte man ihm in diesem Augenblick böse sein? »Ich verhalte mich ganz still . . . «

»Bist du krank?« fragte Wanda.

»Du Küchentrampel!« knurrte Leo, und das Gleichgewicht war wieder hergestellt.

»Weiß Sophie, daß du kommst?« erkundigte sich Reichert.

»Nicht das genaue Datum. Sie weiß nur, daß ich Ende Februar Urlaub mache. Es ist die einzige Zeit, wo ich auf dem Gut wenig tun kann.« Leo sah Wanda fragend an. »Wie sieht sie aus? Hat sie sich verändert?«

»Ja . . . «

»Wie denn?«

»Sie ist noch schöner geworden. In diesem Jahr wird sie neunzehn.« Reichert betrachtete seine Meerschaumpfeife. »Der letzte Hauch von Kindlichkeit ist verflogen. Sie ist eine Frau geworden.«

»Das brauchte nicht gesagt zu werden!« knurrte Reichert.

»Sie hat richtige Hüften und Brüste bekommen«, sagte Wanda. »Wundervoll.«

»Das übersieht Leo bestimmt nicht.«

»Wann kann ich sie sehen?«

»In zwei Stunden. Die Fürstin hat noch Gäste. Sophie muß in der Küche bleiben, bis nichts mehr gewünscht wird. Sie hat heute Spätdienst.« Wanda rollte ihr weiches Juchtenleder zusammen. »Willst du einen Grog, Leo?«

»Der täte gut.« Kochlowsky setzte sich an den Tisch. Er fühlte sich glücklich, auch wenn er heimlich, wie ein Gejagter, hierhergekommen war. Hier war Pleß, hier war er zu Hause, das war ein Stück Heimat geworden, hier gehörte er hin. »Viel Rum und wenig Wasser, Wanda, du Kräuteraas!«

Erst spät, gegen Mitternacht, kam Sophie aus der Küche. Mit einem hellen Aufschrei sank sie Leo in die Arme.

Die Welt war wieder vollkommen.

Es geschah drei Tage später, in der Dunkelheit, und nur Leo Kochlowsky war dabei.

Jakob Reichert war mit dem Fürsten noch nicht von einem Besuch beim Baron von Puttkammer zurückgekehrt, Wanda hatte Küchendienst, denn die Fürstin hatte jetzt jeden Abend Besuch und mußte sich um die Damen kümmern, während die Herren in den Wäldern um Pleß auf die Jagd gingen. Sophie hatte man ihren freien Tag gegeben. Sie saß bei Leo in der Remisenwohnung auf dem Sofa, stickte an einer Tischdecke, und beide waren zufrieden, daß sie nebeneinandersitzen durften.

Erst am Abend wagten sie sich hinaus, schlichen sich in den verlassenen Schloßpark, suchten sich eine Ecke in der Orangerie, im gut geheizten Gewächshaus, und küßten sich hinter Rosenhecken und tropischen Riesenpflanzen, die hier gezogen wurden.

An diesem 23. Februar 1889 aber hatte Leo Kochlowsky eine bejubelte Idee: Schlittschuhlaufen auf dem Teich hinter dem Verwalterhaus von Gut III. Er kannte diesen Teich genau, er war nur mannstief und daher der erste, der zufror und sicher war.

Gleich nach Einbruch der Dunkelheit schirrte Leo Kochlowsky Reicherts kleinen Privatschlitten an und fuhr mit Sophie zum Gut. Sie kamen von der Feldseite her an den Teich, stellten den Schlitten ab, banden das Pferd an, nachdem sie ihm eine Decke übergeworfen hatten, und blickten hinüber zum Verwalterhaus. Hinter den vorgezogenen Übergardinen schimmerte schwaches Licht. Kochlowskys Wangenknochen mahlten.

»Du möchtest gern wieder zurück?« fragte Sophie leise und lehnte sich an ihn.

»Das ist vorbei!«

»Wenn wir wegziehen, dann weit weg von hier, nicht wahr?«

»Ja. Weit weg, Sophie.« Er zog seine Schlittschuhe an, ging auf das Eis und prüfte es. Es war gut, es klang massiv unter den Stahlkufen ... Man kann die Sicherheit hören, sagte Kochlowsky einmal. Er fuhr ein paar Bögen, kam zu Sophie zurück und half ihr, die Schlittschuhe unter die Stiefelchen zu schnallen. Dann faßten sie sich an den Händen, glitten auf das Eis und lachten.

»In der Stadt spielt eine Musikkapelle an der Eisbahn!« rief sie übermütig. »Da kann man Walzer tanzen . . . «

»Wer sagt, daß wir keine Musik haben?« Leo legte die Arme um Sophie zum Walzertanz. »Madame Kochlowsky wünschen einen Walzer? Er wird sofort gesungen!«

»Du kannst singen, Leo?«

»Für den Hausgebrauch. Und ich kenne auch nur einen Walzer: Rosen aus dem Süden. Madame, Ihr Tanz . . . «

Und dann sang Leo Kochlowsky. Er hatte eine angenehme baritonale Stimme, er kannte sogar den Walzertext bis zur Mitte, dann sang er lalalala und humdadahumdada und konnte wirklich einen Walzer auf dem Eis tanzen und Sophie sicher führen.

Bei der sechsten Runde um den Teich geschah es dann. Ausgerechnet in der Mitte, nicht am Rand, knackte es laut, Sophie verlor den Halt, stürzte Leo aus den Händen und fiel hin. Unter ihr zerbrach das Eis wie splitterndes Glas, es riß immer weiter, in unwahrscheinlicher Schnelligkeit. Die Eisdecke verlor ihre Festigkeit, brach überall ein und ließ das Wasser hervorquellen.

Sophie war durch die splitternde Decke gebrochen und hing bis zur Taille im eiskalten Wasser. Sie strampelte, klammerte sich an den Eisrändern fest und versuchte, sich wieder hochzuziehen. Leo Kochlowsky, vom Walzertakt und vom Schwung ein paar Meter weggetragen, war mit wilden Sprüngen zurückgekommen.

»Bleib ganz still, Sophie!« schrie er. »Keine Panik. Nicht strampeln, es reißt sonst noch mehr ein. Sophie . . . «

Er versuchte, sie zu fassen, an ihre ausgestreckten Arme heranzukommen, aber die Eisdecke unter ihm bröckelte, öffnete sich einfach wie ein Maul, das nach ihm schnappte. Er stürzte nach hinten, glitt über das Eis und versank neben Sophie im Wasser.

»Uns kann nichts geschehen«, keuchte er. »Der Teich ist nicht tiefer, als ich groß bin, ich halte dich fest, wir kommen heraus ... Sophie, halt dich an mir fest.«

Sie klammerte sich an seinen Rücken, legte den Kopf an seine Schulter, und er spürte ihr Zittern. Mit den Fäusten hieb er auf das Eis ein, seine Füße hatten Grund, er konnte stehen, aber es gab keine Möglichkeit, sich aus dem Wasser emporzuziehen. Immer und immer wieder hieb Leo mit beiden Fäusten und Ellenbogen auf das Eis ein, bis es wieder so stark wurde, daß seine Faust zurückfederte. Hier hob er Sophie auf die noch feste Decke, kroch dann selbst auf das Eis und nahm Sophie auf seine Arme.

Der neue Verwalter von Gut III, der etwas träge Franz Knopfer, glaubte an ein Gespenst, als es an seine Tür klopfte, er öffnete und ein triefender Mann mit einer ebenso nassen Frau ins Haus stürzte und brüllte: »Einen Arzt! Sofort einen Arzt!« Das Gespenst rannte zielsicher die Treppe hinauf zum Schlafzimmer, trat die Tür auf und brüllte weiter: »Decken! Heißes Wasser! Handtücher! Beweg dich, du dicke Sau!«

Erst da begriff Franz Knopfer, daß Leo Kochlowsky zurückgekommen war.

Binnen einer Stunde war Dr. Portenski – wer sonst? – im Haus. Sophie lag ausgezogen zwischen Handtüchern und Decken und wurde von Leo frottiert. Den ersten Tee mit viel Rum hatte sie schon getrunken, und Franz Knopfer hängte immer neue Tücher über den Ofen, um sie anzuwärmen und dann nach oben zu bringen.

»Doktor«, stammelte Leo, als Portenski bei Sophie den Puls fühlte und ihr Herz abhörte. »Doktor, ich habe alles getan, was man tun konnte ... Wird sie überleben?«

»Unter einer Bedingung: daß Sie sofort mit dem dusseligen Massieren aufhören. Unter den Decken herrscht ja eine Tropentemperatur. Und daß Sie ihr keinen Tee mit Rum mehr geben. Das kleine Fräulein wird sonst an Alkoholvergiftung sterben ... « Portenski sah Kochlowsky an. »Und Sie?«

»Was ich?«

»Sie stecken ja noch immer in Ihren nassen Klamotten ... «

»Ich hatte keine Zeit, an mich zu denken.«

»Aber jetzt! Jetzt bin ich da! Herunter mit den Sachen und ins Bett! Flehen Sie Gott an, daß Sie keine Lungenentzündung bekommen! Jeder Hammel ist klüger als Sie!«

»Wie schön, Sie wieder zu hören, Sie Trichinenjongleur«, sagte Leo müde. »Wie habe ich Pleß vermißt ... «

Während man Sophie, in Decken gehüllt, zurück ins Schloß brachte, auch wenn sie sich dagegen zur Wehr setzte, blieb Kochlowsky in seinem alten Verwalterhaus. Franz Knopfer pumpte ihn mit Rum voll und ertrug tapfer seine wüsten Reden.

Am Morgen begann Leo zu husten, gegen Mittag stellte sich hohes Fieber ein, und Dr. Portenski nickte verbittert.

»Da haben wir es!« sagte er rauh. Leo wurde von einem Schüttelfrost hin und her geworfen. Sein Kopf glühte, aber er klapperte mit den Zähnen. »Nun zeigen Sie mal, daß Sie eine Bullennatur haben, sonst sehe ich wenig Hoffnung ... «

»Wie geht es Sophie?«

»Gut! Sie liegt noch im Bett, Kollege Senkmann betreut sie, aber man hört, daß sie morgen wieder auf den Beinen ist. Die Fürstin soll sogar an ihrem Bett sitzen.«

»Dann weiß sie, daß ich hier bin?«

»Jetzt ja. Nur das Flehen von Sophie hat verhindert, daß man nicht die Polizei geschickt und Sie verhaftet hat!«

»Ich muß gesund werden, Doktor«, sagte Kochlowsky mit mühsam fester Stimme. »Hören Sie, so schnell wie möglich gesund! Ich will Sophie mitnehmen . . . «

»Gesund! Haben Sie mal Kühe im Sturm gesehen? Die drängen sich zusammen und bilden ein Knäuel. Animalische Wärme, die hilft! Mein Gott, ich kann Ihnen doch kein Schaf ins Bett legen! Sie bekommen Fiebermittel, Codein, kalte Wickel . . . Den Rest muß ihr Körper selbst schaffen. Vielleicht sieht in hundert Jahren alles anders und besser aus mit der Medizin, aber jetzt leben wir im Jahre 1889!«

Am übernächsten Tag brachte Reichert unter großem Gezeter Sophie zum Verwalterhaus hinüber. Sie hatte sich in einen dicken Pelz gewickelt, niemand konnte sie erkennen.

»Ich weise alle Schuld von mir!« rief Reichert erregt. »Erpreßt hat sie uns! ›Wenn ihr mich einsperrt‹, hat sie geschrien, ›nützt das gar nichts! Ich komme heraus! Und wenn ihr mir die Kleider wegnehmt – ich laufe auch nackt zu ihm!‹ – Soll man es darauf ankommen lassen? Sie tut es wirklich!« Reichert hob beide Arme über seinen Kopf. »Ich schwöre, ich habe mich bis zuletzt dagegen gewehrt. Auch Wanda! Aber Sophie hat uns gezwungen . . . «

»Wo ist Leo?« fragte Sophie und warf den Mantel ab. Bevor Knopfer etwas erwidern konnte, rannte sie schon die Treppe hinauf und stürzte in das Schlafzimmer.

Kochlowsky lag bleich im Bett und schüttelte sich vor

Kälte. Husten ließ ihn sich aufbäumen, als würde er zerrissen. Als Dr. Portenski erfahren hatte, daß Kochlowsky früher, in seiner Jugend, lungenkrank gewesen war, hatte er Knopfer zur Seite genommen und gesagt: »Man sollte vorsorglich den Sargtischler benachrichtigen.«

Die Menschen auf Pleß waren immer starken Gemütes.

»Wie schön, daß dir nichts passiert ist«, sagte Leo und lächelte verkrampft. »Wenn ich hier noch Verwalter wäre, würde ich den Teich im Frühjahr zuschütten lassen! So ein Mistteich!«

»Wir waren unvorsichtig, Leo, das ist alles! Es war allein unsere Schuld. Sieh einmal ein, daß auch du Schuld haben kannst ...«

»Ich habe die Eisdecke vorher geprüft ...«

»Aber nicht gründlich genug. Und ich habe dir – wie eine brave Frau – vertraut. Nur so war es, der Mistteich ist unschuldig.«

»O Sophie ...«

Kochlowsky streckte sich aus. Sie bedauert mich nicht, sie schimpft. Wie schön das ist! Sie fühlt sich als meine Frau.

Unten im Wohnzimmer stärkte sich Reichert mit Glühwein, den Franz Knopfer literweise für Kochlowsky kochte. Er schrak zusammen, als Sophie plötzlich von oben herunterkam, den Pelzmantel weghängte und ihre Fellstiefelchen auszog.

»Du kannst nach Hause fahren, Jakob«, sagte sie ruhig. »Ich bleibe hier.«

»Nur über meine Leiche!« rief Reichert voll Entsetzen.

»Dann brauchen wir einen Sarg. Herr Knopfer, rufen Sie den Tischler ...«

»Sie hat schon ganz den Kochlowsky-Ton!« stöhnte Reichert. »Was soll ich tun? Was soll ich bloß tun?«

»Nach Hause fahren!« beharrte Sophie. »Sag Wanda, ich bin morgen pünktlich in der Küche. Herr Knopfer wird mich hinbringen.«

»Natürlich«, stotterte der arme Knopfer. »Selbstverständlich ... pünktlich ... «

Ohne eine Antwort Reicherts abzuwarten, ging sie wieder nach oben und schloß die Tür.

»Das ist die Katastrophe«, sagte Reichert erstickt. »Knopfer, das ist die Katastrophe, die wir alle seit zwei Jahren befürchtet haben ... «

Kochlowsky lag in seinem Bett und bebte. Der Schüttelfrost ging nicht weg, trotz Wadenwickel und Wechselwickel, trotz Federbetten und Decken. In den zwei Tagen war sein Gesicht verfallen und hohlwangig geworden.

»Weißt du, was der Kuhdoktor sagt«, keuchte er zwischen seinen Anfällen. »Er müßte mir ein Schaf ins Bett legen ... Animalische Wärme ... Kühe im Sturm ... Für so einen Blödsinn muß man studieren ... «

»Ich habe auch davon gehört, als Kind«, sagte Sophie sanft. »Meine Mutter sagte immer: ›Ihr seid alle immer gesund geworden, wenn ich euch an meine Brust drückte.‹ Es ist etwas Wahres dran ... «

Sie verließ das Zimmer, ging hinunter und fand Franz Knopfer allein vor seinem Glühwein sitzen. Reichert war gegangen.

»Ich sorge heute allein für Leo«, sagte sie. »Legen Sie sich schlafen, Herr Knopfer. Es waren harte Tage für Sie ... «

»Aber Sie können doch nicht ... «, stotterte Knopfer.

»Ich kann! Wenn ich Hilfe brauche, rufe ich.«

Sie kehrte zurück ins Schlafzimmer, verriegelte die Tür und streifte den dicken Wollrock ab. Ihm folgten das Mieder und die lange, an den Waden zusammengebundene Unterhose. Kochlowsky starrte Sophie an und schluckte wie ein Ertrinkender.

»Was machst du denn da?« fragte er. Sein Atem röchelte beim Sprechen.

»Dr. Portenski braucht dir kein Schaf ins Bett zu legen.« Sie streifte das letzte Wäschestück von ihrem zierlichen und doch fraulichen Körper, hob das Federbett hoch und legte sich an Leos Seite. »Dafür bin ich da ... Gleich wirst du nicht mehr frieren, Leo.«

Am siebenten Tag saß Kochlowsky wieder unten am Tisch, aß Gänsebraten, den Wanda geschickt hatte, trank Bier, rauchte eine Zigarre und beschimpfte den armen Knopfer.

»Ein Wunder!« sagte Dr. Portenski aus voller Brust. »Leo, Sie sollten sich auf den Jahrmärkten ausstellen lassen!«

Das Herz voller Glück und den Kopf voller Pläne, fuhr Kochlowsky nach Ratibor zurück. Vorher besuchte er Eugen, den dick gewordenen Volksschriftsteller, und Louis Landauer, den Prominentenmaler. Er ging noch einmal zu Fuß durch Pleß, als müsse er nun für immer Abschied nehmen. Bei »Popo« ließ er sich die Haare schneiden und den Bart stutzen – keiner konnte das so gut wie er.

Nach seiner Rückkehr nach Lubkowitz schrieb Leo einen Brief an den Grafen von Douglas.

»Darf ich den Herrn Grafen untertänigst an ein Wort erinnern, das Herr Graf vor etwa vier Jahren geäußert hat: ›Kochlowsky, bei mir ist für Sie jederzeit ein Posten frei.‹ Ich bitte, dem Herrn Grafen mitteilen zu dürfen, daß ich bereit wäre, in Ihre Dienste einzutreten ...«

Das Leben nahm eine neue Wendung.

Ende März, während der Nachmittagsstunden, die von der Fürstin für ein Gespräch mit dem »Nichtchen« Sophie reserviert waren, sagte Sophie ohne Erregung:

»Durchlaucht, ich muß Ihre Dienste verlassen ... «

Die Fürstin Pleß sah Sophie verblüfft an und lächelte dann gnädig. »Hast du immer noch Heimweh nach Bükkeburg?«

»Nein. Ich will heiraten ... «

»Mein Gott!« Die Fürstin beugte sich nach vorn. »Wer ist es denn jetzt?«

»Leo Kochlowsky ... «

»Sophie!« Die Fürstin war aufgesprungen. »Ich denke, das hat seit über einem Jahr ein Ende. Du hast mir erklärt, daß sein letzter Besuch unverhofft war. Das Eislaufen war eine Dummheit ... «

»Das ist wahr, Durchlaucht.«

»Ich lasse diesen Kochlowsky außer Landes jagen!«

»Und ich gehe mit ihm. Es ist nicht mehr möglich, uns zu trennen, Durchlaucht.« Sophie hob den Kopf und sah die Fürstin strahlend an. »Ich muß ihn heiraten. Ich bekomme ein Kind.«

»Das darf nicht wahr sein«, stammelte die Fürstin Pleß entsetzt. »Nichtchen, das wäre eine Tragödie ... Nein!«

»Jetzt gibt es kein Verbot mehr«, sagte Sophie ruhig. »Ich habe den Weg gefunden, der uns nie mehr trennt.«

Noch an diesem Tag wurde Sophie von den drei Leibärzten des Fürsten Pleß untersucht. Ihr Triumph war vollkommen. Die Ärzte bestätigten es in einem Kommuniqué: Es liegt einwandfrei eine Schwangerschaft vor.

»Entsetzlich!« sagte später am Telefon die Fürstin Pleß zu der Fürstin Schaumburg-Lippe. »Bitte, machen Sie mir keine Vorwürfe! Wir haben alles getan, um Sophie wie unser eigenes Kind zu behüten. Aber Sie kennen diesen

Leo Kochlowsky nicht! Mit allen Wassern gewaschen! Das arme Kind ... Aber nun kann man nichts mehr für sie tun.«

»Sie darf auf keinen Fall erfahren, was wir wissen, liebe Pleß!« sagte die Fürstin Schaumburg-Lippe. »Nach diesem Ausbruch aus unserem Kreis wird Sophies Mutter ihr Geheimnis mit ins Grab nehmen! Nicht auszudenken, wenn das herauskäme! Ich werde mit Sophies Mutter sprechen. Nein, wenn ich bedenke, welche Pläne ich mit Sophie hatte! Und sie wirft sich einem Gutsverwalter an den Hals ... «

»Einem ausgemachten Scheusal ... «

»So häßlich?«

»Als Mann ein Prachtbild – aber der größte Flegel, den ich kenne! Sie wird ihr ganzes Leben lang unglücklich sein.«

»Und man kann ihr nicht helfen?«

»Mit einem Kind von ihm im Schoß? Meine Liebe, da gibt es kein Zurück mehr. Jetzt muß sie ihren Weg gehen.«

Fürst Pleß dachte ökonomischer. Er ließ Leo Kochlowsky zu sich befehlen. Formvollendet, in Gehrock und Zylinder, erschien er und wartete im Vorzimmer. Nach zehn Minuten sagte er zu dem Privatsekretär:

»Ich bin für elf Uhr bestellt ... Jetzt ist es später.«

»Sie werden warten können.«

»Nein, ich habe meine Zeit nicht gestohlen, so, wie du dem Fürsten die Zeit stiehlst mit Faulenzen.«

»Sie sind total verrückt!« sagte der Sekretär, bebend vor Wut.

»Ich war noch nie so normal! Noch fünf Minuten warte ich, dann sage deinem Fürsten, er möchte mich wieder kommen lassen, wenn er die Zeit einhalten kann ... «

So geschah es auch. Nach fünf Minuten setzte Leo seinen Zylinder auf, sagte zu dem entgeisterten Sekretär: »Ihr könnt mich alle kreuzweise – Ritze rauf und Ritze runter!« und verließ das Vorzimmer.

Er ging gerade die Treppe hinunter, als der Sekretär ihm nachgelaufen kam und schrie:

»Bleib stehen, du Idiot! Der Fürst hat geläutet . . . «

Fürst Pleß saß hinter seinem Schreibtisch und trommelte mit den Fingern auf die Tischplatte. Kochlowsky machte seine Verbeugung und blieb mitten im Raum stehen.

»Sie haben keine Zeit, Leo?« bellte Pleß ihn an.

»Keine, um unnütz zu warten, Durchlaucht.«

»Auch für mich nicht?«

»Haben Euer Durchlaucht meinen Brief erhalten?«

»Darum stehen Sie ja hier, Leo! Eine Kündigung! Sie kündigen mir? Erst machen Sie Sophie ein Kind, dann wollen Sie weg – jetzt ist das Maß voll! Ich habe mit der Fürstin um Sie gerungen, Leo! Gut, nein, schlecht . . . Es ist passiert: Sophie muß Ihre Frau werden. Sie bleibt bei uns als Köchin, und Sie übernehmen wieder Gut III! Verdammt noch mal! Ihrer beider Schicksal ist mir nicht gleichgültig. Das meint auch die Fürstin nach langen inneren Kämpfen. Sie kommen ab 1. Mai nach Pleß zurück.«

»Nein, Durchlaucht. Ich habe bei Graf von Douglas unterschrieben.«

»Das regle ich mit dem Grafen.«

»Ich begehe keinen Vertragsbruch!«

»Ich mache das für Sie!« schrie Fürst Pleß. »Sie störrischer Esel!«

»Hier wird immer ein Schatten über uns bleiben«, sagte Kochlowsky unbeirrt. »Durchlaucht, schütteln Sie nicht den Kopf! Ich werde immer der verfluchte Kerl sein, der

Sophies Leben zerstört hat – nach Ihrer Ansicht. Wir werden nur glücklich sein können fern von Pleß. Sophie und ich werden im Mai in aller Stille heiraten und dann wegziehen.«

»Das überlegen Sie sich noch, Leo!«

»Bitte, erwarten Sie nichts, Durchlaucht ... «

Kochlowsky verbeugte sich tief, so tief wie nie, denn es war seine letzte Verbeugung vor dem Fürsten Pleß, und verließ das Arbeitszimmer.

Im Remisenhaus traf er Sophie, sie zitterte vor Erwartung.

»Das wäre erledigt!« sagte Kochlowsky. »Ab 1. Mai bin ich frei, am 20. Mai heiraten wir in der evangelischen Kirche von Pleß, am 15. Juni fahren wir in unsere neue Heimat. Zu Graf Douglas.«

»Wohin?«

»Nach Wurzen.«

»Was ist Wurzen?«

»Eine Stadt im Sächsischen. Graf Douglas hat für mich die Stelle eines kaufmännischen Leiters in seiner Ziegelei freigemacht. Wir bekommen ein eigenes schönes Haus mit einem großen Garten. Ein Paradies für unser Kind ... «

»Wie soll es heißen?« Sie faltete die Hände. Unser Kind, dachte sie. Unser ...

»Wenn es ein Junge wird, natürlich Eugen.«

»Und ein Mädchen?«

»Sophie ... «

»Nein. Wanda!«

»Ausgeschlossen! Alles, nur das nicht!« Kochlowsky wedelte mit der Hand durch die Luft. »Eher nenne ich es Latrinchen ... «

»Es wird Wanda heißen«, sagte Sophie fest. »Oder ich

bringe hundert Mäuse zur Welt. Versprich mir, Leo, daß es Wanda heißt . . . «

»Es ist zum Kotzen!« brummte Kochlowsky. »Noch ist nichts zu sehen, und der Krach geht schon los! Also gut! Wanda! Aber dann auch Eugenie nach meinem Bruder und Emma nach meiner verstorbenen Schwester.«

»Einverstanden.« Sie hob sich auf die Zehenspitzen und küßte ihn. »Du siehst, es ist doch so einfach, sich einig zu werden . . . «

Es war schon wahr: Für diese Frau hätte sich Leo Kochlowsky in Stücke reißen lassen.

Die Hochzeit war schlicht und in kleinem Kreis.

Reichert und Leibjäger Ewald Wuttke waren die Trauzeugen, Eugen trug eine Ode vor und überraschte mit drei lebenden Bildern, wofür sich zehn Mitglieder des neuen Theatervereins zur Verfügung gestellt hatten. Louis Landauer schenkte ein Kolossalgemälde »Winterjagd auf Pleß« mit einer Rotte galoppierender Wildsäue, und Wanda bekam in der Kirche einen Weinkrampf, als der Pfarrer sagte: » . . . bis daß der Tod euch scheidet . . . «

Die Fürsten Pleß schenkten eine komplette Babyausstattung in neutralem Weiß, in die man aber farbige Bänder einziehen konnte, ein Taufkleidchen aus spitzenbesetztem Tüll, einen aus Korb geflochtenen Stubenwagen und tausend Goldmark in bar. Vor allem die Goldmark brachten Kochlowsky aus der Fassung. Er schämte sich für alles, was er dem Fürsten gesagt hatte. Nur war es, wie vieles im Leben, jetzt zu spät.

Am 10. Juni bezogen Leo und Sophie ihr neues Haus in Wurzen, nahe bei der Ziegelei des Grafen Douglas. Es war ein schönes Haus mit grünen Holzläden und einer Pergola im Garten, mit einem großen Gemüsebeet, einem

Gartenschuppen und einem Stall für Hühner, Gänse und ein Schwein. Das Ganze lag innerhalb eines weißgestrichenen Zaunes, ein abgeschlossenes Paradies, nur für die Kochlowskys.

Die Hände im Schoß, saß Sophie im Garten auf einem Korbstuhl, und die Sonne ließ ihr weißblondes Haar leuchten. Leo inspizierte noch das Haus, der Möbelwagen stand vor der Tür, die Packer warteten auf das Signal zum Ausladen.

Nun haben wir unsere eigene Welt, dachte Sophie. Nun kommt es darauf an, was wir daraus machen. Ob Pleß oder Wurzen – die Sonne ist überall, auch hier blühen Blumen, dort drüben in den Zweigen singen die Vögel, die Wolken ziehen am blauen Himmel, und der Wind weht warm über das Land.

Fangen wir an, Leo, mit unserem eigenen Leben ...

Am 21. November 1889 wurde ihr Kind geboren. Es war ein Mädchen.

Getreu seinem Versprechen erschien Leo Kochlowsky beim Standesbeamten von Wurzen und meldete seine Tochter an.

»Wie soll die Kleine heißen?« fragte der Beamte und leckte an der Spitze seines Kopierstiftes. Schon das mißfiel Leo ... Kopierstifte sind giftig.

»Eigentlich Dorothea Liliane, nach Großmutter und Tante.«

Eigentlich ist keine Auskunft, die man amtlich benutzen kann. Der Standesbeamte sah Kochlowsky streng an. Junge Väter sind immer seltsam, aber hier kam Leo Kochlowsky, und den kannte man in Wurzen bereits zur Genüge. Fünf Monate wohnte er jetzt hier – vom Bäcker bis zum Klempner schlug jeder einen anderen Weg ein, wenn man Kochlowsky von weitem kommen sah.

»Wie heißt die Kleine nun richtig?« fragte der Beamte.

»Gefällt Ihnen Wanda?«

»Was fragen Sie mich? Der Name muß Ihrer Gattin gefallen, Ihnen und später auch dem Kind!«

»Mir gefällt er nicht!« brüllte Kochlowsky.

»Dann nehmen Sie einen anderen!« schrie der Standesbeamte zurück.

»Ich habe es versprochen! Schreien Sie nicht so, Sie Spitzenlecker.« Kochlowsky wischte sich mit beiden Händen über das Gesicht. »Es muß sein. Schreiben Sie ins Register: Meine Tochter heißt Wanda Eugenie Emma ... Gott segne sie.«

Es war meine Mutter.